U0898708

窥天

香巴拉秘符

上

隔世醒人◎著

河南文艺出版社
·郑州·

图书在版编目(CIP)数据

窥天　香巴拉秘符/隔世醒人著. —郑州:河南文艺出版社,2019.1

ISBN 978-7-5559-0729-9

Ⅰ.①窥…　Ⅱ.①隔…　Ⅲ.①长篇小说-中国-当代　Ⅳ.①I247.5

中国版本图书馆 CIP 数据核字(2018)第 295492 号

出版发行　河南文艺出版社
本社地址　郑州市郑东新区祥盛街 27 号 C 座 5 楼
邮政编码　450018
承印单位　河南瑞之光印刷股份有限公司
经销单位　新华书店
纸张规格　787 毫米×1092 毫米　1/16
总 印 张　40.25
总 字 数　688 000
版　　次　2019 年 1 月第 1 版
印　　次　2019 年 1 月第 1 次印刷
定　　价　70.00 元(上下册)

图书如有印装错误,请寄回印厂调换。
印厂地址　河南省武陟县产业集聚区东区(詹店镇)泰安路
邮政编码　454950　　电话　0391-2527860

前　言

相信吗,人们眼睛看见的这个世界在不同人的眼睛里是不完全一样的。譬如,有些色盲的人眼里的世界就是黑白的,没有普通人眼中斑斓的色彩,而一个濒临死亡的人还会看见大多健康活着的人所无法看见的一些东西……绝大多数人对这个世界的认识往往就是凭着书本里学到的那些传统概念和解释。但遗憾的是,不是所有的书本知识都能够解答人们在面对陌生且复杂的某些现象时所产生的诸多困惑。这个时候,人们更多是依靠那突兀而来的一种莫名感觉——“直觉”。

“直觉”是潜藏在人体深处的一种本能,“直觉”有时候真的可以帮助人们在山重水复疑无路的时候,找到柳暗花明又一村的惬意释然;可是,谁又曾敏感地察觉到,这释然的背后,竟然还隐藏着更加深邃诡谲的秘密!

张崇斌,一个过了而立之年的中年男子,受到过良好的传统教育,喜欢冒险和不断挑战自我,尤其是当他通过自己艰辛的努力取得了一些不俗的成绩后,更是自命不凡,他认为自己已经掌握了自己的命运,并对这个大千世界有了通透的认识;可是,自从他回国创办了一家属于自己的公司之后,他的这种认识发生了改变。也许,他已经破解了一个前人从未发现的秘密,透视了事物的本来面目,而这一切却颠覆了他眼里曾经熟悉的这个世界的所有印象。

这是一部悬疑推理类的惊险探索小说。它有着不同于此类普通小说的显著特点,即该小说中涉及的诸多悬疑事件是取材于历史和现今真实存在的(或是有史料可供查询的)隐秘历史和神秘事件,作者以其独特的视角对这些曾在世界范围内有着巨大影响并一直困惑世人的神秘谜团,提出了前所未闻但启人深思的新见解。

《周易·系辞》曰:在天成象,在地成形,变化见矣。

老祖宗其实很早就告诉了后辈,认识这个世界的变化,可以从天和地的象形运化透视玄机。然而,“大象无形,道隐无名”,非具备如伏羲、老聃般超凡绝尘之悟性者,即便眼清睛明,心智出类,亦难从万千象形中捕悉关联,识破天机。

若机缘触启,或授命以身,则可隐遁表形之拘、觅窥天意之本。

目　录

第一章　诡异命案

深夜，一栋“闹鬼”的别墅里发现一具女尸，当晚负责看护宅院且身上有伤的祁兵被警察带走。令警方吃惊的是，犯罪嫌疑人曾是一名担任过“中南海保镖”的退伍特种兵。然而，最不可思议的是案件本身的离奇恐怖，它竟然超乎了所有刑事专家的想象……

第二章　疯狂的逃犯

祁兵冒死潜逃，他与事先做好接应准备的张崇斌接上头。深夜里，二人穿越一片诡异的深山丛林后，再次闯入闹鬼的凶宅。令张崇斌惊诧胆寒的是，在阴森黑暗的房间里，他不仅看到了不可思议的一幕，而且祁兵也仿佛被妖魔附体……

第三章　神秘地界

作为一名最危险的通缉逃犯，警方联合武警部队官兵对祁兵展开围追抓捕行动。但是当追捕人员进入深山后，却意外地发现所有的通信设备失灵，而且警犬也变得烦躁不安和不听使唤。为此，警方组织专家团队对这一异常事件进行了分析论证，可专家们的意见分歧很大，竟让参会的警方高层面面相觑，难以取舍定断……

第四章　独自调查

经历了恐怖之夜，张崇斌意识到案件的性质远比想象的诡谲复杂。尽管接受这种事实与他过去所认同的科学认知相抵触，令他感到从未有过的矛盾和痛苦。但是，为了拯救兄弟，他必须勇于面对、挑战现实，只有如此，才能找到证明祁兵无罪的有力证据。于是，张崇斌决定亲自展开调查行动……

第五章　命理玄机

身在异乡的张崇斌孤独落寞，一日闲逛，偶然遇到一位通晓命理玄机的隐世老者，顿感相见恨晚，一番禅机妙论，张崇斌深为叹服老者深不可测的修为，而老者也掩不住地欣赏张崇斌的悟智聪慧。告别之际，老者以一首谶言诗词相赠。也许一切都是注定的，面对命运的挑战，张崇斌就像一只“寻找糖果的蚂蚁”，他选择要走的路超乎了世人的想象……

第六章　不可思议的未解之谜

张崇斌发动公司全体人员开展调查工作，在段涛的提示下，察觉到祁兵案件的背后似乎与一起不同寻常的UFO事件有着潜在的关联。当张崇斌向英国导师尼科（国际危机管理领域的知名专家）求助时，尼科竟然隐讳地提示到现实中的确存在诡异的“闹鬼”现象。

第七章　被抛弃的天才

张崇斌意识到开展这项调查工作必须打破常规思维，更需要具有特殊专长的人才加盟。于是，他想到了思维异于常人但智商奇高的唐凯。两人相见，张崇斌凭借自己睿智的头脑，解开了唐凯设给他的一道奇思妙想的谜题，赢得了唐凯的信任和好感；而唐凯则通过当众演示一个足以挑战当今物理学定律的惊人试验，充分展示了其过人的天赋。

第八章　惊骇的发现

再次回到贵阳，张崇斌带上商调部的孔超和留在当地的段涛，三人分工明确展开了实地调查工作。果然，在不断深入的调查中，张崇斌惊骇地发现调查工作涉入的领域极其危险，而更令张崇斌心沉不安的是，祁兵案件的背后，极可能还隐藏着一个更大的危机……

第九章　未公开的×档案

张崇斌在拜见一位研究UFO现象多年的专家时，看到了不为公众知晓的秘密档案资料，并对二战时期德国纳粹组织的绝密军事武器有了全新认识。虽然调查工作有了进展和收获，但越来越多神秘现象的出现却令整个调查工作陷入了僵局。不过，当他听了段涛的战友说的一个最新听闻后，事态又有了重大转机……

第十章　隐晦线索

张崇斌得到了隐世老者留下的一幅画有奇特图形的谜图，虽然一时解不开其中的含义，但他相信此图一定会对自己的调查行动有着至关重要的启示。尽管前途凶险坎坷，但出行前的那一晚，参与调查行动的人都兴奋得难以入睡。于是，对人生命运有了转化感悟的张崇斌与孔超、段涛一起对人类终极追问的哲学命题展开了富有启发性的讨论。

第十一章　纳粹隐秘

通过对谜图进行破译，张崇斌竟然关注到纳粹德国在20世纪早期曾搞过的一些极为诡秘的军事活动，并认为这些隐秘活动就是导致纳粹德国迅速走向强大但同时也奔向毁灭的根源。再结合取得锦包时所意会的那些暗示，张崇斌感觉已经破解了隐世老人留下的谜图的谜底，但这却令渴望早日揭示案件真相的他更加忧虑后怕……

第十二章　国安局在行动

国防重地附近一带突然发生地陷，专家探测发现地下深处有不明流动的神秘物质，联系以前贵阳“空中怪车”事件和近期暴发的SARS事件，国安局已敏感地将这一系列突发事件与保卫国家安全的目标任务联系起来。张崇斌在这一敏感地区开展的方式特殊的调查工作也由此引起了有关部门的关注……

第十三章　狂龙过疆

祁兵为逃避抓捕来到越南。为了生存下去，他打起了无生死限制的地下黑拳。一个绰号“地狱屠夫”的泰拳手是这个地下拳场的拳王，此人极度冷血残暴，已经毙命数十拳坛高手而无一败绩。在当地黑帮的操控下，祁兵最终与“地狱屠夫”展开了一场你死我活的殊死格斗……

第十四章　死而后生

根据线索的提示，张崇斌等人进入了一个不知深浅的巨大地下洞穴勘探调查，没想到竟发生了意外，张崇斌为救助落水的孔超而被地下河道的潜流卷走。经历了濒死体验，苏醒过来的张崇斌发现自己进入了另一个地下空穴中，在那里，他得到一个救命法器，并看到一位圆寂的面壁高僧，一时间生死感动泪流满面……

第十五章　远古文明

在医院里，救治张崇斌的向主任是一名信仰藏传佛教的皈依弟子，看到那救命的法器，向主任感觉到张崇斌不是一名普通的病人。果然，在一次二人单独谈话的过程中，张崇斌以其不拘一格超凡绝尘的灵犀觉悟，将东、西方两大神秘的远古文明传说联系起来，深受启发的向主任为此感叹不已……

第十六章　绝境杀机

在越南女郎范秀婷的帮助下，祁兵的伤病得以及时救治，并体会到女性的温情爱意。但是，当地的黑帮为了让祁兵就范而绑架了秀婷。祁兵为拯救秀婷不得不答应黑帮的要求，后发现办成此事几同送命难以完成。情势更为险恶的是，因为女郎特殊的家庭背景，祁兵又被越南军政当局误认为是绑匪而遭通缉追捕；同时，黑帮害怕走漏风声，也重金悬赏追杀祁兵……

第十七章　赌命合作

正在奔赴西藏路上的张崇斌突然接到祁兵的“告别”电话，意识到祁兵面临的处境凶险非常，于是立即改道赶往越南营救。在复杂紧迫的形势下，张崇斌孤身一人闯入黑帮窝点，与黑帮头目白纸扇几番生死一线斗智斗勇，甚至不惜亮出诱人的“底牌”作为交易。可是，这次的行动却换来了黑暗势力缠身的代价……

第一章　诡异命案

1. 民间危机管理公司

2001年底，张崇斌结束了近两年的留学生活，从英国回国了。在东北老家休整一个月后，离家远行，去了他认为更容易找到机会检验一下自己所学的那些学院派理论的南方。张崇斌的运气不错，通过猎头的引荐，他被N市的一家上市集团公司的老总看中，直接就做了高管。凭着出色的表现，他很快赢得老总的信任和赏识，不过，因为鲜明的个性和一个一直以来始终都放不下的梦想，张崇斌在那家企业做满一年就辞职了。他没有回到家乡，而是在N市当地开了个公司，公司的工商注册名称是：克利斯危机管理有限责任公司。

克利斯公司的主要业务是面向社会提供民商事务调查和特别扩卫（下简称特卫）两大类服务。客观地说，民间经营这行，目前在国内还不是一件简单的事。虽然，做此类业务的民间机构早在1992年，在国际化的大都市——上海就已经出现，但是，因为这个行业的特殊敏感性，政府相关部门对开展此类经营活动的民间机构一直采取诸多方面的管制。

随着WTO（世界贸易组织）时代的到来，国外那些开展此类业务且蜚声国际的老牌劲旅的分支机构纷纷在中国各大政治、经济、文化发达地区登陆，像美国的平克顿公司、克罗尔侦探社，英国的罗思国际公司等，国内本土的此类机构也顺势由地下走向半公开化。可是，本土的相关从业人员，无论是在专业素养上还是数量上，都难以达到国际上公认的行业标准，而且，国家对此行业予以引导和监管的配套法律规范和行业管理制度也不尽完善。所以，按业内人士的说法，在中国这个行当其实就是一个打法律擦边球的“边缘行业”。这种情势下，意味着在中国本土从事这个行业的人员不仅缺乏必要的法律意义上的权益保障，而且很容易因为缺乏常识性的专业技能而触犯法律“红线”。换句话说，要想吃好这碗饭，就必须有过人之处，既要懂法律法规，更要懂得根据不同的处境灵活应变，在特殊紧急的情况下能够采取不寻常的手段保护好自己。

张崇斌之所以选择这个时机开这个公司，当然有他的理由和条件，没有金刚钻谁揽这瓷器活，张崇斌对自己一直都这么自信。

祁兵能在这家公司担任特卫队的队长，应该说完全是凭借他过人的能力和对这份工作的热爱。祁兵过去曾在北方的一支武警部队当兵，是个军区首长都认识的比较传奇的人物，他不平凡的军旅经历和获得的诸多荣誉，证明他绝对是中国军人中的精英。退役后，他被一家外资企业老板高薪聘去做了总经理助理，后应张崇斌的力请才来到公司，负责公司所有特卫队员的培训和带队执行各类重要特卫任务。

克利斯公司成立之后，秉着“睿智化解危机之险，忠诚铸就正义之剑”的经营理念，打造了一支注重规范、诚信、高效的工作团队，在短短5个月的时间内，就承接了几个有影响的特卫服务项目和高端商业调查案件，尤其是公司为知名演艺明星来N市演出提供的全程贴身安全护卫服务，一时成为当地各大新闻媒体追逐报道的热点。公司这种良好的发展势头，一度让张崇斌对未来充满了期望。

可是，一场突如其来的“非典”使得公司业务量迅速滑坡。“非典”闹得最凶的时候，公司上下更是人心惶惶。就在这期间，克利斯公司意外地接到一单特卫服务项目：外地一家房地产公司想雇用几个特卫看护他们在市郊的一幢别墅。在张崇斌看来，这种“看家护院”的活儿找公司特卫来做简直是大材小用。不过，对方对明显高于普通安防公司的服务收费没有任何异议，爽快答应。这个时候能有钱赚，当然没有拒绝的理由。对于这个项目，张崇斌决定让祁兵带着特卫队员段涛去完成，权当是给整天无所事事闲得难受的好哥们儿一个度假休息的机会。

祁兵他们要去的地方是贵阳，段涛过去曾在贵阳那边当过兵，祁兵在特卫方面的专业水准自不用多说。所以，张崇斌很放心他们的组合，并且因走的时候比较匆忙，也就没有和他们一起对这个项目做例行的安防预案论证。

2. 猜不透的杀人动机

6 月 4 日中午，张崇斌正在 N 市某酒店餐厅与一位客户用餐，突然接到公司外派执行护卫任务的特卫队员段涛的电话：“张总，队长他……他出事了，您还是尽快过来一下吧！”

“祁兵出了什么事？”

“我……我不知道，这边的公安把他给带走了，我现在说不清楚到底是怎么回事，您还是快过来吧！”

段涛在电话里的语气让张崇斌心头骤然一沉：“那边究竟出了什么事？这两人才外派出去不到三天啊！”匆匆结束用餐，张崇斌立即赶回公司。

回到公司，张崇斌在档案柜中找出外派业务项目的委托合同，按照上面的联系电话给对方的联系人去电话，但电话处在持续接听状态。张崇斌立即又给段涛去电话，得知段涛在贵阳那边也一直无法和最初接洽他和祁兵的黄主任联系上。思索片刻，张崇斌直接给贵阳当地的公安部门去了电话，证实祁兵确已被羁押，但究竟是因何事由，对方在电话里没有说得太多，倒是提出让公司这边尽快来人，对该案的处理予以配合。事不宜迟，张崇斌马上订了最早一班去贵阳的飞机，准备好相关物品，就直奔机场而去。

“地无三尺平，天无三日晴”，说的就是贵阳。

果然，晚上到达贵阳，张崇斌一下飞机，淅漓细雨就袭身而来。段涛和他的一个战友早已在机场等候，接上张崇斌，车子直奔贵阳市白云区北郊的一个部队招待所而去。

一路上，张崇斌和段涛没说几句话，气氛沉闷而压抑。到了驻地，段涛让他的战友先行离开后，他走到张总跟前，低着头，肩膀微微抖动着，当他慢慢抬起头时，眼圈已是泛红。他嗫嚅地说道：“都怪我，不知道队长现在怎么样了。”

突然，他又大声说道：“张总，队长他一定是被冤枉的！”

张崇斌绷着脸严肃地看着段涛，语音低沉地说道：“你给我控制好情绪，把你和祁队长来到这边发生的所有情况详细说给我听。”

段涛深吸一口气后，开始说起他和队长到了贵阳先是去了那家房地产公司见到了联络人黄主任，了解到他们要去看护的别墅在市区北郊。这栋别墅建好之后，曾经有人住过一段时间，但很快那人就搬走了。再之后，别墅经重新装修，这家公司又雇了个做家政的外地女工吃住在别墅里，就在前些日子，那个女工没有跟他们公司任何人打招呼，而且连工资都没要突然也走人了。按黄主任的说法，这次让他们过来主要是来抓小偷的，因为此前搬走的那户人家和最近突然走掉的女工都曾反映过，这栋别墅楼上不知哪个房间半夜里经常会发出些奇怪的声响，白天去查看的时候又看不出什么异样来。黄主任怀疑可能是有贼或者是山上下来的什么动物半夜偷偷溜进房子里，但这些猜测一直没有得到证实。不过，这个问题若不解决，别墅就不好对外出售。所以，黄主任让他们住些日子，看看有没有那些“神经兮兮”的人说的那种情况，如果发现来捣乱的贼最好当场拿住。

听段涛说到这里，张崇斌突然想起走之前，祁兵曾跟他说过这次去看护别墅，估计是因为这个建筑在当地看起来比较扎眼，在那么一个贫困的地区露富难免会让有贼心也有贼胆的人惦记着。祁兵的这个分析，张崇斌当时听着也在理，但在他看来，如果真的遇见了毛贼，那这贼可算是煤场里舞大锹——倒霉！因为以祁兵的身手，同时对付几个壮汉都不会有太大问题。所以，张崇斌和祁兵当时皆当笑谈略过了这个话茬，他们都认为与以前执行过的那些风险巨大的项目比，这次的护卫工作简直就是“小菜一碟”，算不得什么。但现在从段涛禁不住微微抖动的双肩和尽力想保持沉稳的语气中，张崇斌意识到当初自己明显低估了这次任务的风险。

段涛继续说道：“第一天的白天和晚上，一切都很正常，我和队长既没有听到传言的怪异动静，更没有看见什么贼影。第二天，以前的几个战友知道我来贵阳，就约我晚上出去聚聚，队长说难得来此一趟，见见老战友是人之常情，就批准了。我是在下午5点半左右出去的，可是，谁能想到……咳，要是知道队长一个人会出事，打死我也不会出去的!”段涛攥紧了拳头。

“然后呢，你什么时候回来的?”张崇斌点上一根烟，想要尽量克制自己的不满情绪。因为按照公司的制度规定，外出执行特卫任务的时候，不允许特卫人员和当地的熟人随便联系，尤其在这个“非典”猖獗的时期，更不允许个别队员脱离团队外出潇洒。但是，这次却是祁兵——公司的特卫队队长自己坏了规矩。

段涛接着说道：“那天晚上，战友们一起喝酒叙旧，近午夜的时候我想回去，但这帮战友就是不让早走，还用电话帮我跟队长请了假，当时队长也同意了。就这样，我们一帮战友又继续喝酒，那晚我也是兴奋得昏了头，酒究竟喝了多少我也不清楚了。后来，我让尿憋醒才发现自己不知怎么就睡在这个招待所了。待我赶回去的时候，是凌晨5点多钟，我进了屋却看见队长一个人僵坐在客厅的沙发上，脸上和手上竟都有着伤口和血迹！”说到这里，段涛眼睛圆睁，喉结上下滚动着：“我问队长他这是怎么了，是不是那贼闯进来了？队长却让我不要乱走动，注意保护好现场，等警察过来。时间不长，真的来了警车和救护车，几个警察进屋后四处拍照，我和队长被带上了一辆警车。后来……我，我透过车窗看见他们竟然从二楼抬下来一个女人！”

“什么？女人！什么样的女人?!”张崇斌顿感惊诧。

“是的！是一个二十五六岁的女人，看样子好像不是活着的人。”段涛的语气里也透着不解。

“怎么看出来的?”张崇斌拧眉追问道。

“那女人从抬出屋子到放上车拉走一直都没有发出任何声音，他们抬女人上救护车时，我还看见，那女人皮肤上浸着一大片血迹！”

“皮肤上？那女人难道没穿衣服吗?!”

“穿了衣服的，但这个季节穿得少，抬那女人的时候，她的后背和大腿都露在外面。等到了公安局之后，他们将我和队长分开，不知道队长那边怎么样，我反正是一直被两个警察讯问。因为我的那些战友能证明我当时不在现场，快到中午的时候他们就放我出来了。我去找队长，他们却不让，出来时，路过队长在的那个房间，从窗口，我看见队长竟被戴上了手铐！”

“你一出来就给我打了那个电话，是吗?”

“是的张总。我很担心队长，也不明白这到底是怎么了，该怎么办好，所以一出来就向您汇报了这边的情况。”

从段涛对整个事态的描述，张崇斌意识到祁兵这回惹上了一个天大的麻烦，毕竟人命关天。不仅如此，这件事情如果处理不好，祁兵不但有牢狱之灾，甚至连他本人也很有可能会牵涉到法律责任。想到这些，张崇斌浑身开始燥热，手中已燃烧到根部的烟头被他用大拇指和食指使劲捻灭……当他抬起头来，看到站立在身旁的段涛焦急无措的样子，张崇斌又深吸一口气，他在心里告诫自己：这个时候必须冷静，要拿出平时对待最复杂案件的勇气去面对这场黑色危机。他必须想尽一切办法拯救祁兵，也拯救自己！冷静下来后，经过一番思索，张崇斌决定从几个方面同时入手，争取在最短时间内获得有效的线索和证据。

但是，这里有一个让他百思不得其解的困惑——那个不像活人的女人。

“这个女人是谁？为什么她会死在这别墅里？那天晚上祁兵究竟做了什么？祁兵的主动报警算什么？难道是自首?！出了这么大的事，他为什么不先给我打电话？……”

张崇斌一边吃着段涛端过来的热水泡的方便面，一边默默地思考这些令他困惑的问题。吃完面后，张崇斌招呼段涛打辆的士，二人一起去了市郊的那栋别墅。

雨夜里，远离市区喧闹而孤零零静矗于山坳的这栋豪宅，其整体建筑结构呈四方形，屋顶是个正三角形，这与周边的一些简易破旧的临时建筑相比显得格格不入。毫无光亮的门窗错落成一张巨大的黑色的哭泣的“脸”，弥漫着一股阴郁的气息。

张崇斌和段涛围着别墅来回转了几圈，从几个角度拍了些照片后便返回宿地，简单洗漱一番，各自休息去了。

已是午夜时分，因一直都想不通案件缘由而辗转难眠的张崇斌不得不坐了起来，背靠着墙，点燃一根香烟。黑暗屋子里，伴着时明时暗的光亮，一缕缕轻烟不断地从面前飞散升腾。此刻，张崇斌开始回顾小时候与祁兵在一起的诸多往事以及兄弟二人久别后的再次相逢……

3. 兄弟情谊

“手是两扇门，全靠腿打人。”张崇斌一边喊号着，一边用他那灵活有力的长腿连续向祁兵的身体踢去……小的时候，在部队大院长大的一群年龄相仿的孩子当中，张崇斌与祁兵是最能玩在一起的伙伴。20 世纪 80 年代中期那会儿，一次看了李连杰主演的《少林寺》后，这哥俩对武术突然疯狂地迷恋起来，整天早起晚出地压腿击拳踢沙袋。所谓“南拳北腿，一寸长一寸强”，张崇斌的个子比较高而且偏好腿法技击，在和祁兵对练时，这是一句他常挂在嘴边的话。

祁兵个头虽然不是很高，但动作非常灵活，他拳脚齐练，出手的特点是既快且狠。平时这哥俩对练时虽然不至于动真格下黑手，但也经常暗中较劲地争高下，且狠招时出，所以身上总见青肿皮破，正所谓“要学会打人，先学会挨打”，当时他们就信这个。

自我感觉有点儿功底后，张崇斌和祁兵开始有些不太安分了，没事就找借口“以武会友”，对外作战他们二人从来都是团结一致如亲兄弟般，所以一段时间，他们在周边孩子堆里和学校都出了名，当然不是什么好名，但能打会打，每每看见别人惧怕的眼神，对他们来说都是种莫大的荣耀。

后来，张崇斌初中毕业离开家乡去了南方一所学校读书，祁兵留在家乡一直到高中毕业去了部队当兵。就这样，两个人一直以来看似拴在一起的命运轨迹开始有了分岔。再之后张崇斌毕业工作，因不满足现状又读书学习然后再工作，工作环境和薪水也相应地不断提升，总之算是走了“读书人”该走的路。

而祁兵的军旅生涯却不简单。虽然两人分开了，但他们一直保持着联系，张崇斌从祁兵那里经常听到让他羡慕不已的消息。祁兵的确是好样的，他去武警部队不久就被部队派去西部执行平定一起暴乱的紧急任务。关于那段经历，祁兵每每和张崇斌说起时都是咬牙切齿：“开始真是窝囊透了，有枪在手就是不能开啊！”结果，在这种不对等的武装对峙下，一些暴徒公然猖狂开枪残杀部队官兵，祁兵的处境一度非常危险。后来，上级有关部门确定事件的性质是有预谋有组织的武装暴乱，军方于是解除开枪禁令，祁兵在那场平暴中亲手击毙三个暴徒，其中一个是祁兵夺过对方的马刀血刃解恨的。

在部队，祁兵过去强身习武打下的好基础发挥了作用，部队的环境使他如鱼得水，本身悟性就好，再加上近似疯狂地猛练，祁兵的功夫是日益精进，而且军事训练各个项目的表现也非常优异，射击和驾车技术是整个军区的标杆。后经上级组织挑选，祁兵成了一名“中南海保镖”，专为国家重要领导人外出做贴身护卫。在祁兵将要离开部队之际，更是光荣地代表国家参加了一届“国际警察搏击大赛”，在徒手格斗项目上，他战胜外国选手为国争得了荣誉。

“唉！曾经那么熟悉信任、令人钦佩的好哥们儿，难道阔别多年后就会变成……”张崇斌将手中的烟头使劲捻灭，这绝不可能！张崇斌清楚地记得，祁兵在知道他开了这个公司后，面对他的加盟邀请，激动地说这正是他离开部队后一直在寻找的用武之地，这才是一份真正的男人的事业！

“他和我一样，我们都是为着年少时曾有过的梦想而走到一起的。祁兵过去能得到部队各级首长的信任，成为领导身边的贴身保镖，这本身就是品质过硬的最好证明！”想到这些，张崇斌的心情轻松了许多，他又平躺了下来……

“那么，这个女人会是半夜经常来别墅闹怪的贼吗？祁兵那么好的身手竟然也会有伤，难道是这个女人也会些超乎寻常的武功，最后竟迫使祁兵痛下杀手？但这可能吗？这一切，看来只有见到祁兵才能解惑，也许过几天，祁兵澄清了事实，我们就又可以见面了……”张崇斌尽力往好处想着。

4. 身份特别的犯罪嫌疑人

“崇斌，我在这里!”

“祁兵，你做什么去?!”张崇斌吃惊地喊问道。眼前一队正在行进的衣衫褴褛的人群中，一个神情憔悴的人在招呼张崇斌，那人正是祁兵。

“有紧急任务，我要走了，别忘了给我写信啊!”祁兵招着手大声回道。

“你到底去哪儿？信往哪儿寄?”望着渐渐远去的祁兵，张崇斌着急地喊着……

猛地睁开眼睛，张崇斌这才意识到原来是场梦。起身坐在床上，他一时还回不过神来。沉静片刻工夫，张崇斌快速下了床拉开窗帘，一缕明亮的光迎面照来，一个难得的好天气。

张崇斌抓紧时间洗漱完毕后，将段涛叫来说道：“我上午先去公安局那边了解祁兵的情况，你想办法找到黄主任，找不到他就给我找到这家公司的负责人，然后马上联系我。还有，你最好从战友那边看看有没有熟悉这家公司情况的人，去摸摸底。”

段涛用力点着头，回道：“明白！张总。”说完，转身离开了房间。

张崇斌走出招待所打车来到贵阳市某看守所，在门岗处自报家门后，一个门卫带他走进楼内一间小会议室。会议室里坐着两位身着便装的男子，年轻的男子首先起身向张崇斌出示了警官证，随后介绍道旁边坐着的是刑警队刘队长。

刘队长四十岁左右的样子，个子不高，但目光深邃锐利，他上下打量着张崇斌。

张崇斌点了下头，一边掏出身份证递给那位年轻的马警官，一边开口说道：“我是张崇斌，祁兵单位的负责人。我今天来这里主要有两个目的：一个是想了解祁兵涉案的具体情况，另一个是积极配合你们尽快将事情澄清，我想……”话还没有说完，刘队长打断道：“祁兵犯案的性质很严重。你来得正好，我想知道你们单位到底是做什么的?”

“危机管理。”张崇斌回道。

“微机管理？是搞计算机的?”马警官插问道。

“是危险的危，机遇的机，危机管理在业内也称风险控制。”张崇斌解释道。

“我怎么觉得你们单位经营的业务有些问题，你们有合法手续吗?”刘队长提出疑问。

“这是公司的营业执照副本。”张崇斌从随身携带的包里把证件拿出放在刘队长的面前，“公司的合法性请不用质疑，这与本案的关系好像也不大，我想……”

“祁兵以前是做什么的？”刘队长再次抢断张崇斌的话。

“难道他没有告诉你们?!”张崇斌诧异地问道。

“他这种有暴力倾向的人你们怎么能随便聘用？你知道他以前是做什么的吗？有没有前科?!”一旁正在做笔录的马警官抬起头来突然向张崇斌大声发问。

张崇斌左右看看面前的这两名警官，停顿片刻，然后说道：“刘队长，我有些不明白了，你们这是向我了解情况呢，还是在讯问我？我今天主动过来配合你们的工作有什么不妥的地方请您明示。”

“张总，你今天主动过来说明你是个深明大义懂法的公民，但你的属下却令人失望，装糊涂死不认罪，态度恶劣。”刘队长平静地说道。

“请您告诉我，祁兵他到底犯了什么事？”张崇斌严肃地问道。

“故意伤害致人死亡，不排除还有强奸未遂的可能。”马警官插话道。

“不可能！刘队长、马警官，这绝不可能！你们这么说有确凿的证据吗？”张崇斌马上回问道。

“当然有！他不老实坦白也没有用，现在零口供也一样可以定罪。”马警官道。

“死的那个女人，是谁？”张崇斌又问道。

“我们正在查。”马警官道。

“祁兵他人就在这所里是吧，我现在可以以单位领导的身份看看他吗？顺便做做他的思想工作，如果他真的犯了事，我会让他配合你们主动交代问题。”

“这个时候不可以的。”刘队长回道，口气不容置疑。张崇斌以他曾经做过律师的经验，知道这个时候案件正处在立案侦查阶段，祁兵已被采取强制措施——刑事拘留。按照国家刑诉法的规定，这个时候可以见祁兵的除了律师外，连家属都没有机会，所以，他没有继续坚持自己的主张。不过，刚才与两位警官的这番谈话，让他的心里蒙上了厚重的阴影，祁兵的“恶劣”他完全可以想象出来，这么多年的哥们儿，祁兵自尊要强的个性他太清楚不过了，可是现在他的身份是严重刑事案件的犯罪嫌疑人，作为一个外乡人，他这种对抗态度，如果遇上素质不够高且脾气暴躁的讯问人员……

想到这里，张崇斌开口道：“刘队长，马警官，你们刚才说已经掌握了证据可以定祁兵的罪，我想这还需要经过检察机关认定，最后由法院来做出判决才能最后定罪。出于对我的下属负责和有利于你们公正效率的办案需要，我想我有必要回答你们刚才问到的一个问题——‘祁兵以前是做什么的？’”

“那好哦，请讲吧。”刘队长的语气缓和了些。

张崇斌打开提包，从中将祁兵的个人简历、祁兵过去在部队受到表彰的证书和参加国际警察比武大赛获奖的照片都拿了出来，然后对刘队长说道：“这就是祁兵的过去，我为我的公司能有这样的员工而感到骄傲！”

刘队长显然有些吃惊，他一一看着摆放在桌面上的这些证件，眉头渐渐拧成了个“川”字形……

这会儿，张崇斌掏出一盒烟，让让刘队长和马警官，见对方不接受，就自己点上一支，又说道：“刘队长，您相信这样一个曾经如此优秀的军人会做出那种龌龊不堪的事吗？他能主动报警就说明他是问心无愧的，以祁兵这样的素质，如果是他犯下的事被抓，他不会耍赖狡辩的；我还算了解他，坐以待毙更不是他的性格，如果他真是要犯罪，想抓他恐怕也不会那么简单。”

对于张崇斌的这番话，刘队长只是静静地听着，然后望向窗外，好像在思索着什么……

马警官这时接上一句：“法网恢恢，疏而不漏。任何人犯罪都是跑不掉的！”

屋内的气氛顿时沉闷压抑。突然，一阵手机震动声传出，张崇斌将手机拿出一看，是段涛发来的短信：“张总，请速来BY大厦，目标已发现。”

张崇斌放回手机，站起身来对刘队长说道：“对不起，我还有点儿事情要办，需要先走一步。关于这个案件，我恳请大队长慎重处理，我个人认为这个案件不会这么简单，希望不要放过真正的罪犯而冤枉了一个无辜的好人。这几天，我人还在这儿，如果需要向我了解情况，请随时通知我，我一定配合你们的工作。还有，我会为祁兵聘请律师，到时还请大队长能安排律师和祁兵见上一面。”说完，张崇斌留下部分证件复印件和名片，并在马警官递来的笔录上签了字，然后走出看守所，打的直奔BY大厦而去。

5. 闹鬼的凶宅

坐在车里，张崇斌迅速梳理头绪：看现在的情形，祁兵要在看守所羁押一段时间，这种刑事拘留的时间可长可短，短则几天，长则可达37天，这期间虽然可以申请取保候审，但是祁兵涉嫌的这个案件性质太恶，申请取保候审的机会渺茫。而且，刚才与警方接触，从对方谈话的语气，张崇斌意识到如果找不到有力的证据证明祁兵是无罪的话，案件很快就会由公安机关提请检察院审查，祁兵也将由拘留转为被批准逮捕。那样的话，祁兵的危机处境就更难改变了，所以，当务之急就是了解事情真相，尽快找到有力的证据和证人。

那么委托方黄主任他们为什么要躲避？有什么是他们惧怕的？在这个案件里，他们也许是可以帮助澄清一些事实的至关重要的证人，他们至少了解这个“凶宅”的周边环境和一些关联情况，他们的躲避是出于本能地对此类“灾祸”敬而远之还是另有隐情？他们以前雇用的女工突然离开别墅，而且连工资都不要；现在，却又有一个女人突然死在这个别墅里……两个女人，同一个别墅，难道，这两个女人就是同一个人？车子飞驰在并不平坦的路上，张崇斌的思绪一刻不停地闪动着，突然而来的这个感觉让他内心一震！这里面会不会是一个有预谋的陷阱……

到达BY大厦，一进大厦前厅，段涛就迎了上来，说道：“张总，看见姓黄的了，在三楼，他好像换了办公室，但一直没有离开那个房间。”

闻听此言，张崇斌二话不说带头直奔楼上而去，来到门前，张崇斌敲了几下门。过了一会儿，门开了，一个身材有些发福、眼睛浮肿，像是没有睡好的中年男子出现在门前，他吃惊地看着站立在门口的张崇斌，段涛这时突然从张崇斌身后闪出来，说道：“黄主任，这是我们公司张总，今天特地前来拜访。”

“喔呵，你好你好，这个……不好意思啊，改日吧，我有点儿事情马上要出去下哦。”回过神来的黄主任慌忙回道，然后转身就要关门。

张崇斌上前一步一把推开将闭的房门，随即搂过黄主任的肩膀带他一起走进房间，段涛跟上去随手把门关上了。

黄主任没有想到来人会来这一手，晃了几下身子想甩开张崇斌的臂膀，扭过头来又做出要喊的样子，却突然又像被噎住似的张了张嘴，最后颤声说道：“你们……咋个这样做事嘛?”

张崇斌直视着他的眼睛，不做多余的解释，直到黄主任垂下目光，方开口道：“找你了解点儿情况还挺费劲，我的人为了你们的事遇到这么大的麻烦，你们竟然连个话都没有，还想躲着不见，什么意思?!”

“不是的哦，说了改个时间的嘛。”黄主任摆出一副无辜的样子回道。

“我给你打电话为什么不接？你躲什么？”段涛在旁边瞪着眼大声说道。

“你最好先给我坐住，你现在要是离开这个屋子，我就叫人跟着你，你去哪儿我的人就跟到哪儿，哪怕是上厕所。或者，你现在把你的老总请过来，你就可以走人。还有，别跟我说方言，我听不懂。”

黄主任被张崇斌摁坐在沙发上，一时间手足无措不知如何是好，张崇斌又问道：“你打电话请我的人过来到底要做什么？仅仅是抓贼吗？”

“是嘞，谁晓得你的人惹那么大的祸哦！”

“你去过公安局没有？”张崇斌紧接着发问。“克过（贵州方言），哦去过。”

“那你为什么不告诉他们死的这个女人曾被你们雇用过?!”张崇斌突然厉声问道。黄主任猛地一怔，在他做出这种反应的一瞬间，张崇斌马上意识到这已验证了刚才他在路上的那个直觉，这两个女人果然就是同一个人！这胖子真是不经诈。

“我告诉你，这类严重案件做伪证是要承担法律责任的。还有，如果我的人因为你们公司的问题而遭受不测，我跟你没完。”张崇斌盯着对方的眼睛说道。

此时，黄主任原本有些僵直的身子顿时松懈下来，望着面前的不速之客眼珠来回转动着，额头上渐渐渗出一层白毛细汗。沉默片刻之后，他吞咽了几下口水，这才开了口。这回，他像是为了摆脱干系，不需发问就开始详细地说起他所了解的情况来。

原来，案发当天，他们公司的法人代表毛总因出差在外，黄主任就作为别墅的户主代表一早就被警方传去讯问。当他知道房子里发生了凶杀事件后，非常害怕，担心惹上说不清的麻烦。因为，摆放在停尸间那个面容惨白的女尸，他一眼就认出正是前段时间突然失踪的女工，而被警方怀疑是凶手正被羁押的人也是他找来的，所以他就隐瞒了女工的身份，只是向警方说明被羁押的人是公司请来看护别墅的。

而女工离开公司后去了哪里，怎么又会突然出现在别墅里，他也说不清楚。他怀疑女工是因为这边闹“非典”先跑回老家躲避，女工走后可能身上还带有备用钥匙，所以这次回来时能够再次出入这栋别墅。但她这次来别墅究竟想做什么，他也说不好。不过，对于张崇斌问到这个女工是否接受过强健身体方面的训练，黄主任却一口否定，在他看来，这个女人不仅不会什么奇功异术，而且身体比较虚弱，有时还经常因紧张过度而神经过敏，理由是她曾向黄主任提出要离开那个别墅，哪怕是辞掉工作，因为她总感觉夜里楼上的房间像是有人走动，吓得她睡不好觉，有几次睡醒后发现自己不知道怎么就躺到地板上了，感觉浑身有说不出的难受恶心。

对于一再有人反映这个别墅夜里有神秘诡异的声响问题，黄主任认为一方面可能是这么大的房子建在一个比较偏僻的山坳，天黑后屋子里的人因恐惧心理产生了某种幻听幻觉，感觉有“鬼”，其实这是自己吓自己；更可能是一些特殊环境下产生的某种物理影响，比如那片区域有可能出现一般城市里见不到的山风、流水、山上下来的小动物、飞鸟什么的；当然，也不排除有毛贼夜里来寻事的。至于那个女工反映的情况，他认为不是这女工睡觉不老实，就是她编理由找借口想离开这房子。

黄主任对整个事件的这番描述，在张崇斌看来，基本上算是说了老实话，并认为黄主任对那凶宅夜里“闹鬼”的解释也是比较客观理性的。因为平日里，张崇斌对人们闲聊时所讲述的各种所谓鬼怪事件从来都是不屑一顾，无论他们描述的时候多么地一惊一乍神情叵测，甚至信誓旦旦亲眼所见。这应该与他从小接受的教育有关。

张崇斌的父亲过去在部队是个政工干部，作为一名老党员，他只信仰马恩列毛，从小老人家就教导张崇斌：这个世界是个物质的世界，根本不存在什么妖魔鬼怪，这个世界也没有什么神明，自然界里只有人才是具备智慧的万物之灵。

在这样的环境熏陶下，张崇斌从小就是个胆大妄为的皮孩子，别人不敢做的事他敢做，别人忌讳不敢说的话他也敢说，他常耻笑那些迷信胆小的人，而且他相信“人定胜天”，也相信“人死后什么都带不走”。所以，在黄主任讲述的时候，张崇斌对关于这房子的诡异之说始终没有过分在意，更没有往不可思议的方面去想，而是对黄主任被警方叫去辨认尸体的那段描述很关注。当黄主任提到女尸身上没有见到明显伤口和血迹时，他感到很诧异，因为段涛曾说过他亲眼看见女人身上有大片血迹，难道这么快尸体就被人清洗过了？这不太可能啊！黄主任也是一早就被叫去的，而且看见女尸时她的身上还穿着和段涛的描述一样的衣服。

张崇斌眉头紧锁，黄主任讲述的情况不仅令他感到意外，而且是至关重要的。因为，女尸身上到底有没有血迹，这是个能说明这女人到底是怎么死的重要线索，从中可以判定凶手杀人的手法甚至动机，这些因素将来也会影响法官最后的定罪量刑，可以说，这个问题也将决定祁兵最后的命运。

因此，张崇斌几次打断黄主任说话，提醒他仔细回忆所看到的每个细节。黄主任始终肯定地说，女尸的衣服上确实没有大片的血迹，甚至连血点都没有见到，还论证般地说到女尸的衣服是浅色的，如果有血迹会很显眼。

站在一边的段涛向张总解释道，他当时没有刻意注意女人衣服上是否有血迹，当天一早天气不是很好，再说是隔着车窗玻璃，但他确实看见女人在被人抬起来时悬空露出的后背和腿部有着大片的红色，这不是血迹又会是什么呢？

矛盾就在这里！试想，一个人身体某个部位大量出血，怎么可能不沾染到衣服上？难道尸体会被人调包换走？或者有人一早就给尸体换身同样款式的干净衣服？这些念头闪现的同时，张崇斌很快做出判断：尸体调包是不可能的，给尸体换衣服也是不符合常理的，一定是他们二人之中有个人在观察或记忆方面出现偏差！一般而言，人在紧张的时候，即便是专业人士往往也会出现观察上的显著失误，著名的德国哥廷根心理会议测试曾印证了这个结论。只是，从二人笃定的神情里，张崇斌一时无法肯定究竟会是谁出了问题。按照段涛的说法，他那天一早返回房间时还曾看见祁兵脸上和胳膊上有出血的伤痕。祁兵如果都受了伤，那对方出点血就太正常不过了。可是，黄主任辨认女尸时是近距离直接观察的，那女尸看起来竟无明显的伤痕。这下可好，知道得越多，不仅原来的谜团没有解开，反而增加了更让人难以理解的困惑，现在，连这女人的死法都愈发显得有点儿离奇古怪了。

在黄主任和段涛争执的当口，张崇斌独自点上一根烟，此刻他想起早晨马警官提到祁兵涉嫌故意伤害致人死亡，且警方已经掌握了证据，这让他陡然转过神来，“光空想是无法解决问题的，现在需要的是有人能直接见到祁兵，让祁兵亲自讲述那个晚上究竟发生了什么事情。”想到这里，张崇斌对黄主任说道：“今天就到此为止。”然后招呼段涛一起撤离。

出了黄主任的房间，已经是中午了。张崇斌和段涛来到街头一家饭店的包间里，吃饭的时候，段涛主动提出找找战友看是否有人能跟这边的公安局说上话，好让队长能得到某些“关照”。张崇斌默认了段涛的提议，并决定自己去委托律师，争取让律师与祁兵尽快见面。

6. 尸斑疑惑

利用随身携带的笔记本电脑，通过无线上网查询，张崇斌很快锁定 TXJ 律师事务所的宋科律师。宋律师是这家律师事务所的合伙人，也是当地十佳律师之一，拿手的业务是刑事诉讼案件辩护。

来到 TXJ 律师事务所，宋律师在一间封闭的会议室接待了张崇斌。张崇斌直截了当表明来意，并明说律师费用不是问题，只要能在最短时间里见到祁兵，把需要掌握的情况了解到位就行。

经过一番畅快的交谈，宋律师得知张崇斌以前也是同行，当即表示愿意承接这项委托。二人一起商讨策略的时候，宋律师也对女尸身上血迹的矛盾问题感到诧异。不过，他却提出一个既能说得通却又说不通的观点，这令张崇斌为之一振。宋律师提出的观点是：女尸身上的红色可能不是血迹，而是尸斑！可是，在提出这个观点之后，宋律师自己却又不断地摇着头，自言自语地念叨着："不可思议，这样就太匪夷所思了。"

宋律师随后解释说，多年办理刑事案件的经验使他对人的死亡方式较为敏感，尸斑的出现，其实是人体血液由于重力学的原理不断积渗于尸体朝下的皮肤表层而出现的特有斑痕。尸斑的出现有一定的时间规律，法医学上将其分为三期：第一期又称坠积期，常见于死后2~4小时，此期尸斑呈小块或条纹状，颜色为紫红色，此时如翻动尸体，则尸斑会逐渐消退；第二期是扩散期，一般在死亡12小时以上，尸斑色泽加深，多呈暗紫红色大片形状，这时再翻动尸体尸斑已经不能完全消失；第三期为浸润期，此期尸斑是扩散期的延续，通常在死亡后24小时左右出现，持续时间久，直至尸体腐烂，此期尸斑已固定，用指压和翻动尸体，尸斑已不会褪色和转移位置。此外，尸斑的颜色也与温度高低、是否中毒、是否溺水而亡等环境和致死原因有关。总之，通过对尸斑的研究分析，人们可以判断出死者死亡的时间、方式以及死后是否被挪动位置，这些要素都将成为案件定性的重要依据。

虽然张崇斌也知道人死后皮肤上会出现这种东西，但宋律师显然对尸斑现象研究得更深。听了宋律师的解释，张崇斌短暂的兴奋又被愈发迷茫的感觉所笼罩。因为尸斑的推断是可以解释通为什么段涛看见了女人身上皮肤有"红色血迹"，而黄主任却没有在女尸衣服上发现血迹的矛盾；然而，这个推断却存在着一个致命问题，即解释不通女尸死亡时间上的矛盾。因为，尸斑的形成是需要时间的，按照宋律师对尸斑的专业解释，如果女尸后背和大腿皮肤上的大片红色是尸斑的话，那么这种面积较大且经过来回搬动也没有消散的成片尸斑就应该属于第二期（扩散期）的尸斑。若依照这个事实来分析的话，这个女人的死亡时间应该在12个小时以上。

可问题是，段涛那天傍晚出去的时间是5点半，在次日凌晨不到6点钟返回，这期间还曾和祁兵通过电话，段涛的战友在电话里还帮他向祁兵说了情请了假，那个时候已经接近半夜12点。而且，根据段涛事后向张崇斌汇报的情况分析，祁兵那个时候在电话里说话的语气还都正常。再退一步说，就算祁兵半夜接听到段涛战友电话的时候“事”已经出了（因为他的心理素质好，所以没有人从电话中听出什么异常），但是，从段涛离开房子再到凌晨返回房子这整段时间满打满算也不过才12个小时，难道是段涛前脚刚跨出门口这房子里就出了人命案？这种事实要是成立的话，那可真是太寸了！

不过，如果顺着这个推理思路继续想下去，那更惊人，也可以说是更荒唐的一个结论就是：祁兵那天夜里竟然和一个女尸发生了肉搏战！

张崇斌和宋律师显然都无法接受这样的一个推论结果，“尸斑”之说依然令人疑惑。

不过，让张崇斌感到欣慰的是，宋律师在对待这个棘手案件的心态上与他有着一种默契，作为一名优秀的法律工作者，仅仅是熟练掌握各种法律法规的条款是远远不够的，对疑难案件不畏惧退缩的挑战精神才是更重要的品质。看得出来，这个案件已经激起了宋律师的热情，他自信地看着张崇斌说：“张总，您的属下是个不凡的人物，而这个案件也让我有点儿兴奋，我现在不敢说让祁兵最后无罪释放，但是您委托的事务我应该是可以办到的。这边，我还是有些可以发挥作用的人脉资源，我想明天就可以见到祁兵，等我回来后再向您说明情况吧。”

张崇斌说道：“那就好，如果祁兵最后能在你的帮助下无罪释放，我还会有重谢。不过，我还有一个小小的建议，请你在见到祁兵的时候用这支笔做记录。”说着，张崇斌从衣兜里掏出一支黑色短粗的老式钢笔递给宋律师。

宋律师接过后，拿在手里来回打量，显出有些不解的样子，张崇斌笑着说道：“放心，这不是窃听器，更不是什么定时炸弹，这支笔是一位部队的首长赠送给祁兵的，祁兵曾做过他的贴身保镖，后来祁兵把它作为礼物送给了我。你拿着这支笔去，祁兵一看就知道你是我信任的人，是来帮助他的，这样，他就会更配合你的工作。”

“哦，那太好了。”宋律师将笔小心地放进包内。

第二章　疯狂的逃犯

1. 探监迷局

一个穿着蓝白相间狱服、身板挺直的男人站在屋子中央，一动不动，布满血丝的双眼正出神地望着窗外，一道晨曦铺洒在身上，手腕上金属铐面的反光打在脸的一侧，使这个男子面部的棱角愈加分明，仿佛是座石雕人像。

突然，监室门被推开，一名管教人员进来喊道："0715 出来，律师会见。"男子慢慢转过身来，两脚拖着镣铐向门口走去，接近门口时眼光朝两旁一扫，门口墙边其他几个同样穿着狱服的人慌忙闪退一边。穿过两道铁栅门，男子来到一间提审室，他身后的管教人员也跟进了房间。

房间里，宋律师已经在此坐等一会儿了。

"我可以单独和我的当事人谈话吗？"宋律师冲着一旁的管教人员问道。

"对不起，所里有规定，重点监管对象不允许单独会见。"

"那好吧。"宋律师轻轻摆了摆手，转身向眼前的这名男子问道，"你是祁兵吧？"

"是的。"男人冷漠地回道。

"我是 TXJ 律师事务所的律师宋科。我昨天见过了你公司的张总，他很关心你。我今天来是受他委托，一是了解你目前的状况，二是想了解整个案件的详细情况。此外，你还可以向我咨询关于本案法律方面的问题。"

祁兵挺了下胸，突然又压低身子问道：“张总怎么不亲自过来？他也是律师啊！”

“你们张总在外开公司，依照律师行业管理规定，张总的律师执业资格将暂停，所以他不能前来。祁兵，你不要有什么顾虑，把你那天发生的案情如实说出来，这样我们才知道该如何帮你。”说完，宋律师从皮包里拿出了本子和那支老式黑色钢笔。

祁兵眼睛一亮，呼吸变得有些急促，胸口上下起伏着，沉默了片刻，突然说道：“请你转告张总，我没有做任何对不起他和公司的事情，但我现在很难说得明白。唉，真是活见鬼了！”

“活见鬼，什么意思?!”宋律师连忙问道。

“那栋房子，还有那个女人，都不对劲！我说了他们都不信！”祁兵说这话的时候，那双伤痕依旧可见的手竟不由得微微抖动起来。这让宋律师也吃了一惊，在他的心目中，祁兵这种优秀素质的男人应该是个具有钢铁般意志而无所畏惧的人，可眼前的祁兵多少让他有些失望，一时竟无语忘言了。

“宋律师，你相信这个世界上有活着的死人吗?”祁兵这时突然问道。

“什么？活死人?! 这……我不太清楚，能说具体点儿吗?”显然，宋律师对这个突然冒出的问题根本没有思想准备。

“说了也没有用，没人会相信的。”祁兵说完闭上了眼睛，仿佛在琢磨着什么……

“不一定，说出来看看。”宋律师身体前倾，眼睛紧盯着对面的祁兵。

“今天是几日？外面‘非典’控制住了吗?”祁兵睁开眼睛，直视宋律师问了一句。

“今天是6月6日，‘非典’还没完全控制住。”宋律师回道，接着又对祁兵说，“你能不能将整个事情的经过详细说出来，让我帮你分析下。”

祁兵侧过头来苦笑了一下，并没有说话。稍许，又微微垂下头来，但是戴着手铐的手却突然动了起来，只见他右手的食指不断地在左手背上来回画着……好像是在挠痒，但又不太像，正当宋律师纳闷的时候，祁兵突然抬起头说道：“宋律师，你回去吧，等有机会我会向张总说的，这事跟别人都讲不清楚。”

“祁兵，你可能不了解法律的规定，张总现在没有机会见到你。”宋律师皱着眉头说道。

“张总会有办法的。宋律师，请你回去转告张总，我想见他，横竖都躲不过十五，有事要算算，要算算就知道我什么时候最想见他了。”祁兵瞪大着眼睛看着宋律师，似有深意地说着。同时，一边用右手食指和拇指不断捏起又放下左手背的一小块皮肤，看来用的劲还不小，被掐捏的皮肤颜色都白了，在一片挠红的皮肤上很是显眼。

“那好吧。祁兵，你回去也再慎重考虑考虑，时间对你我来说都很宝贵，我下回再来找你了解情况。你要休息好，别把自己搞得过于紧张疲惫，我先走了。”宋律师起身合上皮包，朝管教点点头，就离开了会见室。宋律师出了门穿过一条走廊来到所长办公室。

“哦？宋律师，这么快就完事了？”杜所长问道。

“老杜哦，我问你，这祁兵涉嫌的罪名是什么？至于给他戴脚镣？”

“咋个？涉嫌故意杀人还不够严重？再说咧，你不知道哦，这个人太蛙王哦（贵阳土话，很凶狠的意思），把他关进监室第一天就打了人，屋子里的那个头头被他两脚把骨头都踢折了，不给他戴上那还得了！”

“那他把问题都交代清楚了吗？”宋律师追问道。

“这不大清楚咧，听说顽固得很哦。”杜所长摇了摇头。

宋律师回到律师事务所里，看见在所里已等候着的张崇斌和段涛，开口说道，“张总，你属下受到的刺激可不小哦。”

张崇斌听了一愣，他身边的段涛忙问道：“我们队长怎么了？”

“怎么了？也许连你们也猜不到。”宋律师边说边拖把椅子围过来，接着说道，“张总，这个案子看来我们要有点思想准备，祁兵目前的精神状态有些不稳定，他外面的事还没解决，在里面又惹了祸。”

“什么？又出什么事了？”张崇斌忙问道。

“打人，把同监室的一个管事的头头给打了。”张崇斌听着，皱紧了眉头。

“人哦，进去那个地方就不是个人喽。那里的管事头头一般都是几进宫的惯犯，新进去的羁押人犯都要先挨头头的欺负，不懂规矩不听话的就会挨打，你属下一定是受不得这气的。”宋律师在一旁解释道。

“欺负我们队长，那他纯粹是找死！”段涛嘟囔了一句。

“没把人打死不是吗，那就说说会见祁兵的情况吧。”张崇斌对宋律师说道。

宋律师叹了口气，面色忧郁地讲起了会见的过程。在他看来，通过这次会见祁兵，他认为这个案件绝不是件普通的伤害致死案件，其中很可能有不可思议的地方，理由是：祁兵说过那房子和女人都有问题，尤其是提到了“活着的死人”。

而且，祁兵还说过“这事说出来没有人会信”。在这个令人难以置信的问题上，张崇斌和宋律师都不约而同地联想起上次一起说到的关于“尸斑”的疑惑。

“‘活着的死人’，这是什么意思？有没有此类现象的专业概念？”张崇斌问宋律师。

宋律师解释，在法医学中没有这样的专业术语，他非常遗憾的是祁兵不愿意和他说得更多，他能想到比较接近的一个概念是人的“假死”现象。所谓“假死”，是指生命机能已陷入极度衰微的人，从外表看来几乎完全和死人一样，如果检查不仔细，很容易被误认为是人已死亡，甚至被当作死人处理和埋葬，而实际上人还是活着，只是呼吸和心跳极度微弱以至于用一般检查法测不出心跳、脉搏和血压等，这种状态就是“假死”。

关于这种事例，张崇斌也曾有所耳闻，他对宋律师说起这样一件事：有个地处偏僻的农村一直保留土葬风俗，有人死后入土下葬了，没过多久，因某种原因人们重新刨出棺材打开棺木，竟然发现棺木里的人面目狰狞，指甲脱落，棺木顶板布满抓痕。张崇斌认为这是下葬时的“死人”在接近地气苏醒后发觉被活埋，在极度恐惧和窒息的痛苦中奋力挣扎，最后还是死了，但死相则跟遗容安详沾不上边了。但这“假死”和“活着的死人”根本就不是一回事儿！

“假死”顾名思义可以含糊地说成是“死了的活人”；而“活着的死人”让人听起来就像是民间传说的“诈尸”。

“到底是‘假死’还是‘诈尸’?!”

这个古怪的念头突然冒了出来，张崇斌的脑海里不由得闪现出香港鬼片中穿着古装衣服，拖着舌头、脸色煞白，走路只会一跳一跳的僵尸。可现实中哪里会有这种事，退一万步说，就算是那个房子里出现了活蹦乱跳的尸体，那么，这个尸体是如何在夜里突然跑进房子里的?

想到这里，张崇斌想不下去了，这都哪儿跟哪儿啊，他觉得有这种想法简直就是荒唐透顶！可是，为什么连祁兵这样曾经历过生死考验的硬汉事后说出来都会手抖，那个夜里到底发生了怎样诡谲恐怖的事呢?

三个男人大白天这么分析的时候，尽管围坐在一起，都不禁有些寒意。试想，无论是“死着的活人”还是“活着的死人”，这半夜时分真的要是突然遇见了，谁能受得了这个？难道这世间真的有“诈尸”存在?!

接下来，在宋律师讲述祁兵最后怪异的说话方式和举动时，张崇斌顿时警觉起来，凭着直觉，他认为祁兵这是在通过宋律师向自己传达某种不便公开的意思。虽然宋律师也曾有所怀疑，但他怎么也想不明白其中会有什么意思可以通过那种方式明确地表达出来，所以，他更倾向于祁兵是因为紧张疲倦过度而有些语无伦次、举止失常。

张崇斌并没有直接反驳宋律师的看法，他只是详细地问起祁兵的手是怎么活动的，看宋律师模仿比画，祁兵是在用右手食指在左手背上有规律地横着画三条平行线，接着又竖着画三条平行线，相互交叉，手背上的线条一会儿就变红了，形成一个“田”字，最后祁兵来回捏起松开“田”字左下尖角处的一小块皮肤。

张崇斌和祁兵是从小一起玩大的，彼此心领神会的感觉是宋律师所无法相比的。祁兵留下的话虽然不多，但张崇斌越琢磨越感觉祁兵说的那些话，还有手上的动作都不会是简单的呓语和妄动，其中必有重要的含义！祁兵这么做是不想让宋律师明确地知道自己的意图，即使宋律师是张总信任并委托去帮助自己的人也不可说，这也就意味着祁兵心中的意图需要严加保密，而且，他的真实意图只能由张总一个人去揣摩。

想到这些，张崇斌的面孔微微展露一丝旁人难以察觉的笑意来，“好你个臭小子，又在给我出难题啊!”虽然一时无法猜透其中隐含的秘密，但张崇斌的心情却好了起来，在他看来，祁兵不仅没有精神异常，反而很清楚自己想做什么、该做什么，只不过这一切都隐藏在看似怪异的行为背后。

接近中午的时候，宋律师请张崇斌和段涛一起到外边邻近的餐馆吃了点儿便饭。饭后，宋律师提出他下午就去活动，想办法看到女尸的验尸报告，这样就可以真相大白了。

宋律师走后，段涛开始不断用电话联系着熟悉的战友。张崇斌对段涛说道：“看守所这头你不要让你的战友用太多精力，宋律师这边的司法人脉资源还是可以的。最好看看有没有战友了解这家房地产公司的情况，还有关于这栋别墅的所有消息，包括听起来不可信的传言。”

然后，张崇斌给公司的商调部部长孔超去了电话，了解了公司目前的状况后，他让孔超暂时停止对外承接一切调查业务，准备好必要的调查工具，随时听候指令南下与他会合。

部署完任务，段涛起身离去。这个时候，张崇斌决定一个人静下来，好好想想祁兵给他出的这个“难题”究竟何意。

在回宿地的途中，张崇斌买了张贵阳市交通旅游地图，找到那栋别墅在地图上的大致位置——白云区北郊都溪林场附近。

“都溪林场”这个地名真不怎么样，字组搭配左右相克，看这“都溪”里面，有日和水，此为水火相克；“林场”里面有木和土，也是彼此相克；合在一起，五行里还缺一“金”，如此阴阳不调，难怪生出怪事！套用以前接触玄学所了解的东西，张崇斌在出租车里漫无边际地胡思乱想，他的大脑开始渐渐进入兴奋的状态。

到了招待所，一进房间，张崇斌就径直靠躺在床头叠放的被垛上，闭上眼睛……慢慢地，他的脑海里呈现出一个在手上画出的“田”字，还有“田”字左下角不断捏放着的颜色发白的一角皮肤，这二者之间有什么关联吗？“口”+“十”可以组成“田”；四个“口”也可以成“田”；两个“日”合在一起也是个“田”。祈兵为什么揪这“田”字的一角呢？“田”的左下角与该字或该图形其他三个角位除了方位不同，其他应该都是一样的，没什么特殊之处啊！

“不行，这种分析方向一定是死胡同！”张崇斌调整思维，开始进行换位思考，“既然祈兵渴望见到我，有些话只想对我说，而且他也应该清楚我很难马上见到他的实际状况，那么他此时最希望我怎么做？或者，他现在最想做什么呢？毫无疑问，他希望我能帮助他，也许，在他看来也只有我才能帮上他，而且我会有办法做到的。这也就是说，他的所有暗示，他所出的这道难题，是在自己的智力可以破解的范围内的。此外，祁兵这么有把握，说明这道难题的‘解’一定是隐藏在自己擅长或熟悉的领域内，那么什么是自己擅长或熟悉的呢？刑侦案件推理分析、法律法规、搏击武术、围棋手谈、天文物理数学甚至一些古籍玄学……”

张崇斌发现自己的爱好还真不少，“文”和“武”都沾上边了，但现在看来这反倒成了件麻烦事。“答案就藏在问题里！”漫想一圈，张崇斌的思绪又回到祁兵留下的那句话：“宋律师，请你回去转告张总，我想见他，横竖都躲不过十五，有事要算算，要算算就知道我什么时候最想见他了。”突然，“横竖都躲不过十五”这句话似乎让张崇斌感觉到了什么：这“横”和“竖”岂不是“田”字的三道横线和三道竖杠?！那么这后面的“躲不过十五”就不应该是一开始以为的“躲得过初一，躲不过十五”所指的意思了，“横”是十五，“竖”也是十五……猛然间，张崇斌脑海里灵光一闪，呈现出一个图案，此图案正是“九宫图”！

所谓“九宫图”，也称为《洛书》，是中国古代流传下来的一幅神秘的图，与之齐名并论的还有《河图》，此二者历来被认为是华夏文明的源头，甚至认为这两幅图蕴含着“宇宙天机”。关于《洛书》的来历，相传上古大禹时，洛阳西洛宁县洛河中浮出神龟，这龟背之上驮有奇异的图案，大禹根据此图治水成功，遂划天下为九州，又依此制定九章大法，治理社稷。而《河图》的来历，据说是远古时期黄河里出现了一匹神马，这马背之上同样也有一幅神秘的图，这个图被圣人伏羲得到。这在《汉书·五行志》中曾这般描述：“伏羲氏继天而王，受河图，则而画之，八卦是也。”于是，此二图遂成《周易》之源，《周易·系辞》中写得清楚明白：“河出图，洛出书，圣人则之。”

“九宫图”原始图案是由黑黑白白的成堆点数组成的图，看似平淡无奇，但其中却隐藏着包容天地的深奥数理关系。中国古代最神秘莫测的那些神奇方术如奇门遁甲、玄空堪舆、紫白飞星、三元地理等多以其为根，用之甚广。

张崇斌因为喜欢数学上的一些奇妙组合规律，曾专门研究过这九宫的数字排列，在此基础上，张崇斌还能推演出十六宫、二十五宫的排列图法，图形可以是正方形，甚至还可以用圆形来排列，真是奇妙非常。虽然张崇斌不迷信玄学，但这却并不影响他对古术方面的兴趣，尤其是那些具有神秘色彩的方术，在他看来，玄学方术的内容虽有玄幻夸张之匠心刻意，但这些言辞的背后往往隐藏着一些至真朴实的道理。祁兵受他的影响，以前读书时也翻看过奇门遁甲，二人比武对阵时还会不时地边做手印边念叨着“临兵斗者皆阵列前行”的奇门九字诀。

下面是构成“九宫图”的九个数字的方位排序：

4 9 2

3 5 7

8 1 6

正所谓：

“九宫之义，法以灵龟，二四为肩，六八为足，左三右七，戴九履一，五居中央。”

此图在数理上的众多妙味之一就是：无论从横向还是竖向，包括对角线的斜向，将其中三个数加起来，就会发现一个有趣的现象——其和都是一样的，都等于15。这不就是“横竖都躲不过十五”吗？

“要算算就知道我什么时候最想见他了”，祁兵的这句话再联系他手上的动作，现在就成了一道根本不用计算的简单问题了，“8”就是左下角那块惨遭蹂躏的皮肤所暗示的数字！

“祁兵啊祁兵，好小子，可真有你的！”张崇斌不禁激奋起来，谜底揭开了！

可是，这份激动没有超过两秒钟，他猛然意识到一个可怕的问题，不由得倒吸一口气……

2. 潜逃的“‘非典’ 病人”

祁兵要越狱！

这就是突然令张崇斌心惊的那个可怕感觉。今天是6号，而祁兵想在8号就见到他，可祁兵明明知道张崇斌现在无法见到他，那么“有事要算算，要算算就知道”这句话里的“要算算”就不是一句简单的自言自语，这是句一语双关的暗语，除了有用心计算思考的本意外，同时也是数字1、3、3的谐音。

张崇斌有个133打头的手机号，但平时不用，除非特殊情况下才会使用，因为这个手机号段是CDMA制式，这在当时可以有效地防止被监听。这个号码，公司只有祁兵和孔超知道，他们之间曾有过约定，当出现严重的事件并且需要保密的情况下，向张崇斌汇报时只可以打他那个133开头的手机号。

“原来，祁兵不是在等我去见他，而是他要主动见我。难怪他问宋律师‘今天是几号？外面‘非典’控制住了吗？’这两个问题。”再回想宋律师描述祁兵的整个表现，张崇斌明白了祁兵那难以言传的意图：6月8日，接听133手机电话，然后见面。祁兵要通过这个方式让张崇斌了解那天夜里发生的事件真相。

张崇斌忙看了眼手表：“8日，也就是后天，祁兵只有在那天离开看守所才有机会打出这个电话。可是，他现在是手铐和脚镣齐身的重点监控对象，怎么能出去？想越狱不成?！祁兵啊祁兵，你急什么啊?！大家都正在为你努力着。这样做的后果是什么？且不说强行外逃极可能要付出生命的代价，而且，你就算是逃出来了，原本清白的事情可能真的就难以洗清了，你也将会成为被通缉的畏罪潜逃的真正罪犯！”

张崇斌猛地从床上翻身坐起来，深吸一口气，努力克制着内心的不安。只剩不到两天的时间，太短暂了！这可如何是好?！要知道，看守所可不是什么草场马圈，只要能钻快跑就能获得自由！事实上，这看守所戒备程度跟监狱差不多，四周有高墙，墙上是高压电网，且一天24小时有持枪的武警站岗监视。

想到这里，张崇斌连忙拨打电话给宋律师，问他那边进展如何，是否看到女尸的验尸报告。可宋律师的答复令他失望，他还需要点儿时间去找人做工作。静坐着想了一会儿，张崇斌又拿起电话打了出去，对方接通。“刘队长，我是张崇斌，有个情况我想让你知道。”

“哦，是张总，有事就说吧。”刑警队刘队长不紧不慢地回道。

“那个……那个女尸的身份，我已经查清楚了，如果方便的话，我想当面向您说明些情况。”“哦，我们已经查清楚了女尸身份。不过，张总，你们要注意自己的身份和调查方式，别一事未了，又生是非。”

“这个死黄胖子，‘立功赎罪’的动作可真快！”张崇斌心里恨骂一句，同时回刘队长道：“多谢提醒，请大队长放心，我们会有分寸。不过，我听律师说，祁兵现在情绪不稳定，他很想见我，能否破例提供个方便，我想见他一面，以免他……”

“张总，你过去也做过律师，有些规定我想不必我说得太多。”刘队长没等张崇斌说完，就断然回绝了。张崇斌也意识到，他的个人身份背景已被警方摸了底。

“大队长，还请您能理解，不是我有意让您为难，我只是想帮助祁兵尽快澄清事实，虽然目前我还拿不出有力的证据，但请恕我直言，我认为祁兵是无辜的，那个女人的死因也不会是普通的故意伤害造成的！”

“好了，张总，案件的处理会通过法律程序，凡事都要讲事实和证据，而不是无根据地猜测。”

“那么，请问刘队长，女尸的验尸报告结论究竟是什么？”

“相关报告已经上报有关部门，你就不必多问了。”说完，刘队长将电话挂了。

“真是要出大事了！”张崇斌心急如焚，他使劲甩下手机，一把将买来的地图扯出在床上铺开，眼睛快速地寻找祁兵所在看守所的位置，锁定位置后，又查看着周边的地形和交通路线……

这时，宋律师给张崇斌来了电话，说要见面谈事，张崇斌告诉了地址让他马上过来。20分钟左右，宋律师来到招待所，一见面张崇斌就让他赶快说情况。宋律师说他托了老同学的关系，这才见到了给女尸做尸检的张法医。根据法医的说法，女尸体表检验无机械性创裂伤；处女膜检查无被强奸侮辱痕迹；尸体胸腔两侧肋骨有多处挫裂骨折，但看起来能够直接造成死亡的损伤则是颅骨处的纵行颅底骨折。还有，对祁兵非常不利的是尸体指甲内的残留物经化验只与祁兵的基因血型和他的体表外伤痕迹相符合。尸检报告的最后结论是该女子因暴力伤害而死。

看见面色沉郁的宋律师，张崇斌问道："那尸斑的问题你没有提出疑问吗？"

宋律师轻轻地摇了摇头说道："早期的尸斑可在死后 2 小时就能形成，有的甚至可以更早出现。人死这么久了，现在再提这个疑问，意义不是很大了。"

"你说什么？!"张崇斌心中顿生一股难言的忿恚堵闷，他目光直视宋律师的眼睛。

"张总，怎么说呢，有些话其实不应该说的，因为我的职业要求；但是，你以前也在这个职场混饭，那就不妨对你说了。你知道我在听法医讲述的时候，有种什么不好的感觉吗？"宋律师扶了下眼镜，镜片后面的眼神闪着黯然的冷光。

"什么感觉？"

"祁兵这个案子可能很快就会做出定罪判决。"

"凭什么这么说？"

"这份验尸报告已经被公安局提交到检察机关审查，祁兵可能很快就会被正式批准逮捕。再说，张总你也知道，类似这般异地流窜案件，尤其在这个'非典'时期，尽快结案是各地公检法机关一致的办案要求。"

"我明白了，宋律师你不用多说了。"说完，张崇斌点上一根烟，狠吸一口烟气含在嘴里，然后咕咕地吐起烟圈来……

宋律师有些诧异地看看张崇斌，慢慢走近说道："张总，我们都不要放弃，只要法院没有做出最后的判决，我们一直都有机会争取的。"

"争取什么？连'片状尸斑'这么明显的疑点都不能争取澄清，我们还能争取到什么？张法医怎么联系，我想马上见他一面。"

"可能见不到他了，我们见完面后，他说要去外地出差，赶飞机马上离开贵阳。"宋律师试拨了下手机，果然，张法医那边关机。

段涛这时回来了，还带来那天去机场接张崇斌的战友。他的战友见到张崇斌伸出手来说道："张总，你好！我叫于志国，你们的事情我大体了解，段涛是我的战友，也是好兄弟，我理解你们此刻的心情感受，我也非常敬佩你们的队长祁兵，相信他是无辜的。这边如果有什么需要我做的，不用客气，只要是我能做到的，一定会尽力而为。"

"谢谢你的理解。"张崇斌使劲握了握对方的手。

段涛提过一把椅子，于志国坐了下来向众人说起那家房地产公司的一些情况：原来这家名为“拥都”的房地产公司是3年前成立的，老板姓毛，以前是湖南某个采矿厂的老板，后来将矿厂转让赚了不少钱来这边搞房地产开发。于志国的一个当地朋友原先在这家公司的项目部干过一段时间，据他的朋友说，当初公司是想在那块地段开发商品住宅小区，因为老板看中了这地界离市区不太远，森林覆盖率高，整个一青山绿水的天然大氧吧。后来在开发建设时，因为动迁补偿的一些事宜没有和当地的村民协调好，工程进展就不大顺利。现在的这个别墅原先是准备做售楼处的门面房，工程停下后，毛老板就把它改装成一个独立的别墅，打算高价卖掉。

段涛这时又端着个水杯走过来，于志国接过段涛递来的水杯，喝了口水，接着说道：“段涛刚过来时说是要看护这个别墅，当时我猜想可能是因为建房工程上遗留的矛盾没有解决，有人故意搞破坏。”

“也不排除有这种可能，现在的有钱人为富不仁哦，很容易得罪人。”宋律师说道。

“不过，听段涛说了你们这两天发生的事后，我有些担心这个房子本身真的存在问题。”于志国突然变换了语气，语音低沉下来。

“哦？这房子会有什么问题？”张崇斌问道。

“我本来也不相信，因为我是名党员，无神论者。这事也是听那个朋友说起的，他说这个房子在盖的时候，老板曾找过懂风水的人看过，结果在排龙时，发现水口形位不好，排出‘破军’凶龙。这毛老板以往运气一直不错，所以这回听了这一说，虽然感觉不舒服，但他就不信这个邪，继续盖了这房子。房子在盖的过程中，就出现诸多不顺，房子盖好后，他自己家里人住了没多久就都搬出去了，结果老婆去年出车祸死了，现在据说公司也快黄了。”

于志国说的这些，宋律师和段涛听得满面茫然……

张崇斌这时开口说道：“盖房子前看看风水，是我国的古老传统。玄空风水学如以现代开明包容的科学观来看待的话，它算是门地理学。但这门学问秘传久长，传人极少，而且公开得很晚，其中的真髓秘密，一直保存在中州派手上。所谓‘中州’，也就是现今的洛阳，该派历来是一代一师只传一徒。不过，后来在明末清初之际，忽然出了一位名叫蒋大鸿的人物，冒天下之大不韪著书立说，于是玄空风水渐为人知广用。中州派看阳宅风水用的正是排龙诀，排龙也就是依诀对先天地质理气的推排之法。只是，这种旁门左术能作为有效的证据拿到法庭上跟法官说吗？”

“张总，法律不是讲以事实为依据吗？虽然有的事情真的让人难以相信，可它也许真的就是存在的。你们可曾知道十年前贵阳这边发生过的一起更让人不可思议的事件吗？”

于志国看起来比较兴奋，但是张崇斌却明显不在听的状态，虽然表面平静，但他的内心焦躁不安，祁兵那边可能正在做越狱的准备，一旦付诸行动恐生死难料，而自己目前还没有想出好的办法解这个燃眉之急，哪里还有心情听这些“天方夜谭”。于是，开口道：“于兄，你说得虽然有道理，但要知道，合法有效的证据必须是建立在确凿的事实基础之上。无论如何，感谢你能过来帮助我们。天色不早了，段涛，你陪战友还有宋律师出去吃饭吧，我有点儿累，就不去了。”

众人离去，张崇斌一个人站在空荡的房间里，他静静地环望着四周陈旧简陋的摆设，一种疲惫的孤独由内心深处涌动泛起，这种孤寂无助的感觉让他无法继续待在屋子里。于是，他走出招待所，拦了辆的士，让司机随意去什么地方，只要车子动起来能呼吸到新鲜的空气就行。

天色已完全黑了下来，车子在市区的马路上不快不慢地行进着，张崇斌摇下车窗漫无目的地浏览着霓虹映照下的街景，一路无话。司机这时放下一盘磁带，一个苍茫而略带沙哑的声音伴随着伤感的旋律响起：

……

I must go the other way（我要走的是另一个方向）

And my train will carry me onward（列车会载着我驶向前方）

Though my heart would surely stay（但我的心会停留在这个地方）

Wo my heart would surely stay……（哦，我的心会停留在这个地方）

……

离别与无奈透过苍凉的歌声，被平静忧伤地咏唱，时而悲壮的鼓点黯然掀动无法平静的心潮，伴随着火车远去的轮轨呼啸，那种离乡的忧伤、无助的失意、旷远的荒凉，侵心荡来，张崇斌的眼睛渐渐模糊了……“祁兵，我的好兄弟，放心吧，无论如何我都不会让你成为一只孤独无助无家可归的‘狼’！”

第二天一早醒来，张崇斌让段涛买上车票先回公司，段涛不理解，但看张崇斌坚决的态度只有服从，他慢慢收拾好行李，眼里含泪离开了。

段涛一走，张崇斌立即关上平时用的手机，并把电池卸下来。随后，张崇斌又将随身携带的笔记本电脑上的无线上网卡抽出，以防范被远程追踪窃听。整理完毕，张崇斌走出房间到前台办理了退房手续，然后打车去了市区几家商场，按照祁兵的身材买了两套衣裤和鞋，在女性配饰专柜买了几件花哨的金属饰物，又在自动取款机取出一笔现金。最后，带着这些物品，张崇斌在市郊找到一家不用身份证就可以住下的小旅店，交费租下。

看守所监室里。祁兵在屋内的一角，身体一侧倚靠墙，四肢紧紧收缩并拢，同时屏住呼吸，加以意念引导……突然，身体一歪，倒在地上。一会儿，狱医赶来，几个惊慌失措的在押人犯被戴着口罩的狱医迅速清了出来，转移到另外一间监室。

祁兵蜷缩着微微抖动的身子躺在室内一个角落，急促呼吸的同时不住地咳嗽着，狱医从祁兵腋下取出温度计一看：38.5℃。于是连忙走出监室，通知所长0715号犯人疑似得了“非典”，需要马上送专门医疗机构隔离诊断医治。

很快，一辆120救护车来到看守所。祁兵手脚戴着镣铐，被两名穿着三级防护服戴着面罩的医务人员用担架抬上车，关上门，救护车鸣着笛迅速开动，后面紧随着一部载着两名警员的警车，直奔收治“非典”的定点医院而去。

小旅店里，张崇斌将133号段的手机SIM卡从打开后盖的手表里取出，插入手机卡槽，开机，然后拨通了在街上抄下的一个办理各种证件的手机号码，直截了当地告诉对方需要办一个“身份证”。对方回答没有问题，当天就可以办好，只要有办证人的一张照片即可。

张崇斌的电脑里，有公司每个人的标准个人照片。接着，张崇斌用房间座机拨打当地的114咨询服务台，问到当地的汽车租赁公司的联系电话，于是带上笔记本电脑又离开了房间。

某医院“非典”治疗病房内，虚弱无力的祁兵躺在病床上，脚镣已经卸掉，手铐却依然戴着。两名穿着防护服戴着面罩的警员候在隔着走廊的对面看护室，来回踱着步……

祁兵看起来症状比较严重，除了发热咳嗽，还不断地呕吐，上了几次厕所把胃里的所有东西甚至苦水都吐了出来。凌晨1点左右，祁兵起身又要上厕所，一名医务人员扶着两腿无力的祁兵向走廊一头的卫生间走去，走廊里，一名警员坐在椅子上打着盹，另一名警员眯着半醒的眼起身跟到卫生间门口倚着墙站住了。

医务人员送祁兵进去后就走了出来。

厕所里面，不时地传出祁兵呕吐的声音……

等了一会儿，里面安静了很多，祁兵仍没有出来。医务人员等不及，走进卫生间内室厕所……“啊！不好，快来人呀！”

随着厕所内传来的一声喊叫，门口的警员一个激灵，上前几大步冲入卫生间，整个内室厕所竟然空无一人，只见墙上的那扇铝合金窗户已经敞开，地上有一双拖鞋。

两名警员从窗户探头向下望，四层楼的高度，漆黑陡峭的墙面、光秃的地面皆空空如也；抬头又四处张望，什么都没有看见。

一辆黑色的“现代”轿车停在靠近路边并不显眼的一个胡同里，车子已熄火，车内无任何灯光。张崇斌闭着眼睛仰躺在车里的皮座上，偶尔睁开眼睛看看手表，指针一分一秒地移动着……虽然已是深夜，但他却一点儿困意都没有。

当手表时针与表盘上的数字12重合时，张崇斌起了身，拿起一旁的矿泉水喝了几口，两脚在离合和油门上来回试踩，活动活动有些僵麻的腿脚，同时透过车窗望向斜前方200多米处——祁兵被羁押的看守所。“现在已是6月8日，祁兵如果要出来，可能随时都会有行动。”

又等了一个多小时，看守所那边仍没有任何异常动静，张崇斌不由得有些茫然：“难道是自己判断得不对？祁兵本没有越狱的打算？”

医务人员扶着祁兵走进厕所，转身离去。

祁兵一个人在厕所里，他环视四周，没有其他人。于是，他一边咳嗽着一边迅速地来到窗边，伴随着咳嗽声轻轻地启开铝合金窗户，把拖鞋脱下，两手按住窗台，身体向上一蹿，“噌”地两脚便踏上了窗台。往下一看，10多米高的直立陡墙下面是水泥地面，地面上无任何松软的垫物，而墙体表面也无任何管道线架之类的可攀爬的设施。

转过身来，祁兵抬头向上望去，隔着约1.5米高的墙体上面也有个铝合金窗户，站在窗台上的祁兵突然将后背朝外挺直，然后用光着的右脚紧紧钩住上面铝合金窗户的边框，腾出戴着手铐的双手，顺着胸前贴着的墙面慢慢将双手举过头顶伸直，但手指尖却距上面的窗台还有近30厘米的距离，而此时他的整个身体几乎完全悬在墙外，随时都可能坠落下去，极其危险！

祁兵保持着这个让人胆寒的姿势足足有5秒钟。突然，只见他收回钩在窗框上的右脚，左右两脚只用脚掌前半部分踩在窗台的外部边缘，脚后跟完全悬空，与此同时两腿迅速弯曲身体下蹲然后猛地向上弹去，祁兵的双手刚好越过上面的窗台，随着身体下落的一瞬间，他两手手指前端指节紧紧抠住了上面窗台的外部边缘，身体顿时完全悬空，在身体停止了左右几次摇晃摆动后，祁兵开始凭着臂力一点点将贴着光滑墙面的身体拉升起来，当他的头越过窗台边缘时，两手臂又猛地一用力，手掌已撑上了窗台，然后收紧腹肌带动右腿向上跨搭在窗台上，紧接着手脚齐用力，身体又是向上一蹿，祁兵已站在了窗台上，刚才这一连串的动作可谓一气呵成。

此时，楼下的厕所里传出了惊叫声，祁兵迅速地把未上锁的铝合金窗启开，当楼下的窗户探出脑袋的一瞬间，祁兵已纵身跳进卫生间里。

趁着楼下一片混乱的时候，祁兵迅速穿过走廊潜入对面无人的医务值班室，随手关上门。

借着月光，祁兵把地上堆放着的一个硬纸箱的一面撕扯下来，再撕成几片，然后分别将这些硬纸片塞在手铐环下紧贴着手腕皮肤，两手试着用了点儿力气，硬纸片没有滑落出来。祁兵又四下看了看，上前把门边竖立的一个输液用的铁架推到墙边用膝盖顶住，举起双手，将手铐中间的链条孔对准铁架上端一个尖头上翘的粗铁钩，他深吸一口气，夸张地弓起后背，突然间，身体带动两臂猛力急速地向下砸去，“嘣”的一声，手铐中间的锁链竟被生生扯断了。

祁兵抖动几下获得自由的双手，几步走到室内的一组消毒立柜前，一一打开柜门，在其中一扇门后发现了一套防护服，于是拿出来直接套在病号服外面，并戴上防护面罩。

此时，屋内的墙壁被窗外的灯光映亮，祁兵走到窗户边，向楼外望去：只见地面上警车顶灯来回晃动，前灯照亮了半个院子，一群人四处走动喧嚷着，混合着汽车发动机的噪声，一片嘈杂。

祁兵抬手将头顶拴着窗帘的一根细铁丝折了下来，绕拳头缠了几道放进裤袋，回身顺手将桌子上卫生盒具里的一块医用竹木压舌片揣进上衣口袋。做完这些，祁兵走到一张桌子前，静静地站着，平稳了一下呼吸，然后拿起桌上的电话，摁下数字1、3、3……

张崇斌手里的手机突然震动起来，他连忙接听，耳边传来了一个熟悉的声音：“崇斌，我祁兵，我现在要见你。”

“你出来了?! 你现在哪里?”张崇斌吃惊地问道。

“你到那个看护的别墅去，在那儿碰头，我就能看见你。”

“好的，等着我啊，我马上过去。”

现代轿车猛然发动起来，蹿出胡同并上大路疾驰而去……

祁兵挂了电话，整理了下面罩就走出了值班室。来到电梯旁，他摁下按钮，电梯打开，祁兵闪身进去。一会儿，电梯门在一楼又缓缓敞开……迎面出现一队面戴口罩的持枪警察和几个全副武装的武警，还有两只吐着舌头眼睛放光威风凛凛的警犬，为首的警察正是刑警队刘队长。

祁兵和刘队长两人目光对视了一下，祈兵保持着镇定，从容地从刘队长身边走了出去。刘队长则带着几名警察和警犬进了电梯，电梯门缓缓关闭。

门厅走廊和楼外院子里，一些穿着防护服拿着手电的医务人员正匆忙地进进出出，祁兵夹杂在其中，他绕到院中停放车辆的场地，四处观察一番，在没有人注意他的时候，快速地靠近一辆停在救护车旁边的“桑塔纳”，依着方向盘一侧的车门处，从口袋里掏出竹木压舌片，将它顺着车窗门外胶条插进去，撬开一道缝隙，接着又从裤袋里掏出细铁丝，把铁丝拉直后，用手指在一端拧弯成一个半圆弧的钩圈，再将钩圈微微折出一个斜度，之后将这铁丝顺着车门顶部被撬开的缝隙，贴着内侧的玻璃插了进去，待铁钩钩住车窗底部一个黑色凸起的圆头杆后，再慢慢向上提拉铁丝，同时另一只手向外拽车门的把手，“咔”，车门开了。

祁兵一猫腰钻进车内随手关上车门，他首先找到喇叭线，就地用力绞断，然后用钢钳般的手拽扯着方向盘，撕开外层的护套，从里面抽出汽车点火线，将两根导线一接通，车子“突突突”地发动起来……从开锁到发动车子，一切仅在2分钟内完成。

此时，医院大楼的五楼走廊突然亮起来，一队持枪警员顺着五楼的走廊快速地向卫生间的方向跑去。

与此同时，“桑塔纳”缓缓地溜出车位，当院子里几名医务人员和武警扭过头正用诧异的目光向车内看时，“桑塔纳”轰的一声突然加速冲出医院院门，顺着马路疾驰而去。

过了一会儿，医院方向三辆警车鸣笛鱼贯而出。

“桑塔纳”在疾速中连续拐弯变道，后面的警笛声则越来越弱。

3. 林夜迷踪

凌晨近2点，月光凄淡如霜，依旧孤寂阴郁的别墅门前，一辆桑塔纳和一辆现代头对头停在一起。现代的车门启开，张崇斌从车里走了出来；桑塔纳的车门启开，从里面走出了一个身穿防护服的男人。

“祁兵！”张崇斌喊出一声，紧走几步和祁兵拥抱在一起。

祁兵狠狠地拍着张崇斌的后背，声音有些沙哑地说道：“崇斌，终于见到你了！”

借着朦胧月色，张崇斌端详着祁兵，祁兵专注的眼睛依然闪着锐利的光，张崇斌笑了笑：“你小子是怎么出来的？怎么穿得跟个宇航员似的？”

“从‘非典’医院出来的。崇斌，我担心这样会连累你。”祁兵回道。

“怎么？你不会真的得了‘非典’吧？”

“那倒没有。”

“那就不要跟我说这种话。此地不可久留，快跟我上车走！”张崇斌拍拍祁兵的肩膀。

“我们还是各开各车，先往那边山林多的地段开，我有话要对你说。”祁兵用手向北一指。

二人立即回到车上，两部车的发动机同时“嗡嗡”地发动起来，两部车都不开车灯，在高低起伏的山路上行进，横越一道铁轨后，前方不远处是一道工厂外围院墙，顺着外墙的路，两车直奔邻近的山林而去。

驶进山林一段距离后，前方没有路了。车子停下，祁兵从车里跑出来快速地上了张崇斌的车。张崇斌问道：“祁兵，这是什么地方？”

“我也不是很清楚，刚才路过这工厂时看见厂门的牌子上好像写着什么‘车辆厂’。”

“包里有你穿的衣服，你先换上。这个地方安全吗？”张崇斌指了指后座的一个旅行包，接着又问道。

“暂时应该没有问题。”祁兵边说边迅速地脱下防护服和病号服，换上一整套运动服。然后，开始琢磨着怎样把两手腕上的手铐环摘下来。张崇斌从裤兜里掏出一把钳子和一小包女性用的各种长短粗细不一的金属装饰物件扔给祁兵，说道：“看看有没有能用上的?”

“嘿!准备太充分了。”祁兵打开一看就乐了,两手紧接着忙起来。

张崇斌隔着车窗向四周环望着,又看了看手表,然后转过头来说道:“祁兵,这个时候估计所有的大道路口都已设障检查,离这里不算远的210国道也不能上了,不行你就弃车进山吧。”

祁兵这时已将手腕上的手铐环除掉,听了张崇斌的话,他沉默了片刻,然后倾身靠近张崇斌,问道:“现在应该是凌晨2点多钟吧?”

“是的。”

“我今晚没打算离开贵阳。”

“什么?!”张崇斌一惊,“祁兵,钱、身份证、手机我都给你准备好了,你不用担心。”

“不是因为这个。你知道吗,我这样跑了只能说明我是个真正的凶手和逃犯!可我不是,我是被冤枉的!”祁兵睁大着眼睛,显得有些激动。

“我知道,我相信你!可是祁兵,现在你正处在风口浪尖上,处境非常危险,咱好汉不吃眼前亏。听我的,先暂时避避风头,这边还有我,我会帮你澄清这一切的!”张崇斌看着祁兵的眼睛说道。

“不是那么简单!我的好哥哥,你对我的好我永远忘不了。这样吧,你开车赶快回去,路过那个别墅时,放我下来就可以了,回头我还跟你133联系。”

“你还有这闲心回那个地方?你到底想干什么?!”张崇斌有点儿急了。

“你放心吧,我过去做武警时也执行过抓捕任务,知道怎样才能保护好自己,没承想现在却……耻辱啊!崇斌,知道吗,现在这个时候,正是我那夜遇见‘鬼’事的时间,我想弄明白那个房子里到底是怎么回事,我担心自己离开这边以后就没有更好的机会了。”

“不着急走是吗?那好,我正想听你亲口说说那天夜里到底出了什么‘鬼’事!边走边说吧。”张崇斌发动了车子,顺着来路快速返回。

其实,方才听祁兵这么一解释,张崇斌也动了心。这两天,他也一直想找个机会亲自到这个令人恐怖的“鬼”楼走一遭,看看房子里到底有什么诡异之处,现在身边有了祁兵,心里更有了底气。再说,不是有句话吗,“越危险的地方越安全”。此时,张崇斌的心里已有了这样的判断:祁兵的车估计很快就会被发现,这会让抓捕的人认为祁兵已经跑进深山老林去了。既然现在国道路口设卡检查,那么迂回到一个偏僻的地方岂不是更为安全？

车子在颠簸中行进着，闷声坐在张崇斌旁边的祁兵突然开口说："崇斌，你说这世上有'鬼'吗？"

"信则有，不信就没有，说说吧，你那个晚上到底怎么回事？"

"那个晚上……现在想起来，若不是亲身经历，谁要说天底下有这种事，我根本就不会相信……这些天，每当睡醒后，我都以为自己是做了一场噩梦！"祁兵低沉地说着，人显得有些恍惚。

"那个女人，怎么会在房子里？"张崇斌插问道。

"那个女人……不，那应该不是一个正常人！也许她根本就不是人！"祁兵强调了口气说道。

"难道是'鬼'？你夜里跟'鬼'打上了?!"张崇斌扭过头来，满脸疑惑地看着祁兵。

祁兵没有接话，脸色铁青着一言不发地僵坐一旁……突然，张崇斌猛地踩住刹车，车子骤然停住。

"不对，我们好像走错路了。"透过车窗，张崇斌发现周围的地形很陌生。

"是啊，好像不太对……我记得来的时候还经过一道铁轨。"回过神来的祁兵四下张望着说道。

张崇斌感觉很奇怪，他明明是沿着来时的路开过来的，怎么在车子冲过一个上坡后，一下来就没有路了呢？这要不是刚才刹车及时，车子就会撞上距车头不到2米远的一棵松树。他们二人下了车，放眼环视着周围的环境：车子是停在一条狭窄的下坡土路上，这路突然被前面的几棵马尾松树封堵住了，树后面则是一片看不透的黑郁苍茫的树林。向道路的左侧看去：不远处，有一大块显得空荡的林地，那片林地竟然遍布着拦腰折断的树木。二人结伴走过去仔细再看，原来那些断树竟然是没了树皮已经枯死的树桩。

"怎么这么静？"祁兵念叨一句。

这时，张崇斌也注意到，除了在行走时，脚下踢踩枯枝杂草发出的阵阵"簌簌"声，整个山林竟出奇地寂静，仿佛空气都停止了流动。他看了下表，竟然是2点32分，距离上次看表的时间，竟然只过了4分钟！

"难道开车走了这么久就只用了4分钟？不对，应该是这表出了问题。"张崇斌迅速做出了判断，同时，招呼着祁兵赶快回到车上。

“怎么回事？这车打不着火。”再次启动，张崇斌发现车子竟然出了故障，祁兵过来试了试，车子仍是发动不起来。

张崇斌看了祁兵一眼，说道：“弃车!”祁兵忙把换下来的衣服和两个手铐环装进旅行包，跟着张崇斌跳下了车。

张崇斌站在车旁脱下身上的夹克衫，将它铺在紧靠左侧车窗的草地上，然后又从不远的草丛中摸到一块石头，来到车边就向车窗砸去，破碎的玻璃顿时“哗啦”一声落在地上的夹克衫上。实施完这一破坏行为后，张崇斌蹲下身把迸溅在地上的碎玻璃碴连同那块石头一起用夹克衫卷包起来放进祁兵手提的旅行包中。

祁兵见此，立即钻进车里将车钥匙拔出交给张崇斌，然后转身回到车里，掏出铁钳子将车锁外层包装皮革撕扯开，再将里面的点火线抽了出来，最后，他用袖口把整个方向盘和左右两侧车门里外把手都使劲地擦了一遍。

这当口，张崇斌仰头看着夜空中的北斗星座，当祁兵回到身边时，张崇斌用手指着那星座的斗柄道：“祁兵，我们是从别墅往北开到这边的，现在回去应该向南走，南……应该是这个方向。”

锁定方位后，再往丛林的南向望去，前方不仅要经过那片断树林立的场地，而且还要穿过场地后面那片漆黑的山林。

祁兵拎起行李包，带头小跑着闯入那片林地，张崇斌紧随其后。

穿过那片断林场地，进入了茂密的山林，二人这才感觉回归了真正的大自然。这是两种完全不同的感觉，在断林场地，仿佛是身陷于一个与世隔绝的封闭圈子里，除了这两个大活人外，就没有见到其他任何活物；而圈外的山林则保持了较好的自然野生形态，丛林深处枝繁叶茂，野草杂生，陌生人的突然“造访”显然是惊动了这里的“主人们”，不时会有些看不清是什么的小动物在两个快速移动的身影周围惊动蹿蹦。

急行了大约10分钟，走在前面的祁兵突然站住了。张崇斌紧赶两步来到祁兵身边，不由得也怔住了……二人的眼前竟然又是一大片拦腰折断的树桩!

“难道走了半天竟是原地绕圈?!”张崇斌不禁惊诧自问，不过，他很快发现这片断树林地不是刚才穿越的那片，因为四周没有看见那辆抛锚的弃车。

“好好的树林，怎么这么砍伐？要砍你就从根砍起，怎么能从一米多高的半截腰处砍断？而且还不是连成片有规有矩地砍伐!”虽然当时有这些疑问，但时间紧迫，张崇斌也就没有去细想，依照北斗七星提示的方向，二人再次穿越这片林地继续南行。

南方的天说变就变，刚才还算晴朗的夜空不知不觉间已是阴云密布，一阵山风刮过，天空顿时洒下丝丝的细雨，张崇斌和祁兵身上的衣服渐渐潮湿起来。

又走了七八分钟，突然听到祁兵在前面喊道："看，在那儿！"

顺着祁兵手指的方向，张崇斌看见前方不远的低洼平地上孤零坐落的一栋房子——正是他们要去的别墅，二人竟从这房子背靠的后山丛林穿了出来。

4. 鬼屋寻证

雨，淅淅沥沥飘洒着，前方阴暗的别墅如同笼罩在一团朦胧雾气里。

接近房子的时候，祁兵的动作变得异常谨慎起来，他绕到房子偏南的一侧，然后把手里的行李放在地上，悄声对张崇斌说道："崇斌，一会儿我从这上边的窗户进去，你在外面等着我。"

"开什么玩笑？我来这儿是给你望风的?!"张崇斌眼睛一瞪说道。

"我担心……"祁兵犹豫着。

"有什么好担心的！怎么，你以为我现在不练了就是个软柿子了？告诉你，祁兵，现在咱俩单挑你还真不一定占到便宜。再说，这调查求证我不比你专业？听我的，一起进去。"张崇斌朝祁兵使劲挥手道。

"那好吧，不过，进去后，无论出现什么不可思议的情况，我们都要冷静，要相信彼此。"祁兵再次叮嘱道。

"这正是我想对你说的，祁兵，怎么这么啰唆，快进去吧，再磨蹭会儿天都亮了。"张崇斌催促着。

祁兵不再说话，转过身去，借着张崇斌的手劲"噌噌"几下就上了别墅的二层窗户处，回头一手把住窗沿，一手往下向张崇斌伸来……

张崇斌俯身从地上的行李中拿出那把铁钳子别在后腰处，然后抓住祁兵的手也攀了上来。

祁兵试着推了推窗户，没有推开，紧接着又向上攀去，一转眼上了房顶，张崇斌也跟着上去。屋顶是东南西北四面呈 50 度左右的斜坡搭构的正三角形，靠西北侧的斜坡有一个方形玻璃天窗。祁兵走过去将脚放在天窗一边的框棱上，然后突然发力向下踏去，天窗另一边应声朝上翻起来，露出一个黑乎乎的窟窿，祁兵蹲下来将头慢慢靠近黑窟窿，似乎在听着什么……

张崇斌赶过去也俯下身侧耳倾听，没有听见什么动静，于是二人顺着这个窟窿先后跳了下去。

陡然从外面进入房间，漆黑一片什么都看不清楚，张崇斌小声问道："这是什么地方?"

"顶层的阁楼，跟我走，前面有个楼梯可以下去。"祁兵回道，说完他扶着斜墙蹑手蹑脚地向前走去。

这会儿，渐渐可以模糊地看出这黑暗阁楼的一些结构轮廓，两人一起来到阁楼靠墙一侧的一个木制下行楼梯口，祁兵对身边的张崇斌说道："下面是个会客厅。"

说着他慢慢伸出腿向下迈去，张崇斌紧跟其后，在快要下到底部的时候，祁兵突然停住脚步，同时将右手猛然朝后抬起。

张崇斌马上做出反应，也停止了走动，在原地保持着僵立的姿势，只用他那睁大的眼睛努力地在空荡荡漆黑一片的屋子里来回巡视。

"你听，是不是有什么动静?"祁兵小声说了句。

让祁兵这么一说，张崇斌不由得屏住呼吸，仔细地听着。果然，隐隐约约听到了什么声音，先是像有人挪动椅子或是床时摩擦地板的声音，突然，一个更清晰的声音传来，就像一颗大玻璃球掉在地上滚动着。奇怪了！怎么会有这些动静？而且像是从刚刚经过的阁楼里传过来的！张崇斌顿感后背有一股凉意上蹿，头皮开始阵阵发麻，他慢慢地回头朝身后那个楼梯口看去……

此时，他已经做好了这样一种心理准备：这一回头，看见楼梯口处冒出一个人的脑袋。什么叫恐惧？张崇斌现在才真正有了切身的感受：什么都没有看见，也没有血腥的场面，但身处在这样一个凶怨陌生的环境，隐约感觉到一个未知的东西就在身边，而自己竟不知道它如何凶险，更不知道如何防御，这种茫然无助不知道将会发生什么的感觉才最恐怖！这一瞬间，张崇斌后悔如此贸然地闯入这"鬼宅"了。

正在张崇斌回头张望时，他的胳臂被祁兵扯了一下，转过头来，只见祁兵摇了摇头小声说道："声音不是阁楼里的。"

"可我怎么听着就像在这上面的阁楼呢？不会是刚才天窗没关上进来什么东西了吧?"张崇斌又转到理性思维的意识状态，只有这样，他那莫名的恐惧感才会消减，这似乎是出于一种本能。

“这边来。”祁兵已走下楼梯顺着墙边朝屋子的斜对面挪去，张崇斌跟了过去，来到一扇门前。

祁兵这时蹲下身子，解开脚上运动鞋的鞋带，然后重新系紧。张崇斌从后腰拿出了铁钳子，问道：“你那夜也听到了这种声音，是吗?”

“是的。”祁兵重新站起身轻轻旋开面前的门。透过半开的缝隙，祁兵指着对面不远的另一扇门压低了嗓音说道：“看见了吗，对面那个屋子就有鬼，那个女人就在屋子里……”

这个时候再听祁兵提到“鬼”和那个女人，感觉和白天完全不一样了，张崇斌心里刚刚有些消减的那股凉意又袭身而来。

这时，整栋房子里不知从哪个角落又传来物体移动拖地的“吱吱”声响，祁兵握紧拳头，眼睛紧紧盯着对面那扇房门，胸口剧烈地起伏着……

突然，祁兵冲了出去直奔对面的门，上去就是猛力一脚，那门“咣”地大响一声被踹开!

一切发生得太突然，张崇斌一点儿思想准备都没有，他想不到祁兵会这么“暴力”。此时，祁兵僵直地站立在那间黑乎乎屋子的门口，张崇斌回过神来忙跑过去，刚到门口，只见一个眼睛闪着绿光的黑东西从屋里一下子蹿出直扑过来……张崇斌一惊，刚要做出避闪的动作，就见纹丝不动的祁兵突然将右手臂弹出，迎头一个直拳向那黑物迅力击去，只听一声凄惨的“喵”叫——原来是只黑猫，这黑猫就像被高速行驶的车撞上般直接反弹了回去。

紧接着，祁兵几大步闯入屋子，竟然像疯了一样，在屋子里毫无章法地拳打脚踢起来，屋里的各类物品顿时支离破碎横飞乱舞……

张崇斌醒过劲来，看祁兵没完没了地疯狂着，就冲过去从后面一把抱住他：“你怎么了?!快住手，别再打了!”

然而，让张崇斌想不到的是，祁兵不仅没有听劝，反倒猛地用左右胳膊肘向张崇斌的两肋击来，张崇斌感到右胸先是一阵剧痛，连忙跳开躲过直奔左胸那猛力的一肘。还没有完全站稳，祁兵又一转身飞起一腿就向张崇斌的头部踢来，张崇斌本能地一低头，只听身后传来“咔嚓”一声，一个挂衣服的木衣架被扫断了。

好悬!刚才这一腿要是结结实实地吃上，估计人是要废了。

躲过这致命的一击，张崇斌身体绷紧迅速地向前冲去，贴近身位防止对方再回抽摆腿，同时挥起手中的铁钳向祁兵后脑用力砸去……快要砸到的时候，他突然收手，反应过来这人不能打！

张崇斌把钳子用力扔到地上，对祁兵大声喊道："是我，祁兵，你怎么下死手真打啊？"

祁兵瞪着眼紧紧地盯着张崇斌，仿佛不认识对方一样，张崇斌猛然从这怪异的眼神中察觉到一股陌生杀气，"不好，这个'人'不是祁兵！"他不由得暗自握紧了拳头，和祁兵紧张地对峙起来。

张崇斌不敢有任何的轻举妄动，他担心祁兵再受到什么刺激把自己当成攻击目标给暴力结果了。幽暗中，张崇斌的额头和手心渐渐渗出冷汗……恍然间，他想起了祁兵在外面说的"无论出现什么不可思议的情况，我们都要冷静，要相信彼此"这句话，这话的意味原来如此。就在这个时候，一个让张崇斌看在眼里却无法置信的诡异现象赫然出现了——祁兵身后的那扇房门，竟然无缘无故地来回摆动起来，幅度逐渐增大，最后像是有人用力猛地一推给关上了，可张崇斌却没有看见任何其他人或动物的影子。在关上门的一瞬间，他眼前一黑什么都看不见了，但身体却被迎面而来的一个猛力的东西击中，张崇斌站立不稳踉跄倒退了几步一下子跌倒在一个立柜里。

"这屋子原来真有'鬼'啊！"张崇斌这才真切地意识到这个房子确有问题，他知道刚才前胸挨的那一下子一定是祁兵给他的，"祁兵现在一定不知道自己在干什么，他的身体和精神被什么东西给控制住了，必须想办法赶快带他离开这个诡异之地！"

想到这里，张崇斌挣扎着要站立起来，突然他的右手触摸到一个长长的东西，顺手拿起来感觉像是个手电，连忙摸索起开关。一道亮光"唰"地从手中射出，借着光亮，张崇斌看清楚了自己是躺在一个狭窄的木制立式衣柜里，于是向衣柜里面照去。"我的天！"他手一抖，差点儿把手电给扔了，在衣柜横向朝里的尽头，一双金黄泛绿的眼睛正盯着他——原来是只黑猫！

黑猫趁张崇斌移动身体向外挪动的时候，"嗖"地跳起来，从他的身上跃了出去。张崇斌一个激灵快速站了起来，忙用手电朝屋子里照去，对面墙上竟映出一个更为巨大的"黑猫"，祁兵正在屋子中央猫腰扭头面朝着张崇斌半蹲半站着，像是在等待什么，被手电迎面一照，他连忙用手遮住眼睛。

张崇斌迅速地从他身边飞跑过去，冲到门前使劲把房门拽开，然后回身喊道："祁兵，快离开这屋子！"祁兵顿了一下，慢慢挺直了身子掉头向张崇斌大步走来。

随着祁兵的接近，张崇斌不由得倒退了几步，借着手电的光亮，他紧盯着祁兵的神情。祁兵的表情看起来有些痛苦，他大口喘着气，紧皱着眉头，但眼神不再有那股咄咄逼人的凶光。

张崇斌这才开口道："祁兵，你，你没有事吧？"

祁兵摇了摇头，没有说话，又要扭头往身后的屋子里看，张崇斌急忙拉住祁兵的胳膊，带着他快速越过那间敞开房门的黑屋，头也不回地向楼下跑去。两人顺着旋梯快速冲到一楼，打开房子的正门一起跑了出去。一出去，祁兵就蹲在院子里的地上干呕，但什么也没有吐出来，过了一会儿，他起身和张崇斌绕到房后。

"崇斌，刚才，我是不是有什么不对劲的地方，我现在脑袋发涨，身上怎么这么难受？"祁兵抬起头看着站立在一旁的张崇斌问道。

"你刚才差点要了我的命知道吗?!"张崇斌没好气地回道。

"我……我怎么你了?!"祁兵满脸迷茫。

"好了，不说了祁兵。时间不早了，你先找个地方躲避一下，这个房子你以后千万不要再进去。"说着，张崇斌看了下表：3 点 38 分。"我的 133 手机暂定每天夜里 10 点至 10 点 30 分开机，你安稳下来赶快告诉我，需要什么东西也告诉我，不要在外四处走动。还有，带上这个旅行包，里面有你需要的东西，记住，赶快把你换下来的衣服处理掉。"张崇斌边说边从旅行包里拿出那卷包着的夹克衫。

"不知道，我们什么时候才能再见上面，我这个事也不知道何时能够水落石出真相大白。崇斌，我……"祁兵说着说着哽咽起来，眼里已噙满泪水。

"祁兵，你放心，我一定会帮你洗刷罪名，记住我刚才说的那些话，路上多保重。"再一次紧紧拥抱后，张崇斌和祁兵就此各奔一方而去……

第三章　神秘地界

1. 通缉追捕

追捕祁兵的通缉令已在指定的印刷单位连夜印刷完毕，并迅速下发各有关协捕部门和出入贵州省界的各交通要道岸口。

凌晨5点30分，110警务人员接到贵阳车辆厂（当地人称“都拉营车辆厂”）上早班职工发现可疑车辆的举报电话，经确认正是逃犯开走的那辆桑塔纳后，市刑警队会同武警部队官兵开始向逃犯可能逃窜的区域——都溪林场集结，随后采取拉大网式的围追堵截抓捕行动。

在追捕行动正式开始前，刑警队刘队长和武警部队的支队长向所有参加行动的人员展示经放大的祁兵正面肖像图片，并提示大家面对的这个逃犯不是一名普通的罪犯，而是一个受过特种训练且谙熟反侦查反抓捕技术的强硬对手，任何情况下都不可掉以轻心，一旦遭到罪犯算计枪械失手，那将会给自己和人民群众生命财产安全带来极大的威胁，后果不堪设想！所以，要求所有行动人员注意保持联络和协防队形，一旦发现逃犯，不要单独行动，如果逃犯拒捕且有威胁我方人员生命安全的情形，可以就地开枪击毙。

搜捕行动正式开始，这群穿着雨衣的荷枪实弹的警察和官兵形成包围圈开始向林场纵深挺进，有些人员已将手中的枪支保险打开……

崎岖不平的山路被雨水淋湿后，更是泥泞难行，虽然这给搜捕行动带来不便，但逃犯可能就在这片林场的某个角落隐藏着，行动的成败关键在于组织的严密和行动的迅速果断，作为本次搜捕行动现场总指挥的刘队长对这次行动的安排，还是很有信心的，别说是一个大活人，就是一只兔子也别想从这样的人网中逃走。

大约过了20分钟，刘队长突然接到上级公安局领导的一个电话，被告知此次行动的两点特别要求：一、要保证全体行动人员的人身安全；二、如果行动中出现事先无法预料且不宜继续执行搜捕行动的情形，要立即停止行动并及时向上级汇报。

这个电话让刘队长吃惊之余心头不由得一沉，因为以往面对此类事件，上级的指示都非常明确——全力以赴尽快捉拿逃犯归案，但这回竟然是提醒自己要有停止行动的思想准备，这是很反常的现象。“难道这个指示与都溪林场发生的神秘事件有关?”刘队长闪念间冒出了这个想法，但又迅速略过，因为作为一名警察，其职责要求和强烈的使命感让他决定排除万难，一定要把逃犯缉拿归案。

就在这个时候，跑在行动人员前面的几只警犬突然收住脚，齐声“汪汪”地朝前面的树林里吼叫起来。周围的搜捕人员迅速端起枪械，根据各自所处的站位地形，平衡好准备射击的姿态……借着朦胧的晨辉，大家睁大眼睛向四周巡视着，却并没有发现可疑人犯的踪迹，但透过依稀的枝干，可以看到前面是一片断树林立的林地。

搜捕人员收起枪械准备继续前行，但这些警犬却显得躁动不安，不肯前挪一步，拽急了甚至还咬那些平时驯养它们的队员。

其他抓捕人员已陆续走进断树林地。刘队长从后面赶上，站在断树林地的边缘处，看了看周边的环境，感觉有种说不出的异样来。于是，他拿出对讲机联系前面已进入林地的人员，却发现对讲机失灵，机子里面不断地传来信号被强烈干扰的乱频杂音，而前面的队员依旧一无所知地向前移动着。

此时，武警支队的一名队员从侧面快速跑来，向刘队长报告道：“刘队长，陈队长负责的那面出现异常情况，军犬不敢随队前进，我们的97式军用指北针和通信设备失灵，是否应暂停联合搜捕行动，请马上给予指示。”

刘队长意识到眼前的情况可能比自己想象的复杂，目前这个状况如果继续让全体人员深入丛林，在无法保证通信联络的情形下，将是极其危险的！于是，他马上给上级领导请示汇报，结果发现手机也出现同样的问题。

“你赶快回去通知陈队长，立即停止搜捕行动!”刘队长当机立断向他作出指示，同时让其他队员赶快召唤前面断树林场的人员退回来。

2.“空中怪车”事件

上午10点30分，市公安局会议室，省公安厅和市局的领导、贵州科学×院、贵州气象×局、某航空基地以及省UFO（不明飞行物）研究会的专家代表应邀来听取刑警大队刘队长和武警支队陈队长的搜捕工作汇报。

刘队长和陈队长分别将凌晨时分组织的这次联合搜捕行动在都溪林场所遇到的怪异现象做了客观翔实的汇报，刘队长最后总结：“这次影响搜捕行动的特殊现象极有可能与十年前在该地区发生的一起神秘事件有关，希望今天出席的各位专家能够从科学的角度对这一现象进行论证并做出合理的解释。”

省公安厅的领导接着又做了简要的补充讲话，明确指出今天的工作汇报暨专家论证会是一次很重要的会议，希望专家们根据此前对该地区神秘现象的研究结论结合本次事件，做出有科学根据的论断，作为下一阶段制订搜捕方案的科学依据。

贵州科学×院的专家代表首先发了言，他认为虽然没有亲临搜捕行动现场，但根据汇报的内容，直观地分析认为这与1994年12月1日凌晨发生在贵阳北郊的离奇破坏事件，也称“空中怪车事件”，可能有些关系。接下来，他拿出当年这起神秘事件的档案材料向在座的人员做了汇报，这份资料披露的“空中怪车事件”让在座的所有公安战线的领导眉头紧皱。

资料对当时的事件做了如下记载：

1994年12月1日凌晨3点20分至3点30分，贵阳北郊的都溪林场和贵阳车辆厂两地遭受空中神秘力量袭击。

事发当夜，都溪林场附近的职工、居民被一种犹如从空而至的火车开动时发出的轰隆隆的响声惊醒。其中，目击者陈××，他当时的目击地点是在都溪林场的采石场，为防夜晚碎石机被盗，那天晚上他在那里值班。据其描述：2点30分的时候听到狗叫，于是和兰××一起出去走了一圈，突然天上打雷，打雷时先下了一点儿白雨，然后又下起了黄豆大小的冰雹。快3点半了，我说没有事了就又睡下。可就在这时，突然，就听到外面有像火车开动那么大的响声，好像就在这门口。再一听，声音又像是我们以前在铝厂那个时候，烧真空炉子时“哐锵哐锵”的响声。但是，要说这是火车开到门口来那是鬼话。结果我睁眼一看，这屋里就像把电灯打开那种，亮了一头，之后就走了，走的速度不太快。外面天空特别亮，把这块地都照亮了。

目击者 A，当夜在林场通宵打麻将。当时他也目击了这个事件，据其描述：空中有两个光，是黄色的和红色的，走动很快。那种黄颜色，就像咱们平常电灯泡这样的黄颜色；红色不是特别红，有点儿跟黄色的接近。

目击者 B，其目击描述：反正也不知道是什么光啊，就是两个，我也不晓得是怎样的东西，从松树顶上飞过去，飞到都拉营去了，声音就是火车的声音，“轰隆轰隆”的。

调查后分析，在那天凌晨，几位目击者因为各自的原因看到了不明物体，它发出黄色或橘黄色的光，很亮，有点儿像火球，带着“隆隆”的火车开动般的巨响从天空驶过，方向朝着东北，而东北方向的都拉营，正是铁道部贵阳车辆厂所在地。

该事件对都溪林场的影响：

都溪林场位于贵阳市北 15 公里，东经 106°43′、北纬 26°43′附近，海拔1200~1300 米，属丘陵地带。该林场 1958 年开始人工造林，种的是马尾松树，现在的直径一般都在 30 厘米以上。事发后，经现场勘查，发现都溪林场马家塘林区方圆 400 多亩的松树林被成片成片地拦腰截断，在一条断续长约 3 公里、宽 150~300 米的带状 4 片区域里只留下 1.5~4 米高的树桩，并且折断的树干与树冠大多都向西倾倒，4 个林区中一人高的粗大树干整整齐齐地排列在林场上。有的断树之间又有多棵安然无恙，个别几棵被连根拔起，周围的一些小树有被擦伤的痕迹。这些被折断的树木直径大多为 20~30 厘米，高度都在 20 米左右。

都溪林场特殊事件突出的特征是，这些林木是跳跃性地被折断的。最少数目为 1 棵，最多为上百棵，接近猪头山时，断折林带消失。而更为奇特的是，被折断的树木大多呈逆时针角度倒伏在山谷中。

与都溪林场相距 5 公里的都拉营车辆厂也遭到严重破坏：厂区棚顶的玻璃钢瓦被吸走，厂区砖砌围墙被推倒，地磅房的钢管柱被切断或压弯。重 50 吨的火车车厢位移了 20 余米远，火车车厢所处地势并不是下坡，而是略微有些上坡的趋势。除了在车辆厂执行夜间巡逻任务的厂区保卫人员被风卷起数米，在空中移动 20 多米落下却并无任何损伤外，没有任何人畜伤亡，高压输电线、电话电缆线等均完好无损。

贵州科学 × 院的专家随后向在座的人员出示了现场勘查的照片，接着说道：

“对于这起特殊事件，我院以及相关科研单位都非常关注。经过研究分析，严密的结论和解释，客观地讲比较难下，目前我们倾向该事件是‘龙卷风’和‘下击暴流’双重作用的结果，这是一场特殊的龙卷风。强龙卷风和下击暴流通常有呼啸声和特有的碰击声，倒伏区可能是下击暴流造成的，因为下击暴流是高空积雨云层崩塌或特殊空气对流而产生的垂直压力，到达地面后再形成水平气流，引发龙卷风。因此，可设想为多个下击暴流造成局部或更小局部的跳跃性毁林事件，而龙卷风造成大面积的树木线形倒伏。

“所谓‘下击暴流’，即通常所说的微下冲气流，属于风切变的一种类型。”贵州气象×局的专家在一旁解释道，“风切变是指空间任意两点之间风矢量（风向和风速）的变化。通常下击暴流的发生与对流云团有关，尤其是在雷暴云体和积雨云附近出现。在近百米高度上，其下降气流速度在3.7米/秒以上。极强的下降气流可以发生在很小的范围内，人们把这种上部直径只有近百米到900多米，下部包括外流范围不超过4公里，时间尺度在几分钟到十几分钟的下冲气流叫作微下冲气流，也就是下击暴流。下击暴流的发生时间多半在午后至上半夜，持续时间很短，通常只有十几分钟。一半以上的下击暴流从开始形成起，5分钟内就能达到最大强度，95%的下击暴流在10分钟内达到最大强度。因此，下击暴流具有范围小、强度大、变化快的特点。”

气象×局的专家喝了口水，扶了下眼镜，环视一圈会场的出席人员后，神情突然变得严峻起来，他说道：“说龙卷风是产生这起神秘事件的原因，这是对外界公布的一种解释，今天这个会议是个特殊的专家论证会议，各位都有着组织纪律和保密意识，那么本着实事求是的科学精神和本会的主旨，我接下来提供的事实数据仅供在座的各位专家参考：事实上，从贵州省有气象资料记录以来，根本没有‘龙卷风’的记录，包括白云区气象站，也没有龙卷风气象记录。我们都知道，贵州地区的地理形态为山区丘陵，这一形态本身难以促使龙卷风的形成。此外，贵州省有气象资料以来最大的风力记录是27米/秒，相当于八九级风。而根据这起事件的现场勘查所得的热力和动力参数，通过计算知道，其中心风速为200米/秒，即可达70级以上的风力。这样大的风力，其冲击范围直径一般有数千米，而不是只有十几米。全世界的龙卷风最大测算极值是F5，也就只有115米/秒。”

听完了这两位专家代表的报告后，省厅和市局的领导们面面相觑……

“照这么说，这起‘空中怪车’事件迄今为止还是个无定论的未解之谜喽。”

刑警队刘队长质疑道。

这时，省UFO研究会的专家代表开口说道："对于这起事件，我们曾组织了贵州天文、气象、物理、化学、林业、机械等方面的专家进行了实地考察，同时还为此做过放射性测试，撰写了相关论文，形成了可能有悖于大众传统认识的一个结论。目前，可以肯定地说，该事件排除了人为的可能。这是通过对都溪林场实地进行监测分析后得出的结论。我们利用了现代化的先进仪器如卫星定位仪测定了林场被毁的具体位置及面积，同时，也对车辆厂被破坏的重点地方及物件进行了时频、弱刺及γ射线的测试，我们认为，'龙卷风'不是该事件的成因。

"各位专家应该都知道，龙卷风是冷暖空气交汇、温差急剧变化而形成的气柱，中间呈负压，吸力特强。如果是龙卷风，由于吸力强，将会有70%的树木被连根拔起，但事实并非如此。

"而根据树的倒向和断茬情况分析，破坏区中只有少部分破坏区可用下击暴流这个因素解释，大部分破坏区说成是台风造成的也可以勉强解释通。但是点式破坏现象用上述两种原因是无论如何也解释不通的。考察中我们发现一处树林中仅有一棵直径为30厘米、高20米左右的松树被折断，倒向北偏西40度，其余的树全都完好无损。在另一处未被破坏的树林中，有两棵树连根倒下，在距两树4~5米处，又有两棵连根倒下，似被一种巨大的力量推倒的，但是我们却找不到着力点，这种现象在未被破坏的其他树林中也有发现。这种点式破坏的现象用台风、下击暴流都无法解释。所以，龙卷风的推测是站不住脚的，我们将该事件视作UFO现象来研究，这样做是具有一定的科学意义的，因为UFO现象并不是只作为孤立的现象而单独存在的。

"我们研究会时刻关注有关UFO的最新动态，对大量的目击事件进行分析调查并努力做出科学的解释。我们认为，都溪林场事件，具有较高的科学研究价值，已被列为我们UFO研究的三大重点事件之一。"（注：另两起事件是凤凰山林场事件、河北肥乡农民事件。）

这时，在座的个别专家代表似乎难以苟同省UFO研究会专家的汇报，有的在清嗓子，有的则在吹刚换满热水的杯子里的热气……

省UFO研究会的专家看到这个情形，突然向参会人员发问道："让我们想象一下，什么力量可以在短短数分钟内将大面积的松木截断并对厂房进行严重的破坏，同时将几十吨重的火车移位？也许，我刚才所提的一些观点超出了目前科学认知的范畴，但这并不意味着它就不应该存在和发生！我不妨再跟大家披露一个事实：都溪林场事件发生不久，还是在我们贵阳，又发生了一起 UFO 事件。

“1995 年 2 月 9 日上午，广州飞贵阳的航班飞入贵阳制空区时，机长报告防撞系统显示有不明飞行物朝飞机飞来，飞机降落贵阳磊庄机场后，雷达发现该不明飞行物在贵阳东北 70 公里的上空，后在贵州南部的独山上空消失。这一事实，有贵阳磊庄机场通信导航处上报给成都西南民航局的文件为证。而且这份文件，是中国民航第一份记载不明飞行物的官方文件。与此同时，海外传来消息：意大利也发现不明飞行物。更为巧合的是，1995 年 2 月 16 日，独山林场报告说，2 月 9 日上午在云堆坡林区，有部分林木被齐腰折断，跟都溪林场的一样。

“此外，在 1995 年 7 月 26 日夜晚，贵阳市及贵州省多个州、市均看到了一个圆形旋转、向下射光、往西北方向飞去的不明飞行物。该物体移动的速度比夜航客机要快，很多目击者报告说，当他们在家门口看到不明飞行物，跑回家拿相机出来时，却已经看不见这个飞行物了。”

省 UFO 研究会的专家似乎仍意犹未尽，趁专家喝水的当口，省公安厅的领导开口说话：“看来，十年前发生在该地的特殊事件确实超出一般的科学认识，大家刚才提到龙卷风、下击暴流，甚至 UFO，这些观点都很有启发性，在座的还有什么特别的或者补充的意见没有？”

“我补充两句，”会场沉静了片刻，某航空基地的专家摆了下手说道，“刚才，各位专家对事件发生的经过都已做了比较详细的汇报，我不再重复，只说下我的论证分析。我们认为，这应该是某种飞行器留下的痕迹。因为此次事件背后的力量十分巨大，这么大面积的树木被齐刷刷折断，没有持续十多分钟的巨大外力是不行的。从折断林带比较整齐的现状、车辆厂玻璃钢瓦被吸走、夜班工人被吸离地面的情况看，这与飞机发动机、航天火箭发动机风洞试验所产生的吸引力原理一样，只是其吸力更大一些。从现场来看，很可能是飞行物体靠反冲力前进产生吸力，或靠高速旋转磁力产生吸力。既然现场没有烧焦、熏黑痕迹，说明是核动力或磁力飞行物。

“但是，目前地球人类还没有将核动力、磁力运用到飞行器上的先例。如果把目前应用于水上的核动力舰技术，或是在地面的磁悬浮技术运用到航天器上来，这在短时间内恐怕无法做到。刚才那位 UFO 研究会的专家提到 1995 年 2 月 9 日的 UFO 事件，这个事件是真实的：1995 年 2 月 9 日，中原航空公司 737 包机从广州飞贵阳，飞机处在4200米高度，航速是800多公里。当时机上最先进的美国防相撞报警装置闪光报警，机上雷达发现前方约2公里有一不明飞行物同高度拦截飞机，不明飞行物在雷达上为一亮点，起初为菱形，后变为圆形，离飞机近时报警强烈，该物体时而在左前方，时而在右前方。机长通知塔台，塔台立即要求空军打开远程雷达监视并报告了民航管运。飞机在躲避不掉不明飞行物后，压杆降低飞行高度并进行了着陆。所以，我对‘空中怪车’神秘事件的理解倾向于是一起UFO事件。至于本次搜捕行动发生的异常现象，我看极有可能是‘空中怪车’神秘事件的延续影响。”

第四章　独自调查

1. 突发奇想

离开别墅，张崇斌冒雨步行近 30 分钟才遇到一辆跑夜班的出租车，上了车他就让司机直接开到市区找一家桑拿洗浴中心。

车子来到一家洗浴中心门口，张崇斌下了车，巡视了下周边的停车位，他来到一个比较偏僻的位置打开夹克衫卷包，将里面的石头连同碎玻璃碴散落地上。

进入洗浴中心，张崇斌把脱下的湿衣裤交给主动提出清洗衣物的服务员，然后迫不及待地踏入高温水池中……这时候，他方感觉身心已是疲惫至极。

在热水的刺激下，张崇斌感到身体的某些部位开始隐隐作痛，低头看去，前胸一大块皮肤竟已泛红，右侧软肋处有一块乌青，轻轻用手摸去……还好，骨头没折。

“好家伙，身手可以啊！看来，这小子真不是读书那会儿一起切磋自己还可以略占上风的泛泛之辈了。”这种浑身伴着伤痛的疲惫加舒服，让张崇斌不禁对刚刚经历的这个不平静的夜晚所发生的一切产生了一种似梦似醒虚实难分的梦幻般感觉。于是，他闭上眼睛，任由跳跃的思维进入自由冥想的状态……山林里迷路、屋子里的怪声、祁兵的疯狂、黑猫的眼睛、房门的自动关闭、死去的女人……这些场景画面一个接着一个在脑海里浮现，冥冥之中张崇斌有种感觉：这一切离奇反常的现象并不是彼此孤立偶然发生的，这些现象的背后似乎有某种东西，它牵引着甚至主导着这一切!

这种感觉同时也让张崇斌产生一种痛苦，这不是来自肉体上的伤痛，而是来自精神上的痛苦。因为这个夜里所发生的一切，挑战了他多年来笃信的“人定胜天”的信仰，在深感恐惧和无助的那一刻，他感到自己是如此的脆弱渺小。

对祁兵的反常表现，张崇斌也有了更深的理解。试想，在那种凶险诡谲的环境里，又面临着突如其来的死亡威胁，谁又能做到保持冷静而不疯狂?! 更何况，这个房子里出现的诡异现象，似乎已经超出当前科学所能解释的范畴。如果祁兵所做的这一切无法以科学的方式进行解释的话，那将意味着什么呢？意味着祁兵将无法洗刷故意伤害致人死亡的严重罪名！因为法律所依据的事实，绝不会用“怪力乱神”来注释。

可是，今夜亲眼所见的事实告诉他，这个世界绝不是人们平常所见所知这般简单，可能也不是那些自以为接受过多年高等教育，甚至是某些领域的专家学者通常理解的那样——目前人类已经可以对任何神秘现象做出科学的解释。

“屋子里的怪声”现象，张崇斌也曾有所耳闻，当时，他对一种据说是官方认可的科学解释比较认同，也就是说此类现象的发生，是因为季节温度的变化，房子建筑结构热胀冷缩导致构件之间产生应力，如开裂、挤压、水泥石渣顺缝隙滑落等原因从而发出声响，白天因为人们都上班，或外面有嘈杂声掩盖了这些声音，到了夜里就会比较清晰地听到。套用这种思维，张崇斌对这种现象还能联想到其他一些解释，比如：地下有空洞流水、地下岩层进入非常活动期、房屋下水道里有动物活动、外部风雨袭击或侵蚀作用、某人的秘密活动、人本身精神过敏从而产生错觉幻觉等。当然，这种现象更多是与房子的地理位置和周边环境密切相关。

“难道是自己产生了错觉幻觉？眼睛看见的那一切不是真实的？抑或这一切都是个梦，自己还在梦中没有醒来?!”张崇斌暗自掐了自己一下，疼啊！况且还有这身上的伤证明自己确实经历了不寻常的事件，他确定这根本就不是一个梦！

“那么，就算这房子里的怪异声音可以用上述的理由解释，可是那扇无缘无故自动活动又猛然关闭的门又怎么解释?! 此外，像祁兵这种曾受过特种训练的人也像是被某种东西控制住了似的，这是怎么回事？按理说，无论是身体素质还是精神意志力，祁兵都应该是强于常人的，那么能让他如此反常，连兄弟都下死手地打，这背后的力量到底是什么？导致人突然变得疯狂，原因无非是：一、酒后失态；二、吃了迷幻药或兴奋剂；三、突然受到外界强烈刺激使精神崩溃；四、某种疾病发作，如癫痫病、精神分裂发作；五、故意耍怪。具体到祁兵的反常举动，酒后失态、吃迷幻药或兴奋剂、故意耍怪应该可以排除掉，祁兵更像是突然受到外界强烈刺激，他是在听到房子里发出声音后突然冲过去的。那么，祁兵自身是否存在癫痫病、精神病之类的身体缺陷，因突然受到刺激而发作？不应该啊，祁兵过去曾做过首长的贴身保镖，那一定是经过严格的身体和精神方面的检查，而且自己以前也从未在祁兵身上发现过这类病情的任何端倪。看来，祁兵的反常举动应该是来自外界的某种未知力量的影响！”

就在张崇斌闭着眼睛不断冥想思索的时候，又一个念头突然蹦了出来：那个女人会不会是本来就精神紧张而身体又存在缺陷，所以突然发病死在那间屋子里，而黄主任却误以为她不辞而别，结果那天夜里，这个“死人”和祁兵一样，突然受到某种神秘力量的影响而相互搏斗起来……张崇斌猛然睁开了眼睛。

这个想法实在太怪异了！这是他以前绝不会认同的思路，但现在……在经历了一番精神上的痛苦之后，张崇斌的思想开始有所转变，顺着这个思路，他有了些许的欣然，感觉就像是在一团乱麻中找到了一个绳头，但这还不足以让他有豁然开朗的兴奋，因为那个外在的神秘力量依然困扰着他，“它究竟是什么东西？来自哪里？”

带着这个困惑，张崇斌起身来到休息室，躺下来很快睡着了。

当他再次醒来的时候，看了下休息室的电子提示牌，时间是上午 8 点 42 分。他冲了澡，穿上已经洗过烘干的衣服，在戴上手表的时候，他发现时间竟然是 8 点 09 分，他的表竟然慢了 30 多分钟，这是从未有过的现象，要知道这款手表——瑞士的欧米茄，品牌质量是表界中一流的。张崇斌的思绪一下子又回到夜里的山林迷路、车子莫名熄火、那片断树林立的场地，还有那空气仿佛停止流动的宁静……他在原地静静地站了片刻，待醒过神来，便快速穿戴完毕走出洗浴中心。

出了门转了一圈，张崇斌又折回去将洗浴中心的两个保安叫了出来，指着地上的石块和破碎的玻璃告知他们自己昨晚停在这儿的车子被盗，这俩保安都有些发蒙，怕担责任，直说停在外面这个位置的车不归他们管。张崇斌安慰道：“放心，没你们什么事，我不找你们老板，车子是我租来的，不值多少钱，你们到时候只需对租车公司的人做个证就可以了。”说完，张崇斌给租车公司去了电话，让他们派人马上到现场来处理此事。

没过多长时间，租车公司来了人，张崇斌把情况简要地说明了一下，并表示自己愿意承担应负的责任，一旁的保安对此则爽快地做了证明。在租车公司的人勘查现场的时候，张崇斌告知他们自己有急事要办，必须先走一步，有什么问题可打电话随时与他联系。交代完毕，张崇斌打辆的士直奔 BY 大厦而去。

来到 BY 大厦，张崇斌敲开了黄主任的房门，黄主任对其再次造访依然感到吃惊，不过这次他没有找借口出去，还让下属给张崇斌倒了杯茶水。看起来，他的气色比上次好了很多。

张崇斌直截了当地说明来意，有两件事要办：一、查看死去的女人在公司的用工登记；二、查看别墅建筑结构的设计图纸。

黄主任很配合，拨了电话。一会儿，有人就把东西送来了，黄主任指着一页员工聘用登记表上的照片说，这个人就是死在别墅的女人——陈九妹。

从那张一寸照片上看，陈九妹相貌平平。见这表上有陈九妹的基本情况信息，张崇斌就让黄主任复印了一份。然后，张崇斌又翻看起那栋别墅建筑结构的整套设计图纸：

“绿都别墅”——工程建筑面积约为 234.6 平方米，结构形式为砖混结构，层数为 2 层，高度为 9.27 米，屋顶形式为坡屋尖角顶……从内页的户型效果图，张崇斌找到了屋顶的那个天窗，回顾着夜里他和祁兵从这天窗进屋的路线，按图索骥很快就锁定了那个“鬼屋”。

张崇斌指着“鬼屋”问黄主任：“从设计图上看，这个房间是个卧室，现在做什么用?”

黄主任回道：“这个房子重新装修后一直没有人住，于是就在那个房间放了些杂物，只有以前雇用的那个陈九妹有时会去打扫一下房间的卫生。”

张崇斌又问陈九妹是否养宠物，比如猫什么的。黄主任认为应该不会，因为公司不允许，他白天偶尔去检查卫生，没有见过什么猫狗之类的宠物。不过，附近山上有些偷吃乱窜的野猫。

张崇斌本来还想问黄主任为什么别墅后山的林地会出现一片一片的断树林区，但一想这会引起他的怀疑，且他的嘴也不严实，说了可能会有麻烦，于是打住，起身告辞了。

2. 喀斯特地貌

出了 BY 大厦，张崇斌立即给公司商调部部长孔超去电，让他马上动身去西昌调查陈九妹生前在家乡的情况，尤其是她有无特殊的病史，并随时与他保持联系。

回到小旅店，张崇斌打开笔记本电脑上网搜索贵州地区的地质特征文献，很快找到了几篇相关的资讯，了解到贵州地处我国西南腹地，属于云贵高原的一部分，位于西部特提斯构造域和东部濒太平洋构造域的交界地带，在长达10多亿年的地质演化过程中，铸就了现今鲜明的地质特征面貌。其主要特征是：

第一，沉积地层发育齐全，自中元古界至第四系均有出露，海相地层层序连续。地层中富含古生物化石，并有丰富的煤、磷、铝、锰等沉积矿产。

第二，沉积岩不仅分布广泛，岩类繁多，且形成环境变异多姿，相带发育齐全，其中碳酸盐岩最为发育，约占全省陆地总面积的61.9%，尤以生物碳酸盐岩占绝对优势。

岩石地层分布的特征是：由老到新从东向西分布。黔东南及梵净山集中分布了六亿年前的变质岩，向西往黔南、黔中、黔东北、黔北、黔西北到赤水，基本格局依照震旦-寒武系到侏罗-白垩系的分布规律。

从这些文献中，张崇斌注意到“碳酸盐岩最为发育，约占全省陆地总面积的61.9%，尤以生物碳酸盐岩占绝对优势”这段话，在他看来，这就意味着贵州地区存在普遍的喀斯特地貌特征。这种地貌的特点是石灰岩广布，多溶洞，渗漏严重。而这一带既然属于云贵高原，其气候属亚热带季风气候，那么自然就会降水多，地表水丰富，而由于多溶洞，地表水很快就转化为地下水。

“那地下流水会对地表的建筑或人产生什么影响呢？”张崇斌知道，目前的地震监测技术就很关注地下水位和地下水化学成分的变化指标，况且，这一带有色矿产丰富，地下水一定含有丰富的矿物质，这些含一定量金属物质的流质在地下活动时，自然会对周边天然的空间电磁场产生影响，比如电磁效应之类的物理作用。“那么，地表的物质受其影响会不会发出怪声，甚至产生异动呢？”张崇斌边查看资料边思索着，突然手机响了，是宋律师来电。

张崇斌接了起来：“你好，宋律师。”

“张总，你换住处了？”

“是啊，找家便宜的住了。”

“你的手机昨天咋关机？我找你都找不到哦！”

“没有电了。这次来得匆忙充电器忘带了，这不刚买了个新的才把电充上。找我什么事？”

“祁兵他出事了！张总，你不知道吗？”

“他怎么了？又打人了?!”

“你真不知道吗？”

“我知道什么？”

“祁兵越狱跑了，现在正被通缉！”宋律师突然提高了声调。

“什么?! 怎么可能？”张崇斌也大着嗓门，显得十分吃惊的样子。

“我刚被公安传唤过，祁兵逃跑之前，见到的外人就我一个，我差点……幸亏那天会见的时候我不是和他单独见面。”宋律师有些激动。

张崇斌完全理解宋律师此刻的心情，因为他很清楚做刑事案件的律师本身存在的职业风险，事实上全国每年都会有几个律师因为代理刑事案件涉嫌做伪证或串通泄密而被法律制裁。于是他说道：“宋律师，你不用担心，我可以为你做证，你现在到我这边来，我想详细了解下这个情况。”

撂下电话，张崇斌马上意识到，下一个被公安传唤的就会是他了。于是，他去了趟卫生间，把手表盘后的133号段的SIM卡取出来丢进厕所马桶，放水冲走。宋律师按照张崇斌说的地址很快来到旅馆。一进门，他就用充满质疑的眼光盯着张崇斌，看不出什么异样来，他又来回看着屋子的角落。

“祁兵为什么要跑？”张崇斌问道。

“张总，你说呢？祁兵现在还没联系你吗？”宋律师显然不相信张崇斌一无所知。

“祁兵是干什么出身的，他如果跑了，现在打我的电话就会暴露他的行踪，他有这么弱智吗？”张崇斌反问道。

听张崇斌这么一说，宋律师没有话了。张崇斌又开口道：“我相信祁兵是无辜的，虽然他这么做很不理智，但如果我们能帮他澄清事实，那么这就不算是个什么罪过，只要他逃逸的时候没有做什么伤天害理的事。”

“但愿如此吧。”宋律师轻叹了口气。

“宋律师，这个案子我不解除委托，你的律师费我照样给你，你现在能不能给我说说民间传言的‘诈尸’是怎么回事？”张崇斌点燃一支烟问道。

“嗬，你的属下现在下落不明，你还有这份闲心？”宋律师有些哭笑不得。

“我相信祁兵知道自己什么该做，什么不该做。不过，我刚才问你的这个问题可不是在闲扯。”张崇斌严肃地看着宋律师。

3. 诈尸之谜

宋律师看了看张崇斌，伸手向张崇斌要了支烟，坐了下来说道："张总，你还是放不下那个尸斑疑惑哦。诈尸、诈尸……其实，诈尸这个说法，各地民间自古就有，大致的意思就是人看起来已经死了，但不知道什么原因突然间又活动起来的情形。"

"是的，我听说的版本也是这样的，但我想知道的是诈尸这种传言，或者说这种情况现实中是否存在，如果存在，那这种现象有没有科学的解释？"

"诈尸这种现象，要我说，可以说存在，也可以说不存在，这里面有个重要的概念问题，就是人们对'死亡'这个概念本身存在着模糊的认识。过去，法律上关于死亡的概念是沿用传统的'心脏死'，现在医学界人士一般以'脑干死亡'来界定个体是否已死亡，而现时的法律并没有明确给死亡下定义，换言之，这'心脏死'和'脑死亡'都可以作为法律上对人是否已经死亡的一种界定。现今司法实践中，这些更多是依赖于医院给出的死亡证明。可是，随着医学的发展，尤其是人体器官移植方面的进展，有些被换了心脏的人，比如说放置了机械装置的人造心脏或者移植其他死去的人的心脏的那些人，有些现在仍活着，按照传统的界定标准，难道你能说这些活着的人就是死人吗？"宋律师解释道。

"是啊，人的死亡界定标准一直存在着争议，西方的一些发达国家目前多是采用'脑死亡'的标准。这生与死的问题真要是较起真来，有的时候还真不是泾渭分明的啊！"张崇斌感言道。

"张总，您说得没错。此外，我们都知道，医学上将人的死亡过程分为三个阶段：一、濒死期；二、临床死亡期；三、生物学死亡期。其实，很多民间的诈尸现象应该是发生在人的临床死亡期。在临床死亡期，人的中枢神经系统的抑制过程已由大脑皮质扩延到皮质下部和脑干，尤其是延脑也处于高度抑制状态，呼吸和心跳已经停止，各种反射均消失，从外表看人体的生命活动已停止。可是，由于人体组织内微弱的代谢过程仍在进行，虽然人体看似已死亡，但构成人体的细胞、组织和某些器官仍可保持一定的生命机能。所以，如果抢救有效及时，这个阶段的'死人'依然有复苏的可能。张总，你知道，上次我们一起研究祁兵这个特殊案件之后，我回去查了下资料，注意到法医学上的一种'超生反应'概念可能对理解所谓的诈尸有所帮助。”

“哦？那说来听听。”

“这个‘超生反应’，其实是指人在死亡时，组织器官对刺激还能发生一定的反应。你知道一个人在头被斩掉后心脏还能跳多久吗？——10分钟以上！这方面有过案例，从断头开始直到10分钟后，仍可见到眼球活动、口唇及下颌运动和心脏跳动。所以，可以想象人的生命力有多么的顽强，这是比较典型的一种超生反应。此外，人死亡时，骨骼肌在机械性刺激下或在电刺激神经末梢时也能引起肌体隆起和肌体收缩反应。这样的话，一个死去的人就会因为这种肌体隆起和收缩反应而出现身体活动的超生反应。”

“那就是说，在某种外界因素的刺激下，一个死亡的人可以出现类似‘活人’的某些活动，是吗？”张崇斌追问道。

“是的。我不知道这算不算是对诈尸的一种较为科学的理解。”宋律师回道。

“应该是有些道理。”张崇斌若有所思地点了点头。

在宋律师讲述的时候，张崇斌的脑海中开始不断地勾画着这个离奇案件发生的缘由与经过，再加上这些天来他所听到的、查询的、经历的各种信息和场景，所有这一切的因果关系逐渐开始浮出水面……在他看来：由于贵阳地区特殊的地质结构，那栋别墅又建在偏僻的山坳，同时，别墅的建筑风格也有些特别，它的屋顶是个‘金字塔’结构，这种结构本身就有说道，据说埃及的金字塔就具有某种奇异的能量，这些内外部的奇特环境使得这个房子聚集起某种不同寻常的能量，这可能是这个房子半夜经常“闹鬼”的原因。当然，野猫之类的小动物也会闹出动静，但这无法解释房门自动关闭的现象。

而死在房子里的陈九妹，根本就没有回老家，她其实一直都在这个房子里——就在那天夜里她跌倒的衣柜里！因为那个衣柜是贴着整面墙的一排立柜，前后宽度虽然不大，但里面的空间不小，人若躲在里面不出来，即便是有人进入屋子恐怕也难以发现。黄主任认为她不打招呼就走了，祁兵和段涛后来也没有发现她的存在，应该是她在某种外界或自身因素的诱发下，刚巧在她清理衣柜或者是做其他事的时候出现类似休克这种假死状态。在这个推测中，外界的因素是指房子本身的异常能量作用，而自身的因素，还需要孔超去她的老家西昌进行调查核实。

陈九妹的诈尸，若依照前面的推断，很可能是连续多日的假死状态逐步发展到人体死亡过程的第二阶段——临床死亡期。这种假设可以解释为什么她的身体会出现死亡 12 小时以上才会出现的片状尸斑的现象。因为，人在假死的状态下，皮肤上也会出现尸斑现象，而后来的诈尸并不会出现正常人那般的心脏跳动从而带动血液循环，诈尸只是尸身神经和肌体组织受到刺激的一种反应。

而房间里的那只瞪着绿眼从身边逃窜的黑色野猫则是引发诈尸的又一直接原因。这方面有太多的民间传说，现在看来，死亡的人若被猫或狗从身体旁穿越而过，就极可能会因动物身体所带的生物电的干扰刺激，导致人体尚未完全停止生命活动的神经和肌组织发生超生反应。

基于这样的一种推理分析，那么祁兵那天夜里所遇见的诡异事件，很可能就是这样的：6 月 3 日凌晨 4 点左右，祁兵因为听到房间里有异常声响，以为有贼进入，于是一个人上楼进入那个发出声音的房间。

在祁兵进入房间的时候，首先惊动了房间里的那只黑猫，黑猫从倒在衣柜里已经进入死亡过程的第二阶段的陈九妹身边越过，再加上房内本身的特殊能量等相关因素的刺激，诱发陈九妹出现诈尸现象。

而祁兵在最初进入房间时，应该没有注意到这屋子里竟然有个“活着的死人”。这种推断的理由是：一方面，因为那个房间没有电灯照明，祁兵即便是拿着手电（因为在衣柜里发现一个手电），进入房间后也是无法马上看清房间的整体环境，他最有可能是先看见那只从衣柜里跳出的黑猫，以为这动静是它引起的而放松了警惕，在注意力被猫吸引的时候却没有想到背后竟然还有个“活着的死人”突然抱住或掐住了他。这一点可以从女尸验尸报告上的肌体损伤描述判断出，而自己那夜从背后抱住祁兵，结果右侧的肋骨差点儿被打折也能佐证从背后袭击祁兵会遭受什么样的反攻。

另一方面，祁兵在遭受背后偷袭时，因缺乏准备而先受了伤。同时，祁兵也没有想到一具诈尸会有超乎寻常的力气和“打而不死”的抗击打能力。传言中的诈尸据说是抓住什么就死死地抱住，如果抓住了人就会咬人喝血，如果抱住的是树，都能把树皮撕啃下来。所以，祁兵在没有防备的情况下，身上被抓伤，随后，女尸则被迅速反应过来的祁兵用“一招制敌”的徒手格斗招式将其两肋和颅骨击打骨折。

能够让祁兵最后感觉这个屋子有鬼的理由：一方面是祁兵以前从未遇见过这样的对手。正常情况下，受到祁兵暴力攻击的对手应该很快甚至是一下子就倒地不起，而且还会痛苦地发出呻吟，而诈尸可能就是个沉默不语且极度抗打的“机器人”，这样的对手出现在黑咕隆咚的夜里，祁兵受到的刺激也不会小。此外，屋子里的怪声甚至异动也会让精神高度紧张的祁兵受到影响，甚至是强烈的刺激，所以会出现意识不清，清醒后对自己的反常行为也感到无法理解，他宁愿相信这一切是场不真实的噩梦。

“张总，祁兵一定会找机会和你联系的，那样你就会清楚祁兵那夜究竟做了什么，到那时，也许我们就可以找到真正有利的证据了。不过，我也要提醒你哦，帮助朋友的同时也要注意方式方法，你明白我的意思。”宋律师说道。

宋律师的一番话，把沉浸于冥思状态中的张崇斌又拉回到现实。

虽然，张崇斌对祁兵陷入的这起诡异案件的前因后果大致理出了似乎能够自圆其说的头绪，但他却依然没有感觉到轻松。因为宋律师尚不知道尸斑背后还隐藏着他无法彻底交底的隐情，宋律师所抱的期望其实并非值得乐观。而且，那天夜里在林场的突然迷路、车子和手表出现意外故障，还有夜闯鬼屋亲眼所见的那扇诡异摆动的房门、祁兵在鬼宅里的反常表现……这一切似乎都在强烈地暗示也像是在嘲笑着他。

“这个案件的背后一定有一种超乎寻常的神秘能量，它左右着整个事态的发展，而自己对它却一无所知！如果这种判断准确的话，那么这种能量究竟依靠什么运作机理，使它可以对人的身心施加如此强烈的作用？如果这一切都是客观真实的，那么这个现象如何能被警方相信和接受，最后还能够作为有效证据拿到法庭上让法官认可？”面对这些问题，张崇斌心里清楚，要想做到将这一切予以澄清并做出科学的解释，绝非一件简单的事，因为这已经超出了他所掌握的知识范围，他相信这也是绝大多数人不能解释甚至完全不能相信的。但是，如果做不到这一点，彻底洗清祁兵的罪名将比登天都难！

“唉……”张崇斌不禁长叹了口气。宋律师看着张崇斌，保持着沉默。

张崇斌转头看向宋律师，动了动嘴角，似乎要说什么，但马上又转过头去，有些无奈地拿起手机，给家乡一个在法院刑庭工作的朋友拨了电话，电话接通：

“许法官，你好啊，我是张崇斌，现在说话方便吗？”

“哦，崇斌啊，什么事？说吧。”

“有个事向你咨询下。你说，在司法实践中，比如一起重大伤害案，有警方认定的犯罪嫌疑人，但实际上受害人的伤是因为其他特殊的原因造成的，而这种特殊原因是目前科学无法解释的某种神秘现象，那么法院最后做出判决的时候会认定这样的事实吗？”

“你这个问题说得比较模糊，我没太听懂。你也知道，正常情况下，刑事案件的定罪量刑是依据检察院审核后的犯罪事实与证据做出的，法院或者辩护律师如对某些事实有异议，可以指定或申请委托其他专门机构做相关的调查和鉴定。”

“如果连专门的科研和司法机关也无法做出符合当前科学认知的鉴定结论呢？”张崇斌接着问道。

“怎么可能？崇斌，你到底想说什么？说明白点儿好吗？”

“怎么说呢？这么说吧，有人把一个诈尸或者说把一个活着的死人打伤了，法官会怎么定罪？”

“这都什么乱七八糟的，你小子在外开公司怎么变得神神道道的？不行就赶快回来做律师吧，别瞎折腾了。”

“我不是开玩笑，是认真的。”

“死人还谈什么受伤啊，侮辱尸体倒是能够上个罪名。诈尸？这不是迷信吗？天底下哪有这种事？除非哪天最高人民法院的领导喝多了单独给诈尸案来个司法解释，否则，法院根本就不能接受这样的事实！”

果不出所料，张崇斌黯然地挂了电话。但紧接着，手机又响了起来，张崇斌连忙再次接听：“张总，我是市刑警队，姓刘。”

“哦，刘队长，你好。”张崇斌等待的这个电话终于打来了。

“我想找你了解点儿情况，现在有时间吗？”

“有的。是不是关于祁兵的事？”

“你怎么知道？”

“祁兵案件的代理律师已经告诉我了。”

“哦，张总，你还是到市局来一下吧。”

“好的，我这就过去。”挂了电话，张崇斌对宋律师说，“公安那边找我，我们一起出去吧。”出了门口，宋律师用他的车载着张崇斌直奔市局。

4. 警方讯问

到了市局下了车，宋律师先行离开。张崇斌被在门口等待的马警官直接引到一个会客室。会客室里没见到刘队长，张崇斌就问马警官刘队长何时过来，马警官却说队长突然有事，让张崇斌在这儿等会儿，他先和张崇斌谈谈。

“张总，真是巧啊，怎么你一过来，祁兵就想着外逃呢？”马警官问道。

“这个问题，我还想问你们呢！祁兵原本是主动投案接受你们的调查，怎么突然会跑？你们不会是强其所难了吧？”

“你说话要注意啊，什么强其所难，怀疑刑讯逼供吗?!”马警官的语调升高了不少，张崇斌看了看马警官，没有回他的话。

“张总，我再问你，这两天你去什么地方了?”

“干我该干的事。”

“你态度能不能放端正点儿!”马警官有些火了。

张崇斌站了起来，对马警官说道：“我今天来这儿是见刘队长的，我没觉得我的态度有什么问题，既然队长不在，那我先走了。”

“你不能走!”

“凭什么?!”张崇斌的声音也抬高了。

“嗯……”门口传来声音，这时门被推开，刘队长走了进来。

“说话那么大声干什么?”刘队长冲着二人说道。

“他想走人……”马警官回道。

“好了，别说了，你先出去下，我单独和张总说会儿话。”刘队长在张崇斌的旁边坐了下来。看马警官走了出去，张崇斌转身问道：“刘队长，您找我想了解什么?”

“张总，祁兵外逃，现在正被通缉抓捕，你就没想着找我说点儿什么吗?”刘队长边说边从手提包里掏出盒软中华烟，抽出一支递给张崇斌。

张崇斌说道：“我有烟，不必客气。”刘队长却硬递过来，张崇斌也就不推辞了，自己点上火后，说道：“其实一直都想找刘队长单独谈谈，但每次和队长您通话您都很忙，我连句完整的话都说不全。”

刘队长淡淡一笑，说道：“是啊，最近是比较忙，你的属下不安生我怎么能得闲哪。说说吧，你找我想说什么?”

“贵阳这边的治安有些问题啊，我刚租个车就被偷了，算了，这事对你们来说也不算个什么大事，不说了。”

刘队长脸色一沉，问道：“张总，你昨夜去了什么地方？为什么手机关机?”

张崇斌看着刘队长，回道：“理解。大队长，我配合你的工作。我昨天夜里在一家洗浴中心洗澡休息，关机是因为电池没电了。我的车那天夜里在停车场被盗，这些都有证人，您可以去调查。”

“那么，你知不知道祁兵昨夜跑到哪里了？”

“这我怎么能知道？”

“你怎么会不知道？祁兵在夜里给你打过电话！”刘队长紧紧盯着张崇斌的眼睛说道。

“呵呵，”张崇斌笑了一下，接着说道，“刘队长，从事法律工作的人都明白，任何人都有主张自己观点的言论自由，但能否被采信关键是要有证据。您这么说的证据是什么？”

张崇斌心里清楚，祁兵在医院打的那个电话，警方已经注意到了，并做了相关的调查，但他有把握查不到自己的身上，因为那个133号段的SIM卡是他在外地匿名购买的。在现在的处境下，张崇斌别无选择，他知道，有的时候为了公平合理地解决问题，使自己有拯救自己的权利和活动时机，只有采取“以时间换空间”的办法。

刘队长皱了皱眉头，说道：“张总，今天叫你过来，等于给你一个挽救朋友的机会，看来你并不懂得珍惜，怎么，你觉得自己做过律师，什么都明白是吗？”

张崇斌回道：“刘队长，我感谢您的良苦用心！说句心里话，我很愿意配合你们来拯救祁兵，但这跟我具体是什么职业应该没有太大关系。您看，我们能不能这样处理这个问题呢？我想，祁兵日后很有可能会找机会主动与我联系的，如果有这个机会，我也希望能说服他，让他放弃逃逸主动投案。但是，要想做到这点，我需要让祁兵看到他的问题可以被及早澄清的希望。所以，我希望我公司能与警方携手，配合你们共同调查这起案件，您看如何？”

“张总啊，你的属下这样做很不理智，他走投无路时一定会再联系你，我看他也跑不了多久，我们已锁定他的活动区域，有什么携手调查的必要？再说，你的公司只是个民间机构，无论硬件、软件包括资质恐怕都不具备开展刑事案件调查的条件。”

张崇斌听出这话中隐含的诸多意味，想了一下说道：“刘队长，很多时候，人们对事物的敏锐感觉往往容易被惯性思维所麻痹，结果会出现滞后甚至是错误的判断。我这类公司在西方国家已有上百年的发展史，您可知道，像日本皇室选妃、美国总统克林顿入主白宫都曾聘用过私人侦探效力。大家都知道，瑞士呢，是世界公认保密法规最严、保密能力最强的国家，几乎不对外公开任何有实质意义的数字，但菲律宾前总统马科斯秘密存放在瑞士苏黎世弗雷拉热金库中的1241吨黄金，就是由美国职业私人侦探赖纳·雅克历经5年揭开了秘密；海地前总统杜瓦利埃、罗马尼亚前总统齐奥塞斯库等人鲸吞国库，秘密存放在国外数百亿美元的存款和巨额家产得以查清，也都是私人侦探公司取得的成果。”

“咱们国家与其他国家不一样。张总，今天就到这里吧，祁兵如果与你联系上，希望你能明辨是非依法办事，不要把自己也牵扯进去。”

“既然大队长这么说，那我就告辞了。不过，我还是希望有机会能协助你们警方参与这个案件的调查工作，因为这个案件在我看来，绝不简单，造成那个女人真正死亡的原因背后很可能隐藏着超乎寻常的更大问题。”说完，张崇斌起了身，在刘队长似有警觉的眼神注视下，离开了会客室。

第五章　命理玄机

1. 隐世高人

已经过了午饭时间，张崇斌在外边的小饭店简单吃了点儿就去了租车公司，了解到他们还没有找到车的下落，就告诉他们该报警去报警，该找保险公司就去找，涉及他这边应承担的合理费用可以从交付的押金里折抵。在离开公司的时候，张崇斌发现靠室门一侧墙上张贴着通缉祁兵的省级通缉令。“祁兵现在何处呢?”张崇斌心中暗想着，却并不十分担心，因为以祁兵的野外生存能力，张崇斌相信他已如蛟龙潜渊、虎入深山了。

想到要与祁兵保持联络，张崇斌来到市区找到一家手机专卖店，重新买了个133号段的SIM卡，并用新卡给祁兵发了条短信：“新号，联系时间不变，洛书。”

办完这些事，平素喜欢旅游的张崇斌突然想给自己放个假，来贵阳都四五天了，神经一直紧绷着，还没有好好看看这边的山水景致，了解下当地的风俗人情，只是这阴郁的天色让人没了远足的冲动。于是，张崇斌就沿着一条并不繁华的小街随意漫步着向前走去。

在穿过一条狭窄的巷子时，他看见街道右侧有一铝合金框架的玻璃门上有些文字广告，上前一看，只见门上贴着“占往来吉凶，测姻缘命运”十个红字——原来是间做占卜生意的民宅。刚好，他感觉腿脚有些乏累，也正想找个人说说话，于是推门进去。

进门一看，只见正面墙上挂着个皮鼓面的太极八卦图，很有些陈年古色的样子，太极图两侧挂着副对子，右侧写着“天行健，君子以自强不息”，左侧是“地势坤，君子以厚德载物”。看到屋子里没人，张崇斌又朝左侧房间走去，推开门进去再看，是个面积不大的内室，室内空气混合着焚香烟火的味道。这室内的墙上挂着幅装裱好的诗词，上面写着：闲来无事不从容，睡觉东窗日已红。万物静观皆自得，四时佳兴与人同。道通天地有形外，思入风云变态中。富贵不淫贫贱乐，男儿到此是豪雄。这屋里还是没有人，张崇斌刚要转身退出，却听到冲水的声音，一个中年男子从他身后外屋的一个小门里走了出来，此人一边提着裤子，一边说道：“来来，请屋里面坐。”

看他头发撅翘眼睛眯缝的样子，张崇斌就知道这家伙是刚睡醒上了厕所。于是问道：“算命的师傅今天在吗？”

“咋个？我就是哦。”男子眯缝的眼睛睁大了起来。

“你算命？呵呵，会算什么？”张崇斌看他一本正经的样子有些想笑。

“我研究这《易经》、命理数十年嘞，什么不会算?!”

“那说来听听。”张崇斌自己找了个地方坐了下来。

“那可多喽，你听嘞，《麻衣相术》《周易》《四柱推命》，还有那个《梅花易数》……”

“好了好了，是会不少。”张崇斌看出来了，这老伙计跟说相声数来宝似的，早就背熟了这套嗑。“睡觉东窗日已红，呵呵。”回想墙上的那幅字，张崇斌不禁笑了出来，感觉眼前这个人的生活作息与诗意倒有几分贴近。

“我这诗不错吧，来，给你看看相。”这男子不知从哪里掏出把梳子迅速梳理了几下蓬乱的头发，然后坐在对面的椅子上冲张崇斌说道。

“这诗是你作的?”张崇斌笑着问道。

“是嘞。”

“哦……不过，我来这儿并不想算命。”

“那你来这儿做啥?”男子有些不爽的样子。

“我呢，对这个《周易》‘八卦’什么的挺有兴趣，一直想找机会学学，你如果愿意讲授给我听听，就当作给我算命了，钱照样给你，如何?”

“你这个人有点儿意思哦，别人找我算都要预约的哦，好吧，我今天刚好有点儿时间，哦，我这算命是按时间收费的，一小时50元。”

“没问题，50 元就 50 元，你说说看，这八卦是怎么回事？为什么能用它算命？”张崇斌引入正题。

男子脸一板，挺直了下身子，再一开口，音调就变得深沉起来：“八卦的渊源，说来话可长喽，你别看八卦图哪里都有，可图中的奥妙玄机那一般人是无法看透的。你一进门是不是就看见墙上的那个图？那就是八卦图，我祖上传下来的，比我年龄可大多喽。这个八卦能算命，那可不是迷信，《周易》晓得吗？”

“哦，这个我听说过。”张崇斌回道。

“那就好，我说的你就容易理解了。这八卦算命，实际上，应该说是《周易》预测，《周易》是老祖宗留下来的最早的、最深不可测的算命术，《周易》一共多少卦晓得吗？一共有八八六十四卦！算命就是看你应上这六十四卦中的哪个卦象，然后根据卦象来推断你命中的吉凶祸福。”男子眼睛放光很有底气地说着。

“哦，是这样的。不过，我听说周易之前好像还有《连山易》《归藏易》什么的，这八卦也分先天和后天八卦，它们有什么不同的玄妙之处吗？”张崇斌问道。

“哦？这你也晓得?!”男子有些吃惊的样子。

“啊，以前没事闲翻书，知道点儿皮毛。对了，你刚才说到你会《梅花易数》，那么，《君子易》你也肯定精通是吗？”张崇斌又问道。

“《君子易》这个……你看我这记性，有……这个易？”男子带着讪笑问道。

张崇斌看到他这个样子，就站起身来，淡淡一笑准备离开。其实，张崇斌对中国的古籍玄学一直就有着浓厚的兴趣，那男子刚才自称研究过的那些算命预测之书，他以前都翻看过，而且，他对一些常人难以理解的隐晦谶语、箴言秘诀等常有一种心神触动，自认为只要有足够时间潜心研究，自己一定可以透彻感悟。他方才提到的《君子易》其实就是《梅花易数》的别称，《梅花易数》是北宋神宗庆历年间一位易学大家邵康节观梅花占而自创的一脉方术，这邵大家在当时是个连宰相王安石都敬重的非凡人物。说起中国历代方术，若溯本求源可谓源远流长，甚及上古，商周以来至春秋战国已形成千门百派之势，各派方术叠彩纷呈，玄之又玄，真假难分，正邪莫辨，令不知其底蕴的求学者目不暇接，无所适从，难以取舍。后来，秦始皇的“焚书坑儒”及汉武帝的“罢黜百家，独尊儒术”对这种自由泛滥意识形态的格局来了个根本的改变，强行统一了思想。于是，很多方术的传习转入地下，不少神奇之术更是绝传或隐匿无踪，这使本来就不为寻常百姓所熟悉的方术更为隐秘，虽然不时有人谈论《易经》、奇门、玄空等术，但往往真人不露相、露相非真人。

《梅花易数》的出世可谓正本清源，尤其是该术运用起来不仅起卦简单方便，而且断卦屡显神验。毕竟是门秘传绝学，邵大家往来无白丁，达人显贵竞相与之攀交，所以长期以来，该术也只在历朝文人士大夫之间秘传，故又美其名曰《君子易》。

口口声声自称研究《易经》命理数十载，却连《君子易》都没有听说过，在张崇斌看来，除了那墙上挂的几幅字还算有点儿意味外，其人根本就不是济公般癫笑世人、不拘小节的脱俗高人，想必没有值得请教的共同语言，更何况，那字也不是他写的。

男子看到客人要走，挠了挠头，说道："光说不练假把式，你坐下让我给你瞧瞧面相，看得不准不要钱哦，而且我还会把那幅字送给你。"

"你姓程吗?"张崇斌突然问道。

"不，姓梁，咋的?"男子一愣。

"哦，我还以为你的祖上是程姓。"

"这话怎么说嘞?"

"'闲来无事不从容，睡觉东窗日已红。'你墙上的这幅字据我所知，是北宋的一个著名学者叫程颢的，在一首题为《秋日偶成》的诗中所落的字句。既然你说这是你写的，我就当是你不忘宗亲祖训。"

男子听张崇斌说完，脸腾地红了，然后伸出大拇指，冲张崇斌说道："高人，佩服，我服了。你说对了，这字不是我写的，是我师尊送给我的。"

"哦?你还有师傅?"张崇斌不禁一怔。

"我师尊绝对是高人，哦，这个我绝对不笼你（贵州方言，骗人的意思）。要不，我带你去看我师尊吧。"

"好的。"张崇斌还真想会会这位高人。

男子前面带路，穿过一个小巷，来到一个带着小院的院门前，他让张崇斌等着，自己先进去了。过了一会儿，男子小跑着出来，对张崇斌说道："你运气好嘞，我师尊同意见你，快进来吧。"

张崇斌迈步跨进院门，只见院内一角栽种着些说不上名的花草，其他杂物堆放得错落有致，虽然面积不大，但显得清新干净。经过院子走进房间，室内简陋干净，没有摆供任何佛龛神像，左侧靠墙有两把木椅，中间有一个小茶几，但见一位面容清瘦的老者端坐在其中一把木椅之上，灰发长须，眼睛微闭。定神看过，张崇斌轻步朝老者走去，待走近，老者这才缓缓启开双目。

“老人家养生养得好，精气神十足!”张崇斌心里暗叹道，这是他从这老者沉稳的气度和丝毫不见浑浊的双目中感受到的。

“年轻人，请这边坐。”老者指向旁边的椅子道。

“谢谢老人家。”张崇斌坐了下来。

“梁子，烧点儿水倒杯茶去。”老者对男子说道。

“好嘞。”男子转身离去。

“年轻人，是北方人吧?”

“是的，东北辽宁人。”

“北人南行，坎离交涉，外处静但内藏火气哦。”老者自言自语道。

“老人家不愧见多识广，晚辈领教了。今日难得殊缘，虽不信命，但还望老人家能指点释道易理、命理玄机。”

老者刚才很随意的一句话，却令张崇斌暗自一惊，看来男子所言非虚，于是求问。

“不敢当。年轻人，能否写下自己的名字?”老者微微笑道。

张崇斌从包里拿出纸笔，在纸上写下：张崇斌。老者只看了一眼，并没有说什么，反而问道：“命由天，还是由己?”

“晚辈不才，以我粗浅的认识，我认为命虽天成，但运势己造。直白地说，我不信宿命论。”张崇斌回道。

“那么，蝼蚁的命运呢?”老者又问道。

“蝼蚁?蝼蚁虽然孱弱渺小，但世间万物普具灵性，只是它们不具备人的智慧，无法创造工具，更没有能力去认识和改造大自然，所以，我认为草木蝼蚁之类，只能听天由命。”

“那也就是说，人与蝼蚁的命运是不一样的了，是吗?”

“是的。人活在世上要不断进取、自我奋斗，从而不断增强认识和改造世界的能力；蝼蚁一世，草木一秋，物竞天择，适者生存，它们的命运只能看自然的造化了。”

“哦，人的命运是和奋斗进取的目标愿望联系起来的。实现了，算是命好，否则，则是命苦，是吗?”老者问道。

“应该是这样的吧，您看，寻常百姓衡量命运好与苦，常以是否达到个人意愿来评判；而帝王将相则以江山社稷存续更迭来定论成败。都是有愿望目标的，只不过愿望有高低、目标有大小而已。”

“那么，我们打个比方看一下。如果说地球是一个苹果的话，人在这上面像是什么?”老者又问道。

这时，梁子回来了，说道：“水烧上了，一会儿就好。”说完，就地盘腿坐在老者一侧的地上，倾听起来。

张崇斌脑海里浮现出卫星拍摄的蓝色星球照片，从照片上看，人也是无法用肉眼看清楚的，除非用显微镜，于是回道：“那人就成细菌了。”

“细菌太小了，我们就当是蚂蚁吧。”老者笑道，接着又说道，“我们再来设想个场景：在一个院子里，有一个顽童蹲在地上，顽童头顶的树枝上有只鸟，地上一只蚂蚁正在爬行，蚂蚁的前方有一个高出它身体数倍的障碍物，在障碍物的另一面的地上有块糖果。年轻人，你说，蚂蚁每天出去寻找食物，凭它弱小的能力，它对食物的最高目标愿望可能就是想吃到糖果，那么，如果你是顽童，你怎么看蚂蚁的命运呢?”

张崇斌略一思索，回道：“蚂蚁能否吃到糖果，并不完全由它决定，可能会出现这种情况：我是顽童，迟早会发现院子里的蚂蚁天天忙碌，不断四处走动寻找食物，后来也会知道蚂蚁喜欢糖果，于是，我可以把糖果放在任何地方让蚂蚁吃到，也可以把糖果拿走，不给蚂蚁吃到。”

“哦，梁子，我问你，如果你是蚂蚁的话，你对爬过障碍物后吃到糖果的命运怎么看?”老者转头问道。

“师尊，还是那个院子里的蚂蚁是吗?”看到老者瞅了他一眼后，梁子马上说道，“我要是这个蚂蚁，天天爬地找食物，突然发现这个美味大糖果，一定会觉得付出就有回报，天道酬勤哦!”

老者接着说：“那我就是树上的那只鸟吧。其实，地上的糖果我早就看见了，但我不喜欢吃它，否则，我可以趁顽童不在的时候飞去叼走这块糖果；顽童在我下面摆放糖果后，我可以事先看清楚蚂蚁能否吃到糖果的命运。”

说到这儿，老者看着张崇斌，又问道：“年轻人，这蚂蚁吃糖果的同一个命运，从不同的视角看，你看出了什么没有?”

此时，张崇斌才恍然感觉到老者引用这个例子的深意，因为这个看似简单的命运，从不同的角度观察竟会有完全不同的解释：一、顽童不仅可以事先知道蚂蚁能否吃到糖果，而且还可以随时改变蚂蚁的命运；二、小鸟虽然不能随时改变蚂蚁的命运，却可以从高处看清楚蚂蚁的命运走向；三、蚂蚁一直辛苦地奔波，寻找传说中甘甜的糖果，终于在翻越数座“山”爬过数道“沟”后实现了自己的愿望，认为这美妙的命运是通过自己的努力而得到的。

“我明白了，命运由己，也由天！”想到这里，张崇斌不禁脱口而出。

这时，外面传来开水沸腾的声音，梁子还在发愣着，听到水开声忙起身出去。

老者看着张崇斌，微微地笑着。

一会儿，梁子端着两个茶杯走进来，冲张崇斌笑着说：“我师尊今天难得说这么多话，看来真是有缘分哦。”

放下茶杯后，梁子又对张崇斌说：“你刚才说的命运由己也由天，我还是不太明白，能不能说透点儿哦？”

张崇斌笑着对梁子说：“今天是受你师尊的点化，我略有开悟，不敢说看透命运。”说完，张崇斌又面向老者说道：“老人家，您看我这样理解，是否正确？说命运由己，是指自己必须有行动，就像那只蚂蚁，虽然有人把糖果给摆放好了，但如果自己不四处走动，那还是吃不到的。而且，蚂蚁如果一直坚持不懈地寻找，不排除那顽童出于同情或是为了早点儿看见蚂蚁品尝美味，出手将糖果直接摆放在蚂蚁跟前。举个可能不太恰当的例子，这就如同有人连续多年买彩票，突然一天中了大奖。

“说命运由天，意思是不为人力所左右的外界因素也会对命运产生巨大的影响。这里的‘天’，可以喻指顽童甚至小鸟等各种外在的因素。放眼整个地球，人类其实渺小得连蚂蚁都不如，可人类却总认为自己是这个宇宙的万物之灵，是最具智慧的生灵，总以为人能胜天。其实，这个认识是需要重新思考的，人与自然的关系，应该是和谐的，这也就是所谓的‘天人合一’吧。

“如果从生物进化的历史演变看，亿万年前的恐龙，也曾称霸地球，但现在已经灭绝了。人类目前对整个地球生存地域、资源环境的侵占控制，也如当年的恐龙，但人类却以此妄自尊大，常以自己的生存是否安逸来衡量天地变化是否合情合理，其实，如果某天人类也如恐龙般灭绝了，地球依然会存在，可能再过亿万年的演化，又会出现其他高级物种称霸地球。所以，老子的《道德经》才会有这样惊世骇俗的两句话：天地不仁，以万物为刍狗；圣人不仁，以百姓为刍狗。”

张崇斌说完这些，老者深点了下头，然后说道：“年轻人，你的悟性很好，不过……”说到这儿，老者突然隐而不语，端起茶杯，轻轻吹着漂浮着的茶叶。

“老人家，如果方才所言有不对之处，还望能直言指教。”看到老者欲言又止，张崇斌连忙追问道。

“年轻人，你刚才所说没有什么不妥，只是……”老者说到这里，将手中的杯子放在张崇斌面前，张崇斌低头看去，只见杯子里的茶叶在杯中起伏荡漾。老者这时又开口道：“你看见了茶叶，你也看见这杯中托浮茶叶的水，但你却没有注意到这茶叶为何会转圈浮动。”

听老者这么一说，张崇斌似有感悟，问道：“您的意思是说，我没有看透真正驱使命运发展变化的背后的力量，是吗?”

老者喝了口茶，转头对梁子说道：“去，备上笔墨。”

梁子马上起身到一旁的书桌前，在一个砚台里倒上水开始研墨，这当口，张崇斌对老者说道：“今日幸会老人家，晚辈真的是受益匪浅，无奈才疏学浅，未能完全领悟命理真义。”

老者捋着胡须回道：“年轻人，不必过谦。所谓‘大道废，有仁义；慧智出，有大伪’，现世纷杂，信仰缺失，很多人自恃聪明，急功近利，唯崇西学，慕夷忘祖，人心不古。你能心存一份清净，实属难得，且悟慧智通，后生可畏啊。”

这时梁子过来，对老者说：“师尊，笔墨已备好。”

老者站起身来，走向书桌，用毛笔饱蘸墨汁，然后伸臂悬腕在已铺展开的宣纸上写下一幅字：

弓随百战将，长弦劲矢远。
山高人绝行，宗灵度休死。
文辩奇冤后，武戈今世生。
凭空解缘由，天意承受命。

老者写完，放下笔，冲着立在一旁的张崇斌说道：“年轻人，这幅字老朽送与你，望你以后好自为之。”

张崇斌双手轻轻地从书桌上揭起笔墨尚未干爽的宣纸，默默地看着这幅字。从字里行间，他解读到隐含其中或明或暗的深意，看完后，轻轻折起宣纸放进包中，然后转过身去，面向老者，恭敬地深深一鞠躬，再抬起头望着老者，不禁眼圈一热，上前一步握住老者的手道："老人家教诲，晚辈铭记于心，所赠笔墨，定当留存。待我处理完琐事，一定会再来向您求教，望老人家多保重。"

老者轻轻拍着张崇斌的手背说道："年轻人，记住，当一只寻找糖果的蚂蚁，容易得到幸福；而要当一只寻找顽童的蚂蚁，就要承受意想不到的诸多磨难。唉!"老者轻叹了口气，接着说道："天意难违，你去吧。梁子，送送客人。"

出了院门，张崇斌从包里掏出一些钱给梁子，说道："梁子，恕我冒昧这么称谓，今天很高兴认识你，尤其是认识了老人家。我来得匆忙，没备礼物送给老人家，这点儿意思你代我买些老人家需要的东西，以表我心意。"

梁子回道："崇斌兄弟哦，我师尊今天难得和你这么投缘，你的悟性是我比不了的嘞，真希望以后有机会还能见到你。不过，这么多钱我不能要哦。"说完把钱往张崇斌手里塞。

"既然你称我兄弟，那我也称你梁兄，日后若有机会，我想正式拜老人家为师尊，我们也做成兄弟，所以，梁兄你一定要满足我的这点儿愿望。好了，我先走了。"说完，张崇斌把钱使劲塞进梁子手里，摆摆手转身离去。

2. 视而不见的世界

夜幕降临时分，张崇斌回到旅馆，这家旅馆地处贵阳市区西郊一带，晚上没有喧闹的街市和夜生活，这样一个静谧的夜晚让身心疲惫的张崇斌感到几分舒缓，他简单洗漱后就静静地躺在了床上。

闭上眼睛，张崇斌脑海里开始不由自主地交错呈现白天经历的各种影物，当浮现出与老人家忘年畅谈、临别受赠笔墨的场景时，他不禁暗自感叹道："真是大隐隐于市，老人家的道行深不可测!"

老者赠予的这幅笔墨，打眼一看，虽然通俗易懂，但张崇斌还是以他的敏锐看到了其中的深意。"难道说，老人家竟然可以像'小鸟'一样跨越时空，看到自己的未来?!"尽管张崇斌内心很是敬佩老者，但现在让他完全接受这样的事实，还是感觉有些勉强。以前，虽曾耳闻修行得道之人具有常人无法理解的法力，但现实中真有这样的高人吗？张崇斌依然若信若疑。

这样的不解之谜，虽然对喜欢揭秘的张崇斌而言很具吸引力，但此时此刻，他的心思更多的是被一种“等待”牵扯着，这个晚上，他在默默地等待着两个人的电话：一个是祁兵，一个是孔超。祁兵，不知道他现在到底在哪里，是否已经离开贵阳或出了贵州；而孔超的调查工作不知进展如何。

因为睡不着觉，张崇斌打开了电视，随意切换着频道，发现一个频道正在播放一期关于隐形技术原理的科学探索节目，节目从西方热播的科幻电影《哈利·波特》里的隐形魔法说起，介绍了隐形技术的基本作用原理，以及美英等西方发达国家对隐形技术的研发前瞻。

看了这个专题，张崇斌想起在英国读书时，他作为一名危机管理专业的学员，曾应他的导师尼科·彼茨推荐加入了“欧洲危机管理研究协会”这一组织，并参加了该组织举办的一次新领域研究成果交流研讨会。该研讨会的主办单位是世界规模最大的跨国危机管理公司——英国控制危险公司，公司的很多骨干侦探是由苏格兰场前警探组成，职业素养在业内首屈一指，该公司曾因在1989年妥善化解三井商社马尼拉分社总经理被日本黑社会组织绑架的危机事件而声名大噪。这家公司的一名高级董事是“欧洲危机管理研究协会”的理事，此人在会议上介绍了最新的侦探工具——隐形衣。据其所言，隐形衣是由特殊材料制成，隐形的原理是这种特殊材料经激光照射后发生光线折射而产生隐形效果，如果用激光处理1小时，则可实现72小时隐形。

当时听完这个汇报，张崇斌不禁被当今隐形科技的发展深深震撼，也倍感担忧，他没有想到隐形技术会发展到今天这种如同科幻神话再现的地步，这种突破了传统技术手段的隐形术已被很多魔术大师巧妙利用，从而完成了诸多令观者不敢相信自己眼睛的妙幻魔术。但是，这种技术的使用一旦泛滥，后果也将不堪设想，不仅人的隐私会完全暴露，而且，一旦被政治、宗教派系或利益集团的敌对方掌握，那么他们所采取的破坏、暗杀行动将会让人防不胜防！

“那么，那天夜里房门突然自行移动……难道说，是这鬼屋里有个隐形人?!”张崇斌心神一动，转念又想，“如果是这样的话，那这个隐形人来这个屋子做什么？在我国，除了国家特殊部门可能会有这类设备，其他单位和个人应该不太可能有。话说回来，就这么个地处荒郊的别墅，有什么值得这些部门如此‘鬼鬼祟祟’地来这么一下？再说，祁兵的反常举动也不会是隐形人控制的吧?!”想到这些，张崇斌放弃了这个推断思路。

很快到了晚上10点，张崇斌开启133号段手机，没过多长时间，手机开始震动，是孔超打来的，张崇斌拿起接听：“张总，是我。说话方便吗？”孔超的声音从电话里传来。

“方便，说吧。”

“我今天下午4点20分到达西昌，傍晚近6点找到陈九妹家。目前了解到，陈家已经得到通知，陈的大哥和二哥昨天已动身去了贵阳，她家还有个瘫痪的老母亲，看上去精神受到了打击，家里还有些亲戚陪着。张总，有个情况可能很重要，据部分亲属说，陈有类似羊痫风病史，不过，也有一些亲属否认陈有病。我刚才通过向邻居及村计划生育干部核实，陈在离开家乡外出打工前确实有过癫痫病的症状。张总，这个情况，明天我想再去村镇卫生所或医院核实下。”

“不必了，你马上找两个村民，最好是村干部，对陈的发病情况写个书面证明，然后尽快来贵阳见我。”

孔超的这个调查结果，算是在张崇斌的预料之内，但他反映陈的两个哥哥昨天已动身来贵阳，这个消息令张崇斌感到不安。

“他们来干什么？认领尸体？尸源早已查清，陈已死亡多日，且警方已做完验尸报告，那么陈家这次来两个亲属，一定是要料理陈的后事，陈九妹要被火化！陈如果现在就被火化，那么，陈因自身癫痫病发作所易引发的其他严重病症，包括突然昏厥或假死，将无法再进行有针对性的法医验证。”

在张崇斌看来，能够证明陈在被祁兵暴力击打时已经处于人体死亡的某个阶段，将有利于洗刷祁兵的罪名。而陈的癫痫病史恰恰是可以佐证陈当时很可能已经由假死进入了人体死亡状态的有力证据；至于陈死亡后出现诈尸现象，以及祁兵在神志不清状态下行为不受控制是因为某种诡异力量作祟，那是另一个证明祁兵无罪的有力证据，但收集这个证据、找到证据背后的科学依据，以及最后被法官作为有效证据采信，其难度巨大，这对曾做过律师的张崇斌而言，是再清楚不过的常识。

可是，现在连第一个最容易也是最应该收集到的证据可能马上都要永久灭失了，他怎么能不着急上火。

这个晚上，祁兵没有来电话，张崇斌选择了沉默等待。

3. 停尸房之夜

第二天一早，张崇斌先给宋律师去了电话，告诉他陈九妹有癫痫病史并且可能马上要被火化，让他询问警方能否提请重新对陈九妹的尸体进行解剖检验。在等宋律师回话期间，张崇斌上网查询了下关于癫痫病的发病机理和症状，了解到癫痫俗称“羊痫风”，是大脑神经元突然异常放电引起短暂的大脑功能障碍的一种疾病，表现为全身惊厥、失神发作、精神行为紊乱等，是神经系统的常见病。任何引起脑组织功能或结构损害的病理过程都可能引发癫痫。强烈的情绪刺激如激动、惊恐以及睡眠不足、疲劳、饥饿、饮酒、过度换气等常可以诱导发作。癫痫发作形式主要可分为五大类：大发作、小发作、精神运动性发作、局限性发作和复杂部分性发作。轻者或短时失神，或出现无意识运动，或答非所问；重者可突然倒地、眼球上翻、四肢抽搐、角弓反张、不省人事、呼吸停止，甚至窒息死亡。

“窒息死亡”，看到这个字眼，张崇斌连忙又在网络上进行搜索，找到一个实例：奥运会三枚金牌获得者、美国著名女子运动员乔伊娜由于在夜间睡觉时癫痫病发作导致窒息而死。看到这里，他眼睛一亮：“太好了，要的就是这个依据！”

这时，宋律师来了电话：“张总，张法医手机仍然打不通，估计还在外地出差。刚才我又与主抓这个案子的专案组联系过，申请重新验尸，行不通哦。”

“为什么？”

“我想，一方面，验尸报告已经完结并提交到检察机关；另一方面，张总，不说你也知道，祁兵的逃走，让警方十分震怒哦，现在的情形是认定祁兵属于畏罪越狱，通缉令都下发了，律师在这个时候提这种要求……”宋律师显得有些无奈。

“哦，是这样的。好，我明白了。”张崇斌咬了下嘴唇。

“哦，还有，张总，我听公安这边的一个朋友说了，陈九妹的尸体已经搁置在贵阳××殡仪馆的冷柜里，就等家属过来办手续火化了。”

“好了，我知道了。”张崇斌说完，按住手机的关闭键。宋律师的这番回复，让张崇斌瞬间冒出了一个自己过后都感到吃惊的想法：“亲自验尸！”

凭着直觉，张崇斌认为一具诈尸毕竟不同于普通个体的正常死亡，即便尸斑因个体死亡时间过久现已失去了最佳检验时机，但通过解剖一定会发现人体的某些器官存在有别于正常死亡的特别症状。正常途径验尸既然没有机会，那就干脆来他个亲自验尸！张崇斌骨子里不服输的欲望促使其瞬间做出了这样的决定。

张崇斌先是去街上的新华书店买了本《法医解剖学》，本来要买两把手术刀，因为没有找到购买的地方，就干脆买了装修工常用的锋利的壁纸刀，然后又在其他地方买了胶皮手套、1.8 毫米锋钢锯条、针线、塑料袋、手电等物品。这期间，孔超打电话告知其到达贵阳的时间，张崇斌把旅馆的地址告诉他，让他直接打车过来。

一回到旅馆，张崇斌就开始翻看《法医解剖学》，对尸体的检验方法、步骤等先做了一番了解。然后，他根据宋律师曾描述过的验尸报告内容，着重阅读了关于肋骨骨折和颅底骨折的内容，以及这两种骨折在人死前造成和在人死后造成有什么样的差异特征。

令张崇斌欣喜的是，书中确有这方面的论述，他使劲地扳平书页，聚精会神地看着这么一段话：生前伤与死后伤的鉴别，在法医解剖学上，依生理反应来鉴别。其中，生前伤“颅底骨折”血液可被吸入气管、支气管及肺泡内，亦可咽入胃内，表明受伤时有呼吸或吞咽功能存在；而肋骨骨折，外力直接作用于肋骨，肋骨外面受压，内面受牵张，内面先于外面骨折，骨折端可刺伤胸腔及其内脏器官（胸膜、肺脏等），引起远比骨折更为严重的肺破裂、气胸、血气胸等；挫裂创可使皮内和皮下出血，无论是皮内或皮下出血，出血量大时均可形成小血肿，颜色一般先呈暗红褐色或青紫色，中心色深，周围色淡，3 日后变暗紫褐色，7 日变成蓝色，14 日后由蓝绿色变为黄色。相对而言，如果是死后伤，这些部位和组织的损伤将不会导致大量出血的迹象。在生前因暴力引起颅骨骨折，不仅整个颅内应该有大量的血液，出血部位还会由于纤维素的同时渗出而与脑组织紧密粘连，即使用水清洗也难以将血液清洗干净。此外，肋骨骨折也不会有大量的血液通过血管破裂处流入死者的胸腔、腹腔。至于其他部位受击打形成挫裂创，则该部位皮肤变色区的局部应该没有肿胀的痕迹。

这时，有人在外敲门。

张崇斌一看时间，知道是孔超找过来了，开了房门，果然是这小子。孔超戴着个大墨镜，手里拎着两个大旅行包站在门口，看见张崇斌，咧嘴一笑道：“张总，与您会师了。”

张崇斌一把将他的墨镜摘下来，说道：“怎么打扮得跟个黑社会似的，想当明星啊，快进来吧。”

平日里，张崇斌经常对公司调查人员强调，做调查工作就要耐得住寂寞，永远不要想着胸戴红花人前显耀，从事这个行业真正名留史册的传奇英雄都是那些平时看起来默默无闻不显山不露水的人，只有这样才能干得安全长久。

孔超自然明白这个道理，所以他有些不好意思，“张总，真没想到南方的太阳这么足，刚到成都那会儿我的眼都睁不开了。”孔超满口海蛎子味地回道。

孔超，今年 28 岁，大连人，是张崇斌从一家保险公司财产核保理赔部挖来的。选定让他来做商业调查部部长，是因为张崇斌看中了他有一定的法学专业基础和良好的保密意识。此外，作为调查人员，一张无显著特征看似极其普通的面孔，再加上天生敏锐的直觉和缜密的判断思路，也是必须具备的。当初遴选调查人员时，公司安排做了几套考核测试，其中一项是在指定时间内完成国际标准智商测试，孔超这项的分数为 135 分，通过了公司考核。

张崇斌将一瓶矿泉水递给孔超，问道：“公司那边怎么样？见到段涛了吗？”

孔超回道：“张总，上次自接到你的电话后，按照要求，已暂停对外承接调查业务。段涛？他不是和祁队长在一起的吗？张总，您来贵阳时间可不短了，这次让我来是不是有什么大活要做？”

“是的，你带上必要的调查工具了吗？”

孔超用手拍拍身旁的旅行包说道：“都在这儿，我在家时就猜到会是个大活，该带的都带齐了。张总，这次连您都亲自出马，我想着都刺激啊！”孔超咧着嘴笑着说道。

“傻笑什么？”张崇斌眼睛一瞪，接着压低声音说道，“祁兵出事了。”

“祁兵？他怎么……他出什么事了?!”孔超咧着的嘴突然收住，急切地问道。

张崇斌摆摆手让孔超坐下来，然后把贵阳这起案件和祁兵正在被警方通缉的情况有所侧重地跟孔超说了。孔超越听眉头皱得越紧，当他听到陈九妹的尸体可能随时被火化时，不禁也急了，开口道：“张总，这个重要证据得想办法保留下来。”

“是的，这很有必要，可怎么保留，我想听听你的意见。”张崇斌看着孔超平静地问道。

“只要女方的家属不同意火化，尸体就可以长期冷藏在殡仪馆，我看可以先找她的两个哥哥谈谈，如何？”孔超快速地回道。

张崇斌问道：“陈九妹的两个哥哥也是从西昌农村老家过来的吧？”

“是的。”孔超点头加以肯定。

张崇斌接着又说道：“他们都不是见过大世面的人，估计以前也少有机会和公安打交道，而且他们对案情不了解，对案件本身存在的疑点根本意识不到。这样的话，在公安面前，他们就不会提出什么特别要求，只有听从的份儿；而目前警方这边，是希望抓到祁兵尽快结案。现在天气越来越热，让家属同意早些火化尸体是必然的；另外，我们贸然去找他们谈，如果他们知道是我们的人‘打死’了陈九妹，他们还会相信并愿意站在我们这边配合我们的工作吗？如果没有把握做到这点，我们就将眼睁睁地看着尸体被火化。”

孔超听张崇斌分析完后，低下头又开始思索起来。突然，他发现了床头柜上的那本《法医解剖学》，伸手拿来翻看，在看到做了折叠记号的那部分文字后，他缓缓地抬起头来看着张崇斌的表情……

张崇斌什么也没有说，只是点上支烟，深吸一口，然后吐出一个大烟圈。

看到张总一直不说话，孔超开了口：“张总，你不会……是想解剖那具尸体吧？”张崇斌嘴角微微向上一翘。孔超嘴角动了动，却没有发出声音，但面部表情却充满惊愕。

“怎么样，有什么问题吗？”张崇斌终于开口了。

“这活……咱们可都没有做过啊，尸体现在殡仪馆，这个方案……可行吗？”孔超依然不太相信。

“还记得我经常说的那句话吗？‘没有做不到的，只有想不到的’，我只问你，有没有胆量跟我干？要说实话，不必勉强自己。”张崇斌转过头看向孔超。

“张总，只要是你敢干的，我也敢！”孔超挺起胸脯道。

张崇斌笑了一下，说道：“臭小子，还算我没看走眼！走，现在跟我去殡仪馆熟悉下环境。”

于是，二人简单收拾一下就出了旅馆，打上出租车直奔××殡仪馆。在行进的途中，坐在副驾驶位置的孔超突然回过头小声地说：“张总，后面好像有人跟踪。”说完，孔超将一副可后视的反光眼镜递给张崇斌。

张崇斌戴上后，果然发现一辆银灰色轿车不远不近地一直跟在后面。摘下眼镜，张崇斌拍了下孔超的肩膀，孔超回头，看见张崇斌把手机关掉并卸下电池，于是，也将自己的手机关机取出电池。然后，张崇斌对司机说道：“师傅，改道去贵阳火车站。”

到了火车站，一下车张崇斌就让孔超去售票窗口买两张去N市的硬座车票。孔超一愣，小声问道：“怎么？我们要回去吗？”

“先别问这么多，你去买来就是了。”张崇斌使了个眼色说道。

待孔超买了票回来，张崇斌对孔超说：“走，现在马上回旅馆。”

回到旅馆，孔超一进屋，刚要开口说什么，张崇斌急忙做了个让他保持沉默的手势，然后说道：“孔超啊，祁兵现在也不知道跑哪里去了，你过来也没有什么用，公司那边有很多事需要处理，我们必须马上回去。”

孔超连忙冲张崇斌挤着眼睛回道：“可我才过来就回去，要不，我留在这边再查查看，祁兵一定是被冤枉的，不能就这么算了！”

张崇斌无声地笑了笑，知道这小子明白自己的意图。现在这个房间里，十有八九被安置了窃听装置，在路上被人跟踪的时候，张崇斌就意识到他和孔超的行踪已被监控，但张崇斌却不认为这是件坏事，他对孔超大声说道：“废什么话！听我的，收拾行李跟我走。”

二人收拾好行李，退了房间，再次打车去了火车站。在车站附近，他们先将部分行李寄存起来，然后进入车站的一个公共厕所。在小解的时候，张崇斌注意到周围没有可疑人后，小声对身边的孔超说：“一会儿出去解决完肚子的问题后，就去目的地。”

吃完午饭，二人沿着热闹的街口进出几家商店，在离开一家商店时，见门口有辆空载的出租车，张崇斌和孔超迅速拉开车门闪身进去，然后让司机直奔××殡仪馆。

贵阳××殡仪馆坐落在一片开阔的山谷中，四面青山环抱，绿树成荫。从外观上看，其主体建筑风格线条简洁、凝重浑厚，散发着浓郁的中国古典韵味。馆内，沿着神道、广场、追悼厅建筑群、燃放台这条主轴线，可以看见周边坐落着大大小小的各式灵堂。在宽阔的广场沿途，还布置着庭院，院内有假山、奇石和草坪。眼前的景致，让人很难想象这竟是一个火化死人的地方，要是不看导览图的话，还以为是到了某个园林景点。

在看到一个正在往外冒着黑烟并弥漫着一股焦炭味道的烟囱时，张崇斌判断出那就是火化车间，而冷冻尸体的停尸房就应该在那附近。于是，他们二人随着一队刚给亡人开完追悼会正准备去火化车间的人群，来到了火化车间附近。张崇斌仔细地观察着周围的路径与建筑布局，在确认了停尸房的位置后，他和孔超离开了这个让人心情压抑的地方。

回到火车站，二人取出寄存的行李，找到一家离殡仪馆较近的宾馆住下。在房间内，孔超开始清点包里的调查设备，这会儿他从包里拿出一个超薄款的数码相机，问道：“500万像素的怎么样？”

“不带相机。你带上那个三星数码摄像机和变音器，还有那套微型组合工具，对了，还有夜视仪。”张崇斌一边说着，一边检查着自己准备的那些工具、设备。

孔超又问道：“张总，你说这夜里，那个地方会不会有保安看守呢？”

“都是像石头一样的尸体，不能跑不能动的，用得着看守吗？”张崇斌知道孔超多少还是有些发怵。其实，他也一样，不知道到了晚上在那个阴冷的停尸房里，自己能否表现得这般轻松，但在这个时候，作为这次行动的策划者，他必须拿出个样子来。

“这世道竟然有诈尸？那个停尸房那么大，我估计里面至少能装上百具尸体，不会又有哪个再来个诈尸吧？”孔超小声嘀咕着。

“诈尸诈尸，诈你个头啊！到时候你给我在外面望风，我自己进去。”张崇斌瞪了孔超一眼。“那怎么行，我跟你一起进去。”孔超连忙回道。

“听着，我不是开玩笑，现在咱们这么分工：我进去后，你在外面给我盯着，一旦发现有人过来，你就给我想办法引开，你用什么方式我不管，我的安全就交给你了。”张崇斌说道。

“可是，你一个人怎能忙得过来，还是我们一起进去，这样可以速战速决！”孔超说道。

“那样不行！这事一旦被人发现从外面把门锁死，你我在里面不被冻死就算万幸了；就算没有冻死，等他们报警给咱们来个连锅端，再给定个什么侮辱尸体或者偷窃倒卖人体器官之类的罪名，我们就是有一百张嘴也说不清楚，现在不能意气用事。”说这话的时候，张崇斌内心其实是矛盾的。试想，晚上到了那个地方，谁不想身边多几个喘气的人陪啊，但现实就是这么尴尬无奈。

“那……那好吧。张总，放心，我一定保证您的安全。”孔超的语气中也透着为难与矛盾。

“呵呵，孔超，放心吧，我相信你，也相信自己，这一切很快就会结束。”

张崇斌站起身来笑了笑，并迅速将准备好的工具包的拉链拉上。到了晚上 10 点，张崇斌和孔超各自携带好物品，悄然离开了宾馆。

没有月光的夜阴霾沉郁，二人朝着殡仪馆的方向快速步行了近 30 分钟，来到了紧靠殡仪馆一侧的山坡上，这个位置可以俯视整个殡仪馆。

“张总，我们什么时候行动？”孔超问道。

“等火化车间的灯熄了就进去。”张崇斌看见火化车间一直亮着灯，不明白这究竟是为什么，若仅仅是风俗习惯倒还好，可要是因为火化的人多，这个时候还在火化的话，那今晚的行动计划就难以完成了。二人换上加厚的深色衣服后，一起焦急地等待着。

终于，火化车间的灯熄灭了，殡仪馆里面顿时漆黑一片。

“行动！”张崇斌招呼着孔超一起向山下的殡仪馆走去。他们没有选择走正门，而是准备翻越殡仪馆的围墙。来到墙根，借着孔超的肩膀张崇斌先上了墙头，然后再将孔超拉上来。院内黑如墨池，完全不见了白天的景致，二人分别戴上夜视仪，然后跳进院内。沿着白天来时摸清的路径，二人迅速找到了火化车间旁边的停尸房。不知道是心理作用，还是停尸房内冷气外渗的原因，站在停尸房的铁门外，张崇斌感觉一股寒气扑面而来，不由得打了个寒战。他来不及多想，试着拽了拽门的把手，发现门是被暗锁锁着的，于是让孔超拿出那套微型组合工具把锁打开。

孔超似乎有些紧张，平时麻利的双手这回显得笨拙不少，折腾了好一会儿才说：“张总，门好像是打开了。”

张崇斌又拽了一下门把手，门依然没有开，张崇斌急了，再次使劲拽拉，带着滑道的厚重铁门这才缓缓开启了条缝隙。张崇斌看了下表，已是夜里10点50分，他转身对孔超说道：“我进去后，帮我把门关上，别让光线从门缝漏出。我出来时，敲三下门，你再开门，记住了。”孔超瞪大着眼睛忙点头，张崇斌回身用力拉开那扇沉重铁门闪身进去了。随着身后铁门闷声关闭，无尽的黑暗和彻骨的寒气顿时从四周裹挟过来，门内门外两重天的感觉让张崇斌仿佛置身于与世隔绝的另一个世界。偌大的房间异常安静，以至于都能听到自己的心跳声，他深吸一口气，尽力使狂跳的心平静下来。此情此景令张崇斌想起那天夜里和祁兵一起闯“鬼屋”的经历，头皮不禁阵阵发麻，那次毕竟还有个祁兵在，而此刻……他没有选择退缩完全是靠着世间无鬼神的信念支撑着。

努力平定了下紧张的情绪，张崇斌快速从挎包里掏出手电，开启电源，一道刺眼的光柱顿时映亮了房间。这时，他才看清楚面前是一组组纵向排列的金属冷藏柜。

这些冷藏柜上下两层叠摞着，每一层柜子都有一个拉手，拉手旁边有个写有死者姓名的贴牌。“陈九妹应该就在其中的一个冷藏柜中！”

张崇斌快速挪步向这些冷藏柜走去，“杜×、李×、方×……”终于，在最里面墙角的下层冷藏柜上，张崇斌发现了“陈九妹”的贴牌。定了定神，张崇斌屏住呼吸，伸出右手握住柜子的把手，慢慢向外拉……

随着柜口的开启，一个面色似有红晕的女性面孔带着缕缕浮动飘散的寒气展现在眼前。

凭着照片的印象，张崇斌确认她正是陈九妹。于是，张崇斌从包里拿出数码摄像机，启开电源，在音频接口插入变音器，然后开始对着“陈九妹”贴牌和陈的面孔进行连续录影，同时，开口说道：“死者陈九妹，今年 24 岁，家住西昌……死者生前有癫痫病史。该死者于 2003 年 6 月 3 日经犯罪嫌疑人主动报警被发现在室内死亡。本次对死者遗体的解剖检验是为了证明死者身体虽然有被暴力击打的损伤，但这些损伤是在死者已经死亡后才形成的，死者的死亡很可能是其自身病理缺陷造成的。现在，开始解剖检验。为证明该项工作的客观真实性，本次解剖将被同期录影。”

说完，张崇斌用手电向房间的四周照去，发现靠墙的一侧有个四轮平板手推车。他将手电和摄像机放在一组冷藏柜上，让灯光和镜头对准陈九妹的尸体，然后，走过去将手推车推过来，又从包里取出两张塑料布，一张铺在地上，一张铺在推车上面。

这时，张崇斌开始戴上口罩和胶皮手套，又用毛巾将头顶缠绕一圈在后脑系个结，最后只露出一双眼睛来。包里的那些壁纸刀、锋钢锯条、针线、塑料袋等物品则放置在地上的塑料布上。

准备好这一切，张崇斌再次来到冷柜前，看着眼前这具一动不动的尸体，心里默念道：“生死殊途，死后本应清净，但为澄清事实，拯救生者，今天对不起了。若你死后有灵，应当理解，此举可断尘冤之扰，从此阴阳界分，你可安息往生。”

屏住一口气，张崇斌将冷柜再次向外拽出，陈九妹整个身体渐渐展示在眼前：陈的面容沉静而略带愁容，她那两只干枯苍白的手交叉叠放在下腹部，两手的手指并没有顺直合拢，显得骨节突出曲指如钩。尸体穿着蓝色的连衣裙，脚上是米黄色的凉鞋，整体并不显得凌乱。看来，整容师傅已经为其化好妆，就等家属看过后火化了。

事不宜迟，张崇斌扫看过后，上前一步将这冰冷僵硬的尸体抬起，转身放在了旁边的平板推车上，回身又将拽出的冷柜推了回去。然后，他来到推车前迅速脱去尸身的衣服，再将尸体仰卧放平。

借着光亮，可以发现尸身上一道上至咽喉下经胸骨部，绕过肚脐顺左侧直到耻骨联合部位的纵行缝合切口，按书上解释，张崇斌知道这道切口是解剖学中的直线切法。再对尸体头部仔细观看，其眼眶上方2厘米处有一道痕迹，一直延伸到两侧耳郭上缘，这是开颅的切痕。再来仔细观察尸身皮肤，发现胸腔两侧、胳膊还有后背肩胛骨处的皮肤有颜色深暗的变色区，但在手电光下，难以分清真实的颜色，仅从外观看，该变色区皮肤确实没有肿胀的痕迹。

“这不正是一种‘死后伤’的特征吗?!”张崇斌不禁有些兴奋，但他拿着壁纸刀的右手此刻却难以克制地微微抖动起来，他很清楚，解剖，尤其是人体解剖，这个活要做得好，不仅要胆子大，对人体组织结构了如指掌，还要有精湛的技术，而自己完全是抱佛脚的现学现卖。白天看书中的解剖方法时，他感觉自己可以独立完成这个活，但现在面对真实的尸体时，一时竟不知如何下手了。

张崇斌使劲甩了甩手臂，眼睛紧紧地盯着尸身上的那道长长的切口，内心不断地告诫自己要沉着冷静，今晚只要将那些疑点损伤部位进行解剖并做好摄像记录，这次冒险行动就会有价值。机不可失，时不再来，想通了这个问题，张崇斌也就放开了手脚，只见他俯下身体将那把壁纸刀沿着原先的切线，从上至下重新划开切口，断开缝合线的前胸和腹部皮肤随着切口的敞开而缓缓地向两侧摊开……

张崇斌一手将手电拿来，一手将敞开的皮肉向外翻起，尽量扩张敞开的部位，然后对着胸腔和腹腔照去。当他看到一片片一块块颜色各异的内脏组织，闻到一股扑鼻而来的酸腐气味时，胃开始痉挛起来，他强忍着要吐的感觉，对着摄像机说道:“胸腔和腹腔没有看见明显的积血。”

然后，张崇斌开始用刀切开尸体的胃、气管和支气管，再将摄像机拿到跟前仔细拍摄着。正当他聚精会神地忙碌时，房间里的某个位置突然传来了“吱咯吱咯”的声音，张崇斌不由得浑身一震，脑袋“嗡”地一下，整个人僵立在原地。“这屋子里怎么会发出这样的声音?不会是有‘人’从哪个冷柜里爬出来了吧?!”

这时，前方似乎有道微弱的光柱从一道缝隙泻了进来，原来是门口那扇铁门被人拉动，张崇斌瞪大了眼睛盯着那道渐渐开启的缝隙。

突然，一个脑袋伸了进来，声音颤抖地说道:“张总，是我!”

原来是孔超，张崇斌连忙问道:“你开门干什么?!”

“好像是有人往这边来了，你完没完事?快点儿吧!”孔超急迫地说道。

张崇斌心中一惊，“什么?!那你先躲起来，把门给我关上。”

孔超脑袋一缩，铁门关上了。不知道外面究竟是怎么个状况，张崇斌看着眼前这个人肉摊子，一时不知如何是好，他呆怔在原地，脑门却已经渗出汗珠来。突然，张崇斌快速行动起来，他先是将搭落在平板推车两侧的塑料布扯起来左右交叠裹住开了膛的尸体，然后将冷柜拽开，再将这个沉重的塑料包裹放进冷柜，最后将冷柜迅速关好。

回过身来，张崇斌又用地上的塑料布将壁纸刀和各种物品包起来放进挎包里，把推车又推回原处。靠近门口时，他隐隐约约地听到门外有人说话，于是停下动作，侧耳倾听，听到两个人在讲话：

"你听清楚了？是这儿?"一个老气的声音传来。

"是的，刚才上厕所，我听到这边有……就像是有人走动的那种声音。"一个年轻的声音怯怯地回道。

"胡说什么嘞，你晓得这是什么地方吗？停尸房！你才来什么都不晓得，倒让你搞出鬼了。"

"可……可我真的听到声音嘞。"

听到这儿，张崇斌判断这是殡仪馆的保安过来了。

"咦？这个门怎么像没有关紧哦!"老气的声音透着惊异。

"不会是……有人进去盗尸吧?"年轻的声音紧张地问道。

"别乱说话！嘿，我记得晚上检查的时候是给锁上的哦。"老气的声音不解地念叨着。

"不好，被人发现问题了！这可怎么办?!"张崇斌脑子迅速转动起来，马上蹦出几个想法：等他们开门一进来，就突袭他们，逼迫他们迅速外逃；或是装鬼把他们吓跑，然后再脱身；或是躲藏起来，让他们发现不了。前两个想法马上被张崇斌否掉，因为这样做的后果有很大的不确定性，能在这地方上班的人心理素质应该比一般人强，再说，发现这个问题后，他们在心理和行动上一定会有所准备，在这种情势下，张崇斌判断自己很难再得手。看来，只有最后那个办法才可行——躲进冷柜里装尸体。

这些思维活动，看起来纷繁杂乱，其实占用的时间也就几秒钟。张崇斌做出决定后迅速退回冷柜区，他连着拉开几个冷柜，发现里面都是"客满"。此时，外面的人开始扯动铁门，一缕光线已从门缝泻入房间。张崇斌心一横，几步奔到陈九妹的冷柜处，拽出冷柜，把挎包和摄像机放了进去，紧接着低头曲身紧贴着身下的人形塑料袋钻进了冷柜，然后将左手里的手电关闭，侧转身用右手紧贴着冷柜内壁铁皮靠摩擦的反作用力让冷柜向里滑去……

张崇斌脸朝下几乎全身都要贴在尸身上了，但冷柜却无法再向里滑动，柜门留出道不大不小的缝隙无法闭合。张崇斌努力地压低身体，却已到极限，冷柜门依然无法关上，无奈之下，他将右手放了下来，用力支撑着身体，使自己的面孔尽可能不碰着下面的东西。

这时，门外的两人已走进停尸间，手电光束不时地从冷柜门的缝隙晃射进来，借着光亮，张崇斌看到贴着眼皮的下面正是陈九妹苍白的面孔，顿时心跳加速，有些喘不上气来……

“嘿嘿嘿……”突然，外面传来一阵似远似近飘忽不定的狞笑。

“妈呀，有鬼啊！”停尸间里的这两人惊叫一声，迅即慌乱地跑了出去。

整个屋子又恢复了宁静，张崇斌在判断出房间里没有人后，迅速用右手扳住柜口的边缘，用力带动整个冷柜向外滑动，在他可以抬起上身的时候，迅速翻身从冷柜中跳出来。然后开启手电，朝陈九妹照去……

经过刚才的那番折腾，裹挟在褶皱塑料布里的陈九妹显得遗容不整，张崇斌努力控制住紧张的情绪，上前快速地将那张塑料布从陈九妹身下抽取出来，然后顶住一阵阵上蹿的恶心劲将陈九妹身上敞开褪下的衣物重新穿戴好，再重新将冷柜用力推进柜体。

最后，张崇斌把手电、摄像机和两张塑料布塞进挎包，随后头也不回地向外疾速奔去，整个人消失在漆黑的夜里……

4. 命运的挑战

已是午夜12点多了，卫生间里，张崇斌用香皂和热水不断地冲洗着全身，又用牙刷刷着口腔的每个位置，似乎只有这样才能冲刷掉总在他眼前浮现的那堆污秽。

清洗完毕，张崇斌走出卫生间，孔超看着他的脸色说道：“张总，对不起，让您受到惊吓了。”

对着镜子，张崇斌一边梳头一边看着镜子里的孔超说道：“臭小子，学会装神弄鬼了。不过，这招今天可算起了大作用！”“嘿嘿……”孔超笑出声来。张崇斌随即又道：“这次出现这样的意外，说明我们准备得还不够充分，需要总结教训。不过，没有什么大不了的，别想那么多，收拾好东西，我们马上离开贵阳。”

孔超没再说什么，起身开始收拾行李。

整理完毕，二人下楼办理了退房手续，出门坐上出租车，张崇斌让司机直接开往遵义。在行驶的路上，张崇斌坐在车里一言不发，他内心泛起一种难以形容的痛苦与惆怅。这次的解剖行动差点儿失败，自己还搞得很狼狈！虽然采集到了一些证据，但拍摄的连贯性却破坏了，最后现场也没有来得及收拾。用这种方式收集到的证据，其合法有效性已削弱了很多！这样下去，何时才能彻底洗刷祁兵的罪名啊？想到这些，张崇斌深感自责。

经遵义绕道，张崇斌和孔超于6月10日下午回到了N市的公司。公司的办公人员、调查队员和特卫队员看见张总回来了，都很高兴，财务小李来到张崇斌的办公室，一边把一小本需要签字盖章的发票放在桌上，一边说道："张总，您可算回来了，大家都盼着您呢。您不知道，昨天这边的工商局还有公安局的人突然来公司，说是来检查，咱们公司的领导都不在，我给您打电话，您手机关机也联系不上，大家都很担心，怕是出了什么事。"

"他们都检查什么了？"张崇斌问道。

"他们要看公司的登记证照，还有财务报表、业务合同，还好我们都是按您的要求规范做的，所以没有查出问题。"

"别担心，那是例行公事。对了，段涛怎么没来？他回公司了吗？"张崇斌问道。

"没有啊，段涛不是和祁队长在一起吗？"小李不解地问道。

张崇斌皱了皱眉头，对小李说道："你通知公司现有的全体员工，现在去会议室，我要开个会。"

来到会议室，张崇斌环视着在座每个人的神情，说道："现在召集大家开会，我要向你们通报件事情。"

说完，他用手指着贴在一面墙上的字，大声念道："'睿智化解危机之险，忠诚铸就正义之剑'，这是我开这个公司所秉承的理念，这两句话不仅仅是我们展示给客户的承诺，也是我对你们、对我自己提出的职业要求和做事良心！所以，接下来，我将要告诉你们的是，公司目前正面临着一场危机，而这场危机正在影响着公司今后的生存发展，你们有权利知道这个事实，你们也有权利做出去与留的选择，在我通报完这件事后，你们就可以做出决定。"

接着，张崇斌就把祁兵在贵阳所遇到的诡异案件以及他正被警方通缉的实情说了出来。在座的十几个员工听到祁兵出了事，都倍感吃惊。张崇斌说完情况后，大家一时无语，面色凝重。

过了一会儿，孔超首先打破了沉静，开口说道："各位同人，在我看来，公司所面临的这个危机是对我们每个人的考验，尤其是我们做调查工作的队员，现在正是我们发挥才智的关键时刻，所谓'养兵千日，用兵一时'。我先表个态，我会全力配合张总开展工作，争取早日帮祁兵澄清事实，化解这场危机。而且，我还可以告诉大家，张总在对这个事情的处理上，已做了很多积极有效的工作，我们目前需要的只是时间。"

孔超说完，几名调查队员都先后表示这个时候一定会与公司同甘苦共患难。

特卫队岁数最大的队员杨光义说道："祁队长出了这事，我心里很不好受。不过，如果我们能在这个时候帮助公司化解这场危机，拯救我们的队长，那么就算赴汤蹈火，也在所不辞。"其他特卫队员也一同表示老杨说的话也正是他们想要说的。

张崇斌专注地听着每个人的发言，最后，他使劲点了点头，挺起胸膛大声说道："所谓危机，就是危险加机遇，危机处理如果及时得当，不仅可以化解风险，而且还能带来意想不到的发展机遇。既然大家对这个公司有信心，愿意陪我渡过难关，那我就不言放弃，我将倾我所有，尽我所能，与诸位兄弟一起迎接这场事关命运的挑战！"

第六章　不可思议的未解之谜

1. 特殊的UFO事件

开完通报会，张崇斌回到自己的办公室，他拿起办公座机话筒给段涛拨了电话，响了几声后，电话接通："是段涛吗?"

"张总，是我。您……您这是回公司了?!"段涛吃惊地问道。

"是的，我让你回来你跑哪里去了?"

"张总，我……我哪儿也没去，我不回去!"

"为什么?!"

"张总，你不管队长了吗? 他可是你最好的兄弟啊!"段涛带着哭腔冒出这句话。

"你别胡思乱想! 现在全公司的人都在想办法帮助祁兵。你到底在哪里? 在干什么?"

"是吗? 那太好了! 张总，对不起，我在战友这儿，哦，就是您见过的那个于志国。"段涛转眼兴奋得像过年一样。

"那你赶快回来吧。"

"张总，我想现在向您汇报两个情况。"

"说。"

"张总，第一个不知道算不算是好消息。您知道吗，祁队长从看守所跑出去了，现在警方正在到处找他呢。”

“这我已经知道了。”

“哦，那第二个情况，也许，会对我们帮助队长有参考价值！”

“你继续说。”

“张总，还记得上次我的战友说起十年前，贵阳这边发生过的神秘事件吗？”

“记得。怎么，这跟祁兵案件有什么关系吗？”

“您知道吗，那起神秘事件，就发生在我和队长看护那栋别墅的后山上。这个事儿当地人称为‘空中怪车’事件，您现在上网就能查到关于这起事件的一些调查研究报告。关于这个事件，于志国还对我说最开始有关方就曾介入调查，当时整个事件是不允许对外披露的，后来因为受该事件影响的区域很大，目击者也有很多，所以现在公众也逐渐知道了。”

“‘空中怪车’？到底是什么样的神秘事件？”张崇斌问道。

“张总，您不是一直喜欢破解各类自然之谜吗？您上网去看看，一定会让您吃惊的，目前这算是有关方也承认的一个最神秘的未解之谜。而且，我怀疑，那个别墅‘闹鬼’可能与这事儿有关系。”

“段涛，那你先留在那边，再多了解些情况。记住，不要任性妄为，做冒险的事，那个别墅还有后山未经我同意一定不要去，现阶段一定要谨慎小心，有什么情况及时向我汇报，听明白了吗？”

“放心吧，张总，我一定按照您的指示办。”

张崇斌和段涛通完话后，那夜在都溪林场，他和祁兵的迷路、成片成片的断树林带、汽车熄火、手表走慢的场景又纷呈迭现于他的眼前……“空中怪车”神秘事件？还能让我也吃惊？难道这一切真如段涛所言有着某种关联？

带着巨大的疑问，张崇斌开始上网搜索起关于这个事件的报道，相关信息只看了5分钟左右，张崇斌的神色陡然变得异常严肃起来，连忙打电话通知孔超，让他通知公司全体调查人员立即搜集整理关于都溪林场“空中怪车”事件的所有调查报告。

经过短短几分钟的网上搜索，“空中怪车”事件已让张崇斌感受到巨大的震动，凭直觉，他意识到这绝非普通的神秘事件，更不同于一般的自然之谜，祁兵案件中那个一直隐藏在背后的神秘能量极有可能与这个事件有关。

“段涛提供的情况太重要了！可在当初，自己却没有关注于志国说的这个事件。”“砰”的一声，张崇斌狠狠一拳捶在桌面上。

过了半个多小时，孔超推门进来，把一堆上面既有照片也有文字的报告递给张崇斌说道：“张总，这不是 UFO 事件吗?!”

“你了解 UFO 事件是怎么回事吗?”张崇斌边看报告边问道。

“不是很清楚，据说是外星人的飞船什么的，以前看过些报道，不过咱们国内主流媒体一直是不承认有这东西的。”孔超回道。

“那你个人怎么看待 UFO 现象?”张崇斌抬眼看着孔超道。

“UFO 不就是飞碟嘛，我是没有亲眼看见过这东西，所以，很难说。不过，这个‘空中怪车’事件太离奇了，也许真的有飞碟、外星人吧？张总，你怎么看呢?”

张崇斌这时回忆起自己小时候常看的一本杂志。那时，国内有个《飞碟探索》的刊物，专门介绍发生在世界各地的飞碟事件，他每期都会看。此外，他本人还曾在夜里两次看见过近乎透明的长方形物体在空中飞过。不知道是不是因为常看此类杂志和受目击事件的影响，他也曾多次梦见飞碟在眼前飞过，而自己仿佛可以透视一样，竟能看见飞碟的内部构造。只是，自踏入社会后就不再关注这类神秘事件，这个谜也就被深深地埋在心底。

所以，当孔超问到这个问题时，张崇斌沉静了片刻后回道：“飞碟现象是客观存在的，但是不是外星人的飞船现在还不宜下结论。必要的时候，我们可以研究下这个问题，但眼下，我们要集中精力多想想这个事件与祁兵的案件有什么内在的关联，其中，有没有可能找到有利于我们的证据。”

孔超紧皱着眉头，在一旁自言自语道：“这个事件的调查工作，该如何下手呢?”

张崇斌看着孔超说道：“神秘现象的调查和破解，除了要到实地考察收集大量真实有效的证据外，更重要的是必须掌握相关知识点，并具备超凡脱俗、醒觉彻悟的思维能力。”

“实地考察倒好办，可相关知识点，还有您说的那种超乎寻常的思维能力怎么理解?”孔超不解地问道。

“这需要时间去感悟，不过眼前，我们需要寻求外脑的帮助。”张崇斌若有所思地回道。

“那我去查询一下相关科研机构，看看专家们是否能提供些有用的帮助。”孔超说道。

“呵呵，专家……”张崇斌淡然一笑，他看了下表，对孔超嘱咐道，“一会儿下班，你安排人员把公司的各个角落用探测器检查一下，看有没有什么微型电子装置。还有，找时间尽快把我房间的窗户玻璃都换成双面的毛玻璃。”

2. 诡异的“波尔代热斯” 现象

回到住处，张崇斌简单吃过饭后，打开电脑 MSN（一种网络服务软件）的邮箱界面，以学生兼欧洲危机管理研究协会中国区成员的身份给他的导师尼科·彼茨发了封邮件，向他咨询关于“未知能量产生物理异动及对人的精神影响”这方面的国外研究成果，在随发的附件中，张崇斌详细地描述了那夜他和祁兵所遇到的诡异现象以及中国贵阳都溪林场“空中怪车”事件简介。同时，希望导师能将他的咨询请求转发给有关研究机构，并能尽快给予答复。

尼科·彼茨是英国人，国际危机管理咨询领域的知名专家，做事认真严谨干净利索，且不失风趣幽默。当初张崇斌选择这个专业时，正是尼科做的面试。第一次见面，张崇斌就给尼科介绍了能够代表中国古代哲学思想的《周易》和讲述兵战谋略的《孙子兵法》，尼科很感兴趣并对张崇斌留有深刻的印象。后来，他们相处得更像是朋友，对张崇斌提出的问题，尼科总是不厌其烦地提示引导；而尼科也不时地向张崇斌了解中国的一些传统文化，以及这些文化与华夏古老文明之间的渊源，张崇斌也总能谈出一些令他惊叹不已、耳目一新的认识。张崇斌回国之后，二人依然保持着良好的朋友般的关系。

果然，次日早晨，张崇斌来到公司一打开邮箱就看见了尼科的回复：

亲爱的杰森（张崇斌的英文名字），很高兴收到你的来信。

关于你咨询的事宜，我及我的助手检索了相关的研究文献，现转发一些相关资料信息，希望能有助于你的工作。同时，我也将你的求助咨询转发给有关研究机构，如有进一步的消息，我的助手会直接与你联系。

祝你好运。

尼科·彼茨

接下来是附件的内容：

目前，研究发现，世界各地都存在这样一些异常现象，经常是在房屋内出现神秘吵闹声音或物体的超自然活动。它们通常的表现形式有：石头或小块的物体如下雨般从天而降；物体被移动或莫名被抛掷（如家具移动）；大的噪声和尖叫声；无法找到来源的气味（如嗅到烟味却没有吸烟的人）。专项研究此类现象的专家们将这类奇景奇事定名为“波尔代热斯”现象。“波尔代热斯”来自德文，原意为吵闹鬼，指自发出现的声音、物体移动和其他不寻常的现象。

“波尔代热斯”现象也会让电话、电灯和其他一些电器设备不受控制地自动开启或关闭，甚至会以一具完整或有些残缺的类似幽灵的躯体显现出来。一些“波尔代热斯”现象还被描述为是可以构成对正常生活的人进行撕咬、掐勒和性侵犯的神秘事件。

20世纪70年代后期，心理学家 Alan Gauld 和 A. D. Cornell 对自1800年以来所搜集的全部案例做了一个电脑分析，分析结果显示63%的案例属于“普通”事件，这些事件包括：64%的小物体移动现象；58%发生在夜间；48%是明显的敲打声音；36%属于大型物体移动；24%的事件持续时间超过一年；16%是“波尔代热斯”与它的媒介物相互传递信息（这个类似于常说的“鬼附体”）；12%是门窗自动开关现象。此外，只有9%的案例与恐怖残忍的魔怪事件有关，7%关系到巫现象，2%关系到死后亡灵事件。

通常，“波尔代热斯”的发生和停止都是突然的。它们的持续时间从7小时到7个月不等，不过也有过持续7年的事件报道。这类现象几乎总是发生在某个人在夜间出现的时候，一般是那些年龄不到20岁的女性，她们看起来似乎是媒介体的合适选择。

自19世纪和20世纪早期开始，此类现象被确认为是真实存在的事件后，在精神领域的研究开始增多。一位社会学精神研究领域的奠基人 Fredric W. H. Meyers 认为“波尔代热斯”现象是真实的，而且不同于鬼魂幽灵。20世纪30年代，心理学家 Nandor Fodor 提升了这一理论，他指出一些“波尔代热斯”的出现不是因为灵魂因素，而是来自那些被强烈压抑愤怒、敌意和性压抑的媒介体自身。在一些案例中他成功地论证了他的理论，这包括著名的“Thormton

Heath”（吵闹鬼）事件，这个事件是关于--个妇女因精神压抑而导致爆发“波尔代热斯”——以被吸血鬼袭击的方式出现。为此，这位心理学家被一些巫师（或翻译为“特异唯心论者”）严厉指责，不过他所得到的指责却恰好回击了那些巫师在报纸上的一些言论。

William Roll，是美国一个精神研究基金会的项目主任，他进一步探究了心理功能紊乱的理论。从 1960 年开始，Roll 研究了 116 份来自上百个国家关于“波尔代热斯”的报告，Roll 识别的类型，他称为“循环自发的意志力”（RSPK），他认为那是无法解释的自发的身体作用。他发现，通常情形下，一些小孩子和那些因对惩罚恐惧而产生敌意的青少年，在无意识的状态下也成了常见的媒介体。这种情形下，大多数事件发生在处于青春期的女孩子身上，而不是男孩子身上。个人是不清楚这种紊乱的原因的，但它们却是以秘密的或公然的形式出现了。

其他的调查人员也对媒介体进行了调查，他们发现精神和身体状况脆弱的人是容易在压力下受到侵害的。当研究媒介体的人格特性时，心理学者发现这些无法释放情感压力的病人和那些发生“波尔代热斯”的房屋有一定的关系。特别是在一些案例中，有些人通过治疗已消除了“波尔代热斯”活动。不过，心理机能紊乱理论也引起其他研究人员的争论，包括 Gauld 和 Cornell，他们认为参与心理测试的人是有缺陷的。精神病学家 Ian Stevenson 曾提出“死者的灵魂”可能更能够说明那些“波尔代热斯”现象。在他所研究的大量涉及媒介体和死后灵魂的案例中，Ian Stevenson 进行了不同的解释。发生在活着的媒介体身上的“波尔代热斯”现象是没有目的的，且通常以暴力形式出现；而案例是属于死后灵魂的则有明显的智能交流特征，物体会进行有目的的移动，并会有一些轻微的暴动。

1817 年美国田纳西州红河畔亚当士镇发生了一起恶灵索命致死案件（这是美国历史上唯一一起被美国官方承认的恐怖类型的“波尔代热斯”真实事件）。

在 19 世纪初，田纳西州红河畔地区，一个名叫约翰·贝尔的农民看见玉米田里有一只形状古怪的狗，便开枪打中了它，但当他上前捡拾那只狗的时候，却什么也没有看见。几天后，贝尔跟两个儿子看见橡树高处有只怪鸟，贝尔瞄准怪鸟开了一枪，它似乎掉了下来，但当两个儿子跑到树下时，仍然什么也没有找到。当天夜晚，贝尔家的屋子出现了奇怪的噪声：敲窗、挠门、踏地板；床柱上也出现了被老鼠啃过的痕迹。再后来，贝尔家的小女儿贝特西在卧室中突然遭到莫名力量的袭击——被无形的力量扯着头发吊在半空，她的父母看着饱受折磨的孩子却束手无策。这个事件引起公众的注意，田纳西州及附近肯塔基州的驱魔大师和招魂术士，都蜂拥到这个小镇上来，包括当时是将军，后来任美国总统的安德鲁·杰克逊也来到了贝尔家，结果大家都无法控制那个邪恶的力量。后来，贝尔发现所有现象的源头都指向了自己的邻居，一个被公认的女巫凯特·巴兹，自己曾和这个女人因为生意上的事情而交恶，凯特也因此诅咒了贝尔和他的家庭。虽然约翰·贝尔本人没有遭受贝特西那样的折磨，但是他的健康状况在恶灵侵扰后的四年中每况愈下，最终痛苦地死去。

看过导师尼科·彼茨的这封邮件，张崇斌暗自一惊！因为在他印象中，英国人在治学科研方面固有的严谨求实作风在尼科身上表现得很充分，令他尤为钦佩。可是，这个邮件内容却大量充斥着鬼魂、邪灵的字眼。在张崇斌以往的认识里，这些字眼只应出现在不登大雅之堂的不入流的民间迷信中。

此外，尼科本人未对此类现象发表任何个人意见。显然，这种现象也超出了尼科的研究范围。事实的确如此，因为张崇斌在接受尼科的指导去完成危机管理专业毕业论文的时候，曾检索并引用过大量的文献报告，这些文献涉及的领域包括政治、军事、环保、能源、商业信用、反垄断反不正当竞争、公共安全、恐怖活动等，却从未涉及"波尔代热斯"的课题，甚至都没有听说过这类危机事件。

"真是令人难以想象！"此时，这个危机事件在张崇斌看来已是非同寻常的诡异了。前期的调查，他还只是感觉到祁兵案件的背后可能隐藏着深不可测的能量；现在，看过这封邮件后，发现即便是那些看起来还能让人接受的论述解释，竟然也多与人在特殊阶段的病态心理或精神状态有关。于是，一种说不出的心慌不安使张崇斌的神经紧绷起来……这个无形能量似乎有着某种类似人的精神意志，简直如同"幽灵"，而且这个无形的"幽灵"对人类似乎并不友善！

"这个世界，除了人类，难道还有其他隐藏在我们身边的智慧生命吗?!"张崇斌不禁自问道。奇异的命案、假死、诈尸、汽车熄火迷路、手表时间不正常、鬼屋怪声异动、祁兵神志不清、都溪林场神秘飞碟事件……现在又来个"波尔代热斯"，这些诡异事件一股脑儿地涌现，整个世界简直都混乱了，一时间，张崇斌甚至怀疑是不是自己的精神出问题了。

3. 克利斯公司调查报告

这个时候，孔超突然急匆匆地闯入办公室，把手里的一堆资料还有几张打印的彩色图片摊在张崇斌面前，激动地说道："张总，你先看看这些图片，这是我从Google Earth（谷歌地球）上下载的，这些图片是都溪林场方位的卫星拍摄图片，您发现了什么特别之处没有?"

张崇斌拿起图片，仔细观看：但见成片郁郁葱葱的丘陵地带上，有两道明显的白色线条交叉构成"人"字形，一眼就能识别出这是两条公路。在纵深穿越山林的公路一侧，有一大块白色场地，像是个工厂，他估计这就是都拉营车辆厂。再对照其他图片看，发现紧靠着这个工厂的山林地带，竟然有一圈一圈的浅绿色地带。

"你认为这些是什么?"张崇斌问道。

"那些浅绿色圆圈我怀疑就是树木被折断的林场。不过，张总，贵州这一带的地貌我也查阅了资料，感觉很不一般，您再看看这份报告。"孔超说着，把图片下面的一份材料抽了出来。

张崇斌拿起这份报告，看到上面写着：都溪林场"空中怪车"事件初步调查报告。

发生于1994年12月1日凌晨贵阳都溪林场和都拉营车辆厂的"空中怪车"事件，经本部初步调查分析，应该是一起客观真实的事件。

目前搜集的第二手资料显示，该事件发生后的短短几个月时间内，贵州又发生了几起不明飞行物事件，发生地区分别在顺海林场、遵义、独山等地。此外，发生在距离贵阳都溪林场25公里的修文县扎佐林场冷水沟分场也于1996年6月6日晚7时15分发生类似事件，该林场1000亩高15至20米、平均树径30厘米、最大50厘米的华山松和马尾松在约2米高处向东北方折断，部分松树被连根拔起向东北方倒伏。关于这起事件，《贵州日报》等相关媒体均作了报道。

此外，早在1978年，安顺大地坎乡也曾发生过类似的事件。据目击者描述，当年某日晚曾看见安顺大地坎乡北面山腰一个山洞处射出一束定向光束，直径约4米，这束光成桶状，远近大小一样，越过500米田野，直射对面山坡，仰头望去，仿佛在田野上空横着一个巨大的日光灯管，而且不时变换颜色，灿烂夺目，十分壮观。

贵州这些邻近地区连续发生类似事件，很可能说明它们之间存在着内在联系，而不是彼此孤立的事件。

贵州地处云贵高原东部，海拔在700米到1500米之间，地势西高东低。著名的苗岭、大娄山、乌蒙山、武陵山等绵延境内，地形崎岖复杂，河谷深，多枣状盆地（俗称坝子），岩溶地貌极其普遍。贵州的喀斯特地貌面积占全省土地面积的73.6%，达13万平方公里，有“喀斯特王国”的美誉，其山间地下有难以探清的溶洞庭湖潜流。

从发生神秘事件的区域位置看，安顺在西，向东引条直线，依次是贵阳、贵定、凯里，恰为一近似等腰三角形之底边，这个三角形北向之顶点即是遵义。而这个三角区域却非同凡响，扼控贵州腹心之要地。

综上所述，我部认为贵州地区，尤其是上述的三角区域地质环境特殊，且有不明飞行物经常出现，可能会引发超自然现象。因此，在此区域开展调查工作，须特别谨慎，防范难以预测的风险。

克利斯商务调查部　2003年6月11日

商调部这份报告的推论，与张崇斌一直以来对UFO现象的认识多少有些不谋而合，这让他不由得想起曾引起世界轰动的“罗斯韦尔”事件。该事件是1947年7月发生在美国新墨西哥州罗斯韦尔陆军航空兵基地西北约120公里处，事件起因是一个不明飞行物坠落当地之后，被新闻媒体关注并连续进行报道，于是一股UFO探索热潮在世界各国民间广泛掀起，很多人猜测甚至是狂热地相信UFO是外星文明的产物。

而对于UFO事件的官方解释，多数国家政府的态度却颇为理性而趋于一致，他们普遍声称这些不明飞行物是一种特殊的自然现象，很多情况下是个人甚至是集体的一种错觉。然而，长期以来，世界各国众多的UFO迷却不这么认为，关于“罗斯韦尔”事件，他们普遍怀疑军方把当时坠落的外星飞船和外星人遗体秘密存放在一个叫“51区”的基地。该基地位于拉斯维加斯西北130公里的沙漠深处，是美国最绝密的航空基地，与美国核试验基地同在一个州。这个基地先后研制出了U-2间谍飞机、B-2轰炸机、SR-71黑鸟、F-117A隐形战斗机等一系列著名飞机，因此这个地区一直禁止飞行物通行。后来，在1992年，美国等24个国家签署了一个开放空域的协议，这才使卫星莅临其上拍摄照片成为现实。俄罗斯于1998年为扫描地球表面而发射的卫星就曾拍下五张清晰的“51区”卫星图片，这些图片又通过互联网公开展示出来，引起公众哗然。为此，美国官方不得不对外解释政府当年确实把在罗斯韦尔市郊坠毁的物体藏了起来，但那不是一个外星人飞碟，而是一个气象气球，它当时是用于一个叫“莫卧儿计划”的秘密间谍行动方案。这个解释也等于间接地回答了为何该地区多年来经常发现不明飞行物。

至于“UFO是外星人的飞船”这个说法，其实也有很多出处，包括个别有影响力的政府官员，但主要还是来自民间的那些想象力丰富的UFO粉丝。

张崇斌不赞成一碰到什么难以解释清楚的事情就往外星人身上联想，在他看来，这其实是种看似激越大胆，实质却是一种近似推脱的思维方式。对于人类而言，虽然现在已经有能力进入太空去探索和拓展未来的发展空间，但是人类对于自己脚下的这片大地以及比陆地面积大近1.5倍的浩瀚海洋又真正了解多少呢？其实了解得很少，不比对月亮的了解多多少，人类总是容易忽略身边触手可及的事物。

“不过，商调部这份报告最后的结论意见却是中肯的。自己正竭力寻找的那个诡异能量很可能会触及一个风险难测的未知领域！”想到这里，张崇斌心头不由得一紧，他拿起电话联系段涛，电话接通：

“我是段涛，张总，您有什么指示？”

“段涛，贵阳的‘空中怪车’事件我已大体了解，我们将为此有针对性地制订下一步调查工作计划。但目前情况比较复杂，现在，你一个人在那边要多加小心，不要擅自行动。公司这边马上就安排人过去，你要做好迎接工作。”

“明白，请张总放心！”段涛干脆地回道。

张崇斌与段涛通完话后，坐在对面的孔超说道：“张总，这‘军中’不可多日无主，您看这样如何，您就留守在公司，我准备一下明日返回贵阳，到那边和段涛会合，我们俩先进行前期的实地调查，有什么情况我及时向您汇报。”

张崇斌看着孔超，问道：“前期的实地调查是必要的，我相信你们能够配合默契，但问题是这次实地调查的方向和范围以及预期的目标是什么，潜在的风险又在哪里，这些你都考虑清楚了吗？”

孔超挠了挠头，有些不好意思地笑着回道：“实话实说，这个调查事件不同以往，您刚才说的这些问题我还真没想那么透彻。不过，车到山前自有路，我们到时见机行事，您再遥控指挥，应该不会有太大问题的。”

张崇斌点上一支烟，站起身来说道：“实地调查，随时都可能遇到意想不到的情形，尤其是这类事件，可供借鉴的案例经验几乎是空白。要知道，很多时候，来自外界的任何援助都来不及应对突发的事件，这需要当事人事前做好各种准备，临场还要有当机立断果敢机变的正确反应。”说完，他从包里取出一幅字展开在桌面上……

孔超站起身走上前去，他一边看着这幅字，一边小声地念叨着：“弓随百战将，长弦劲矢远。山高人绝行，宗灵度休死……”突然，他惊喜地叫道：“嘿！张总，这诗中有您的名字，好诗啊！谁写的?!”

张崇斌笑了笑，说道：“是一位隐世高人所赠。你的眼力还可以，看出了这诗的藏头隐意，呵呵，可这诗的藏尾谶语，你可曾看出来?”

“哦？这诗中还藏有玄机?!”孔超瞪大眼睛又仔细看去，“将远行，死后生。”孔超念出这六个字后，收敛起笑容，有些疑惑地抬头看着张崇斌。

“对，我不仅不应留在公司，可能还要走得更远，这长途跋涉的征途也许险境环生，多灾多难，甚至还会有置之死地而后生的严峻考验。”

听张崇斌这么一说，孔超一时呆怔无语。张崇斌拍了拍他的肩膀，说道：“走之前，你跟我去见一个‘人才’。”说完，张崇斌叫来办公室的文员，让他将这幅字装裱好挂在自己办公室的墙壁上，然后带着孔超离开了公司。

第七章　被抛弃的天才

1. 神童唐凯

张崇斌开车来到北街富国小区的一个居民楼前停好。下了车，孔超跟着他上了楼，来到一户门前，张崇斌按了门铃。一会儿，门半掩开启，一位面容稍显倦怠的妇人探出头来，当她看清楚来人后，脸上的倦意顿时散去，连忙说道："是张总啊，有日子不见了，快请进来。"

"陈姨，您还好吧？哦，这位是我单位的员工，孔超。"张崇斌微笑着说道。

"陈姨，您好。"孔超一旁问候道。

"啊，不好意思，家里有些乱，到客厅吧。"陈姨把拖鞋放好，连忙走进客厅快速地收拾起沙发上凌乱堆放的棋盘、电子游戏卡、书籍等杂物。

张崇斌走进客厅，说道："真是不好意思，事先没有打招呼就过来，给您添麻烦了。陈姨，是这样的，我马上就要出远门，所以就过来看看您和唐凯。"

陈姨这时又开始忙着端杯倒水，张崇斌忙说道："不用客气，陈姨，唐凯现在忙什么呢？"

陈姨叹了口气，放下手中的暖水瓶，神色黯然地说道："这孩子，真没有想到会成今天这个样子，我真后悔……"说着，竟哽咽起来。

孔超看见陈姨这个样子，有些吃惊地看着张崇斌。

张崇斌这时说道："陈姨，您不必这样，其实唐凯很有天赋，他所具备的才能一般人难以企及，我依然没有放弃他。”

张崇斌这么说，是因为他了解唐凯，而且能理解陈姨的这般感受。早年在唐凯2岁的时候，他的父亲因公被派出国深造，可这一去就再没有回来。一开始，男人还会定期从国外寄信买礼物给陈姨和孩子，陈姨也定期把孩子的照片寄过去，直到有一天她得知孩子的父亲在国外又找了女人并且生下了孩子后，陈姨就再也没有和孩子的父亲联系过。

陈姨是个非常要强的女人，男人的背叛让她把全部的希望寄托在孩子身上，虽然她那时依然年轻，但她没有再找其他男人组建新的家庭，她的想法就是要通过自己的辛勤努力，把孩子培养成让平日里说三道四风言冷语的人钦佩羡慕的人才，最好是让这孩子将来也能出国，展示出比他父亲更优秀的才华，让抛弃他们母子的那个男人悔恨终生。

在唐凯3岁的时候，陈姨就开始注重对孩子的教育，而且不吝钱财倾力而为，唐凯也确实争气，没有让陈姨失望，自幼就在多方面表现出超常的特质。唐凯这点可能是遗传了其父亲聪慧好学的基因，他对学习各类知识都有着天然的浓厚兴趣。5岁的时候，他已经能认3000多汉字，自己可以读书看报；在数理方面，更是表现出惊人的天赋。6岁上小学一年级时，老师刚在黑板上写好数学算式，唐凯就举手把答案准确无误报出。后来，老师就想看看这个孩子的计算能力到底有多强，就把算式里的数值增大为4位数，加法改换乘法，结果让老师吃惊的是，唐凯仅靠心算就可以在30秒内将4位数乘以4位数的乘积算出，而且答案准确无误。

此后，唐凯更是一发不可收，连续破格升级，在13岁的时候就作为超常少年被中国××大学少年班招录。唐凯入学时经智商测试，分数是178，这是个非常高的分值（按国际测评标准衡量，分数超过140分就算是天才），在张崇斌接触过并知道其智商分数的人中，唐凯是唯一超过其智商分数的人。

但是，自从唐凯进了少年班之后，因岁数偏小，生活自理能力差，且不善与人沟通，性格逐渐孤僻，变得厌恶学习。最后，因为考核成绩不达标，两年不到就被迫退学。在陈姨眼里，退学后的唐凯像换了一个人，整天就待在家里看电视、上网玩电子游戏，或者捣鼓一些她看不懂的东西。这么多年过去了，他人已是成人，但心态还像个未成年的孩子。

张崇斌之所以能认识唐凯，是一次在网上消遣下围棋时，发现有个网名叫“吾思故我在”的旁观棋友时不时地在一旁支招，别人提醒他“观棋不语真君子”，他也不搭理，照支不误，别人越说他还越来劲，这多少影响了张崇斌下棋的情绪。不过，烦躁之间，张崇斌感觉到这个“吾思故我在”是个很有点儿鬼灵精气的棋手，因为他支的招法有不少是一般人走不出的手筋（日本围棋术语，妙手的意思）。在没有人搭理他的时候，他就在一旁的留言处发表一番对现代围棋规则的改革构想，他认为：目前的围棋比赛以两人对抗的猜先规则来进行，其实限制了围棋游戏里更深邃精妙的博弈性，如果把围棋改为三个人同时下，那现实社会中的博弈性就可以通过这个游戏更为逼真地体现出来，就如同《三国演义》里，三国争霸和鼎立的局面不仅仅是由两方对抗相互搏杀而形成，多方对抗势力的参与，就能将弱者和弱者的联合抗强、弱者借助强者的狐假虎威、强者威慑弱者的不战而屈其之兵的战略布局淋漓发挥，这样，围棋的竞技里就有联合、有对抗，更可以运用“围魏救赵”或者“借刀杀人”等兵战计谋。

“吾思故我在”的这番言论当时就引起了张崇斌的关注。因为围棋作为一种从古至今已传承几千年的棋类竞技项目，是目前世界公认的盘面招法变化最多、也最能精深展示弈者的局部应对能力与全局判断能力的智力对抗游戏。“吾思故我在”能发现这种益智游戏的不足并提出改进的构想，其表现出来的天才般的思维和创新精神让张崇斌刮目相看。于是，张崇斌马上邀请“吾思故我在”切磋一盘。这一交手，张崇斌发现“吾思故我在”下棋虽然不够大气，但其局部对杀的计算力超强，局面越是混乱，他落子越快，似乎不需要用脑思考。到了中盘时，双方的棋子已是相互贴身纠缠在一起，盘面可谓狼烟四起、纷争不断，后来张崇斌看准时机不和他锱铢必争，采取弃子战术争得先手收官，最后仅以微弱优势胜出。“吾思故我在”为挽回颜面，马上提出再战，但张崇斌没给他机会，而“吾思故我在”也不再纠缠迅速下线。后来，张崇斌通过其他熟悉“吾思故我在”的网络棋友，了解到“吾思故我在”的真实名字叫唐凯，并发现原来大家竟在同一个城市。

后来，张崇斌在公司刚创建的时候，曾去找过唐凯，他想见见这位才思敏捷棋感不俗的棋友，如果大家投缘，他甚至想过把他招来作为自己的得力助手。那次去拜访，只见到了陈姨，却没有见到唐凯。陈姨看见她儿子在外面还有这样一个“朋友”后，很是开心。不过，在听了陈姨对儿子的成长史倍感愧疚、对其前途感到迷茫的陈述后，张崇斌的心情也随之变得压抑沉重，他为唐凯的天赋之才无人赏识而倍感惋惜。所以，在临走的时候，张崇斌留下了自己的联系电话，并告诉陈姨自己有个公司，让她征求下唐凯本人的意见，如果他想踏入社会，自己愿意提供这样一个机会或者帮助他找到一份适合他的工作。陈姨当时非常高兴，表示一定要让唐凯去张崇斌的公司学会立足社会的本领。但是，从那之后，张崇斌就没有接到陈姨这边的任何电话，而他也因忙于公司的事务很少有时间上网下棋，偶尔上棋坛逛逛，也没有发现“吾思故我在”。

这次登门拜访，陈姨发现张崇斌还依然关注着唐凯，就连忙说道：“张总，刚好小凯今天在家里，我让他出来见见你，你来开导开导他，好吗?”

“好。”张崇斌回道。

2. 再决高下

陈姨起身来到一个房门前，侧耳听听房间的动静，然后推门进去，说道：

“小凯，快别玩了，出来见见客人。”

“别来烦我，我不想见。”一个不耐烦的声音从房间里传出来。

“是我上次跟你说的那个张总，人家在外面等着呢，听话，出来见个面。”陈姨央求着。

“没看见我正忙着呢，让他走吧，我不见!”

陈姨涨红着脸从房间里走了出来，看着张崇斌为难地说道：“你看，这孩子就这么贪玩不省心啊，这可怎么办好……”

“那我过去跟他打个招呼吧。”张崇斌站起身朝那房间走去。

推开房门，他看见地板上坐着一个不修边幅的年轻人正盯着电脑玩着令人眼花缭乱的俄罗斯方块，那各色各型的方块下落的速度惊人，年轻人的手指此时正不断地上下移动着，电脑屏幕上的那些图块对接得精准无比！张崇斌玩过这个游戏，自认水平不差，不过，这个游戏能玩出眼下这个水准的，他还从未见过，唐凯绝对是高手中的高手。

“‘吾思故我在’。”张崇斌在门口突然唤道。

“啊?”年轻人随口应了一声，回头看了一眼，然后又回过头去看着电脑继续玩着游戏。

“我是‘无欲则刚’，今天想找你下盘围棋。”

年轻人听后，身子一怔，放下了手上的游戏操作柄，回头瞪大眼睛望着张崇斌道：“是你？曾经赢我一目半的‘无欲则刚’?”

“是的，正是我！怎么样，今天想不想复仇啊？”张崇斌笑着说道。

“好！现在就下。妈，把围棋给我拿来。”唐凯站起身，来到床边把床上摊着的被子推到墙边，一屁股坐在了床上。

陈姨拿着两盒棋子，孔超端着围棋木盘一起走进了房间。唐凯接过棋盘摆放在床上，张崇斌接过两盒棋子把黑色的摆放在唐凯一边。唐凯把棋盒一推，说道：“不用你让先，我们来猜先。”

张崇斌说道：“那也好，本来我上次赢也算侥幸，猜先比较公平。”

唐凯抓起一把棋子，张崇斌猜是单数，一数，正好余出单数。于是，张崇斌选择了白棋，让唐凯执黑先行。

唐凯也不客气，捏起一枚黑子用力放在张崇斌这边棋盘的星位上。

“呵呵，来者不善啊。”唐凯招法一亮，张崇斌就感觉到对手的逼人气势。对此招的应对，张崇斌选择在同一边角部的星位上。

唐凯第二手棋摆放在靠近己边左下角的三三处。张崇斌一看这手棋的意图注重取地，于是就相应地在最后一个盘角的小目上落棋，这也是种侧重实地的布局招数，这样双方容易形成平衡的局面。

唐凯的第三手棋飞快地落下，竟直接摆放在棋盘中央的天元位置。这着实让张崇斌一惊，因为黑棋的这个布局是一代棋圣吴清源大师曾在1933年与日本秀哉名人对局中开创的让世界棋坛震惊的“天元之局”。这种布局之所以让世人惊叹，是因为自古以来，围棋布局的口诀中有“金角、银边、草肚皮”的说法，意思是开局时每粒棋子的效力都是最有讲究的，属于战略布控级别，每手棋的现实价值和潜在价值都是极大的：棋子放在角上是最容易守控住一方实地的；放在边上，则效力次之；如果放在棋盘中央的天元，早期围棋的金科玉律定性这手棋简直如同败招，因为棋手们都认为这个阶段开阔的中腹变数太多，未来的棋局在中央如何发展根本无法预测，所以这方地界是最难守控的。但是，吴清源大师却凭着这种新的布局和在棋坛上的骄人成就，成为世界公认的千年不遇的奇才，在其出车祸之前更是连续称霸棋坛二十余年。所以，自从吴清源大师开创了这个“天元之局”后，围棋界又有了这样一种说法：“普通的棋手下边角，真正的高手下中腹。”

唐凯能下出这手棋，证明他的心气很盛。于是，张崇斌就将第三手白棋直接小飞挂在黑星位角部，采取积极快速的攻势。唐凯丝毫没有犹豫，直接拍下黑棋一间低夹白棋进行反击，双方就此迅速进入短兵相接的肉搏战……

经过这次交手，张崇斌很快感觉到唐凯的棋力明显提升，他的有些招法竟然完全超出张崇斌的预料，黑棋少时零落散布看似散乱溃形，但数手之后却又彼此遥相呼应，隐现长龙；白棋的阵地看似坚固牢靠，步步为营，但中后盘时通过形势判断，张崇斌发现自己的实地与对方的厚势换算比较，形势上已是不妙。于是，张崇斌不得不放出胜负手，强行在对方势力范围内投入“空降兵”。

这样，棋局的最终结果一下子就明朗多了，判断起来很简单：如果张崇斌的“空降兵”没有被杀，那黑棋必输无疑；反之，白棋也只有中盘告负。换作别人，张崇斌这样下几乎是最有效的招数之一，因为他对自己的计算力是非常自信的。通常情况下，中盘阶段对手的一招棋下出后，张崇斌可以在短时间内算出各种可能的手数在百手之上，而且他的棋力最见强之处也是在中盘，和张崇斌交过手的棋友最惧怕的是他强悍的攻击力，最挠头的是他在看似处于绝境时总能冒出的超出凡想的灵变性，所以，局面越乱，张崇斌反倒越感觉舒服和有胜算。

但是，今天他面对的也是位计算能力超强、招法灵活飘逸，甚至已隐约具备空透蕴深棋性的“恐怖”对手。经过五次三番的激烈搏杀后，白棋的“空降兵”虽然没有全军覆灭，但大势受此拖累，行至中盘，白棋投子告负。

面对戛然而止的棋局，张崇斌笑着对唐凯说道：“你在围棋方面的天资很高，我很欣赏你的棋感和计算能力，想赢你真的很难了。”

唐凯听后开心地咧嘴笑着，似乎又有些不好意思，他低下头，左手不断从棋盒里抓起一把棋子，然后又放下，再抓起……

陈姨在一旁兴奋地说：“小凯真棒！张总都夸你呢。”

孔超在一旁也插嘴说道：“是啊，张总的围棋就够厉害了，以前在我们老家，国家队的一个职业棋手让子指导时都输给张总了，没想到今天碰到这么厉害的对手。”

这时，张崇斌又对唐凯说道：“这围棋下得好的人呢，一般悟性也不错，因为玩这个游戏所需明了的很多棋理，与现实生活中为人处世的诸多道理都是相通的。比如，我想赢棋，但不可能一开局就能马上实现，因为时机和条件都不成熟，那我就要先耐心等待时机的到来。如果走着走着发现对方比我实地多家底厚，那我就构筑厚势避实就虚。总之，每一个棋子无论放在什么位置，只要以后的招法运用得当，将来就一定会发挥出作用。这就如同人刚步入社会，心中也有理想和目标，但一开始一定会有困惑甚至是障碍，只要我们不急功近利，不断朝着心中的目标去努力，我们就始终都有赢的机会，如果我们再比别人聪明些，那我们不赢谁赢啊?”

“我如果想赢，就能赢!”唐凯抬起头来，自信满满地说道。

“唐凯，这就是你的优势，既聪明又自信，今天和你一交手，我就感觉到了。不过，我们毕竟不是国家养着的职业棋手，如果整天沉溺下棋，就会耽误我们做其他可能更适合我们的事情，而做好那些事情才能更好地证明你是最棒的，你说是不是呢?”张崇斌看着唐凯的眼睛说道。

“我没有天天下棋，我还有好多事情要做呢。”唐凯显得不太服气。

“那你能不能告诉我你还做过什么，让我看看你是否真的比别人强，但我不要看你玩电子游戏什么的。”张崇斌笑着说道。

“好啊，那你跟我来吧。”说着，唐凯下了床，兴奋地拉着张崇斌的手来到隔壁另一个房间。

3. 超常思维的碰撞

房间不是很大，可屋里却够乱的，书籍堆得到处都是，墙上也挂满了五颜六色各种形状的图表。张崇斌定住眼神，开始一个个地仔细辨认解读这些唐凯引以为豪的“杰作”。在屋子中间的桌子上，有个利用地球仪支架悬空摆置的黄色圆球，圆球上面画满经纬线似的黑色线条，张崇斌问唐凯：“这圆球是做什么的?”

“下三国围棋的。”听唐凯这么一说，张崇斌马上想起那次在网上他独自一派提出的关于围棋革新的大论。于是，又问道：“三个人在这球体棋盘下围棋该怎么走?有什么特别之处吗?”

唐凯指着圆球道：“球体棋盘的两极点不落子空出，就像现在地球南北两极不住人一样；球体棋盘格点数可以用尺规做出接近十九道正方形棋盘的点数来，利用球体表面无边无界的特点，这样棋盘纬度方向的边界就减少两条，围棋的规则也随着改变；再加上对抗人数的变化，那样下起棋来会更有意思，下棋的人必须有空间立体思维才能赢棋。”

听完唐凯的这番介绍，张崇斌感觉到唐凯的内心世界确实与众不同，更让他欣喜的是唐凯在论述道理时表情认真专注，而且语言表达连贯，逻辑清晰。

抬起头来，张崇斌又看见一面墙上有幅外沿是木条框、里面是用铁丝按照各省行政区划形状同比例围成一个个界地的中国地图，而这地图里面的各行政区划都是用泥土粘填上的，不同区划土质颜色也不尽相同，还有几处仍是空着的。目光下移，他看见地板上堆了些装着泥土的小塑料口袋……

陈姨正要蹲下身收拾，唐凯连忙阻止道："别动，不要碰散了！"

陈姨有些尴尬地起身小声说道："老有人往家里邮土，弄得地这么脏。"

张崇斌走过去蹲在地上，用手捏起一颗土块，转头说道："陈姨啊，唐凯这个想法很好，他做的这个地图才是真正的中国'地'图啊，你应该支持唐凯的。"然后，他又问唐凯："这些土是从哪里弄来的？"

唐凯回道："我在网上跟网友要的，他们各个地方的人都有，总有一天，我要在家里挂上一幅真正的中国地图。"

这时，孔超指着另一面墙上涂绘着各种颜色的横幅画图问道："张总，你看这是什么？"

张崇斌扭头一看：那画图是由一个个宽窄不一的竖色条构成，每个竖色条的颜色都不一样，但摆放在一起则形成一幅绚丽缤纷的图画，再仔细看去，这些色条组合似乎隐含着某种特定的意思，但究竟是何含义，张崇斌一时无法看透，于是问道："小凯，你这幅画图是什么意思？"

唐凯有些顽皮地笑着说道："你猜猜，看你能不能猜出来。"

"嗬！居然考我，有点儿意思。"张崇斌暗自思忖着。平日里，张崇斌很喜欢猜谜，但今天感觉不太一样，因为出题的人是个拥有天才智商的奇才。刚才自己输了围棋，如果这个谜再回答不上来，唐凯一定会骄傲自满，也会瞧不起自己，那接下来想和他谈正事就很难进行下去了。

"看来，现在必须找到这个谜底。"想到这些，张崇斌开始静下心来仔细地观看画图：画图中竖色条的组合搭配若横向分段去看，似有规律可循，有些组合在一起的竖色条过渡柔和流畅，看着令人轻松愉悦；而有些色条组合在一起则显得突兀，色调反差巨大，看着令人心情激越……

"看来画图确是有内容的，这绝不是随手胡乱涂抹，能让唐凯挂在墙上，说明这也是他比较得意的作品。那么，唐凯从颜色上会想到些什么呢？"张崇斌知道，在心理学上，将一种感官的刺激作用触发另一种感觉的现象称为"联觉现象"。智力发达敏感的人往往会由对颜色的感觉引起联觉，他们能够在看见不同的颜色时，产生如冷暖、哀喜、远近、轻重等复杂多样的感受。唐凯的超常思维能力刚才已经从球体围棋和那幅真正的"地"图上得以展示，那么，猜测这个画图的隐意就绝不能墨守成规从普通人的意识眼界着手。张崇斌又想起陈姨曾说过唐凯从小就有很强的数学心算能力，这种能力在和他下围棋时也得以验证。同时，也是因为自己的心算能力自幼也很突出，所以理解起唐凯心算时所运用的方法，张崇斌认为应该跑不出这个模式：动感色彩联奏运算模式。在他看来，一个人如果具备很强的心算能力，这就说明他的大脑有着很好的自行对应联想运算模式。有的人天生就具备这种如同配置了高级编程的电脑程序一样的思维运算模式，这种能力后天也可以培养出来。掌握这种能力的人在进行数学运算时，不是采取普通人熟背小九九后再进行硬性计算的方法，而是运用联想触发脑电波，以一种合理必然的激荡节奏或者韵律来推动完成对应规则的运算，数字在他们的眼里并不是一堆无灵性的干瘪线条，而是各具特色的“小精灵”，这些小精灵组合在一起后，还会呈现出另一种特性来。比如圆周率 π 这个数值，将其中每个数字对应上它们特有的颜色后，就会形成一条和谐柔美动感的七彩飘带；6174 这个数则是一张环环相扣挣脱不掉的无形的网。

于是，张崇斌凭直觉，揣测这画图中的竖色条就是一个个数字，他数了一下画图中的颜色，一共是七种，符合雨后彩虹的色调数目，那就意味着这个画图的内容有着符合“天然”的人意。继续思考，人类最原始的感情通常会以何种方式抒发呢？答案是：音乐和绘画。

毋庸置疑，人类是可以通过眼睛、耳朵来感受大自然的五彩缤纷与激荡澎湃的。正常情况下，人的耳朵能听到的声波范围是 20 至 20000 赫兹；人的眼睛可接收到的光波范围介于 0.38 微米到 0.77 微米之间。现今科学已经证明，所谓各种颜色其实就是传播强度与其频率和波长各不相同的电磁波，人类的视觉可以感受到颜色的部分也就是可见光波，其中红光的频率最低波长最长，频率再低就是红外线；紫光的频率最高波段周期最短，频率再高则成紫外线。而构成音乐的最基本的因素——声波，也有频率高低的划分，频率越高，音调越尖锐，高到一定程度就是人类听不到的超声波；频率越低，音调越低沉，低到一定程度也会成为人类听不到的次声波。由此可见，颜色与声波有着可以对应的关联。

如果说眼睛是心灵的窗户，那么音乐则是思维（灵魂）的奏鸣。尤其像唐凯这种不谙世事心思单纯的人，他的心性就更容易接近自然本性。思维转到这里，张崇斌开始根据电磁波光谱从红到紫的顺序排列，再依照这七种光谱的频率按从低到高的顺序编序，最后用这个编序来对应音调中的七个基本音阶，七种颜色与七个音阶的对应关系是：红（1）、橙（2）、黄（3）、绿（4）、青（5）、蓝（6）、紫（7）。

然后，他将画图中各色竖条迅速转换成对应的音阶数字，这样一来，各色竖条就转换成了乐曲的简谱。按照这个“简谱”，张崇斌在心里默默地哼着它的旋律……哼着哼着，他感觉这旋律很像是理查德·克莱德曼弹奏的钢琴曲——《星空》。

“这幅画图是名为《星空》的钢琴曲。”张崇斌脱口而出。

“猜对了！猜对了！”唐凯顿时兴奋地叫了起来。

张崇斌侧过身来对陈姨说道：“陈姨，唐凯真的很优秀！”

陈姨的身体因激动而轻微地抖动着，她伸出手来搂住身边的唐凯问道：“小凯能为你们做工作吗？”

张崇斌笑着对唐凯说道：“唐凯，我的公司有不少优秀的人才，他们和我一起做着很多有创意的工作，你愿意和我们一起做吗？”

“我愿意和你一起做。”唐凯兴致盎然地回道。

“你这么说，我很高兴。不过我马上要出差，不知道什么时候再回来。”唐凯听张崇斌这么一说，低头不语了。

张崇斌握住唐凯的手接着说道：“我这次要去很远的地方，去解一个非常难解的谜，不知道最后能不能成功。我希望在我遇到困难时，你能帮助我。”

“什么样的难题啊？告诉我吧，让我来帮你。”唐凯抬起头急切地问道。

“那好，小凯，我现在就问一个问题，看看你会怎么理解。”

“你快说。”

“小凯，你说，在没有人和其他明显外力的直接作用下，物体会出现自动位移的现象吗？”

唐凯眨眨眼睛，说道：“会出现的。”

“那你能举例说明一下吗？”张崇斌认真地问道。

唐凯回道：“我可以举出很多例子，比如地球的自转、行星绕太阳的公转，还有……还有物体在电磁场改变的时候，也会自动位移的。”

“物体在电磁场改变的时候自动位移……你是说具有磁性的物体之间相互吸引或者相互排斥而产生的位移吗？”张崇斌随口问道。

其实，唐凯的这个回答并没有让张崇斌感到耳目一新，因为他说的地球和行星等这些宏观物体的自动位移，是一个牛顿曾思考过而后开始信奉上帝存在、后来的爱因斯坦和史蒂芬·霍金也没有说明白的“宇宙第一推动力”的复杂问题，这个问题至今仍众说纷纭没有定论，张崇斌在闲暇的时候偶尔也会想想的。不过，这个问题并不是他现在就想搞明白、也不认为现在就能搞明白的问题。至于唐凯所说的“物体在电磁场改变的时候自动位移”，在他看来也不过是电磁物理学方面的一个普通现象。

“你说的情况是一种表现形式，还有另一种情况，物体本身不具备磁性也会自动位移。”唐凯进一步解释道。

“哦？会有这种情况存在?!”唐凯的这个解释引起了张崇斌的关注。

“当然会的，我曾经玩过这个游戏，物体都可以悬空飞起来，可有意思了。”唐凯眨着眼睛，似乎不明白怎么会有人不知道这个简单的游戏。

“那你现在在我面前还能玩这个游戏吗?”张崇斌看着唐凯的眼睛，半信半疑地问道。因为没有磁性的物体在没有直接外力接触的情况下就能够自行位移甚至悬空飞起，张崇斌一直认为那只是魔术师爱玩的障眼法之类的把戏，难道说唐凯也会变这类带有欺骗成分的魔术？可是，他那率真的眼神里却丝毫找不到欺骗的痕迹。

“能!”唐凯肯定地回道。

“那你现在就玩给我看。”张崇斌也来了兴致，也许，唐凯这种“奇才”真的能玩出让人难以置信的“游戏”来。

4. 奇妙的哈奇森效应

唐凯转身开始翻箱倒柜，找到他认为需要的物品就堆放在张崇斌面前的地板上。一会儿，地板上就摆放了这样一小堆物品：四节 5 号电池、一卷透明胶带、一张图案为方片 6 的扑克牌、一枚一角钱硬币、一个手电筒，还有一个 DVD（数字激光视盘）。

唐凯一屁股坐在地板上，手上开始忙乎起来：他先是把硬币放在那张扑克牌有方片图案一面的中心处，然后用胶带将它们粘贴固定住；又将两节电池用胶带粘在竖立在地板上的手电筒的底端，两节电池之间隔开 2 厘米左右的间距，电池的负极贴着圆柱面；随后把 DVD 的光面朝上平放在地板上，然后将剩余的两节电池的负极朝下有所间隔地立在 DVD 盘面上。最后，再把粘有硬币的扑克牌（有硬币的面朝上）放置于竖立在 DVD 盘面上的两节电池上面，在扑克牌放平稳后两手离开。

转过头来，唐凯又向陈姨要来手机，他将手机顶端的天线抽出一截，在确认手机是开机的状态下，又将手机放在地板上，让手机的天线顶端处于 DVD 盘面上的两节电池中间。

“好了。”唐凯忙完这一切后说道。

“啊？这样就可以了？”孔超说。

“那你现在就演示给我们看看。”张崇斌说道。

“好的。”说着，唐凯用手做了一个轻微的动作，眼前的现象顿时让众人惊叹不已！

只见唐凯用右手轻轻地挪动着地板上的手电筒，放置在两节电池上的扑克牌突然如同被风吹动似的，微微抖动起来。当手电筒向左内侧稍微扭转一个角度时，扑克牌的一端突然上翘，离开了一节电池，而当手电筒渐渐前移靠近 DVD 时，扑克牌的另一端也向上升起……此时，一个令人难以置信的景象赫然出现——整张扑克牌完全脱离下面两节电池的支撑，托着硬币悬在空中！

“咦？”陈姨在一旁发出惊诧的声音，张崇斌和孔超则面面相觑……

张崇斌蹲在地板上伸出手，捏住手电筒，学着唐凯的样子轻轻移动着。果然，扑克牌也随之摆动，手电筒若逐渐远离 DVD 时，扑克牌就会缓慢下降，直至重新落在电池之上。

“这个现象是什么原理造成的？”张崇斌问道。

唐凯挠着头说：“具体什么原理，我看了那么多书，也说不大清楚。那你说，这算不算是你说的没有明显外力的直接作用下，物体出现的自动位移？”

“算！”张崇斌肯定地回道。

在他看来，虽然这个“游戏”里有人为参与的因素，但这已不是值得纠缠的问题，因为这个“游戏”的科技含量和隐含的意义实际上已经超出他在问到“物体如何自动位移”时所期待的那个解释，这简直是克服地心引力的反重力现象的模拟实验。唐凯本身就是一个奇迹，如果他所具备的这些潜能一直不被挖掘，也没有人对其引导培养，他迟早将沦为平庸之辈。

张崇斌站起身来对陈姨说道：“我决定正式聘请唐凯做我的特别助理，他可以去公司上班，也可以在家里上班。”接着，张崇斌又对唐凯说道：“在我出差期间，你可以选择自己喜欢的工作方式来帮助我，如果我有问题找你，我们可以通过网络或者电话联系，怎么样？”

“好啊！”唐凯兴奋地回道。

陈姨也激动地说道：“那真是太好了！谢谢你，张总。”

张崇斌道："这一两天，我会安排公司专人前来办理唐凯的聘用手续，公司这边有什么考虑不周的地方，或者唐凯有什么特别的要求和想法到时候也可以说出来，我会尽力做到让大家都满意。"

看时候不早了，张崇斌和孔超动身道别离开了陈姨家，直接返回公司。

回到公司后，张崇斌让孔超准备好调查设备，让办公室预订好下午去贵阳的机票。

其间，财务小李来到办公室，提醒张总这个月快过半，公司的进账几乎没有，但支出却很多，主要是去贵阳产生的费用较高。看得出来，她在担心公司经营状况会持续恶化。

于是，张崇斌将特卫队员杨光义唤来，让他临时代理队长负责特卫队的培训和带队管理工作，同时让他与此前曾有意向与公司合作开展野外拓展培训和保安员技能训练的几家机构进行接洽商谈，并授权他根据公司对外承接业务的规范要求恢复特卫项目服务。财务部门对承接的业务项目从数据指标上给予盈亏提示，力争在此阶段实现收支平衡。

布置完公司内部的几项工作后，张崇斌打开电脑，发现一封来自欧洲危机管理研究协会的邮件。打开一看，原来是一位名叫彼得·曼德尔森的英国区会员以尼科·彼茨的特别助理身份发的信件，他对张崇斌上次向尼科求助的关于"未知能量产生物理异动及对人的精神影响"的咨询事宜表示关注，同时提示随信的附件有相关的资讯供参考。

张崇斌随即打开附件，看见一个标题为"HUTCHISONEFFECT"（"哈奇森效应"）的英文资料，于是开始阅览。

一个名叫约翰·哈奇森的加拿大业余物理实验爱好者，于20世纪80年代在一次研究特斯拉纵波实验（一种无线电波干涉实验）时意外发现在干涉场内出现了一些奇怪的现象：金属器具突然悬空飘荡，有时金属还会卷曲、破裂，甚至会碎成面包屑状的粉末，或者镜子自己碎裂、玻璃杯子里的水成块地升入半空、由水泥和石头堆砌起来的屋子周围会突然起火等。

资料中还提供了一个网站，为一探究竟，张崇斌进入了这个网站，看到了关于"哈奇森效应"的一些原理分析以及约翰·哈奇森的个人履历和成就简介。网站的核心内容提到高频电磁波在交叉能量场中形成的干涉可能会引动量子理论预示的一种蕴藏于真空中的巨大本底能量——真空零点能。

关于这种真空零点能，科学界人士提出它是由量子真空中的粒子和反粒子不断出现与湮灭产生的。美国芝加哥伊利诺伊大学电气工程教授乔丹·麦克莱甚至从理论上已经计算出：大小相当于一个质子的真空区所含的能量可能与整个宇宙中所有物质所含的能量一样多。也有人根据理论推测，量子真空中每立方厘米所含的能量密度有 10 的 13 次方焦耳，只要充分释放这 1 立方厘米的零点能，就足以在瞬间烧干地球上所有海洋的水分。鉴于真空零点能的威力如此神奇巨大，如何有效开发利用这种取之不尽用之不竭的能源，现已被世界各国科研机构广泛关注。

而约翰·哈奇森这位业余物理爱好者独辟蹊径，竟然走在这个课题研究的最前沿。在过去的 20 多年时间里，美国、法国、德国、澳大利亚、日本都和他有过联系，加拿大军方曾试图控制他，德国和日本与他的关系比较紧密，日本甚至用皇室待遇诱惑他。

约翰·哈奇森早期的人生经历让张崇斌联想到唐凯，还有唐凯玩的那个扑克牌悬空"游戏"。资料显示，约翰·哈奇森年轻时曾被众人视为异类，他的思想超前脱俗，离开学校后，他自己开始进行物理研究，还在朋友的帮助下建立起自己的工作室。他对自然奥秘的兴趣促使他开始着手研究"免费能源"，这个想法是他从古代史籍中发现早在古埃及时代就有"电池"而获得的灵感，这个灵感使他决心寻找"埃及电池"的真相。后来，他发现能源无处不在，他可以从石块中制造高能量的电池，并将它命名为"水晶电池"（该网站上配有一个水晶电池的图片），这些电池的电能几乎不会被耗损。此外，就是使他一举成名的实验——物体能抗地心引力的"哈奇森效应"。

唐凯玩的那个扑克牌悬空的"游戏"原来竟是"哈奇森效应"！在张崇斌看来，这份资料所提示的"哈奇森效应"显然比"波尔代热斯"现象的科技含量要高，且更能让他接受，虽然它的作用原理目前仍是个未解之谜。

"这么看来，也许别墅'鬼屋'那扇自动关闭的房门，以及都溪林场'空中怪车'背后的那个神秘能量就是一种'哈奇森效应'！"张崇斌内心不禁一阵激动。

第八章　惊骇的发现

1. 重返贵阳

张崇斌在回复彼得·曼德尔森的邮件中，对他提供的协助表示谢意。同时，他告知对方自己对所牵涉的危机事件即将开展深入调查工作，并让他转告导师尼科关注“波尔代热斯”现象与“哈奇森效应”之间的关联，以及因此可能引发的特殊危机事件。

一切准备就绪，走之前，张崇斌又给段涛去了电话。

段涛得知张总下午就亲自带队返回贵阳后，非常兴奋，他告诉张崇斌将会和战友于志国一同开车去机场接机。

傍晚时分，张崇斌和孔超乘机抵达贵阳，这回贵阳的天气已变得更为闷热。

去宿地的路上有一家大型自选商场，张崇斌让段涛买来一个地球仪和贵阳市的行政区域、交通旅游等各类地图。然后，一行人直接回到上次张崇斌住过的部队招待所。安顿下来后，张崇斌招呼上于志国，四人在附近找到一家饭馆用餐。

边吃边聊的当口，张崇斌对于志国说道：“志国兄弟，非常感谢，我们来这边一直麻烦你，尤其这几天段涛一直都住在你那儿。”

于志国回道：“张总，你这么说就见外了，别说我和段涛是兄弟，就冲你对祁队长的这份仗义，我就认你这个人，段涛跟你干我很放心、高兴！”

段涛放下筷子，说道：“志国，既然咱们是兄弟，这些天吃你的、住你的，我就不言谢了。不过你说到我跟张总干你就放心、高兴，今天没有酒，等我们这次把事情办利索后，兄弟我一定好好敬你几杯，再来个一醉方休。”说完，段涛看了看孔超，转头又对于志国说道：“对了，给你再好好介绍一下，我们公司的商调部部长——孔超，上次我跟你提到的，调查业务做得老厉害了！上个月在帮一家药厂查找假药窝点……”

“段涛，不要说我了，别忘了公司的制度。”段涛正兴致勃勃地说着，孔超突然插话打断。段涛一听，脸色一窘，又看了张崇斌一眼后忙把头低下开始闷声吃饭……张崇斌放下筷子，从烟盒里抽出一支烟点上，开口说道：“抓紧时间吃饭，一会儿回去我要开个会。”饭后，于志国先行离开，孔超和段涛来到张崇斌的房间。张崇斌让他们俩坐下，说道：“今晚开会，我想说两件事。第一件事，段涛，是关于你的，你给我听仔细了，以后我做出的任何决定，你必须不折不扣地严格执行，不允许再出现擅自做主的行为，听明白了没有?!”段涛立即起立，回答道：“听明白了，请张总放心，类似的错误绝不会再犯!”

张崇斌接着又道：“今晚吃饭的时候，知道自己有什么问题吗?”

段涛低头看了孔超一眼，又抬起头来有些委屈地说道：“我是想让战友知道，公司派出的人都是最优……”

“你给我闭嘴!”张崇斌严厉喝道。

段涛浑身一震，连忙紧闭嘴唇，身体僵硬地站立着……

“商调部的事情用得着你来说？战友在身边你就不知道自己姓什么了是吧?!”

段涛默默地低下了头……

孔超这时站了起来，说道：“张总，段涛今天是看见我们过来，一时高兴，再说都是自己人，您别往心里去，我想段涛以后会注意的。”说完，孔超对段涛小声说道：“你还不赶快跟张总表个态?”

“我……我错了，以后不……”段涛支吾地说着。

“段涛，你知不知道我们现在是在做什么?!我并不想这样说你，可是，从事这项工作的人如果缺乏起码的组织纪律性，没有高度的保密意识，那他根本就不适合干这行。这段时间，你自己评价下自己的工作，好好反省一下。”张崇斌不客气地点出他的毛病，在他看来，段涛虽然人品和基本的特卫业务技能都没有问题，但他骨子里有种虚荣和戾气，有时候易冲动，这种性情若不及时给予批评矫正，迟早要出问题。

“张总，我知道错了，我一定改正错误，请您相信我。”段涛说这话的时候眼泪已在眼眶里打转。

张崇斌拍拍他的肩膀，让他坐下，接着说道：“我相信你！不过，要记住我刚才说的，还有你自己说过的话。”

段涛使劲地点了点头。

张崇斌这时从口袋里掏出一包烟，从中抽出三支，分别给了段涛和孔超一支，自己也点上一支，猛吸一口烟后，开口说道：“现在我说第二件事：初步分析目前我们所掌握的情况，我认为祁兵案件的背后，有一个隐藏着的东西，这个东西究竟是什么，我目前无法做出准确判断，它可能是一种人的肉眼看不见的无形能量，而这个能量极有可能与十年前发生在这边的‘空中怪车’神秘事件有着关联。

“我们这次在贵阳开展此项调查，首先要明白，查清楚这个未知能量的来源和作用机理最直接的目的是为了帮助祁兵澄清事实，将来作为祁兵无罪抗辩的有效证据。其次，要有足够的风险意识，时刻保持清醒的头脑。

“因为祁兵目前越狱外逃，我们在这边的一举一动很容易被警方关注，一旦他们认为我们的调查活动有违法犯罪的嫌疑，可能就会对我们采取强制措施，这是法律上的红线碰撞风险。

“而且，对于这个未知能量，即便是与UFO现象有关，我们对它的认识也几乎是空白的。但是，这个能量所具有的破坏性威力是强大的，这点从都溪林场的断树以及都拉营车辆厂遭受的破坏中可以明显看出。此外，除了物理性质的破坏，该能量是否对人的精神意识也构成影响，同样值得我们关注，因为这是能够有力证明祁兵那晚的行为是有意识还是无意识的直接证据。这方面的风险是来自未知能量本身所具有的难以预料的杀伤性风险。可以说，我们的调查工作已经涉入未知领域，在这个领域，我们以往的专业经验难以做出可靠的防范预案。

“所以，我要求和我一起参与此项调查工作的人员必须有足够的危机意识，具备敢于面对各种困难与危险的无畏精神，同时还有妥善应对各种突发事件的自我保护能力。孔超、段涛，你们都听清楚了吗？”张崇斌盯着他们的眼睛，严肃地问道。

“听清楚了！”两人齐声回道。

“今天晚上，你们给我休息好，如果有谁感觉自己不适应此项工作，明天一早就提出来，我不会勉强，也不会怪罪。要知道，一个工作团队，最重要的是合作无间、齐心一致，我需要的是这样的团队成员。”

2. 地球神秘地带

孔超和段涛离开房间后，张崇斌冲了个热水澡，然后披着浴巾坐在沙发上。

点上一支烟后，他随手将桌子上的地球仪拿到跟前，用手轻轻地转动着。同时，他开始思索着明天的具体工作安排：调查工作还是应该从“空中怪车事件”的发生地——都溪林场和都拉营车辆厂两地开始入手，相关的目击者和科研考察单位也要在调查的范围内，必要的时候，主动与他们接触。那些已经被考察验证的事实不再作为本次调查的重点，因为时间不允许做大量重复性的工作。现在需要做的是在别人调查研究的基础上，有新的发现和突破，把神秘现象背后的东西看得更透彻更深远，找到这个诡异事件的实质根源。

想到这里，张崇斌掐灭了烟头，他打开笔记本电脑上网搜索相关信息，根据国内外不同时期对UFO事件的相关报道，张崇斌开始对UFO性能所具有的共性进行了归纳总结：UFO一般都具备反重力、超高速、无声隐形、攻击力强大（如可瞬间造成停电、断树）等多种性能。这种飞行器若是作为一种“秘密武器”会是一种什么效果?！毫无疑问，掌握了这个“秘密武器”的国家将会是这个时代的最强者。转念至此，张崇斌不由得比较起冷战时期世界各军事强国的国防科技实力，但理性告诉他，综合具备这种优异性能的飞行器真不太可能是当前人类社会的科技产物。

“难道，所有的UFO现象都是极为特殊的自然现象？或者，真的有外星文明的存在，而且它们已经光临地球了？”

在思索这些纷乱庞杂问题的时候，张崇斌又随手转动起摆放在电脑一旁的地球仪，并随意看着“贵阳”沿纬度平行方向所经过的片片陆地与海洋。突然，他仿佛觉察到什么，连忙停止了转动，摆稳地球仪，仔细查看贵阳的地理坐标：位于中国西南区域的贵阳，其地理位置是在接近北纬30度、东经107度附近。确定了地理坐标后，张崇斌又将地球仪沿着北回归线转动360度，再定睛一看，内心不觉一惊，贵阳的地理位置很是特殊，它竟位于地球的神秘地带！如果将一把剑从地球仪上的“贵阳”插入，穿过南北极地轴线，再从对应的纬度刺破球体穿出，那么剑锋露出的区域就是大西洋靠近巴哈马群岛的一带海域，而这片海域就是以恐怖神秘著称的百慕大魔鬼三角洲！

这一发现让张崇斌不由得联想起“北纬30度”这一地带的诸多奇观绝景和自

然谜团……

众所周知，在地球北纬30度附近，有许多神秘奇异的自然景观，譬如地球上最高的山峰——珠穆朗玛峰和最深的海沟——西太平洋马里亚纳海沟就在这一纬度附近；美国的密西西比河、埃及的尼罗河、伊拉克的幼发拉底河、中国的长江等也均在北纬30度附近入海；还有巴比伦的“空中花园”和“巴别通天塔”、约旦的“死海”、古埃及的金字塔及狮身人面像、加州的“死亡谷”、大西洋的百慕大三角洲以及远古玛雅文明遗址等等，都在北纬30度线附近，这一地带也是佛教的圣地、伊斯兰教的故乡、基督教朝圣的中心以及道教的修炼地，牵连着四大文明古国的发源地。

“难道，‘空中怪车’会是地球上另一个未被人类发现的远古文明社会的产物？而这个‘超级文明’有意避开了人类社会，躲藏在一个不为世人所知的地方?!”这一夜，张崇斌被满脑子的奇思怪想搞得兴奋异常。祁兵在约定的时间内仍然没有来电话，张崇斌便将手机关掉。接近凌晨时分，张崇斌才在如梦似醒中慢慢合上了眼睛……

3. 实地调查

6月12日清晨。尽管刚刚过去的这一夜，张崇斌几乎没有合眼，但当晨曦映亮室内时，他却像卧伏在战壕良久终于等到冲锋号吹响的战士一样快速地起了床，三下五除二洗漱完毕，换上一身合体的运动服。当他推开房门的时候，孔超和段涛已经穿戴利索站在了门口，孔超咧嘴一笑，开口说道：“张总，我们已经准备好了，就等您一声令下！”

看着他们俩信心十足的样子，张崇斌笑了笑，说道：“一会儿吃过早饭，我们就出发。”然后，他让孔超把实地调查的装备准备一下，带上该带的东西别有遗漏，段涛这时将手里的一个双肩旅行包提起来，兴奋地说道：“张总，您放心吧，都在这里，孔部长考虑得可周到了。”

再次来到都溪林场，张崇斌以一种完全陌生的眼光端量起这一片葱郁茂密的山林，这并不完全是因为上次是黑夜这次是白天，所以视觉感官上有所不同，而是因为十年前这片山林曾发生过举国震惊的“空中怪车”事件，以及这片土地下面可能存在绝密基地，以至于使他不得不对这片林场“另眼相看”。

他们三人徒步走了近 20 分钟，终于来到一片断树林立、杂草丛生的“事发地带”。孔超和段涛站在“事发地带”边缘，瞪着充满惊惑的眼睛呆望着眼前的景象……

“果然不是虚幻传言，这简直太不可思议了！”孔超自言自语道。

“什么东西能有这么大的破坏力？这都十年过去了，怎么还会是……”段涛说了句没尾的话。

“别光站着发呆，把调查设备都给我派上用场。”张崇斌对他们俩说道，自己拎起背包走到离“事发地带”10 米开外的地方，拉开包的拉锁，将磁场强度检测仪、地磁仪、罗盘仪、测验用机械手表和电子手表各两块、摄像机、照相机一一取出，然后对围过来的孔超和段涛进行分工：段涛负责摄像，并注意“事发地带”和场外正常地带手表时间差异情况；孔超负责拍照，并配合他对现场的磁场进行检测。

分工之后，三人走进“事发地带”开始工作。

不知是不是因为昨夜没有休息好，当张崇斌再次踏入这片断树林立的场地时，他的身心竟突然有种说不出来的异样感觉：脚下似乎总踩不踏实，身子微微有种晕乎感，而眼前的景物也使人有一种强烈的不真实感……

张崇斌原地站定做了个深呼吸，双手又按了按太阳穴，让自己重新提起精神来。然后，他仔细看着身边几棵已经脱皮枯黄的断树桩：这些断树都剩下一米多高的树干，断口像是被生生拧断的。再放眼望去，近百棵枯死的断树干高度都差不多，周边新栽种的松树也长得蔫头耷脑的。再看这些树根旁的各类植株，也如同营养不良般呈现出某种病态，枯黄、矮小，大部分植株叶片都有斑点，而且越是靠近朽枯的断折树桩，植株就越显病态。这与他们从山下正常林地走过时看到的葱茏丰茂的野苜蓿、野八角等植株的长势完全不同，这种特殊的生态反差，是不是说明当年的“UFO”在折断这片树林时释放了某种能量，而这种能量至今仍在这片土层中残留着，并导致这一区域的植株生长异常了呢？

带着这种疑惑，张崇斌招呼孔超将罗盘仪拿来。接过罗盘仪，他先放松制动螺丝，使对物觇板指向前方进行瞄准，在目的物、对物觇板小孔、盖玻璃上的细丝、对目觇板小孔等连成一线时，使底盘水准器水泡居中，待磁针静止后，记下指北针所指度数，再根据贵阳地区磁偏角偏西 1 度的数值，张崇斌完成了校正磁偏角后的方位确定。（注：因为地磁的南北两极与地理上的南北两极位置不完全相符，如果地球上某一点的磁北方向与该点的正北方向不一致，这两方向间的夹角就叫磁偏角。所以，罗盘针的指示方向经校正后才能确定真正的方位。）

在张崇斌忙着的时候，身边的孔超也没有闲着，他手脚麻利地将TOUCHSTONE10磁场强度检测仪、ЭПРАН地磁仪分别从包里拿出来，并很快完成了调试工作。孔超做事向来认真仔细，自从公司买来这些仪器设备后，他就马上研究使用说明，所以他在进行设备调试时，看上去就像是个搞地质勘探的专家。

“张总，此地的磁场并没有特别之处，您看，磁场强度才0.58高斯，近似于地表磁场强度0.5高斯的平均值，地磁仪也没有明显的变化。”孔超看着仪表盘说道。

张崇斌走近看了看仪器上的指示数值，确实没有出现想象中的磁场异常现象，心中不由得想：也许，时间过去太久，都十年了，当时产生巨大破坏能量的强磁场能已经耗散。于是，他挺起身来，又向四周望去，发现不远处有棵颜色似乎与其他断树不同的树桩，于是对孔超说道：“带上仪器，咱们去那边再测试测试。”

当二人走到那棵颜色有些黑灰的断树跟前时，不由得一惊，张崇斌连忙问孔超：“如果我没有记错的话，你提交给我的调查报告和收集的那些相关资料里，好像没有提到林地现场有烧焦的树，不是吗？”

孔超皱着眉思索了一会儿回道：“是的，应该没有这方面的报道。”

“那你看，这黑色的部位，很明显是炭化的症状。”张崇斌摸着焦黑的树干说道。

孔超上前也摸了摸，撇了撇嘴说道：“那此前来现场勘查的专家都是干什么的？难道是来这儿旅游的？！张总，我清楚地记得，那些报道曾提到过，一些专家还根据现场没有发现高温燃烧的迹象推断出‘空中怪车’是靠核动力或电磁力飞行的，可这里怎么出现了这种烧焦炭化的树呢？”

张崇斌说道：“孔超，这棵断树桩绝不同于其他那些折断的树，这是在相当高的温度下才会出现的现象，你看这周围……”说着，他又指向焦黑断树根部的土壤，很明显，绕断树一周，有一圈直径约为1.5米的变色土壤，而且圈内寸草不生。

“这里一定有异常能量残留。”说着，孔超又开始摆弄仪器，准备做测试工作。

张崇斌蹲下身去，从地上捡拾起一根细树枝，将它插入圈内的土壤里，然后不断地挖掘起来，发现深达几厘米的土壤颜色一直是黑灰色，“看来这一地带曾被温度极高的热源燃烧或辐射过……”正当张崇斌猜测当初会是什么样的能量以何种方式造成这种现象时，对面的孔超突然用力拉他一把，激动地说道：“张总，快看！”

张崇斌忙一跨步走上前去……当他看清楚仪器数值后，不禁浑身一震！磁场检测显示这个地方的磁场强度竟然高达3200高斯，而且，ЭПРАН地磁仪的弱磁指示数值出现异常紊动。

于是，张崇斌对孔超说道："去，赶快把段涛叫来。"孔超听后，连忙跑去招呼段涛。

段涛快速跑过来，喘着气问道："出什么事了?!"

"没什么事，你现在把这些都给我录摄下来，还有，把手表放在这个土圈中观察一下。"张崇斌对段涛说道。同时，张崇斌拿出罗盘仪进行测试，很快发现这一带的磁偏角远远超出正常范围，换句话说，罗盘仪在这一带已经失灵了。

"这一带磁场如此异常究竟是什么原因形成的？磁场异常与这些断树之间有什么关系？眼前这棵被高温炭化的与众不同的树桩和变质的土壤又是如何形成的？难道这一切都是十年前那个'空中怪车'直接造成的？那么'空中怪车'为什么会选择这个地方搞这种莫名其妙的'破坏'呢？它的目的是什么？这究竟是一次不小心的'试飞意外'还是有意为之的'武力警告'？……"

一瞬间，张崇斌脑海里闪出了诸多疑问，虽然这些疑惑他还不能马上找到令自己满意的解释，但是凭借多年来多次成功破解谜题的直觉，他相信这种异常现象绝不是那些专家所说的龙卷风或下击暴流瞬间造成的。

就在这时，段涛突然涨红着脸大声叫唤起来："哎呀，奇怪了！这摄像机怎么出毛病了?"

"什么毛病?"孔超在一旁问道。

"你看，镜头前的护镜片打不开了。"段涛回道。

孔超接过摄像机，摆弄了好一会儿，也摇着头说道："啊，真是邪门了！以前一直都是好用的，这会儿还真启不开了。"

张崇斌走过去把摄像机拿到手里看了看，心想这跟那天与祁兵一起开车到这片山林，汽车莫名熄火后却再也启动不起来的问题大同小异。现在看来，这极可能是此地异常磁场在作怪，摄像机护镜片是金属的，可能已被这强磁场磁化。思考过后，张崇斌什么也没有说，又俯身去察看段涛放在地上的那两块手表，果然，机械手表的指针已停止了走动，石英电子手表则显示出一些乱码。

"这也许就是我要寻找的那个神秘能量！"带着这个判断，张崇斌克制住内心的激动，慢慢挺起身子，看着身边有些不知所措的孔超和段涛说道："现在收工，此地不便久留，我们马上离开这里。"

说罢，三个人分头快速收拾好调查工具，按原路撤离林场，打上车直接回到宿地。

孔超和段涛来到张崇斌的房间。

张崇斌用清水冲洗一把脸后，看见孔超坐在靠床头的椅子上，在他的笔记本电脑上正敲打着什么，过去一看，原来他正在对上午的实地调查做备忘记录。段涛依靠着窗户站着，手里正摆弄着摄像机，同时自言自语道："机器都能感应到的东西，而我这大活人怎么没什么感觉呢?"

张崇斌点上一支烟，吸了一口后说道："说好听的呢，是人类的发明创造能力不断提升；说不好听点儿，是人类的惰性和依赖性增大了。我们现在用的很多科技含量高的东西其实都可以算是人类的感觉器官的替代与延伸，但是这种物质文明的进步往往是以人类感官功能的退化麻木为代价的，和自然界的大多数生物比较，人类在适应自然和抵御自然灾害方面的能力和意识已经变得愈来愈脆弱了。"

段涛笑着说道："还真是的，每回地震、海啸来的时候，动物事先都知道飞啊跑啊，可是咱们人类却一点儿也意识不到危险的来临，真不像是最智慧的生物。"

"现在真是不敢想象，如果哪天一场意想不到的自然灾害突然来临，这道路交通全部瘫痪，水电也供应不上的话，整个社会不知道会乱成什么样子！人类还能否适应原始的自然生态?!"孔超插了句话说道。

"在宇宙自然面前，人类渺小得恐怕连只蚂蚁都算不上。天地的运化自有它的道理，人类还是应该存有敬畏之心，天地不仁啊!"张崇斌叹了口气说道。

"天地不仁?"段涛不解地重复着。

"张总，您刚才这话是……只是种感觉吗?张总，我感觉自从你来贵阳后，人好像变得有些深不可测了。"孔超侧头有些开玩笑地望着张崇斌说道。

张崇斌看着他们俩人的样子，无声地笑了笑，然后又一言难尽地说道："四十不惑，五十而知天命，真是这样的吗?人生无常啊！也许人活百年也还是短暂了些。其实多少人一生徘徊于得与失的惆怅而迷失了前行的方向，又有多少人计较利与弊而忘记了前行的目的。"

孔超和段涛听了这一番话，都在这一刻沉默了，似乎某种东西触动了他们内心的某根心弦……

"这方面的道理我曾被一位老者点化，以后有时间我会讲给你们听的。孔超，你怎么看都溪林场那边的地磁异常现象?"张崇斌考虑今天的实地调查仅仅是个开始，却有了些预期的收获，但这并不意味着以后的调查工作都会这般简单，所以放松了一下身心后又马上引入正题。

“哦，张总，刚才在写调查报告的时候，我也在想，那片林场的强磁信号到底从何而来？从这次实地的调查检测看，林场断树地带不是所有区域的地磁都异常，但那棵被炭化的树桩周围地磁强度却比正常地表地磁高出几千倍，这确实令人震惊！我现在遗憾的是，大学那会儿选修的是文科，对磁场的形成和作用原理确实了解得不多，所以，我对本次调查的结果还是很困惑。”

“没有关系，这个事件目前连专家都困惑，你怎么想的就怎么说，我就想听听你的直观看法。”张崇斌说道。

孔超接着说道：“要我看啊，磁场再强，也无法使树桩焦炭化，至少目前所检测到的地磁强度不应该对地表植物和土壤造成这样的破坏。联系该林场曾发生的‘空中怪车’事件，我现在倾向于磁场强度异常现象是那个‘UFO’造成的。根据我们目前收集的资料看，那起事件也给距该林场5公里远的一个车辆厂造成很多破坏性影响，看报道说连几十吨重的列车都被移位了20米，厂区内的一些房屋屋顶被掀掉，下面的钢铁支架都被折断了，这些情况虽然我们还没有去现场调查核实，但今天一到都溪林场，看见那么大一片断树林，我已经丝毫不怀疑这起神秘事件的真实性了。张总，我感觉‘空中怪车’事件其实就是一起‘UFO’事件，那天凌晨，这个‘UFO’飞到都溪林场，不知道为什么突然折断了几百亩树林，同时突然放射能量，这股能量使那棵树焦黑炭化，树下的土壤也因此受到强烈高温辐射，所以才会寸草不生，今天所检测出的地磁也就是‘UFO’发射能量后所残留的电磁能。”

听到这里，张崇斌微微地点了下头。

“这‘UFO’真不像是地球人类的高科技产物，我看，没准儿就是外星人搞的！”孔超又冒出一句。

“什么？外星人！”段涛听见孔超提到外星人后眼睛睁得大大的，惊叹地叫出声来。

孔超转头看向段涛说道：“段涛，我开始也是不习惯把类似科幻的事件与自己的调查工作联系起来，可现在事实就在眼前摆着，你当过兵，你说说如果不是外星人的杰作，那么什么先进武器能有这么大的威力？”

段涛转头看向张崇斌，问道：“张总，你也认为是外星人搞的吗？”

“我们的调查工作才刚刚开始，现在下任何结论可能都是不严谨的，不过在探讨的阶段，我鼓励大家发挥想象，畅所欲言。”张崇斌先就段涛的疑问回道。不过，刚才段涛那惊叹的语气和质疑的眼神让他隐约感觉到段涛的内心有着自己的想法，却一直憋在心里，这引起了张崇斌的注意，于是他接着问道：“段涛，你曾在贵阳当过兵，怎么以前从来就没有听你说过这起轰动一时的神秘事件呢?”

听张崇斌这么一问，段涛的脸唰地红了，他把头低了下来，保持了片刻的沉默，然后抬起头来，神情郑重地对张崇斌说道：“张总，我来公司的时间不到半年，却感受很多，也学到很多在部队学不到的知识，能够和您、祁队长还有孔部长一起共事，我很荣幸，也很开心……”

在段涛停顿下来的时候，孔超开口问道：“段涛，你怎么了？你到底想说什么?”

“孔超，你先别插话，让段涛继续说下去。”张崇斌对孔超说道。

此时，段涛脸上的红色已褪了下去，但眉头却皱了起来，他接着说道：“祁队长出事以来，我很难受……张总，不瞒您说，这个事件我以前是知道的。这里，请您原谅我一直没有跟您直说，但如果您回头想想，我其实曾提醒过您关注这个神秘事件。”

4. 国防重地

段涛这么一说，张崇斌的脑海里马上闪现出这些场景：段涛带着他的战友于志国在部队招待所提起过这起神秘事件，但当时自己正焦虑着如何帮助祁兵越狱而忽略了。还有，自己让段涛回公司而段涛却没有服从，继续留在了贵阳，并在得知自己准备返回贵阳开展调查后，在电话里告诉自己去网上查询“空中怪车”事件。

想到这些，张崇斌说道：“没错，你是提醒过我，你的提示对确定这次调查工作的方向起了重要作用。段涛，你不要有太多顾虑，这屋子里的人都是你可以充分信赖的朋友，你继续说下去。”

段涛点了点头，孔超搬去一把椅子让段涛坐着说，段涛坐了下来，说道：“张总，孔部长，这段日子以来，看见你们为祁队长的事不辞辛苦地做这些有风险的工作，我就知道我跟对了人，我绝对信任你们。现在，我就说说我以前在部队和最近从战友这边了解的一些对这起神秘事件的看法。我是 1997 年的兵，刚从老家鞍山来这边的时候，真没有听说过这事，后来大家逐渐熟悉了，才有个别老兵曾私下说起过，在二十世纪六七十年代，咱们国家在这边曾搞过大规模的国防建设，结果在施工的过程中，发现贵州地区的地质结构很特殊。”

敏感的孔超听到这儿，就伸手将摆放着的贵州省行政区划和地势地图展开，段涛起身走到孔超身边指着地图接着说道：“张总、孔部长，你们仔细看这贵州地图，如果我们把地图上那些带‘洞’字的地标都用钉子钻个眼，譬如像这‘织金洞’‘白龙洞’‘仙人洞’‘碧云洞’等等，最后会发现什么呢？我们会发现，这张地图将成个‘马蜂窝’，因为整个贵州高原地下到处都是溶洞、地下河。”

“难怪当年把这么重要的军事基地安置在这个交通不畅、贫穷落后的山区，这里简直就是个天然的地下秘密王国!”孔超感慨地说道。

段涛接着说道：“听以前的老兵说，‘空中怪车’事件发生后，有人就怀疑可能是某个军事强国研制的秘密飞行器前来侦察情况，结果事发那天夜间气候突变，因为据事后调查，事发当天的凌晨天上出现雷电和冰雹，从而导致这个新型飞行器出了故障，于是一些目击者才听到火车般的轰鸣声，并看见发光的现象。”

孔超接话问道：“气候异常确实容易使飞行器出故障。可是，那么一大片树木都断了，这会是什么样的飞行器造成的？而且飞行器并没有坠毁的痕迹，这又怎么解释?!”

段涛解释道：“我那个战友老于曾就这个问题问过一个在某空军服役的老乡，他老乡的解释是这样的：当快速飞行的物体接近地面物体时，如果有一个恰到好处的临界距离，地面物体与飞行物体之间就会形成力矩，产生强有力的短时次声力，这种力就可以把物体折断或吸走。这方面有过一个真实例子：在 1945 年 8 月 8 日，苏联红军刚刚对日本宣战后没几天，一架苏军战斗机迫降在我们老家附近的抚顺市郊一片玉米地里。那片玉米地很大，绵延 10 多公里，在飞机迫降时飞过的地方，有一片玉米被折断，呈 1 公里长的带状，折断玉米带的宽度和飞机的机翼长度一致，而飞机着地处却没有折断现象，只是压倒了机身面积大小的一片玉米。而今天上午，咱们去了林场现场看过，断树林带基本上是呈圆形的，这说明‘空中怪车’可能是个圆形，或者是它可以做出高速自旋的飞行轨迹。虽然大片的树木折断了，但就像我刚才说的那个事例，飞行器可能根本就没有接触到那些树木，那些树木只是被一种特殊的风力折断，这个飞行器本身没有被实物撞击而毁坏，所以地上没有坠毁的痕迹。”

段涛刚才说的这些看法，听起来确实比孔超的外星人观点更为理性和耐琢磨，于是张崇斌笑着说道：“段涛，你小子隐藏得可够深的，看不出来你还有这一手啊!”

“不是的，张总，我没那么多心眼。”段涛腼腆地笑了笑，有些不好意思地解释道，“张总，一直没有跟你说这些，一方面是一开始确实想不到祁队长这个案子会与这个神秘事件扯上关系。后来，知道那个别墅有些邪气后，才和我那战友联想到十年前的这事。不过，那个时候我不太敢直接提起，主要是没有把握将这两件事联系起来，我也担心一旦这些神秘诡异的事真的搅在一起，甚至牵扯到军事机密，会让您感觉事件太过复杂危险而放弃帮助队长。可是，这次我是和队长一起出来的，以前队长一直都是照顾着我的！您那回不让我继续参与调查，我真的无法理解和接受……所以，那段时间我很矛盾、很痛苦。”

“祁兵如同我的亲兄弟，况且又是为公司做事惹上的麻烦，我们现在做的这些都是应该的。我上次那样做自然有我的理由，你现在还不太了解我做事的方式，以后你会明白的。别说祁兵，公司里任何一个人有了麻烦，我们都不能袖手旁观。段涛，记住，大家能在一起共事，无论时间长短，都是一种缘分，人的一生其实很短暂，但也许有种东西是可以穿越生死轮回的。”张崇斌说道。

“张总，明白，您这次亲自带队出来调查，我现在什么都可以放得下，您此前批评过我，我都认，跟您一起做事没有错，我以后坚决服从安排，请您放心！只是，不知道队长现在怎么样了!”

从段涛一直紧绷的面容和那双渐渐变得黯淡的眼神，张崇斌读到了他内心一直以来的焦虑和惆怅。

“是啊，祁兵兄弟，你现在到底在哪儿啊？怎么就不回我的电话了呢？难道是遇上了什么麻烦?”张崇斌默默地想着，心口也不由得收紧了。

孔超也放下了手中的地图，两眼望向窗外，陷入沉思中……

“现在不是呆坐发愁的时候，这也解决不了任何问题!”平定了下心绪，张崇斌开始回顾起这段不平静的日子。

已经两次来贵阳实地调查，当初只是想尽快找到能够证明祁兵无罪的证据，可怎么也没有想到，随着调查工作的展开，他竟发现祁兵这个案子背后牵扯的东西是如此叵测复杂。更让他心情沉重的是，“空中怪车”事件极可能是一起有着特殊阴谋背景的威胁国家国防安全建设的非常事件，这个越来越真切的直觉，让他的内心蒙上了一层难以名状的焦虑和担忧。

想到这里，张崇斌看了下表，然后说道："现在将下午的工作分下工。孔超，你去都拉营车辆厂，想办法进到厂区，看看现场还有什么值得搜集的证据没有。段涛，你去联系你的老战友，最好把于志国找来，晚上大家一起吃饭谈点儿事。我去省 UFO 研究会看看。现在吃午饭去，饭后我们就行动。"

第九章　未公开的×档案

1. 秘不外宣的档案资料

通过 114 查询，张崇斌以 N 市新成立的民间 UFO 探索机构负责人的名义联系上贵州省 UFO 研究会一位姓高的副理事长。于是，吃过饭后，张崇斌打车来到省 UFO 研究会。下了车，张崇斌直接上楼敲开了高理事长的办公室。

高理事长看起来有 50 岁左右，身材偏胖，头顶有些秃，他引张崇斌进屋后，很热情地说着欢迎来访的寒暄话。张崇斌见他人比较和气健谈，便开门见山地说道："高理事长，此前我看过贵会对'空中怪车'事件的一些报道，我本人对这起事件非常关注。今天上午，我还专程去了都溪林场实地看过，此次前来一是为了解贵会对该事件的研究是否有新的成果，二是结识同道中人，便于以后联系合作。"

高理事长微微一笑，低头看了看张崇斌的名片，然后开口问道："张总，看你的机构是做危机管理的，这样的机构在国内还很少见到，看来你们很有超前意识哦。既然你们也很关注'空中怪车'事件，那么，以你们的专业视角，是怎么定性这起事件的呢?"

张崇斌回道："高理事长，不好意思，我回国时间不长，针对这起事件，我是最近才有所耳闻，错过了最佳调查时机。不过，从目前我们所掌握的情况看，我感觉这不是官方所谓的某种自然现象。"

"称我老高吧。"高理事长笑了笑，站起身接了杯纯净水放在张崇斌跟前，接着说道，“是的，我们研究会也不认为这是什么‘陆龙卷’一类的自然现象，我们认为这是近期发生在我国境内相当典型的一起 UFO 事件，具有很高的科学研究价值。”

“的确比较典型。”张崇斌对此加以肯定，“上午我们去林场那边，看到成片的树木都折断枯死，很为震撼！而且，我们还发现地磁异常现象，手表和罗盘仪都失灵了。”

“你刚才说的那些现象，我们都已观察到了。不过，把这起事件认定为是一起 UFO 事件，其实还是有争议的。关于‘空中怪车’能够发光和地磁异常现象，曾有专家提出是地壳内积蓄的强大力量在地幔中传递，通过地裂缝释放应力能量发光形成的，但这个说法被市地震办公室给予否定，相关解释以贵阳市人民政府的文件形式上报了有关部门。”老高解释道。

“据我所知，UFO 有很多类型，对其来源的解释也是五花八门，不知道贵会是怎么界定这起典型 UFO 事件的性质？还有，这个 UFO 到底用了什么能量将 400 亩马尾松树折断？”张崇斌又问道。

“关于这个 UFO 的性质，我们研究会的会员也有不尽一致的理解。目前嘛，还很难说……”老高有些含糊地回答道。

“唉……”张崇斌不由得深叹了一口气，端起水杯抿了抿又放下，说道，“也许，我们都理解有误走了弯路，UFO 就是种特殊自然现象，只是目前科学发展得不够，尚无能力做出合理的解释，我们民间力量对其进行探索，恐怕也只能雾里看花，最后还是落得个茫然不可知……”

“话不能这么说，张总，你知道，贵州 UFO 研究会已经成立十多年了，会员过百人，其中具有中高级职称的占一多半，这些人的素质都挺高，在各行各业也是取得成果的专家学者。这些年来，我们在 UFO 的研究方面取得很多成绩，很多研究论文还受到有关单位的重视和深度研究，你们可不要轻易放弃这方面的探索哦。这样吧，咱们既然都是同行，我就给你看看关于‘空中怪车’事件那些没有对外界披露的档案资料。”说着，老高站起来，走到一个铁皮柜前，打开柜门，从里面拿出一个沉甸甸的档案袋来。

老高回到办公桌，说道：“这个‘空中怪车’究竟是个什么样的 UFO，你看看这些资料也许就明白为什么这么长时间难以给它定性了。”老高边说边慢慢启开档案袋的封口，然后将袋口朝下倾倒里面的资料，一些照片和抬头印着“贵州 UFO

研究会考察简报”的书面文件滑落到桌面。

张崇斌先拿起那些照片，看到上面拍摄的景物有齐刷刷弯曲折断的圆柱形钢铁支架、没了顶棚的厂房、一节装货的火车车厢，照片背面标注这些都是都拉营车辆厂事发现场的勘查照片。突然，张崇斌发现有一张只拍摄有黄色的地面，地面上有些不规则白色印痕的照片，于是问道：“老高，这个照片有什么特别之处吗？”

老高看了一眼，笑着说道：“不愧是搞危机管理的，果然眼尖敏感。”说完，他从那堆考察简报里抽出一份，看了会儿，然后指着其中的一个段落说道：“你看看这段吧。”

张崇斌拿来一看，只见上面写着：“空中怪车”事件发生的第二天，车辆厂有职工发现地磅房办公室的门连同锁耳被拉脱，外面水泥地上有一圆形烧黑痕迹，直径约60厘米。后来有人用拖把擦掉了，但是仍可清楚看见地上有5个半弧形的“龙爪印”，直径约20厘米，中间还有12个小印迹，印迹平整光滑。过后不久，该厂从事电力工作的一个员工在“龙爪印”那里站了20分钟，下班铃响时发现手表慢了20分钟。后据那位员工描述：“我的手表一直走得很准，我怀疑是受那‘龙爪印’的影响，下午又去把手表放在地上4分钟，手表又慢了4分钟，而把手表放在‘龙爪印’外测试，无任何异常。”为了辨明事实真相，我会专家全面展开调查：1995年2月底，我会专家再次来到聿咏博所说的“龙爪印”那里拍照，停留了2分钟，下午5点25分乘火车回贵定，车开时专家发现手表慢了15分钟。另据调查证实，事件发生的一周内，贵阳电视台记者陶××、周××到都溪林场断树区拍摄，贵阳电视台记者邹××和贵阳晚报记者罗××到现场拍照，贵州大学物理系实验室人员和贵州科学院新技术所研究员马××等带地磁仪去现场测量，结果是摄像机被磁化，冲洗胶卷时发现现场拍的被自动曝光，现场外拍的则有影像，地磁仪也失灵了。

看到这里，张崇斌连忙把其他的考察简报都拿在手上，快速地翻看，随着一个个刺眼醒目的标题映入眼帘，他不由得握紧了拳头！

这些从未披露过的资料显示：

一、都溪林场的断树林区并非只有四个，还有一个被封闭的面积约30亩的五号林区，该林区发现明显的高温辐射痕迹。

二、10KV绝缘高压线出现从未有过的零绝缘现象。都拉营车辆厂在事发凌晨，厂区配电柜高压储线原本相互绝缘的G25、G26回路互为导通。也就是说，两独立绝缘体之间的空气介质由绝缘变为相互导通，电流一输出就是短路。

三、长几百米的UFO再度光临。1995年初，贵州UFO研究会邀请中国UFO协会专家来贵阳调查“空中怪车”事件。当天晚上，一个呈长方形、长度从车辆厂中门到后门数百米、宽度三米左右、整体发绿光的飞行物，无声缓慢飞过都拉营车辆厂上空。当夜有值班民警、巡逻民警多人目睹，这起事件被列入中国UFO X档案。中国UFO研究会专家组采访了目击人并作了录音摄像。

四、修文县扎佐林场冷水沟分场白雾断树。1996年6月6日晚7点15分左右，天上有乌云，同时伴有大风、响雷、小雨和冰雹，冰雹有鸡蛋大，随后出现浓密的白雾，白雾不像平常的雾，而更像烧火冒的白烟，白雾持续时间只有几分钟，白雾高度有房子高，风雾来时树木即倒，可以听见树倒的声音。也有目击者看到宽三米、长三米的白光，速度很快，光很亮，光来树倒，树不是风刮倒的，是光摧倒的！

“这些调查资料都是真实的?!”看着这些触目惊心的内部资料，张崇斌一时难以完全接受。

“当然。”老高回道。

面对这大量的匪夷所思的事实，张崇斌又顿陷茫然，“UFO难道真的不是人类制造的飞行器?”他自言自语道。

2. 纳粹V系列秘密武器

老高喝了一口水，抬眼看着张崇斌说道：“针对这起神秘事件，虽然全国各地的UFO协会会员，包括本会的一些会员认为‘空中怪车’是来自外星文明的飞行器，不过，要是说UFO，尤其是碟形UFO不是人类能够制造出来的，这种说法是武断的，也不符合客观事实。”

听老高这么一说，张崇斌为之一振道：“人类自己也能够制造出UFO?”

“是的。而且早在20世纪三四十年代就已经有人研制出碟形UFO了。”老高看起来似乎颇有研究。

“那段时间，不是二战时期吗？到底是谁这么厉害研制出UFO了?!”老高的话让张崇斌感到诧异，因为张崇斌以前没少看二战方面的影片，在他的印象里就没有看见过哪个国家的空军用过碟形飞行器。

"纳粹德国。"老高笃定地说道。

"什么？是最后战败的德国？"张崇斌不禁一怔，"这怎么可能，一个拥有了UFO这种性能优越的飞行器的国家怎么可能最后战败？"

"所谓'得道多助，失道寡助'，纳粹德国的最终战败是历史的必然。不过，我们得承认，德国当时在军事科技方面，实力是很强大的，像什么V系列导弹、远程火炮、超级战车、原子弹，当然，还包括飞碟的研制，尤其是'柏罗湼女战神-3'型飞碟，这些武器都远远超出同期其他国家的水平。"老高感慨地说道。

"'柏罗湼女战神-3'型飞碟？那是个什么样式的UFO？"张崇斌忙又问道。

"说起来，这款UFO就是放在今天，它在空中飞行和作战的优越性能也是令人难以置信的。"老高钦佩地说道。

"哦？是吗？"

"我们这边的一些会员，多年来对二战期间德国发明的这个东西很感兴趣，一开始我是不相信的，不过后来看到越来越多国内国外这方面的资料，我不得不承认，纳粹德国确实研制出了这种超级飞行器。从搜集到的资料看，'柏罗湼女战神-3'型飞碟共有两种类型：一种直径38米，另一种直径68米。据说它们采用的是一位来自奥地利的设计师发明的爆炸式'绍贝格尔'型发动机驱动，这种发动机不是用燃油，也不是用液氧液氢组成的推进剂作为动力，而是以水和空气作为燃料，而且发动机本身具有反磁力性能，借助这个反磁力就能使飞碟飞行和悬空。

"此外，飞碟上还装有12台喷气式发动机，这些发动机靠吸入大量空气使其周围空间形成真空，这样飞碟便能在这一真空区内任意运动。飞碟的驾驶舱形状是根据飞碟的机动性能和飞行速度而改变的。这款飞碟没有设计装甲装置，因为它的最大平飞速度可以达到2600公里/小时，在当时这个速度是其他任何人类飞行器无法匹敌的。它的武器系统是电磁炮，而它的动力系统据说是来自古代印度的神秘配方。"老高一气说了这么多，看得出来，他是位老UFO研究者了。

今天能够碰上这样的行家，张崇斌感觉真是不虚此行、机会难得，于是接着发问："按说，拥有性能如此优越的飞碟，德国完全可以拿下制空权，进而扭转其战争后期的被动局面，不是吗？"

"应该说，值得全人类庆幸的是，纳粹德国这款最新式飞碟推出得太晚了，它是在1945年德国已被苏、美、英盟军攻陷最后的防线柏林时才下线的，当时德国只生产了寥寥几架这款飞碟。如果德国不贸然仓促地向苏联发起大规模战争，再耐心等待几年，待他们的‘柏罗湟女战神-3’型飞碟批量下线后，那二战的结局真是不好预测了。”老高意味深长地说道。

“原来如此。是啊，德国如果不在1941年6月发动对苏联的突袭战争，以致陷入要东击苏联、西攻英法，还要南下帮助不争气的盟友意大利争霸北非这一多线作战的被动局面的话，以德国当时的综合军事实力，真是有可能提前实现‘欧洲大同’。”张崇斌也感叹道。

在张崇斌看来，这段距今还不到百年的历史，真的是有太多值得人们反思和总结的东西。张崇斌是很喜欢看些二战题材的影片和书籍的，所以，当老高说到1945年德国的被动局势时，他眼前就出现了战争后期盟军攻陷柏林时，一天内9000多架次盟军飞机轰炸柏林的场面：抬头是连太阳都遮住了的黑压压布满天空的飞机群和从飞机上投下的雨点般的炸弹，地面是被反复炸掀而起的尘土瓦砾，四处散落着早已分不出是人还是建筑物的残骸碎渣……这就是人类的战争！充满着报复和杀戮！

“唉，这人啊，野心不能太大，早前的拿破仑不也一样，曾经所向披靡称雄天下，最后也是栽在俄国人的手上，历史总是在不断重复哦。”老高感慨地总结了一番。

“是啊，希特勒和拿破仑是挺相似的，都是国内的独裁者和对外的侵略者，都是为了各自所谓的‘理想’而发动战争，最后也都一败涂地。不过，他们之间最大的区别在于希特勒推行了种族灭绝主义，所以他的失败使德国人至今悔愧蒙羞，而拿破仑却得到了法国甚至其他国家人民的崇拜。不过，老高啊，刚才听了你的介绍，有些问题我还不是很清楚，你说一战中的战败国——德国，仅过了二十年，到了二战期间怎么就能在军事科技方面发展这么快？尤其是它的空中和地面军备力量竟比欧洲其他国家和世界金融中心的美国，能强出这么多来！我以前看过一些二战史料，但还真没有注意到你刚才说的德国的飞碟武器，倒是知道盟军非常害怕德国代号为‘V’的系列秘密武器。”

“张总，你可知道，德国的秘密武器代号是从V1至V7，V1、V2是远程导弹，而这最后代号为V7的秘密武器就是被纳粹德国称作‘别隆采圆盘’的飞碟。德国一战后发展这么快，我看这与希特勒上台后鼓吹他的那套思想有很大的关系。”

“飞碟毫无疑问是秘密武器，可这个秘密武器的代号为什么用英文字母‘V’呢？”张崇斌对符号这种东西似乎有着天然的敏感，也是种职业习惯，所以忍不住又问道。

据张崇斌所知，纳粹组织对其符号的设计和选用是很讲究的，比如纳粹党旗中间的黑色“卐”符号，就是希特勒亲手设计的，而且他对这个设计非常满意，他认为“这是一个真正的象征”。针对这个“象征”，希特勒在那本充分表达了他的思想且极富煽动性的《我的奋斗》一书中这样解释道：“‘卐’字象征争取雅利安人胜利斗争的使命。”后来，希特勒还为他的冲锋队员和党员设计了“卐”字臂章和“卐”字旗帜。

老高琢磨了一会儿，说道：“为什么用‘V’作为秘密武器的代号，我还真没有研究过……估计八成是英文‘victory’表达‘胜利’意思的缩写吧。”

“不太好说。”张崇斌轻轻地摇了摇头，在他看来，用代表“好运吉祥”的寓意来解释这个“V”，就如同有人解释纳粹的“卐”是与佛教的“卍”同源，取佛教“吉祥海云相”之意的说法一样，他是不赞同的，因为这不符合希特勒的人格特性。于是，张崇斌又道：“希特勒这个人物给我的感觉是比较神道的，他的性格复杂，信奉神秘主义。”

“这个家伙很残忍！当然，不可否认，他也很有才华和能力，他不仅改变了德国的命运，也影响了整个世界的发展进程。”老高说道。

听了老高的话后，张崇斌看向窗外，思绪开始穿越时空……多年前，一个不到20岁的奥地利年轻人离开了自己贫苦的家庭，在维也纳他一度如叫花子般四处游荡、穷困潦倒、无所事事，但他却会一门不错的“手艺”——绘画，这个年轻人就是希特勒。客观地讲，希特勒的内在性格与他在战争中所表现出来的残忍和野心反差很大，他的内心其实很孤独，除了演讲的时候，他能充满激情、口若悬河、滔滔不绝，让几乎所有的德国民众为之疯狂着迷外，更多的时候他是个腼腆不爱说话的人。这个从不喝酒、不吸烟的素食主义者童年曾有过当牧师的梦想，后来，想做个艺术家就成了这个曾影响整个世界、让亿万人梦魇的战争狂人深埋于心底的梦。他曾经不无浪漫地对他的情人爱娃说过：“等我征服了全世界，我们就一起归隐田园，我终日作画……”

艺术家特有的浪漫细胞和强烈的军国主义思想，让希特勒的思想异常地前卫开放和坚定执着，同时他的求知欲也非常强，其个人藏书多达3200册。而数次的大难不死，尤其是一战时期还是名普通士兵的希特勒因为一次莫名其妙的梦游走离战壕，躲过了一发炮弹而使其成为整个战壕唯一的幸存者的经历，更让他相信自己的命运和意志是神赋予的，他的身躯肩负着光大日耳曼民族、纯化雅利安人种的伟大使命。

德国是第一次世界大战的战败国，为了这个国家的荣耀出生入死流过血的希特勒曾为这个事实痛不欲生，所以，在他终于等到机会坐到这个国家政治舞台最闪耀的位置后，他需要的就是迅速恢复国力，不惜一切代价壮大国家武装力量。而令人惊叹的是，这位国家元首仅用了短短二十年就做到了！

于是，利用一战失败后德国民众不甘心战胜国强行给予战败国的严厉约束和惩罚而产生的极强的抵触和反感情绪，再以他特有的个人魅力和政治手段重新点燃了德国民众强烈的民族复仇主义情绪！最终，德国纳粹军队在希特勒的领导下又发动了第二次世界大战。

张崇斌简要回顾了下其所了解的二战时期关于德国和希特勒本人的一些信息，他发现，自己过去虽然看过些相关资料，但大体上只能算是看热闹，对希特勒究竟用了什么办法使德国的武装力量迅速强大起来几乎一无所知，尤其是连那个代号为 V7 的秘密武器竟是飞碟直到今天才搞清楚，因此内心顿觉惭愧不安。不过，刚才老高说起的那个飞碟动力系统是来自古代印度的神秘配方，倒让张崇斌想起些曾听说过的关于纳粹德国的一些离奇传闻，这些传闻的大致说法是：在二战前后，中国的西藏远离战区，躲过了战火与硝烟，但并没有躲过纳粹德国的视线。1938 年和 1943 年，经希特勒批准，纳粹党卫军头子希姆莱亲自组建了两支探险队深入西藏，寻找“日耳曼民族的祖先”，还有能改变时间、打造“不死军团”的“地球轴心”等。对于这些传闻，张崇斌当时就认为那是某些想象力丰富的科幻小说作者为了制造噱头吸引人们眼球而故意编造的。可是，现在再回过头来细想，印度和西藏地域邻接，而且两地都有着古老神秘的宗教文化和习俗，难道那些听起来如同科幻小说的传闻都是真实的史实？纳粹德国神秘的军事科技力量竟是来自那方山高人绝行、偏远而神秘的地域?!

在张崇斌出神默想的时候，老高又笑着说道：“希特勒人格的分裂性确实让人看不透他那疯狂的思想根源，只有他才能搞出这个神秘的飞碟。在二战末期，美国和苏联的一些空军飞行员曾不时地看到这种速度极快、性能奇佳、能够灵活转向和爬升俯冲的 UFO，他们都大为吃惊，一开始还以为是遇到外星飞船了呢。后来，部分飞行员在 UFO 贴近他们急速掠过或保持距离悬停时发现 UFO 上面有纳粹德国的铁十字标志，于是部分目击报告被递交给盟军司令部，盟军的情报部门对此虽然无法解释，但有了思想准备。所以，在1944年诺曼底登陆之前，盟军曾派遣一个秘密小组深入敌境，目的就是搜罗所有关于德军秘密武器的科研情报、武器设备和专家。”

“怎么样，有收获吗?”张崇斌问道。

“在那个时候，希特勒也许已经意识到纳粹的大势已去，所以对这些秘密武器的成品和设计图纸开始进行销毁。不过，盟军在最后阶段的地面推进速度也很快，美、苏和英军因为都对纳粹德国性能优越的秘密武器心怀神往，所以每冲破一个德军的防线，他们都争先恐后地直扑德军的研究机构所在地，这方面美军的动作最为迅速，经常是美军前脚刚走，苏军和英军再紧跟着将剩下的不管有用没用的东西扫荡一空。尽管纳粹党卫军对飞碟的模型和零件等进行过比较彻底的破坏，但盟军还是从溃败的党卫军留下的各种秘密设施中缴获不少来不及销毁的飞碟设计蓝图和草稿。更为关键的是，据说纳粹的三位参与飞碟研制的顶尖工程师，竟然分别被美军和苏军抢走了。”老高表情有些复杂地说道。

“照这么说，二战过后，美国和苏联完全有能力制造出飞碟来，更何况经过这么多年，整个世界的经济和科技都有了突飞猛进的发展。老高，你说，人们近年来时有发现的性能更为优越、形状更为奇特的UFO，会不会就是美、俄的秘密军事武器?只不过他们为了方便搞间谍活动，所以不承认这些UFO是他们的科技产品，而任由老百姓胡乱猜测，如果大家都认为是外星人的飞行器呢，那也无所谓，这样不仅可以混淆视听，而且还避免了在政治和军事上出现麻烦。”

“呵呵，这就很难说喽。”老高回道。

张崇斌沉默了片刻，然后开口道：“老高，听你说话口音，应该就是贵州人吧?”

“是啊，老贵州人喽。”

“那你一定知晓贵州这边国防体系建设的特殊性和重要性了。说来，这也是我今天过来的目的之一，我想说的是，近年来贵阳这边三番五次出现的UFO事件不能不引起我们的警惕和深思。虽然，我现在还无法准确界定‘空中怪车’到底是外星人的还是某个超级大国的秘密飞行器，但只要它不是我国的秘密飞行器，我们就不能袖手旁观、无动于衷。我们作为民间飞碟研究的人士或者说爱好者，除了应该对飞碟的先进技术进行探索研究外，在国家的安全可能受到威胁的时候，作为公民，我们是不是也要尽到某种责任和义务呢?”

听完张崇斌的话，老高略显诧异，随后便陷入了沉思……

3. 当代新式武器

离开 UFO 研究会，张崇斌打上车直奔宿地。坐在车里，张崇斌把老高临走时送给他的全国各地 UFO 协会的联络名册拿出来，但那第一页总是翻不过去，张崇斌一直心不在焉。一路上，老高临别时那略显惊诧的神情总在他眼前晃动……“也许，老高早就关注到这个问题，但身为协会的副理事长，说话自然要讲究分寸，要谨慎；也许，他以前并没有想这么多，但今天经这么一提示，感到出乎意料。自己的性格就是这样，当意识到情况危急而对方却不急不忙的时候，就忍耐不住要为对方‘做主’了，这本性真是难改啊。”想到这儿，张崇斌淡然地笑了笑，随后转头朝窗外随意望去。

张崇斌回到宿地时，段涛和他的战友于志国已经在招待所候着了。过了 10 多分钟后，孔超手拎着相机也回来了。

孔超跟段涛他们打了个招呼后，来到张崇斌身边，说是相机取远景有点儿毛病，要在外面调试一下，需要张总帮忙，就把张崇斌单独“请”了出去，见没人跟过来后，孔超小声说道：

“张总，跟你汇报下：我下午先到了一家做大型国企财产保险的公司，在那边拿到些资料和名片后，就以这家保险公司财产理赔部经理的身份直接去了车辆厂，接待我的是该厂财保部一个姓瞿的负责人，在取得她的信任后，我就让她带我去看看那些可能需要保险公司核损理赔的设施设备。去实地察看拍照的时候，我发现原先那些被‘空中怪车’损坏的厂房和设施都已重新整修过了，厂区的面貌和网上的照片相比较变化挺大的，根本看不出原样来，毕竟这么多年过去了。后来，我就顺嘴问到 10 年前的这起事件给厂子带来的损失情况，姓瞿的对我说，当时车辆厂把这起‘不明现象’上报给了铁道部，因为厂内除了地面上的设施设备有不少挪移损毁外，还有地下的一些重要设施也被破坏。我问地下的重要设施有什么时，她说需要保密。关于‘空中怪车’，她认为那绝不是龙卷风，因为那晚的值班员工听到的是像火车开来的轰隆轰隆声，也没有看到像龙卷风那样的气柱，而且第二天发现厂区很多地方都被一种奇怪的力量破坏，甚至有些一直锁在厂房里面的设备也被移位和破坏，但厂房本身却没有任何损毁。这么多年来，来厂子考察的各地专家很多，但一直没有人能够解释这个现象，所以她也怀疑是外星人搞的。”

“哦，还有其他什么情况吗?”张崇斌问道。

孔超略微想了一下，回道：“情况大概就是这些。”

“好的，咱们进屋吧，看看于志国那边有什么值得关注的消息。”

张崇斌和孔超回到屋内，张崇斌对于志国说道：“今天又请你过来是有些问题要请教，辛苦你了。”

于志国笑着说道：“张总，客气了。如果有什么需要我帮忙的，我还是那句话，只要是不违反纪律，且在我的能力范围内，我一定全力而为。”

张崇斌接着说道：“今天我们初步展开的实地调查多少有些收获，林场那边的情况我想段涛一定跟你说过。下午，我去了省UFO研究会，和一位老哥聊得也挺投机，都扯到二战上了。这老哥是协会的副理事长，对UFO现象研究的时间不短，有些独到的见解，人也不错，还给我看了些内部资料。”

“是吗？有什么‘独家新闻’给透漏透漏。”于志国看起来很感兴趣，一旁的孔超和段涛也都竖着耳朵瞪大眼睛等听下文。

“不知道这些对你们部队的人来说算不算是‘独家新闻’，一个是‘空中怪车’事件的事发现场有禁止外人进入的封闭区；二是类似事件近年来频繁在贵州地区发生；三是这个东西巨大无比，长度可达数百米；四是折断树木甚至钢铁的方式是多样的，有的还以‘隔山打牛’的方式对物体施加破坏；最后，还了解到二战时期，纳粹德国就已经研制出类似的碟形UFO。”

听了张崇斌的这番话，众人吃惊不小。段涛自言自语道：“这究竟是什么东西啊？长数百米，在天上……那不是快赶上空中航母了吗?”

于志国听到这儿，面色显得有些凝重，他开口说道：“张总，你刚才说的这些我了解得不多。但我想就那个‘隔山打牛’的攻击效果从军事见闻方面简单说说。”

“那太好了。”孔超道。

“当前，世界军事强国的战略战术发生了深刻的变化，有一种利用‘定向能量’打击敌人的尖端武器早已被美国和俄罗斯研制出来，它就是电磁武器。”于志国说道。

“不需要火药的电磁武器!”孔超惊叹道。

“是的。”于志国道，“其实，一般人只知道电磁波能量能够对人的大脑、脖子、心脏和生殖腺产生不良影响。而作为武器，它却可以远距离使敌人失去抵抗力。如今，此类武器通过加大功率，以人眼看不见的电磁辐射短脉冲为‘子弹’，可以穿透掩体障碍毁损目标，这种武器就是微波武器，又叫射频武器或电磁脉冲武器。由于其威力大、速度达到光速、作用距离远，而且看不见、摸不着，往往伤人于无形。此外，这种武器利用了隐形技术吸收电磁波的弱点，又成为隐形飞机的克星，所以正被各大军事强国竞相研制。”

说到这里，孔超插嘴问道：“电磁波既然这么厉害，那么，这种武器到底能把人和设备损坏到什么程度？”

于志国回道：“什么程度?！那完全取决于持有武器的一方想达到什么程度。这么说吧，当微波功率密度达到3～13毫瓦/平方厘米时，会产生‘非热效应’，人员将因头痛恶心、思维混乱、行为失控甚至心脏停搏而丧失战斗力；功率密度达到20～80毫瓦/平方厘米时，会产生‘热效应’，如果战时利用卫星、飞船等太空平台向目标区集中辐射微波，可使该区大气发生剧烈理化反应，以3000～4000℃高温杀死装甲、掩体人员，达到中子弹的效果；当功率密度达到10～100瓦/平方厘米时，可毁坏武器装备的任何电子元件，不但能使对方雷达失灵、通信中断，而且能使其飞机、导弹、舰艇和军车引擎系统受损，摧毁其战斗力，根本不需要以传统火力杀伤的方式逐个攻击。”

在听于志国介绍这种以电磁脉冲为杀伤手段的当代最新武器时，张崇斌的脑海里不禁又浮现出这些日子来曾让他困惑不解的各类场景：鬼屋的怪响异动、陈九妹的假死诈尸、祁兵精神失控后的暴力、车子在林场的熄火、手表走慢、林场地磁的超高现象、烧焦的断树及土壤、10KV绝缘高压线突然互相导通、车辆厂地下设施被破坏……

“贵州这个多山多水的地方，看来真是高深莫测啊，都把能发射电磁脉冲的UFO给吸引来了。”张崇斌有些无奈地感叹道。

“哎，张总啊，这你还真说对了，贵州这地方确实很神奇。”于志国道，“我最近又听说，在安顺那边的深山里，发现了一个深不见底的天坑。”

“世界最大的天坑群，不就是在贵州嘛。”孔超应和道。

“可这回发现的天坑，据说非同一般。”于志国道。

“有什么特别之处吗?”张崇斌问道。

“具体什么情况，我说不清楚。不过，听说这天坑下面好像有巨型‘导电体’，而且这个‘导电体’是从青藏高原那边延伸过来的。”

听到这儿，张崇斌突然想起他和UFO研究会的老高交流时，老高曾提到过纳粹德国研制的UFO的动力系统是来自古代印度的神秘配方，隔着一道喜马拉雅山脉，印度的另一边就是西藏，而纳粹也曾组建过探险队深入西藏寻找神秘能量。

“难道，神秘的青藏高原隐藏着能揭开‘空中怪车’真相的‘黑匣子’?!”

第十章　隐晦线索

1. 锦包谜图

西藏，这片离天最近的圣土，在张崇斌心目中一直都如一方似真似幻的天上宫阙，庄严绝尘却又透着股神秘气息。去趟西藏好好看看曾是他多年一直萦绕于心的梦想，但工作之后却一直都没有找到合适的机会去圆这个梦。

“去西藏！”此时，张崇斌的内心真切地传来这个声音。尽管，这个决定未经过充分论证，且对所去目的地的路线方向和可能面临的风险几乎无从知晓，显得颇为鲁莽草率，但张崇斌却在瞬间做出了这个决定。

“也许，找到这个‘黑匣子’就能从根本上破解祁兵案件背后那个隐藏至深的谜。此外，这个‘黑匣子’里面说不定还有牵动国家利益甚至可以给整个人类社会发展带来重大突破的宝器秘方。若是如此，岂不是比单纯拯救祁兵更有意义吗?!”想到这些，张崇斌突然感觉像是被雷电击中一样整个身体从上到下猛地一震，大脑也一阵轰鸣……

“难道地震了?”待张崇斌回过神来，他连忙吃惊地看向周围。身边的孔超、段涛和于志国看起来似乎没有任何异常感觉，而张崇斌却突然莫名其妙地有了种异样感：此时此刻，自己的这个姿势、身边的这些人还有周围的环境，竟是那么熟悉，好像很久以前就经历过的，对，就是这种似曾相识的感觉！

这时，张崇斌脑海里突然闪现出隐世老人赠予的诗句：“弓随百战将，长弦劲矢远。山高人绝行，宗灵度休死。文辩奇冤后，武戈今世生。凭空解缘由，天意承受命。”现在再品味这首藏头藏尾的诗中谶语，恍然中，张崇斌感悟到：自己这段时间所有的奇异经历和所作所为，似乎都是冥冥中注定的。

夜幕垂降，众人忙乎了一整天，此时已是饿乏难耐，心情陡然放亮的张崇斌招呼大家一起到外面的饭馆改善下伙食。席间，张崇斌说出了去西藏的打算与理由，孔超和段涛听后都倍感兴奋，于志国一番感慨祝愿之余，又提醒大家要格外注意安全。

饭毕，于志国与众人道别离去。

张崇斌心思一动，突然决定要去探望隐世老者。孔超和段涛听了张总简单介绍老者的仙风道骨脱俗不凡的气质之后，也对老人家充满敬意，强烈请求跟张总一起去拜见。张崇斌觉得这样也好，可以让他们见识见识这世界之大，山外有山，人外有人。

可是，当张崇斌一行人来到老人家的宅邸后却发现老人家不在。于是，张崇斌又转道去找梁子，看看老人家是否去徒弟那边了。

梁子看到前来的张崇斌还有身边随行的两个人后，竟一点儿没有吃惊的样子，而是笑眯眯地直接把张崇斌等人让进屋内。当张崇斌问到师尊去了何处时，梁子回道：“师尊云游去了，每年这个时节，师尊都要出去的。”

“哦，真是不凑巧啊。”张崇斌有些失落地说道。

“崇斌兄弟，可别这么说咧，你们今天过来，我师尊在走之前就知道了，师尊就是师尊，果然正是三个人。”梁子掩饰不住内心的得意。

“哦，是吗？梁兄，你是说师尊知道我们今天会来，而且还知道是三个人?!”张崇斌惊奇地问道。

“当然，而且师尊还留下个锦包，说若是机缘到了，你就能得到包里面的东西。”梁子说着从口袋里摸出个紫色锦缎面的桃形小荷包。

张崇斌听梁子这么一说，顿感心中一暖，于是提出要看看这个锦包。

梁子却收敛起一直憨笑着的面容，说道：“且慢，崇斌兄弟，师尊交代，你若能对上他出的一个上联，才算是机缘已至，那样我才可以把锦包给你。”

张崇斌听后一愣，段涛有些不太理解地直愣愣地看着梁子，孔超却在一旁忍不住偷笑着。

“怎么老有人喜欢给我出难题啊。”张崇斌也暗自笑问，嘴上却说道，“和师尊虽只有一面之缘，但确是一见如故，相见恨晚，师尊赠言更是时时体悟、受益匪浅，我感觉自己和师尊的缘分很深，请梁兄出示上联吧。”

梁子先从锦包的外层抽出一张纸条来，递给张崇斌，只见上面写着：自天道左旋地道右旋，天地唯西北高，东南低。以风水论，是右边白虎，太极盛矣。是以圣贤求道神明育德西北一边，以山高耸秀，出于天外故也。故“千里出重山”以为上联。

看见这个上联，张崇斌的第一个感觉就是老人家不仅知道自己今天会来找他，看来还预先知道自己马上就要离开这群山连绵的贵州，不由得对老人家出的这道“考试题”思量起来：“也许，这锦包里藏有给自己此番远行指点迷津的偈语谶言，就像上次老人家赠予的那首诗一样。能在近乎迷茫地远行之前，再得到来自智慧老人的启示，这种殊缘是可遇不可求的。”

想到这里，张崇斌再次仔细地看着纸条上的每一个字，揣摩着老人家所出上联的背景寓意，如此，方好对仗工整合意。

文中的“天道左旋地道右旋”“天地唯西北高，东南低”这些概念对于了解古代玄学的张崇斌来说，并不陌生。像“天道左旋地道右旋”在《易经》里就有提到，通常的理解是地球和太阳的相对运动是相对于人类仰观俯瞻所察而言的；“天地唯西北高，东南低”则是古人对远古时期的一次天地异动乱象的记载，这在《淮南子》中的记载便是：“天倾西北，故日月星辰移焉；地不满东南，故水潦尘埃归焉。”若按玄幻的说法则是《论衡·谈天篇》里所述：“共工与颛顼争帝位发生战争，结果不胜，怒触不周之山，将天撞了一个大窟窿，使天残地毁。”因为天地的这番变故，才有了女娲炼石补天的古老传说。所以，前面的文字分明是先示以乾坤周转定位，而后面的文字则有西北山高通天以聚神明圣贤养德求道的寓意，这让张崇斌不禁联想到世界最高山峰——珠穆朗玛峰，看来，老人家连自己将去的目的地——西藏也了然于心，那么锦包里的东西一定是与西藏之行密切相关的！

感悟到这些之后，张崇斌已明白对出这个对联的重要意义，于是开始全神贯注于“千里出重山”这个字联。看了几遍，他发觉这个字联看似精短意明，但字叠意连串构精妙，“千里”两字相合可为“重”，“出”又与“重山”意合，而这“千里出重山”合在一起本身又是透着一定意境的短句……这分明是要绝对相配才行啊！

孔超和段涛在一旁也锁着眉头，苦苦思索着……不知不觉中，张崇斌似乎忘记了呼吸，这道题挑战了他的思维，这让他既兴奋又有点儿紧张，但大脑却异常活跃起来："二十干王土"？不好，不知何意。"日月血明盟"？好像也不行，不完全对仗。

这时，孔超突然面露喜色，唤出："三人品众口！"可是，梁子却摇了摇头。

段涛小声嘟囔道："这也太难为人了吧，下联到底是什么啊？"

看到这种情形，张崇斌心里也有些没底了，于是向梁子问道："你一定知道下联是什么吧？"

"我也不知道。"梁子竟然如此回答道。

"什么？连你都不知道，那我说出个下联，你凭什么来判断我说的下联对不对啊？！"张崇斌有些怀疑梁子是在捉弄自己。

"我虽然不知道完整的下联，但师尊交代得很清楚哦，只要你对出的下联最后两个字与师尊留下的一样，就证明你对上了。崇斌兄弟，我只知道下联的最后两个字。师尊说过，如果感到为难，就让你多体会自己的心情，别的我不能多说咧……你再好好想想吧，以你的悟性，应该可以对出的哦。"梁子也有些替张崇斌着急了。

"自己的心情？"听了梁子的话，张崇斌自问自己现在是什么心情，还用说吗，"着急"，但这却是不冷静的一种表现。"不对，老人家能留下这句话，说明是个提示，是给自己最后的机会，这需要冷静下来才有可能把握住。本来，今天过来是要和老人家道别的，这次分手不知道何时再能相见……"突然间，张崇斌似有所感，分手告别正是此行目的，那么，"分手"是否就是这个下联的最后两个字呢？

张崇斌的大脑又迅速飞转起来："分手"的"分"字可以拆为"八刀"两字，那么"分手"呢？"掰"不正是"分手"吗？灵光一现，张崇斌马上排出"八刀掰分手"的下联，默想着这个下联，再与"千里出重山"对照……

张崇斌努力控制住内心的激动，面带微笑对着梁子沉稳地说出："'八刀掰分手'，你师尊一定是留下'分手'二字！"

梁子先是睁大了眼张着嘴，沉静片刻，那张开的嘴开始慢慢向两侧拉伸，嘴角上翘起来，他连连点头开心地说道："崇斌兄弟，师尊当初真是没有看走眼，你不会让他失望的。"说完，他把身边的一个空茶杯底朝上翻转过来，只见墨迹清晰的"分手"二字赫然书在其中。

孔超和段涛连忙凑过去俯身近看……

梁子走到张崇斌身边，将手里的桃形锦包放在张崇斌手上。

张崇斌用双手捧在胸前，上下仔细地看着，然后慢慢启开，将里面的一个折叠齐整的正方形纸片取出，然后层层展开：原来是一张正方形的白纸，纸上有内容，但这内容却不是文字，而是一个奇怪的图形。

这个怪异的图形由两部分组成：一个是围成三角形的线条图形，在这个三角形里，还有一个被黑色填满的圆，此圆的外围一圈是一些呈放射样的直线。这个图形整体来看，就像是一个黑色的太阳被圈在一个三角形中。

“这图形是什么意思?！黑色的太阳……日本的‘黑太阳731’?”张崇斌的意识里首先跳出一个最为熟悉的概念，想到日本的这支丧尽天良拿活人做各种细菌试验的部队，他的内心突地紧缩了一下。“那外面圈着一个三角形又是什么意思？这个图形究竟隐含着什么特别的信息呢?”虽然张崇斌对这个图形完全没有读懂，但是他相信，如果能够破译出来，一定会对接下来的调查工作甚至会对自己今后的命运带来至关重要的启示。这一刻，他感觉自己就是一只敏感的蚂蚁，而那个智慧的老者此时就如小鸟正在空中遥望着自己，等待着自己抬起头来，去看向那更远的前方。

2. 夜话生死

离开梁子的住处，张崇斌一行人回到招待所，张崇斌让孔超和段涛早点儿休息，做好明天开赴西藏的行程准备。孔超和段涛二人离开后，张崇斌打开笔记本电脑，开始上网搜索西藏的风土人情、历史文化、宗教传统等信息，看看能否找到可以启发他破译那幅谜图的灵感，以此来确定去西藏的路线和判断此行大致所需的时间。

正在张崇斌浏览网页的时候，外面传来敲门声。打开房门，发现孔超和段涛站在外面。

“怎么不去睡觉?”张崇斌问道。

“睡不着啊，想和您说说话。”孔超和段涛竟然异口同声地说道。

“你们两个夜猫子，想和我说什么?”

“张总，我们感觉……”孔超和段涛凑到张崇斌身边，嘴里嘀咕着一句没头没尾的话。

“感觉什么?”

“感觉您本身就是个谜！”段涛笑着说道。

“哦？说来听听，我怎么给你们这种感觉？”张崇斌笑着放他们两人进了房间。

“张总，我们想到什么就说什么了，不得体的地方您别挑好不好？”孔超说道。

“呵呵，以后除了工作时间，你们就不要再喊张总张总的，叫张哥就好了。记住了，这是最新的公司制度。”张崇斌笑着说道，顺手又将笔记本电脑合上。

“真的！太好了，张哥，张哥。”两个人接连叫了起来。

“张总，啊不，张哥，你说，以你的学识和经验，明明可以做没有什么风险而且收入丰厚的律师，为什么却想着干这个虽然刺激但风险巨大的工作呢？”段涛先开口问道。

“是啊，张哥，我也想知道你为什么会做出这个选择？”孔超在一旁插问道。

“简单地说，我骨子里喜欢挑战和冒险。”张崇斌回道。

“张哥，你真是与众不同！看公司挂在墙上的那些蹦极、攀岩的照片，感觉你的爱好真广，经历真够刺激的。”段涛说道。

“嘿，张哥，反正都睡不着觉，你给我们讲讲发生在你身上的一些奇异的事呗？”孔超在一旁笑问道。

张崇斌从桌上的烟盒中抽出一支烟，点燃后慢慢地吸上一口，然后抬眼温和地看着对面的孔超和段涛。虽然平时大家朝夕相处，但像现在这样自然随意的时候不多，此刻张崇斌感觉孔超和段涛就像自己的亲兄弟般，他们追随着自己东奔西走，是自己最信任的人，也是自己的左膀右臂。想到这些，张崇斌用手势招呼他们俩靠近自己坐下来，开口道：“说起来，你们俩可能不信，小的时候我总有种感觉，感觉自己是与众不同的。怎么个与众不同呢？那个时候，我对死亡的认识虽然还很模糊，但我就是认为自己永远都不会死，认为自己一直都会被神明保佑，或者说自己就是那个神明。所以，我的胆子比同龄的玩伴大很多，甚至祁兵不敢干的事我都敢干。可以说，活到今天，我有很多大难不死的经历和考验。当然，我现在不再认为自己是不会死的了，只是，我的内心并不惧怕，有时候，我甚至期待死亡的到来。”

张崇斌的这番话让围坐在身边的孔超和段涛颇感吃惊！“张哥，为什么这么说？你有什么想不开的啊？”段涛瞪大了眼睛问道。

张崇斌笑了笑回道：“根本不是什么想不开，我敢说，我的经历，让我相信目前世上没有什么东西可以彻底打垮我的精神。但是，在我看来，死亡，其实也是一种活法。”

“啊?!”孔超和段涛咧着嘴面面相觑。张崇斌将手中的烟头摁灭，突然又将房间的灯关上了，屋内顿时一片漆黑。

“接下来，我给你们讲讲为什么我会这样看待生死问题，关灯讲呢，比较有感觉，怎么样，想听吗?”张崇斌刻意压低了声音深沉地说道。

“干什么？讲鬼故事啊?”孔超问道。

“不是什么鬼故事，我讲的是发生在我身上的一件真实的事儿。”孔超和段涛一听，顿时挺直身子屏住了呼吸……

黑暗中，传来张崇斌低沉的话语：“我的姥姥在八十多岁的时候，身体原本一直都很好，而且她老人家一生非常爱干净。有一次，她老人家因为吃完饺子后胃出血，送到医院抢救了过来，但是从此她整个人的精神面貌发生了改变，先是不会收拾自己的个人卫生，后来发展到白天晚上经常说些莫名其妙的话。有时候我去她的房间送水，她就会指着对面的墙对我说：‘小斌啊，你看这是谁家的姑娘，整天在这儿站着也不去上班。’可是，那边就是一面空墙，哪里有什么大姑娘啊。

“后来，姥姥的身体日渐衰弱，神志也越来越不清楚，但是在姥姥去世的前一天，她的精神突然出奇地好转，能够自己坐起来，而且还给我讲了不少我小时候常听的那些故事，讲的时候她很兴奋，并不断地说自己现在很舒服很舒服，其实她那时已经瘦得皮包骨头了。我当时就有种不祥的预感，猜想这也许就是老人们常说的‘回光返照’吧。

“果然，姥姥再度躺下后，就只是睁大着眼望着天棚出神，我印象很深，那迷离的眼神仿佛可以穿透屋顶。就在次日凌晨2点，她老人家离世了。

“你们都知道，按照咱们北方的习俗，老人走了，是要用门板抬出屋子放在靠近大门的外屋。给姥姥换上寿衣后，就是用卸下的门板抬到外屋去的。忙过了这一阵儿后，在凌晨4点的时候，我有些困乏了，因为别的房间都已经聚满了亲戚朋友，只有老人家的房间没有人，于是，我一个人进去了，衣服没有脱就躺到了她老人家的那张床上。

“然而，就在那个凌晨，我却做了一个奇怪的梦，一个也许预示了生与死到底是怎么回事的梦。”

“什么梦?!”黑暗中传来孔超和段涛惊奇的声音。

“梦中，是一个白天，我进了姥姥的房间，看见姥姥正盘腿坐在床上。在我准备离开房间的时候，突然想起了一件事情——姥姥不是已经离开人世了吗？可是……她怎么又回到床上了呢?! 于是，我慢慢地靠近，仔细观察着姥姥，看这时的姥姥有什么不同……当我看清姥姥眼睛的时候，顿时一惊，原地站住，再不敢靠前了……你们猜我看见了什么?!”

“看见什么了?”孔超声音有些颤抖地问道。

“我看见，姥姥的眼珠整个都是灰白的，类似白内障那样，没有黑眼球! 于是，我马上明白了，这个床上的‘人’不是活着的人。而姥姥正用这双‘无神’的眼睛盯着我看，当时的感觉真的很恐怖。就在我考虑着是否应该赶快离开的时候，脑海里竟然又冒出一个想法——‘这是个千载难逢的机会!’我可以向离开人间的亲人询问一个一直困惑着我的问题，那就是‘人死之后，到底是怎么一回事’，于是，我壮着胆子又慢慢靠近姥姥，硬着头皮问了这个问题。

“姥姥听了问题后，低下头沉思了片刻，突然抬头说出这样一句话：‘也是一种活法!’

听到这句话后，我猛然惊醒了……”

“原来，死——就是生。”黑暗里，传来孔超的声音。

此时，屋子里的电灯突然亮了，骤然亮起的灯光晃得大家有些睁不开眼睛。

“生与死，就如同这光明与黑暗，既是相对的，也是一种阴阳消长的循环。”张崇斌说道。

“哦，张哥，我明白了，你说的期待死亡，其实就是期待新生。”段涛感悟道。

张崇斌笑着说道：“对，若一个人相信生与死是种循环，他自然就会更坦然地面对死亡。不过，人活着如果仅是克服了对死亡的恐惧，没有在生与死的穿越中提升什么的话，那谈不上有什么意义。”

孔超说道：“张哥，我以前也曾对生死问题思考过，但是从小到大接受的思想教育都是‘人死如灯灭’式的湮灭归无论，所以，更多的时候我是感叹人生短暂，捉摸不透人生的意义究竟是什么，甚至感觉没有思考这个问题的必要。我以前那些做保险的同事，多数都比较现实，他们也认为人一生再怎么努力，最后都会化为尘土，什么都没有了，保险也只是为短暂的今生求得个心理平安。”

张崇斌回道：“现在，持有这种想法的人很多，这样势必会导致人们心态失衡、急功近利。孔超啊，你想，就算是人死后全部化为了尘烟，那也是作为能量的一种转化形式留下了一些东西，这本身就不是湮灭归无的概念，物理定律不是也有个‘能量守恒’吗? 此外，我最近时常在想，也许，人死后还留下和带走一些肉眼看不见的东西吧。”联想起以前看过的那些探究生死的书籍，再加上最近的这些经历，在说这番话的时候，张崇斌感觉自己的思想观念已在悄悄地发生着变化。

“生命真的若像佛教所说的那样有六道轮回的话，那确实应该找时间静下心来，想想人为什么而活，生命的意义何在。”孔超若有所思地说道。

“是啊，总不能生了死，死了又生，一直都是浑浑噩噩的。”段涛马上附和一句。

“所以说，人既然一直都会‘活’下去，那就要明确方向、有所追求。我不做律师而做这个行当，除了天性喜欢创新敢于冒险外，还跟我去英国留学有很大关系。你们知道当前人类社会存在的三大主要危机是什么吗？”张崇斌问道。

3. 三大危机

“三大危机？张哥，您是专业学过的，还是您来说说吧，我们正好跟您学习学习。”孔超回道。

张崇斌道：“三大危机：一是‘信仰缺失的危机’，二是‘环境恶化的危机’，三是‘资源匮乏的危机’。这三大危机将威胁整个人类的生存发展。”

“张哥，让你这么一说，想想还真就是这么回事儿，现在有的人信上帝，有的人信佛祖，有的人只信自己，还有的人就信钱其他什么都不信，钱比他亲爹亲妈都亲；环境也是的，联合国都嚷嚷多少年了让各国政府重视全球温室效应、控制工业排放污染，可是有什么用，美国带头就不理它那套，现在人类得的那些奇怪疾病有很多就与环境有关……”孔超深有感触地说道。

段涛也接着说道：“还有，‘9·11’事件后，美国就开始找伊拉克的毛病，抓住一个怀疑有大规模杀伤性武器，还有与恐怖分子有联系的把柄，就开始发动战争。其实，我看这些都是幌子，美国还不是冲着伊拉克的石油资源去的？人类社会发展到今天，科技发展到上可升天、下可入地，能耐越来越大了，可是人类嗜血好斗、争权夺利、称王称霸的本性好像并没有什么改变，照这样的趋势一直走下去，我看离人类灭亡的日子不远了。”

段涛的这番话一出口，不由得让张崇斌重新打量起他来，看不出来，平时这个有些气盛冲动的家伙，看问题还是有一定的深度。

看到他们俩都陷入了‘危机意识’中，张崇斌不由得来了兴致，他开口说道：

“世上那些生命力顽强的生物都具备一种本能，为了生存而趋利避害的本能。当然，人类也有这种天性，在人类的记忆里，无论是战争还是自然灾害，这些大规模灭绝人类的事件永远都是抹不去的阴影，这个阴影很可能会像基因一样遗传，所以有些人往往会莫名记起一些史书没有明确记载但后来通过考古挖掘证明历史上确实发生过的灾害或战争。”

“有这种凭借莫名其妙的记忆而被考证的史实?”孔超有些疑惑地问道。

张崇斌严肃地看着孔超，问道：“知道‘荷马史诗’吗?”

“这个知道，那史诗是古希腊的一个名叫荷马的盲诗人写的。”孔超回道。

张崇斌接着道：“这部经典史诗中的很多篇章是荷马根据古代民间传说和乐师背诵流传下来的零散篇章写成的。该史诗《伊利亚特》部分有一段叙述古希腊联军围攻小亚细亚城市特洛伊的故事，著名的‘木马屠城’典故也出于此战役。因为史诗里塑造的英雄人物不是具有神的血统，就是具有神所赋予的力量，而且这些英雄在历史发展的紧要关头往往能够决定历史前进的方向，所以这部史诗所描述的故事在很长一段时间里被人们认为是个气势磅礴诗意优美的神话传说。直到 19 世纪末，德国学者施里曼在小亚细亚西岸的希萨里克发掘出一座古城的遗址，这座古城经考证竟然就是古代的特洛伊城，它曾在公元前 2000 年到公元前 1000 年间至少被焚毁过 9 次，其中第 7 次被毁就是古希腊联军攻打该城的历史依据。这个事件说明了什么问题? 你们说说看。”

“照这么说，那老辈人口述的很多传说，包括一些神话故事，可能不完全是胡乱编造的，这些传说和故事也许就是人们潜意识中一直没有忘记的阴影，后来传来传去不断演绎，就成神话了。如果人们认真看待这些神话故事，说不定从中能够挖掘出远古的那些真实的历史。”孔超先谈了自己的观点。

张崇斌转头看向段涛，发现他正皱着眉想着什么，于是问道：“段涛，想什么呢?”

段涛抬起头来，说道：“我在想，从古到今，国内国外，战争一直不断，死人无数。我就纳闷了，你说这人明明都是希望安居乐业的，为什么却偏偏总发动战争?! 我们当兵时，看到介绍世界各国军事发展的片子，感觉人类发明的那些最尖端的科技都是首先应用在军事领域用来提高武器性能，现在的军事强国相互间虎视眈眈，这种‘和平共处’其实是相互威慑下的对峙，大家都明白现在不是冷兵器时代了，现代战争不打则已，一旦开战，那后果极有可能灭绝全人类。”

“即便如此，战争仍是不可避免的，尤其是靠相互威慑而维持的表面和平，随时都会破碎。现阶段，人类物质文明的发展速度远远超越精神文明的发展，如果二者始终不能偕同俱进，那人类就如同一个顽皮的孩童贸然闯入了一个四周墙壁挂满玩具而地上却隐匿着布满利刃的陷阱的房间。”张崇斌说道。

在孔超和段涛陷入思考的当口，张崇斌说道：“无论何时，人类的生存始终都面临着威胁，说‘危机四伏’并非言过，我的英国导师也用过‘温水煮青蛙’的例子来提醒我们时刻都应存有‘居安思危’的意识。”说到这儿，张崇斌看了下时间，又说道：“时候不早了，白天大家都挺累的，早点儿去休息吧，以后有时间再和你们谈这些问题。”

孔超和段涛两人似意犹未尽，但听张崇斌这么一说，都站了起来，段涛笑嘻嘻地说道：“张哥，今晚真有收获，以后您最好能经常给我们开这样的小灶啊。”

张崇斌笑了笑，看着他们离去的背影，心中暖意融融，虽然他们俩有着不同的个性和思想意识，但他们对“危机”都有着应有的敏感，且都具有求索人生意义的慧根，手下有这样的帮手，他感到宽慰很多。不过，刚才谈论的话题太大，不是三言两语就能说透的，单就一个战争危机的根源问题，这里面就会牵涉到生物进化的竞争与共生关系、生存环境对人性的影响、社会更迭发展的内在客观规律等等，显然，现在把精力放在这里，不合时宜。考虑到自己要做的事今晚必须做，张崇斌又打开电脑，开始搜索起想要了解的信息。

第十一章　纳粹隐秘

1. 破解纳粹神秘符号

在这个不太大的房间里，张崇斌独坐在电脑前，周围很安静，只有敲击键盘的声音不时发出，随着指头的上下翻动，西藏那独具异域风情的人文景观不断映入他的眼帘：高耸入云神秘圣洁的雪山、深邃幽长的峡谷、庄严神圣的寺庙、随风飘动的五彩经幡……卓尔不群、神秘高贵的雪域高原就是这样被偏心的大自然安置在平均海拔4000多米的地球第三极上，令人神往，夺人心魄。

此种地界如果是为旅游而去，张崇斌希望自己能够走遍这里所有的圣地仙境，在大开眼界的同时也使身心得以净化。但是，愿望与现实这回却存在着太大的距离。当前的处境，使他清醒地意识到此番远行不是去旅游观光，而是需要搞清楚崇尚神秘力量的希特勒在二战时期派人去西藏寻找“地球轴心”与纳粹德国研制的超级飞行器究竟有何关系。凭借敏感的直觉，张崇斌认为“空中怪车”事件也极有可能与这个历史谜团之间存在着某种联系，也许，左右着这一切的那只看不见的“手”就是祁兵案件背后那个诡秘的“能量”！

此时此刻，令张崇斌倍感惊奇的是，这个“能量”所展示出来的特性似乎暗示着它并不是普通的自然能量，它的表现形式和选择的对象，已体现出某种智能因素操控的特点。稍加分析就会发现，神秘能量都能与UFO扯上关联，而无论这UFO是二战时期纳粹德国制造的，还是当前某个超级军事大国研制的，甚至是所谓的外星人乘坐的飞行器，这些都可算是与“智能生命”有关；而且，这种能量又与军事事件背景密切相关，这也是种“聪明”的表现。

面对这个超级谜题，张崇斌愈发感到自己的无知和渺小，但他骨子里从不服输的天性，还有为了兄弟、为了国家利益而努力的使命感却让他又有几分兴奋激动，“不是一点儿机会都没有的！”这一刻，张崇斌想到了默默关注自己命运的智慧老人，还有老人留下的“锦囊奇图”——那里面一定藏有此行寻踪的线索！

想到这儿，张崇斌把桃形锦包打开，将里面的那纸谜图再次轻轻展开，端详着……凭直观感觉，张崇斌认为这纸谜图与物体形状或地理方位关联很大，而现在最迫切的正是确定此行的路线和目标地。于是，他将“三角形”和“黑太阳”作为关键词与“西藏”一起打在百度和Google（谷歌）上，试图让电脑自动找出与这些词汇有关联的片章摘文，可令他郁闷的是，反复搜索也找不到一篇可以包含这些关键词的文章，只是“三角形”和“香格里拉”有点儿联系，搜索的文章显示：香格里拉位于滇川藏三角地带，这个区域内有独特的康巴文化。而“黑太阳”则与大量关于日本731部队的文章有关。

虽然这个办法行不通，不过，“香格里拉位于滇川藏三角地带”这段话让张崇斌灵机一闪，他想到可以将图形分解破译，于是他先着重关注起“三角形”来。张崇斌知道这个图形从古到今在不同领域有很多不同的象征寓意，内涵很广：从大范围的区域上说，他能马上想到百慕大三角以及与百慕大区域极为相似的日本龙三角；建筑上，有埃及和玛雅金字塔；几何构造上，三角形的三边构造出了最为简洁而稳固的框架结构，“碳-14”的原子核就是个正三角形结构；宗教上，三角形代表了道教“三生万物”的说法，也是基督教三位一体的象征（圣父、圣子、圣灵），在犹太教中代表神的生命之树的最高三原质（王冠、智慧、理解），印度瑜伽和西藏密宗的“生法宫”也是三角形；在弗洛伊德的解释中，三角形是性的象征，同时也是古代许多民族生殖崇拜的标志；在相术上，人身上的痣若是有三颗呈三角形出现的话，该人的一生必定诡秘莫测，怪事多多……总之，三角形与世界范围的诸多神秘文化和神秘能量相互关联，渊源极深。

“希特勒这个人信奉神秘主义，充满神秘色彩的三角形难道不会引起他的关注吗?!”想到这里，张崇斌将“三角形”“纳粹”“希特勒”三个关键词放在一起再次搜索……

搜索的结果令张崇斌为之一振，纳粹组织不仅与“三角形”扯上了关联，而且可以看出其对“三角形”有着某种意味深长的癖好。相关资料显示：纳粹关押犹太人和罪犯的萨克森豪森集中营就是个巨大的三角形，这个集中营位于德国首都柏林附近，是二战期间德国占领区纳粹集中营的指挥总部所在地。集中营占地400公顷，整个布局呈三角形，是按照纳粹党卫军头目希姆莱的要求设计建造的，被认为是当时现代化程度最高的集中营。从1936年至1945年，这里关押过20多万包括犹太人在内的囚犯。这些囚犯的臂章主要也是由三角形组成，用于识别集中营囚犯的身份，比如政治犯是红色三角形、同性恋是粉色三角形、一般罪犯是绿色三角形，另外，劳改犯人的三角形标志下面还有个圆圈里面套着一个黑色圆，这个组合图形里的主要元素，已经有点儿接近谜图的分解内容。

此外，让张崇斌更为关注的是，作为纳粹党卫队“圣堂”的维威尔斯堡，也是一座三角形的城堡。这个城堡仍是由希姆莱设计的，修建于1934年，城堡里面到处都饰以古奥难懂的北欧鲁尼文、神秘莫测的“卐”字符，还专门设立了“圣杯堂”，用以供奉耶稣在最后的晚餐上曾经使用过的一只杯子。纳粹党徒经常在此大搞黑魔法仪式，图谋获得神秘力量相助，借以征服世界。

这一小段关于维威尔斯堡的描述之所以引起了张崇斌特别的关注，是因为它非常集中地融合了“三角形”“北欧鲁尼文”“卐”这三个神秘元素。尤其是资料里还提到三角形在北欧神话中代表着“生命”，这使张崇斌不由得回顾起以前曾了解的那些北欧神话故事。恍然间，张崇斌身心一震，头脑“唰”地亮堂起来，他似乎感悟到什么。啊！那个曾经一直令他困惑的纳粹党的标识，希特勒亲自设计并曾自豪地称之为“象征争取雅利安人胜利斗争的使命”的“卐”字符号的真正隐义原来是这样的！与此同时，张崇斌也感悟到自己手中这个谜图隐含的深意。

能够这么快感悟到这些，与张崇斌因兴趣而读了些杂书有很大关系。在他的记忆里，北欧的神话传说是与其他地区的神话传说有所区别的，一个比较典型的差异就是：其他地区的神话传说往往都是神主宰着宇宙，神的世界虽然也有战争，但最后，神明依然会与宇宙同在，在世界末日来临时还可以拯救人类；可是北欧神话里神的命运却很凄凉悲壮，众神到最后往往是伴随着世界末日而同归于尽。最早的北欧神话都是以类似诗歌的形式出现，在北欧人的眼里，最初的世界是由一热一冷两个区域组成的，所以北欧神话又被那些富有才情的文人骚客称为“冰与火之歌”。

不过，现在张崇斌可不再认为这种神话仅仅是供后人填补内心空虚或品味凄美情愫的美丽故事，因为在这些神话故事里，由24个标准字母外加一个表示“命运和报应”的“Wyrd”所构成的北欧鲁尼文字母表既是具有无穷魔力的神符咒语，同时也是用来占卜和创造未来的力量工具。他记得，“鲁尼”一词释意就是“神秘与隐蔽的”，它来自德语“Raunen”，其含义是“密谈”。不过，更能够反映鲁尼文深刻与神秘的一个生动例子，就是北欧的一个神话故事里说到，鲁尼文是通过主神奥丁（注：他是北欧众神之父，相当于希腊神话中的宙斯）的一段类似佛陀释迦牟尼于菩提树下枯坐冥想七七四十九天最后顿悟的经历而获得的。他把自己倒悬着用一支长矛钉在“世界之树”上九天九夜，并献出了自己的右眼，最终学到了九首诗歌和十八种法术，从而获得了关于鲁尼字母的知识。主神如此舍身付出，使得鲁尼文具有了强大的魔力，神秘主义者相信只要将鲁尼字母按照一定的顺序排列，并将它刻在木头、石头、金属或者其他材料上，就可以召唤出上古的魔咒，得到无穷的力量。

在北欧神话故事里，三角形代表着“生命”。确切地说，是指在用鲁尼字母组合排列进行占卜时，鲁尼字母不仅代表着过去、现在和将来，而且还用三个三角形代表当事人肉体、情感和精神的状态，上面的三角形代表精神，下面的代表肉体，中间的代表情感。

而神话中倒悬着主神奥丁的“世界之树”又称为“宇宙树”。从西方有关此树的众多画作来看，此树高大冲天，在大树顶端蹲着一只叫 Vedfolnir 的苍鹰，苍鹰炯炯有神地注视着天空地上。树下有三个粗大的根脉：第一个根脉深入神国，根下有泉，名叫“乌尔达”，诸神常聚在泉水旁边开会，此外还住着三个“诺恩”，亦即主管命运的女神；第二个根脉深入巨人之地，其根下有泉，名叫“密密尔”，是智慧与知识之泉；第三个根脉深入雾国，根下有泉，名叫“尼夫希尔姆”，还有一条毒龙，名叫“绝望”，它不停地啃噬树根，当有一天咬断这棵树时，众神的“黄昏”就会来临。在公元 8 世纪北安贝兰爱尔兰和盎格鲁-撒克逊的原始艺术中，该树的通天主干上用了 12 个“卍”字象征宇宙之轴周围通天的引力。而盎格鲁-撒克逊人就是古代日耳曼人的部落分支，他们信仰的神也正是奥丁。

再回过头来，张崇斌想起了纳粹德国在二战期间曾经制作和颁发过的数量庞大的勋章、奖章和纪念章，对比一下就会发现，这些各色各类荣誉奖章上面的图案都不是仅仅为了美观而讨巧设计的，这些图案很多都是外围用橡树叶围成环状，环中间的上端则是一只老鹰，老鹰的爪子紧紧踩抓着“卐”字党徽，较为复杂点儿的图案则多是用蛟龙或是舰艇、枪、剑等武器替代了“卐”字符号。

这些图形符号竟然都可以在北欧神话故事中找到对应的出处，这一切说明了什么？想到这些之后，张崇斌的眼前如同出现了一扇窗，这扇“窗”一直延伸到希特勒隐秘的内心世界，原来这才是他真正痴迷信仰和崇尚武力的力量之源！

通过“三角形”先找准了这样一个特殊人物的深层思想根源，那么，如果再找出“黑太阳”与纳粹的关联，这个“三角形”和“黑太阳”组合的谜图岂不是就破解了吗？但是，“黑太阳”这个更应该与日本731部队有关联的象征标记会与纳粹扯上关系吗？当“三角形”背后的隐秘被牵扯出来的同时，“黑太阳”图形直指纳粹的感觉在张崇斌心中愈发强烈起来。

果然，进一步查找到的相关资讯既让张崇斌兴奋又令他震惊，资料显示：“黑太阳”与二战时期的纳粹德国有着极为隐秘的关系。原来在希特勒执政期间，纳粹竟然有个代号为“黑太阳”的神秘计划，在这个计划中，纳粹党卫军E-IV局被分派的任务是研究可选择的能量，用来弥补和替代德国在战争期间缺乏的石油等燃料产品。然而，该部门最后研究出来的能量和技术却用在了代号为“RFZ”的飞碟计划中。“RFZ”系列飞碟的主设计师是德国慕尼黑综合技术大学的舒曼（W. O. Schumann）教授。在1939年，“RFZ”飞碟的动力系统研制工作出现了革命性的突破，纳粹在世界上首次实现了用电磁引力驱动系统为飞碟提供动力，通过产生强大的电磁场作用力，摆脱地心引力的影响使飞碟升空飞行。

看到这里，张崇斌马上联想到“哈奇森效应”，如果是这样的话，他会比较容易理解。可是，随着搜索的深入，有些资料竟然提示这个巨大飞碟最初所使用的发动机是利用了一种与“Thule and Vril Gesellschafts”（外星超前科技）相关的技术，而这个技术被称为是一种“外星超前科技”，这让张崇斌大为吃惊。网上的这些资料，让他顿生疑窦……

诚然，二战期间，纳粹德国在许多方面领先于世界其他强国，扮演着先行者的角色，尤其是在军事科技领域，借用当时一位盟军高级将领的话就是：“对纳粹德国科研机构的占领，揭示出这样一个事实，我们在许多研究领域已经远远落后于他们……”基于这个事实，战后美、苏两个超级大国在许多高科技领域都积极地向德国学习。即使是在原子弹的研制领域，美国的领先在很大程度上也是由于许多德国核物理学家逃亡或被“掠夺”到美国。如果不是盟军对德国在北欧的重水生产厂及时实施了破坏，德国将会是世界上第一个让人类领教核武器骇人威力的国家。在那个时代，世界物理学的中心是在德国，尤以德国哥廷根大学为代表。

可是，在那个时代，纳粹德国的科技再怎么强大不也没有实现仅仅二十几年后美国的登月壮举吗？如果纳粹德国研制出各种飞碟是因为他们意外发现并掌握了类似“哈奇森效应”一类的技术，这倒没有什么不能接受的；而“外星超前科技”这个字眼却让张崇斌受了刺激，“什么意思?！难道说希特勒人缘好得连代表宇宙高层次文明的外星人都愿意帮助他？真若如此，他最后至于落得个一败涂地、焚尸难辨的下场吗?！”所以，对于“外星超前科技”这一说法，张崇斌还是难以接受。

不过，虽然这些资料真伪难辨，但张崇斌却大致明白了“黑太阳”标识所隐含的特定意义。如果纳粹德国在二战期间真的研制出飞碟的话，那么“黑太阳”一定是与纳粹飞碟技术相关的一种“特殊能量”的代号，而且这个“特殊能量”就是被称为所谓的“外星超前科技”的一种表现形式！

现在，“三角形”和“黑太阳”都与纳粹组织最诡秘的活动联系起来了，再结合当晚从梁子那里取得锦包时他所领悟到的那些暗示，张崇斌感觉已经破解了隐世老人留下的这个谜图。如果猜得没错的话，这个谜图的意思就是：此番远赴西藏，应深度认识纳粹组织和这个组织背后的力量，以此为突破口，若能找到纳粹在西藏考察与纳粹所欲获得的神秘能量之间的关联，则有助于完成此行的祈愿和使命。

2. 拥有神秘技术的秘密社团

有了这个指示方向，张崇斌感到一阵欣慰，他长出一口气。如此看来，湮没于历史暗河中的世间隐秘，只要细心分析查找，就一定可以发现线索，甚至解密。

想到这些，张崇斌又盯住了“Thule and Vril Gesellschafts”这个英文词组。“‘Thule’和‘Vril’是什么意思呢？也许是专有名词吧?”虽然张崇斌在英国留过学，还读了个学位，但让他汗颜的是，就这么个由四个单词构成的英文词组里，他竟然有一半单词不认识。

一般来说，简短却陌生的单词往往都是外国留学生平时阅读不到的较为刁钻的专业词汇，或是母语就是英语的人才能看懂的特别句式的首字母缩写组合。不过，凭着对剩下一半单词的理解，张崇斌猜测这个英文词组表示的意思应该是某个名为“Thule 和 Vril”的社团组织。

“难道这个与北欧有关的神秘组织真的曾给纳粹德国提供了某种特殊能源和超前的技术?！”

张崇斌能做出这番揣测是因为“Thule”这个单词的字母构成突然让他想起了另一个与之接近的单词“Thulium”。学过英语的人都知道，英文单词通过字头或字根的微小变化往往可以派生出很多文意关联的新单词。所以，基于“Thulium”这个单词就是化学元素“铥”，而且根据这个研究领域的传统——发现者具有命名权且按照化学元素命名法在词尾加上“ium”后缀，张崇斌认为“Thulium”在去掉“ium”后缀后，还原的单词极有可能就是这个“Thule”。此外，在他的记忆里，“铥”这个稀土系列的元素是北欧瑞典化学家克莱夫教授最先发现的，这老头在命名他所发现的新元素时有个爱用北欧地名来命名的喜好。所以，在张崇斌看来，这个名为“Thule 和 Vril”的神秘社团组织与纳粹组织能扯到一起，那么它所提供的技术和能量就可能与北欧之地的矿藏中可提炼出的某些化学元素有关，问题是纳粹德国在军事科技方面表现出来的“异峰突起”真的会与这个“铥”元素有直接关联吗？想到这里，张崇斌迅速地在网上搜索起铥元素的性质和用途，很快，网上查询的资料显示：

Tm（铥）元素是 1879 年瑞典的克莱夫发现的，并以 Scandinavia（斯堪的纳维亚）的旧名“Thule”命名为“Thulium”（铥）。而“Thule”这个地方是北欧地区传说中人类居住的最北的一个神秘地方（也被称为“极北之地”），克莱夫用这个地名来命名铥元素，意思是指分离铥的困难不亚于到达遥远而神秘的“Thule”。

看到这里，张崇斌多少有些失望，虽然“Thulium”还原的单词正是“Thule”，可是这个“Thule”却仅是北欧神话中的一个地名。接下来，张崇斌又查看了铥元素的主要用途，目前这个元素主要应用在以下几个方面：第一，铥用作医用轻便 X 光机射线源，铥在核反应堆内辐照后产生一种能发射 X 射线的同位素，可使白血细胞下降，减少器官的早期排异反应。第二，铥元素还可以应用于临床诊断和治疗肿瘤，因为它对肿瘤组织具有较高的亲和性。第三，Tm^{3+}加入玻璃中可制成稀土玻璃激光材料，这是目前输出脉冲量最大、输出功率最高的固体激光材料。Tm^{3+}也可做稀土上转换激光材料的激活离子……

了解到铥元素能与“X 光机射线源”和“固体激光材料”联系上，张崇斌感觉这个元素还算有价值，联想到传说中的 UFO 能以特殊的“光”作为攻击武器，那它是否就是利用铥元素发挥作用呢？即便如此，可这与自己的调查工作又有多大关系？

也许有些累了，张崇斌感觉自己的头脑有些发木，关于铥元素的相关信息竟然让他一点儿也兴奋不起来，可他还不想马上就寝，看了下时间：午夜11点40分。

"打起精神，再搜索看看。"张崇斌给自己下了命令。

想着刚才看到的"Thule"是北欧的一个极北之地，而希特勒又是如此推崇北欧神话里的神秘能量，说不定这个"Thule"里就有自己要寻找的神秘能量的重要线索。于是，张崇斌又将"极北之地"和"纳粹"两个词组放在一起搜索。让他没有想到的是，这一次的搜索竟然让他后背发凉、睡意全无。也许，这些资讯在别人看起来是荒诞甚至可笑的，但张崇斌却感觉自己意外地窥探到了纳粹更深更为隐秘的黑色秘密！

原来，"Thule and Vril"是两个与纳粹组织有着极为隐秘关联的神秘社团组织。"Thule"，全称为"Thule Society"，可翻译为"遒力会"，成立于1917年，该会的原名是"日耳曼古典研究会"，由塞波腾道夫创建。这是一个鲜为人知的德国宗教社团，它的会标也有一个"卍"符号。

"Vril"则是"Vril Society"（沃瑞尔协会）的缩写，成立于1919年，该协会的标志就是黑色的太阳。"Vril"这个单词是"VRI-IL"的缩写，意思竟是"Like God"（像神一样）。

这两个社团关系很紧密，它们对纳粹组织的影响是极其深刻的。不过，真正让张崇斌感到浑身发冷的可不是因为它们与不讲人道的纳粹主义扯上了关系，而是他们所掌握的神秘"魔法"令张崇斌如同陷入一个没有尽头的黑暗地穴……

进一步搜索的资料显示：

第三帝国的绝密飞碟战机研制计划自纳粹党成立日（1920年9月30日）就已开始。13年之后，即1933年的1月30日，阿道夫·希特勒执掌第三帝国的政权。为了更好地执行这一绝密飞碟计划，纳粹党广泛收罗飞碟计划所需要的科技人员，还通过遒力会与沃瑞尔协会去寻找和开发某种古老而神秘的技术和能量，希特勒希望凭借这张底牌来彻底扭转德国在第一次世界大战中惨败的命运。

这两个神秘组织看来确实有点儿料，希特勒似乎是通过类似商业交易的方式从它们那里获得了研制飞碟的技术，从而使纳粹德国在短短二十年内竟能以令人瞠目结舌的速度重新崛起。截至1945年前后，纳粹德国先后研制出了"RFZ"系列飞碟的1至7型，其中"RFZ-5"型样机在1939年被重新命名为"Haunebu"，"RFZ-7"型样机于1941年被重新命名为"Vril-1Jager"（Hunter），该系列飞碟最后研制到Vril-9型。其间，BMW（宝马）飞机公司也参与了飞碟形样机研制工作；而梅塞施米特公司的飞机工厂成功研制出用于飞碟的静电场粒子武器（注：近似微波武器），这种武器主要靠破坏盟军轰炸机的发动机及雷达等电子设备从而摧毁盟军飞机，盟军的士兵和飞行员给这种飞碟取了一个绰号叫“FooFighter”，意思是白天和黑夜都能喷火的圆盘武器。英国、美国、苏联的情报机构称这些飞碟为“mystery V-7 weapon”（神秘的 V-7 武器）。

纳粹飞碟计划的结束看起来似乎和它的开始一样充满神秘色彩。有关这些飞碟的资料，据说曾被纳粹党记载在一本《圣经》的某些章节中，而且这些型号的碟型机也没有被破坏，而是在盟军轰炸和占领德国阵地之前，于 1945 年 3 月，被党卫军秘密转移到安全地区了。

看过这些资料，张崇斌做出这样一个推断：纳粹组织不是简单盲目地膜拜和迷信远古神秘力量，在 20 世纪的早期，他们的确暗中搞了很多隐秘活动，也许他们真的从中获得了超越时代的技术和能量。如果这个推断成立的话，那么遒力会与沃瑞尔协会这两个社团就很值得关注，它们究竟具备什么样的神秘科技或者能量能够帮助纳粹德国迅速走向强大继而很快覆灭?!

带着这个巨大疑问，张崇斌继续深度搜索关于这两个社团的资讯，结果却发现网络上所能提供的信息几乎都是同样的简单介绍，更深入的内容根本找不到。

到了这个时候，张崇斌已像个正在跑道上进行百米冲刺的选手，看着马上就要撞线了，却突然被绊倒在地，动作的惯性再加上心有不甘的难耐使他无法停歇下来，看了下表，已是午夜 12 点多。

“英国与中国的时差是 8 小时，那么英国现在的时间是下午 4 点多。”在张崇斌无助的时候，他又想到了导师尼科·彼茨，作为欧洲本土人，又是危机管理方面的资深专家，尼科一定了解这两个社团更多的背景。

于是，张崇斌拿起手机拨了导师的电话号码……

3. 导师的电话

“Hello……”电话那边传来了熟悉的英国口音。

张崇斌有些激动，连忙回道：“嗨！我是杰森。尼科，您一切好吗?”

“哦，杰森！我很好，谢谢，怎么样，你的调查还顺利吗?”尼科问道。

“有些进展，我马上就要去世界最高的地方——西藏。不过，走之前我还有些问题，想得到您的帮助。”

“哦，这真令人惊奇！杰森，你有什么问题？我能为你做什么？”

“我查资料了解到，二战时期，希特勒曾派人去西藏考察，而我的调查与他们当时的考察有些关系，这是我要去西藏的一个理由。我想询问您的问题是：纳粹去西藏到底考察什么？纳粹德国是否曾研制过飞碟武器？”

尼科那边沉静了一会儿，然后回道：“纳粹组织确实去过西藏考察，这个考察组织里有个叫海因里希·哈勒的纳粹分子，是这个考察小组的头目，他曾在印度被英军逮捕，后来逃出了战俘营在西藏待了七年，其间还曾做过达赖喇嘛的私人教师，回到欧洲后他躲在瑞士撰写了一部回忆录——《在西藏的七年》。在那本书中，他写了大量在西藏的所见所闻，把自己描述成一个似乎最了解西藏的欧洲权威人士。不过，关于纳粹组织考察西藏的一些纪实资料，二战后被德国、美国还有我们英国按照秘密档案封存起来了。根据相关规定，这些秘密档案有可能在 2044 年后解密，当然，也有可能永远尘封在历史中。

“关于你说的纳粹德国曾研制飞碟武器这个事件，欧洲这边的二战历史学者曾专门研究过，他们认为纳粹确实研制过飞碟——很多人认为那就是 UFO。”听了尼科的这番解答，张崇斌感觉这似乎验证了自己的推断，于是马上又说道：“非常感谢您的解答！那么，请问您是否还了解当时与纳粹组织有关系的两个神秘社团的情况？据我目前所知，这两个社团分别是遒力会和沃瑞尔协会，您能为我提供关于它们的更多信息吗？”

“什么？”尼科先是一惊，紧接着用了一种张崇斌从未听过的惊骇语气说道，“哦，我的上帝！杰森，听我说，我不需要了解你为什么要问这个问题，但无论什么原因，我希望你的调查不要去碰它们！”

尼科的这种反常反应，让张崇斌的心头不由得一沉：“这两个神秘社团究竟是何方神圣，竟使得导师如此‘失态’，搞得还摸不得看不得了?!”

“为什么？尼科，请您给我个解释好吗？”张崇斌忍不住问道。

“杰森，听我的，你不要问为什么，记得我曾对你们说过的话吗？‘有些危机的存在，是因为知道得太多！’”尼科严肃地回道。

“可是，您知道吗，我现在的调查已经不完全是为了解决我个人的问题，我的祖国的安全可能也受到了来自被调查对象的威胁，您不是也曾对我们说过‘国家的安危是最有挑战性的危机课题，当祖国需要我们的时候，作为危机管理专业的学员要敢于面对，迎接考验，我们的荣誉与祖国的荣誉同在’！”

电话那端沉默着……

“杰森，”尼科再次开口时，语气低沉了很多，“我想我能理解你现在的感受。遗憾的是，我可能无法帮助你……作为你的导师，我希望你在调查的时候，时刻保持危机意识，发挥你东方人独特的思维优势……这个世界，有些东西真的不是我们凡人能够理解和控制的。”

“导师，您说的我都会记住。不过，您说‘这个世界，有些东西真的不是我们凡人能够理解和控制的’的观点，以前您可没有教授给我们啊，我现在有些迷惑。”说这话的时候，张崇斌的内心有些痛苦和失落。

“杰森，你认为希特勒死了吗？”尼科突然向张崇斌问了这样一个“明知故问”的问题。

“希特勒？当然死了！”张崇斌几乎不假思索地脱口而出。

“为什么这么肯定？”尼科问道。

“如果我没有记错的话，希特勒和他的新婚妻子爱娃是于1945年4月30日下午3时在柏林的地下办公室自杀的，死后尸体还被手下奉命焚烧灭迹。”

“杰森，你说的这些都是公开报道的史料，可是，你知道希特勒有四个替身吗？”尼科接着问道。

“四个替身？您的意思是说，死的那个‘希特勒’是个替身?!”张崇斌深感震惊。

“我可以告诉你，在希特勒是否已确定死亡这个重大历史事件上，欧洲方面的研究结论一直是存疑的。”尼科说道。

张崇斌听到这儿，一时失神无语了……

“杰森，杰森，喂……”尼科不停地呼唤着。

醒过神来，张崇斌开口道：“尼科，我是您的学生，也是‘欧洲危机管理研究协会’中国区会员。作为一名中国公民，我知道自己的责任与义务，无论这次调查工作的风险系数有多高，我都将继续做下去，我相信，我不会令您失望的！”

“杰森，我亲爱的朋友，你是我教授过的最为优秀的学生，我相信你！”尼科感慨地回道。

“谢谢您，尼科。我还有个问题请教，您认为希特勒当时如果没有死的话，他会躲在什么地方？”

“这个历史秘密，可能世界上活着的人都不知道了。不过，现在纠缠这个秘密意义不是很大，即便希特勒当时活着，现在也应该不在这个世界上了。杰森，如果你的调查范围涉及纳粹组织在西藏的活动，那你就要多了解希特勒对这个世界的理解和他对西藏情有独钟的思想根源。”

“据我所知，纳粹组织去西藏是要找个叫‘沙姆巴拉’的洞穴，据说那里有能够控制整个世界的‘地球轴心’，借此可以打造一个‘不死军团’，从而改正最初犯下的错误，扭转整个战争的被动局面。”张崇斌根据以前听说过的传闻回道。其实，这些传闻张崇斌以前根本就没当回事，因为感觉实在荒唐，不过，现在看来事情远非想象的那般简单，这潭黑水，很深！

“杰森，英国这边的研究认为，希特勒有个优点但也是个缺点——他的想象力过于丰富，所以有人认为他做个艺术家也许会成为大师。可惜啊。也许，上帝偶尔喜欢黑色幽默。当然，他的思想与他喜欢看书，看了很多的书有直接的关系。你知道吗，在1923年，希特勒因为‘慕尼黑事件’被捕，他在狱中看了本英国作家李顿写的《未来种族》一书，这本书让他感受到聪明优秀的犹太人对雅利安人种的威胁。他的手下希姆莱推介的由恩斯特·赫尔比格所著的《冰盖理论》又让他相信曾有个外星神族在远古时代来到地球并创造了先进的文明，古希腊和古埃及的文明皆得益于此，而且雅利安人就是这些神族的后裔。于是，希特勒对雅利安人种的推崇和对其他人种的仇恨在他自撰的《我的奋斗》中得以充分体现。在书中，他写过这么一段话：‘今天在我们面前展示的人类文化、艺术以及科技成果，无一不是雅利安人创造的，血统混杂和由此产生的种族水平的降低，是古老文化衰亡的唯一原因。’事实上，我们知道雅利安人是印欧诸民族的总称，现分布于欧、亚、非各大洲，范围很广。而希特勒选择去西藏寻根，以及寻找神秘的能量，他对西藏如此垂青痴迷，很可能与我们英国作家詹姆斯·希尔顿写的《消失的地平线》一书有关。”

尼科幽默且不失严谨地说着这番话，这让张崇斌感觉到同属欧洲的英国人对希特勒显然有着更为深刻的理解和认识。的确，如果将希特勒仅仅看作一个嗜血如命的战争狂，显然是太过简单了。只是，那些曾饱受其摧残蹂躏的胜利者，谁又能做到不夹带任何主观情绪和政治因素来心平气和地评价希特勒呢？可是，若要揭示希特勒疯狂举动背后更为隐秘复杂的思想动机，需要的却是不戴任何有色眼镜的冷静客观。所以，尼科提到的《消失的地平线》一书让张崇斌眼前一亮，于是连忙问道："《消失的地平线》，这本书究竟写了些什么？"

"杰森，我这边可以提供此书的电子文本，我会安排我的助手彼得尽快给你传过去，希望能对你有所帮助。我要提醒你的是，这是本科幻小说，你需要以那个时代人们的心态去看去理解。"尼科意味深长地说道。

这时，张崇斌的手机电池电量将要耗尽的提示频繁传来，于是，张崇斌向尼科匆匆道别，尼科也送上了他的诚挚祝愿。

4. 紧急出行

6 月 13 日清晨。

"咚咚，咚咚……"一阵敲门声将张崇斌从迷梦中吵醒，看了下表，8 点 20 分。他下地打开房门，一个打扫卫生的年轻女服务员站在门外。

"怎么这么早就开始收拾卫生了？"张崇斌问道。

"还早啊，都 8 点多了，你隔壁的同事早已起来锻炼去了。"服务员理直气壮地回道。

"哦，我昨夜睡得太晚了。"张崇斌随口说道。

"干吗睡那么晚？这个地方是郊区，也没什么好玩的。"女服务员一边用吸尘器吸着地毯一边问道。

听了服务员这么一问，张崇斌突然有了警觉，因为听对方口音不像是本地人，而且在张崇斌的印象中，之前从没有在招待所见过这个女服务员，她怎么就知道隔壁住的人就是自己的同事，而且还这么多话？"不会是被贵阳的公安盯上了吧？"张崇斌不由得一惊，暗自打量了一下眼前这个气质明显不同于普通服务员的女子。

在这个女服务员转头看过来时，张崇斌开口问道："那你在这儿做服务员不也够无聊的。对了，我还真想找个地方好好玩玩，你知道贵阳这边有什么地方可去吗？"

"呵呵，"服务员笑了一下，说道，"好玩的地方啊，那可多了，黄果树瀑布、地下龙宫，还有那个外星人到过的林场……"

"还有什么？外星人！"张崇斌连忙打断对方，故作吃惊地问道。

"对呀，都溪林场那个'空中怪车'你没听说过吗？"女服务员也有些吃惊地抬头看着张崇斌。

“那我可要去看看，我这人就喜欢稀奇古怪的事了，那个林场离这儿远吗?”

“不算太远，坐车半小时就能到。”

“那太好了！哎，你叫什么名字?”张崇斌笑着问道。

“干吗要问我的名字?”女服务员扭头白了张崇斌一眼。

“问下名字怎么了？我看你这人挺好也挺善谈的，我挺欣赏你的。你要是不想告诉我，那就当我没问过。”张崇斌回道。

“嗯……我姓孙，你呢?”女服务员想了一下，反应很快地回问道。

“这就对了，我啊，姓张。”张崇斌笑眯眯地看着她回道，在她又抬起头看过来的时候，张崇斌接着问道，“小孙啊，你在这儿干一个月能挣多少钱?”

“我们可不能跟你们比，不多。”小孙嘴一撇回道。

“不多是多少啊?”

“不告诉你。让开点儿。”小孙似乎没耐心回答这些无聊问题，开始将吸尘器的吸嘴伸向张崇斌的脚下。

“小孙，既然在这儿挣钱不多，我看你人年轻，长得也挺漂亮，干脆别在这儿混了。你看这样好不好，一会儿我们去看外星人，你给我当导游如何，钱嘛，不是问题。”张崇斌不仅没有挪动地方，反而还靠近小孙，用一种地痞流氓式的口吻说道。

“你，你这么说是什么意思?!”小孙顿时脸涨得通红，身子闪躲着拧眉瞪眼地责问道。此时，孔超和段涛出现在张崇斌房间门口，有些不解地看着屋里这俩人。

“什么意思？这都不明白啊！那活该你受穷，你赶快离开，我要洗澡了。”

张崇斌没好气地回道。

小孙听后，一句话不说，气哼哼地拿着吸尘器噔噔地向房间门口走去……

孔超和段涛连忙闪开让小孙出去，然后孔超走进房间，段涛手里拎着行李包原地站着。孔超来到张崇斌身边小声问道：“张总，刚才怎么回事啊?”

“你们早晨去哪里了?”张崇斌反问道。

“我们起来得早，看见服务员要收拾卫生就出去锻炼了。”孔超回道。

“出去的时候，调查工具放在哪里?”张崇斌又问道。

“哦，出去的时候我和段涛将调查工具也拿出去了，我担心服务员不小心给碰坏了。”

“那就好，我们赶快离开这里，但不要办理退房手续，以出去游玩的样子离开招待所。刚才的这个服务员……她有问题。”张崇斌小声说道。

“张总，明白了!”孔超和段涛精神一振，点头应道。随即，他们俩按照张崇斌的指示先行离开了招待所，二人来到昨晚吃饭的饭店里等着张崇斌。

张崇斌在房间里迅速收拾好个人物品，临走的时候，他从记事本上扯下一张白纸，照着智慧老人留下的那幅“三角形围圈黑太阳”的图样在纸上画了幅完全一样的图形。画好之后，他将这张纸压在桌子上的一个茶杯下面，然后，转身走出房间。

当张崇斌赶到饭店时，孔超和段涛已经把早点买好。看见周围没有闲杂人，三个人就边吃边小声嘀咕着去西藏的路线。张崇斌告诉他们二人，具体的路线将会在他收到导师尼科的邮件后再进一步明确，不过朝着西藏的方向，这第一步是应该先走出去了，尤其是眼下这种情形。考虑到调查设备不便携带上飞机，张崇斌提出走旱路去西藏。

孔超根据事先查询好的交通信息，建议先乘时间灵活机动的长途大巴去成都，待到了成都后再换车进藏。他的提议正合张崇斌之意，于是三人饭后就直奔长途客运站。

到了车站，买好车票，张崇斌溜达到一个报亭，看见摊位上有全国地图集和西藏旅游常识介绍手册，就买了三份，打算利用坐车的时间，让每个人都把西藏多熟悉熟悉。

车子准时启动，从贵阳至成都，近 10 个小时的路程。张崇斌坐稳后就把笔记本电脑打开，启动无线上网程序，查收 E-mail（电子邮件）。令他失落的是，没有见到来自英伦的任何信函。于是，他关上电脑，转头向窗外望去：此时车子出了市区正跑在一条崎岖的路上，道路一侧的树木唰唰地从他眼前掠过，刺眼的阳光穿透树叶不断地在眼前眨闪着，随着汽车的摇晃颠簸，张崇斌的思绪也随之荡漾飞旋……

“哈哈哈……”张崇斌和祁兵咧着肿胀麻木的嘴一起开怀大笑着，他们的脚下躺着四个比他们高一年级平时喜欢欺负弱小学生的坏男孩……

“崇斌，你没有事的，坚持住啊，马上就到医院了!”看着张崇斌胳膊上正不断出血的伤口，祁兵噙着泪水一边用手按住伤口一边不停地安慰着……

阴雨霏霏的夜里，祁兵黯淡凄迷的神情、颤抖着的嘴角和孤独离去的背影……

“唉，祁兵，我的好兄弟啊，为什么一直没有你的消息？你在哪里？你现在到底在哪里?!”张崇斌在心里不断呼唤着。

第十二章　国安局在行动

1. 无底天坑

距离安顺市区二十多公里的一脉山岭，平日难觅人迹，但这两天里，在山岭南侧地势下行的一片密林中却突然出现一队全副武装的军人，这些军人各个神情冷峻威严，他们彼此保持着一定的间距，将南侧山坡所有的上下山通道严密封锁。

这道人墙后面的地带，弥漫着阵阵与这个时节不相符合的阴冷寒气，四周葱郁的草丛表面蒙上了一层白霜，在这个被严密封锁的地带中心区域，一些来自省地震局、省地质调查院、省地质环境监测总站的工作人员围在一个崩陷的地洞周围，正在做着各种勘察检测工作。原来这里出现了一个从地表上看直径约有25米的地坑，顺着坑口往下看，就会发现这个地坑竟是个令人头晕目眩深不见底的巨大黝黑地洞，一阵阵寒气正不断地从地洞深处冒出来。考察记录显示：6月8日凌晨5点23分，这里突然发生地陷现象，形成“天坑”。

在“天坑”附近搭建的简易工作棚内，来自省地质调查院的一位专家在观看了监测仪器显示的数据后，转身对站在旁边的几位部队领导和政府官员解释道：“这个‘天坑’的出现，目前看来与地下水位降低有很大关系。一般说来，‘天坑’的形成要具备三个必要条件：碳酸盐岩、地下河和地壳震荡作用。具体的形成过程是：在层理结构发育的碳酸盐岩层下，地下河在不断地流淌，碳酸盐岩因遇水不断被溶蚀，形成越来越大的地下溶洞，而后，地壳突然发生剧烈震荡，岩层发生垮塌。垮塌后的物质被水流逐渐带走，而余下的岩层因剧烈震荡形成许多纵向裂隙，在水蚀的作用下再次发生垮塌。如此几次垮塌后，地下溶洞就会露出地面，形成‘天坑’。正常情况下，‘天坑’的形成是个漫长的地质变迁过程，但是如果地下水位下降，则会导致地下溶洞失去平衡支撑，进而影响该地段岩层的稳定，从而加速‘天坑’的形成。今年，贵州全省的气候有些异常，降水量明显比往年小，再加上人为开采利用地下水，导致这一带地下水水位大面积下降。”这时，一旁的省地质环境监测总站的一位专家补充说道：“地下水位降低这个现象，不仅仅是在贵州地区出现。根据其他省份的监测情况看，目前成都、德阳、拉萨等地的浅层地下水水位也有大面积的下降，而且，有的地区的水质呈恶化态势，安顺的地下水质已出现这个问题。”

听完这两位专家的汇报，政府主管地震工作的一位领导向省地震局的专家询问道：“地下水位下降的影响，是否还会造成大范围的‘天坑’现象，甚至引发破坏性的高震级地震？”

省地震局的专家面带忧郁，有些迟疑地回答道：“根据现在观测的情况来看，我们认为，地下水位下降可能并不是这个‘天坑’形成的主因，因为地下水位下降，在全国很多地区都存在，但这些地区并没有相应地出现‘天坑’。即便‘天坑’再出现，正常情况下，也不会引发震级较大的地震。可是，这个‘天坑’……”说到这里，专家停顿下来，但他那欲言又止讳莫如深的表情却让周围的人惊觉诧异。

“请继续说下去。”来自军方的一位领导开口说道，语气里透着军人特有的威严。

“是这样的，我们的监测系统这两天观测到一个异常的现象：这个‘天坑’的深度极深，用石块向坑里投掷，接受不到石块落地的声呐回应，但是在我们采取‘大地电磁测深技术’（注：该技术的原理是利用自然界本来就存在的电磁场传播不同频率的信号可以穿透不同深度的地层的特性，地面上可以观测到这个信号，再根据导电性的不同，从而判断地下物质构成及其所在深度）进行探测时，意外地发现，这一带的地下地质结构很不寻常，地下几十公里处的岩石土层电阻率极低，低值竟至几欧姆。正常情况下，岩石的电阻率是上万欧姆，这就意味着这个地方的地下深处有个规模庞大的‘导电体’，而这个‘导电体’是从西向东绵延而来的。”

“什么情况下可以造成这种地质结构？说它是从西往东延伸过来的，贵州这边方位是东，那它的西部源头在何处？”部队领导紧接着又问道。

“通常情况下，电阻率低的物质多为金属。一开始，我们认为这个地带地层深处含有大量金属矿，但是，通过多点勘探，我们发现在地下这么深的地方是不可能有这么大规模的金属矿的；如果说是因为处在这个深度的岩石因为构造的原因，含有大量碳质的东西，由于石墨化的缘故，故电阻率很低，可是，在我们对石墨层在贵州地区的分布进行分析论证后，这个因素也被排除掉了。我们感觉，这个‘导电体’像是一种‘流变物质’，它的绵延长度惊人，很有可能贯穿云贵高原和青藏高原的整个地下。我国曾在 1995 年与美国、加拿大合作探测西藏的地质结构，根据我们掌握到的项目进展情况，这个科研工作组在西藏高原地下也发现了类似的地质异常现象。所以，如果推测它的源头，我们认为很可能是来自西藏高原地下深处。”

2. 国安局的任务

国家安全局 C 处。

隋处长办公桌上放着一张白纸，纸上有个无任何文字说明的“三角形圈围黑太阳”图形。这张白纸的旁边，堆放着几份文件，最上面的文件抬头写着：关于“克利斯危机管理公司”和“张崇斌”的调查报告。

隋处长向递交了这些文件的董科长问道：“这个公司和张崇斌有什么问题吗？”

站在隋处长对面的一位其貌不扬但浑身却透着股精明强干劲的年轻男子回道：“经调查，克利斯公司是在 N 市成立不到一年的新公司，公司登记设立是经地方工商局和税务局核准的，注册备案手续齐全有效。公司负责人——张崇斌，此人的背景有点儿复杂，从目前掌握的情况看，此人今年 30 岁，辽宁人，受过良好的高等教育……”

隋处长插话道：“这些报告里都有，不用详细汇报。我想知道，张崇斌这次又带人去贵阳地区活动，还有那张纸上画的图，你是怎么看的？”

董科长回道：“张崇斌去贵阳总共两次，分别是在 6 月 4 日和 11 日从 N 市坐飞机于傍晚抵达。他第一次去贵阳，应该是与祁兵的案子有直接的关系。张崇斌和祁兵，两人自小就认识，友情基础很深，祁兵出事后，张曾与贵阳的公安取得联系，他的目的也比较清楚，是想帮助祁兵脱罪。

“不过，祁兵在张崇斌过来后能够迅速脱逃，这一点很是蹊跷。在祁兵逃脱事件的一些细节上，我们注意到这么几个疑点：一是祁兵跑掉之前，曾利用医院的座机打过一个手机电话，号码虽然不是张崇斌平时用的，但是当晚张崇斌的手机却关机。而且，张崇斌在祁兵逃走的当晚也没有在旅馆住宿。此外，祁兵弃的车子和张崇斌租后被盗的车子都在都溪林场被发现，两车的距离也不是很远。还有，祁兵在看守所时，对他的代理律师表达过要见张的强烈愿望。所以，我认为，张崇斌在祁兵逃脱事件中，不仅事先知情，而且很可能暗自协助。当然，这个推测是否符合事实并不是我们关注的要点。因为，祁兵这起案件发生的区域处于敏感地带。所以，我在想，既然张崇斌已经知道甚至还帮助祁兵逃脱，那他为什么这么急于二次再去贵州？就算他做过律师，对证据的及时收集比较敏感，但是这次去贵州的活动怎么看也不像是与祁兵案件有多大关联。他这回接触的人都是与祁兵案件不相关的人，业务委托方黄主任、他委托代理办案的律师，还有当地公安他都没有去联系，这不是很反常吗？”

隋处长听到这里，微微点了点头……

董科长接着又说道：“处长，其实，真正让我觉得张崇斌有问题的恰恰是在他的房间里发现的这纸图形。”

“哦？这个图形有什么特别之处？”说着，隋处长将桌面上的那张纸拿到了眼前。

“处长，这个图形我曾发给北大语言与符号学专家——秦教授看过，秦教授反馈的意见是这个符号绝非随手涂抹，里面隐含的意思很深也很丰富，他目前还无法在短时间内完全破译。不过，秦教授提出的一些观点非常值得关注。”董科长说到这里，走上前去伸出手指向图形，接着道，“这个图形里的‘黑太阳’很独特，秦教授说以‘太阳’为图腾是远古时期世界各地较为普遍的一种文化现象。而以‘黑太阳’作为一种崇拜的对象，这在古老的中东巴比伦和亚述帝国都曾出现过，现在中东地区很多庙宇神殿仍可以看到这种图形；在南北美洲，平原印第安人也曾使用过这个符号。

“处长，您看这个‘黑太阳’图形上的十二道类似光线的线条，秦教授说这在平原印第安人的‘黑太阳’符号里代表‘羽毛’，‘羽毛’的浅表象征是翼，深层象征是飞行提升、旋转，根据他多年的比较研究，他发现这个‘羽毛’更本质的寓意是指一种‘螺旋形的意识’，这个意识的中心点，就是这黑色的圆球——日冕时的太阳，古老的文明认为它代表着力量的散发、神圣无上的权威。如此，这个古老符号‘黑太阳’便有着某种远古时期神秘深刻的哲学寓意。”

“看不出来，这么个简单符号里面竟然隐含着这么多的学问。”隋处长说着，转身走到沙发前，点上一支烟，吸了一口，然后招呼董科长一起坐下来，又问道，“那么，这个‘三角形’和‘黑太阳’符号放在一起又有什么特殊寓意?”

“处长，这个‘黑太阳’符号的背后其实还有着更为复杂的东西，我刚才只是说到秦教授的第一个观点，而他提出的第二个观点，却不容忽视！即这纸符号与纳粹主义的象征符号有着密切关联。不过，秦教授在最新的学术研究方面，可能发现了更为隐秘的东西。就在本月，在伦敦西南100多公里的埃夫伯里·威尔特郡的一块麦田里，出现了一个巨大的麦田圈，而这个麦田圈图案和这纸图案几乎完全一样!”

“麦田圈?”隋处长有些诧异地看了眼董科长。

“是的，是在麦田里，通过正在生长的小麦而构成的图案。世界各地都曾发现过这种现象，近些年来，这种现象有不断增多的迹象，而且，图案的内容也越来越复杂。”董科长解释道。

“这个我知道，英国专门有做这个东西的机构，目的是吸引人，扩大影响，带动当地的旅游业。麦田圈是个与大自然完美结合的艺术品。”隋处长谈了自己的看法。

“处长，秦教授的观点是，有些麦田圈确实是人为的，但有些规格巨大图案复杂的麦田圈，则很难用‘人为’去解释。从符号释义学角度看，很多图案隐含的信息与古老的宗教、精妙的数理几何、物理学的分子原子结构等内容相关，麦田圈形成的具体原因，秦教授还在研究中，不过，他目前倾向上是某种神秘的自然力或者是一种特殊能量造成的，而恰恰是他的这个观点引起了我们的关注!

“处长，我处的档案资料显示，二战期间与纳粹集团有着密切联系的几个神秘社团都崇尚神秘能量，纳粹德国超级武器的代号，就是‘Vril’这个单词的首字母“V”，代表的意思是某种‘超级能量’。这个‘Vril’，是‘Vril Society’的简写，这是一个叫‘沃瑞尔协会’的神秘社团，这个社团的标志就是‘黑太阳’，沃瑞尔协会认为：‘黑太阳’是种比地球上任何已知能源都要纯净的黑光，也是该社团力量的源泉。后来，一个叫贝克托的纳粹科学家在纳粹集团的授意下发展了这个概念，用以推动一项寻找一种洁净永恒能源的计划。

“处长，您看，秦教授的学术观点和我部的档案资料内容，在一定程度上是有着潜在的关联的，这个关联就是‘神秘能量——黑太阳符号——纳粹组织’。”董科长说完，神情严峻地看着隋处长。

“小董，你刚才提到的这个沃瑞尔协会是什么背景？”隋处长严肃地问道。显然，董科长刚才的分析也引起了他的关注。

“关于这个沃瑞尔协会的背景，西方社会有不同的描述版本，总体上比较玄幻，说其具有悠久的历史，甚至与西方传说中的史前文明亚特兰蒂斯有关。有意思的是，这个社团的名字竟还与一本 19 世纪末畅销的科幻小说有关，这个小说的名字叫《未来种族》，也译作《莅临一族》。该小说描写了一个先进的种族——沃瑞尔，这个种族长期在地下生活，却拥有可以征服地球的巨大能量。”

董科长停顿了下来，在看到隋处长正专注地看着自己并没有提问发话时，他马上又接着汇报道：“此外，同时期与沃瑞尔协会有着密切联系的还有一个神秘社团组织——遒力会，该会早期也叫‘极北之地协会’，是维多利亚时代末在德国成立的一个社团。在 20 世纪初，欧洲地区兴起了很多修道会，其中就有一个名叫‘日耳曼古典研究会’的组织在 1910 年成立了，后来，该社团一个叫塞波腾道夫的成员建立了慕尼黑分部，也就是刚才提到的遒力会，此人醉心于苏菲教神秘主义学说，他对古代雅利安人传说的研究是纳粹思想中神秘主义成分的来源。事实上，纳粹集团的高层很多也正是遒力会的成员。”

“看来，这个图形确实不简单。那么，张崇斌为什么故意留下这个标记，他这么做是什么意思？”隋处长开口问道。

“处长，我也正在思考这个问题。因为案件接手时间不长，我目前是有这样一个大致的推测：张崇斌曾在英国留过学，那段时间不排除他接触了一些反华思想和反华组织，甚至还被这些组织收买，而推崇‘纳粹主义’的某些组织现在在一些国家已有所活动，妄图复辟。如果这种猜测正确的话，张崇斌就极有可能会借着祁兵这个事件，通过搞些调查活动来掩饰他不可告人的真实目的。

“他留下这个图形，也许是自恃自己聪明过人，想玩把猫和老鼠的游戏。他以为自己留下的这个图形，即使被公安人员发现，也不会被轻易破解。这样说的根据是：我们了解到，他在招聘公司人员时，喜欢测试他们每个人的智商，通过测试，他发现别人的智商都不及他，于是，他就会产生过分自信的感觉，他常说的一句口头禅就是‘只有想不到的，没有做不到的’。而我们这次安排的调查人员，因为才从警校毕业，经验不足，可能让他察觉到什么，这很可能就是他这次不辞而别的原因。

“总之，根据目前掌握的情况来判断，张崇斌这个人不那么简单。不过，再狡猾的狐狸，也会露出尾巴的！”董科长信心十足地说道。

这时，隋处长将手中的烟头伸进烟灰缸里，用力压灭火头，然后看着董科长严肃地说道：“‘纳粹主义’这个毒瘤一直潜伏等待死灰复燃，国外有些地区已经出现苗头，这种现象是与人类社会文明发展相违背的，‘反人道’的思潮更是对全世界爱好和平的人民的潜在威胁，我们绝不允许这个毒瘤在我国的土壤中生存！”

董科长听到这番话，立即站了起来，立正说道：“处长，请您放心！维护国家的安全，瓦解来自各方面的敌对威胁是我们的首要任务，我们有这个能力和信心做好这项工作。”

董科长离开办公室后，隋处长再次拿起桌面上的几份书面报告，表情凝重地看着……“难道，近期突然而至的SARS（非典型肺炎）、日益异常的气候、突然出现的天坑都不是偶然的自然现象？如果这是某敌对国蓄意对我国进行的‘立体式’攻击行为，那会是谁呢？中国毕竟不是外强中干的伊拉克，也不是经济崩溃的南斯拉夫，对于一个同样拥有强大核武器且可以多方位远程打击地球上任何一个区域目标的军事大国，谁又有这个胆量进行如此的挑衅?!”隋处长放下报告，身体后倾靠在椅背上，慢慢地闭上眼睛，但他那渐渐握紧成拳的手和眼皮下快速转动的眼球，却无法掩饰内心的激荡。此刻，一个有力的反击行动正在他的脑海里酝酿……

3. 案件移交

6月13日下午2时，贵阳市公安局办公大楼，刑警队刘队长正沿着楼梯迈着有些沉重的脚步向上走去。祁兵案件突然陷入了一筹莫展的境地，这让身经百战屡破大案的他简直如芒刺在背，心情格外郁闷。

来到局长办公室门前，刘队长抬起手来敲了敲门，然后推门走了进去。

局长办公室的皮质沙发上，坐着两位客人，一位身着军装，一位身着便装。

刘队长看着局长，开口问道：“局长，您找我有事？”

此时，正陪客人说话的沈局长从沙发上站了起来，两位客人也随之站起，沈局长对刘队长说道：“大刘啊，来，我给你介绍一下，这位是咱们贵州军区的张政委，这位是国安部门的隋处长。”

刘队长与他们一一握过手后，沈局长示意刘队长一起坐下来，说道："刘队长，今天上午局里接到省厅的通知，是关于最近那起通缉在逃嫌犯的案件。现在看来，该案的情况有些特殊，省厅要求暂停对该案的侦查搜捕工作。"

"为什么?!"刘队长吃惊地问道。

沈局长没有做出回应，而是转过头来看向张政委，张政委此时开口说道："这个情况我先来说明一下吧。刘队长，我们知道，关于祁兵这个案件，公安机关是按照法律的规定和程序履行职责，同志们都很辛苦。我们这次前来，是应上级指示，目的是与相关单位共同将此事妥善处理好。目前，我们了解到该案的重大犯罪嫌疑人——祁兵，他的背景比较特殊。他曾在××武警总队服过役，服役期间，早期曾在新疆和青海等地参加过武装平暴行动，立过战功，后期因为表现突出被选派担任部队和国家重要领导的贴身护卫，十年军龄，共获得大小嘉奖23次，是一名优秀的军人。所以，嫌犯在经部队核实是祁兵本人之后，在祁兵原所在军区影响很大，也引起了部队首长和有关政府领导的关注。我们认为，在案件没有最终定性的情况下，对祁兵案件的处理，在具体方式上要考虑到事件背景的特殊性。当然，'法律面前，人人平等'的基本原则是要坚决贯彻执行的。"张政委话音刚落，隋处长也开口说道："贵州这边的历史和地域情况比较特殊，我处长期以来一直与这边的各单位机要部门保持着密切联系，刚才张政委说到的情况，我们在与部队这边充分沟通研究后，认为该案件的实际情况可能比目前的侦查结论要复杂。案件的背后可能牵涉国家安全的问题，职责所在，这方面不便多说。最后，我要说的是，我处上级部门已经与省公安厅沟通并达成一致意见，该案从即日起由我局C处接管，希望刘队长能够理解并配合我们的工作。"

刘队长听后，没有说什么，只是皱紧了眉头。

沈局长看了眼刘队长，然后说道："我局即刻中止本案的侦查搜捕工作，刘队长你要转移工作重心，同时配合国安局的同志把本案的移交工作做好。"

第十三章　狂龙过疆

1. 跨越边境

雨夜，别墅院中，祁兵弯腰拎起地上的旅行包转身而去，走了几步，停住脚步，又转过身来，看向张崇斌……淅沥的细雨，簌簌洒落在二人的头发、脸庞上。

祁兵的嘴角轻微地抖动着，似乎要说什么，却一句话也没有说，只是，泪水却在不知不觉间夺眶而出……张崇斌原地站立着，默默无语地看着祁兵。祁兵用力抹了一把湿漉漉的脸，然后转过身疾步远去，孤单的身影逐渐淹没于黑暗中。沿着安顺、关岭、普安一路南下，经过两次倒车，在接近中午的时候，祁兵出了贵州，进入邻接的云南富源。

简单吃过午饭，祁兵走上街准备继续南下。突然，远处街口传来一个女人阵阵的尖叫声，祁兵定睛望去，发现前面有辆摩托车，车上有两个戴头盔的男子，坐在后座的那位手里正抓着个女式皮包，车旁一个女人倒在地上两手紧紧攥着皮包带，两个人正在撕扯着——原来是公开抢夺！

祁兵迅速跑过去，拦在摩托车前方，厉声呵斥，让那名男子将手里的皮包还给女人。两个男子盯着眼前这个一身运动装扮的男子愣了片刻，随后后座那男子将手里的皮包用力一丢回手一拍前面男子的后背，摩托车猛然启动，朝祁兵撞过来。

祁兵跳闪躲开，冲出去的摩托车在前面又猛地停住，两男子从车上跳下来，驾车的男子顺手从腰部抽出两把砍刀，将其中一把递给旁边的男子，两人气势汹汹地直奔祁兵而来。

这时，街道两侧的行人纷纷躲闪开站到远处，紧张地驻足观望，有的人在悄悄地拨打手机……祁兵侧头对那个拿回皮包仍瑟瑟发抖的女人说道：“你赶快离开这儿。”说完，祁兵将手里的旅行包放在地上，左腿向后挪动半步，右腿脚尖轻点地，重心后移，以“丁”字步侧身站立，眼睛直视迎面逼近的这两个手持砍刀的男子。

两男子看着眼前这个镇定自若严阵以待的男人又是一愣，匆忙对视了一下，然后同时挥刀朝祁兵扑来。

祁兵依然没有任何动作，等到离自己最近的男子将砍刀举起准备朝自己头肩斜劈下来的时候，他那虚步点地的右腿便如绷紧的弹簧突然反弹般以奇快的速度飞起，结结实实地侧踹在那男子的胸肋处，男子“哎呀”一声，砍刀扔向了半空，整个人随着这声痛苦的喊叫横飞了出去，滚落在地无法再起。

祁兵踢完后迅速收腿闪身躲过另一侧刺向自己前胸的刀尖……

男子一刀刺空后，迅速后退两步回头看了一眼躺在地上动弹不得的同伙，当他再回头面对祁兵时，只是原地持刀僵立着，显得有些不知所措。

这时，此前寂静无声的街口顿时热闹起来，街道两侧的人群大呼小叫着：“继续打啊。”“打得好！抓住送派出所……”

祁兵左右迅速扫了一眼，弯下腰正准备拎起地上的旅行包时，持刀男子突然歇斯底里地大叫一声又朝祁兵冲来，祁兵连续几个闪身躲过男子的乱劈乱刺，在男子最后一次倾力挥刀直刺的时候，祁兵侧身一让，左手猛地一拳砸在男子的头盔后脑部，与此同时，左腿扫向男子前屈的膝盖骨处，男子顿时头朝下两腿起空，整个身体划出一丈多远。

“好!”街道两侧的人齐声叫好，有不少人拍起了手掌，还有的朝祁兵竖起大拇指，连呼“厉害”“开眼”。此时，路上竟停靠了不少车辆，司机们也凑着热闹不断按着喇叭，整个街道比赶集还热闹。

当祁兵转身去找自己的旅行包时，突然发现有警车正朝这边赶来，于是迅速隐身于热闹的人群中，但他身边的群众却像遇见偶像的粉丝一样将祁兵围了起来，祁兵一边用手挡住面孔一边拨开攒动的人群。当他靠近放置旅行包的位置时，发现那边已停靠了一辆警车，一名警察从车上下来将地上的旅行包拎了起来，并抬头朝祁兵这边望来。

祁兵头一低，暗自咬了下嘴唇，转身从混乱的人群中走开……

在一个长途汽车站的厕所里，祁兵翻遍了身上所有的口袋，除了一张自己的相片、名字叫匡军的身份证和几百元钱外，其余的物品都不在身上，手机、其他衣物和大额现金都遗留在旅行包里了。祁兵有些失神地看着身份证和几百元钱，慢慢收紧拳头，突然，朝墙上狠狠砸去。

次日傍晚，祁兵出现在云南省国家一级口岸——河口，与河口隔河相望的就是越南的老街。

老街，当年曾是越南进行反华军事行动的桥头堡，在 1979 年中越自卫反击战时被中国军队攻克。如今的老街，已经是越南边境贸易的重要城市，特殊的地理位置和中越两国的恢复交往，使这个地区的边贸经济发展很快，中国的河口主要是搞商品批发，而老街则是以商品零售为主。

祁兵清楚，继续留在中国境内，自身的行动仍会受到很大的限制，只有出境才会相对自由安全，只是，囊中羞涩的尴尬已经让祁兵把钱掰着花了，好在中国人去老街比较方便，找个旅行社，什么都能搞定。晚上，祁兵找到一家便宜的旅店住下，将剩下的钱凑起来，刚好够报上当地一个收费最低的旅行团。

第二天一早，祁兵随团通过宽阔的友谊大桥来到了老街。老街的街道两旁有很多商店，门楣上的招牌大多写有中越两国文字，也有的专写汉字，不注越文。大多数店家经营中国制造的家用电器、轻工纺织等商品。网吧、酒吧、舞厅、录像厅、桑拿、足浴这些现代服务业门店也遍布街道各个角落，很是热闹。

祁兵穿着一身脏兮兮的运动装且无任何行李，这使他在这个旅行团里显得有些另类，这伙兴致勃勃的游客大多是一边逛一边买还一边吃着，而祁兵手里只攥着一瓶从河口带过境的喝剩不到一半的矿泉水，偶尔拧开也只是喝一小口。

中午吃饭的时候，地陪导游小阮买来一盒饭送给独立一处出神发呆的祁兵，问道："匡哥，你在国内是运动员吧，搞什么运动的？"

"怎么知道我是运动员？"祁兵迟疑了下，接过盒饭回问道。

"我以前有个兄弟也是运动员，你们的体格和气质挺像的，看你们的屁股就知道了，紧绷上翘，嘿嘿。"小阮笑着说道。

"是吗？你兄弟是搞什么运动项目的？"祁兵边吃着饭边问道。

"拳击运动员，可惜哩。"说着，小阮深叹了口气，接着又说道，"他叫黎团生，是我们这边京族人，功夫非常好。晓得吗，越南这边有个很出名的地下拳市，在河内，那边打黑拳很流行的。拳手有我们当地的，也有泰国、俄罗斯的，还有你们中国这边过来的。我的兄弟在他那个级别很有名气，提到他，打拳的都认识，可惜上个月被一个泰拳王用飞膝击中太阳穴给打死了。”

“打一场拳能得多少钱?”祁兵问道。“那要看拳手的名气和级别了，怎么，匡哥有兴趣看看?”“我的钱被偷了，想挣点儿钱，你看，我去打，能得多少钱?”祁兵一大口把饭盒里剩下的饭菜都塞进嘴里，有些支吾地问道。“几千到几万都可能，如果能连续胜出挑战拳王，出场费可达百万！可是，这种拳赛太危险了，几乎每场比赛都会有人死去!”小阮神情紧张地说道。

2. 地下拳场

祁兵看着小阮严肃的样子，暗自笑了一下，他转头旋开手里的矿泉水瓶扬脖大口喝起来，没有缓气就把剩下的半瓶水全部喝掉了。小阮有些不解地瞅着祁兵，一旁嘟囔道:“我说的是真的，不是开玩笑!”

“我给你朋友报仇怎么样?”祁兵将空瓶子往地上一扔说道。

“匡哥，那可是泰拳王！河内目前一直没有人赢过他，他的拳脚太狠，已经有好多人死在他手里了。”小阮瞪大眼说道。

“阮导，你去那边买个椰子来好吗?”祁兵指着不远处的一个水果摊说道。小阮二话没说，就去了那水果摊，掏钱买了个表面满是黄毛的大圆椰子，然后他让老板用刀将椰子剜个洞。一旁的祁兵却拦住了老板，伸手将椰子放在案板上，用左手扶稳椰子，右手凌空甩了甩，握紧拳头又松开，然后再握紧松开，最后五指并拢立掌摆放在椰子的正上方。突然，只见祁兵猛提一口气，同时疾速摆动前臂，立掌下劈椰子的圆顶处又突然收住劲，动作虽快但幅度看起来并不很大。然后，祁兵慢慢收回右手，而案板上的椰子看起来并没有什么异样。

小阮不解地看着祁兵，转头又有些尴尬地对卖水果的老板笑着……眯着眼、叼着烟的老板一脸不屑地又提着刀走了过来，当他一手按住椰子正准备下刀的时候，却发现椰子下面有两道水痕浸湿了表皮的黄毛，老板放下手中的刀，用手去捧椰子。当他把椰子捧到面前时，眼睛顿时瞪大了，嘴里的烟头也掉落在地上……小阮走上前接过椰子，看了看，然后用手轻轻一分，椰子竟然被一分为二，流淌的椰子汁沾满了双手……老板站着愣了好一会儿，二话没说又拿来一个椰子送给小阮，表示不收钱。小阮捧着这买一赠一的椰子，兴奋地说道：“匡哥，今晚我就带你去河内。”

一路上，小阮不断地对着手机讲着叽里咕噜的越语，在中午准备离开老街时，他利用在当地的关系，轻松地将祁兵离境旅游延期的手续办好，顺便将自己带的这个旅游团委托给一个同行。处理好这些事宜，小阮就陪在祁兵身边，兴奋地一口一声“匡哥”，还问这问那，看得出来，祁兵的那个徒手劈椰子的举动征服了小阮。在小阮的引领下，两人乘上长途巴士，在下午 4 点 30 分，到达了河内。

下车后，两人来到一家饭店，喝了杯茶稍作休息后，小阮请客，要了一桌丰盛的越南大餐，但祁兵控制住食欲只吃了七分饱。吃过饭后，祁兵静静地盯着小阮好一会儿，然后说道：“阮导，你我萍水相逢，今天你帮了我，我很感激，无以回报。这样吧，如果打拳赢到钱，我们平分。”

听祁兵这么一说，小阮连忙推辞。但是祁兵非要通过这个方式感谢他，最后两人各让一步，约定：赢了奖金四六分成，小阮抽四成。

傍晚 6 点左右，一辆军用吉普车将祁兵和小阮一起接走。司机看起来好像认识小阮，一路上，他们俩说着祁兵听不懂的话，只是从小阮那既兴奋又紧张的语调和表情中，祁兵知道今晚很可能就有机会上场比赛。

车子开到一个地下停车场。司机下来带着小阮和祁兵一起乘上电梯，上了两层从电梯出来，穿过一条铺着红色地毯的走廊，推开一扇门后，三人进入一个封闭式的剧场，剧场的舞台上有一个类似拳击比赛的场地。司机对小阮说了一句话，就独自一人从剧场一角边门出去了。

小阮对走近舞台的祁兵说道：“匡哥，这就是河内规模最大、奖金最高的地下拳场。这个剧场里一共有五个格斗场，我们所在的这个赛场是给初、中量级别拳手用的，重量级和拳王的赛场在另一区域，场地比这儿要大很多。”

“我今晚和谁打？”祁兵开口问道。

“现在还不知道，一会儿司机会带你见分管这个赛场的经理，他们会先看看你是否有资格来参赛，如果他们同意你参加这个级别的比赛，就会根据估算的赔率安排好对手和场次。”

“那什么时候能安排与拳王打？”祁兵又问道。

“除非你能连续胜出，成为这个赛场的最强者。到那个时候，如果你还愿意向拳王挑战，你就有机会碰上拳王。”

“哦，看来今晚还不能替你兄弟复仇。”祁兵说道。

小阮听着，抿了下嘴说道：“匡哥，能在这里登场的选手，用你们的话说——那都不是白给的!”

这时，司机又走了进来，他朝小阮这边打了个响指。见此，小阮带祁兵走了过去，跟随司机走出剧场来到一个房间。房间里，一个皮肤黝黑、面容冷酷、剃着板寸头发、看上去十分结实精干的中年男子两手背着站在屋子中间，他上身穿着黄绿色紧身背心，下身着宽松迷彩军裤，脚上蹬着一双黑色俄罗斯军靴，靴跟足有3厘米厚，靴头靴底都夹带着钢板。

祁兵一进屋，男子就毫不掩饰地用挑剔的目光上下打量着他。待祁兵走到男子面前时，男子突然飞起右脚朝祁兵的小腹踢去，祁兵反应机敏，忙一侧身闪开，与此同时，男子一直背着的两手臂也突然出击。只见男子挥动右拳狠狠地朝祁兵的太阳穴砸去，祁兵举起左臂搁挡住这来势凶狠的一拳，男子一怔，马上又活动左臂，先是用左拳向祁兵胸口处虚晃一下，突然迅速变换鹰爪状直奔祁兵的咽喉处，祁兵却没有躲闪，反而是右手用同样手形以更快的速度锁向男子的喉咙，男子显然没有料到祁兵会用这种“进攻就是最好的防守”的招数对其反击，他的手还没有碰到祁兵，祁兵的右手却已经掐住男子的脖子。一阵眼花缭乱的打斗到此戛然而止。停顿两秒钟左右，男子和祁兵同时把手放下，男子一直紧绷着的脸露出一丝狡黠的笑，再次挥起拳头对着面无表情的祁兵前胸捶了两下。

接着，男子回身从一个文件柜中拿出几张类似合同的文书，又与小阮叽里呱啦地说了一通越南话，祁兵通过小阮的翻译，了解了这些文书的内容，知道这个地下拳场的比赛规则为“无限制格斗”，即除了不能使用利器外，参赛者可以用任意方式击打对手，死伤无咎。其他内容则是对出场费、场次赛时、中途罢赛的处罚等做出了约定。关于拳手名号的确定（为吸引和刺激观众而给拳手起的嚣张霸气的绰号），因为祁兵自报名字是匡军，来自中国大陆，所以男子给祁兵的名号是“狂龙”。

在祁兵签好所有的文书后，男子通过小阮告诉祁兵今晚的对手是一位来自韩国的拳手，此人来到这个地下拳场已有10天，目前的战绩是9胜0负，作为中量级的初级拳手，今晚这个韩国人如果再胜出就可以晋级为中级拳手，比赛的时间定在晚上8点整。

祁兵领取了1000万越盾出场费，然后随司机来到一间休息室。这个还算宽敞的休息室里有拳手参赛的备用服装、缠布绷带、露指拳套，还有热身用的跳绳、沙袋等器具。祁兵看起来既不兴奋也不狂躁，在司机和小阮离开房间后，他平静地脱下身上的运动装，一副受过严格特种训练的男人健硕的体格立即显露了出来：浑身上下没有一丝多余的赘肉，宽厚结实的胸肌、臂膀，略显凹陷的腹部鼓着八块棱角分明的肌肉团，赤着的双脚脚背更是明显地高出一块，那是常年踢沙袋、树桩才能形成的没有痛觉的角质层。

祁兵从叠放的比赛服中选出一条白色运动裤换上，又将一条黑色腰带系在腰间。之后，光着上身的祁兵在房间内来回展臂、扭腰、踢腿，动作显得非常协调、干净利落。

3. 死亡格斗

晚上 7 点 40 分，小阮从外面跑进祁兵的房间，兴奋地说道："匡哥，今天来的人不少，座位几乎没有空的。下赌的人也很多，你知道你的赔率是多少吗？"

"哦，赔率？多少？"祁兵一边往手上缠着白布带，一边问道。

"今晚开出三种赔率，匡哥，你别介意，都是这规矩：赌你被打死的是 1.4，赌你输的是 2.3，而赌你赢的是 7.2。我让我的朋友买你赢的。"

"这赔率是什么意思？"

"赔率越高，就是越不被看好。赌你能赢的赔率这么高，是因为你以往没有获胜的记录，所以多数人不看好你能赢。但是，这种赌的最大收益就是押偏门押对了，我是相信你的，匡哥，你一定能打赢！"

这时，从屋外突然进来六七个青皮光头、身上有文身的壮汉，这些人是拳场维持秩序的保镖。其中一个汉子走到祁兵身边，说着半生不熟的汉语，告知祁兵准备一下就要出场了。

祁兵点了下头，将一副黑色的露指手套戴在手上，小阮上前帮祁兵将护腕缠紧。当祁兵准备走出房间的时候，刚才说话的壮汉又将一个红色的披身斗篷罩在祁兵身上，然后让祁兵跟在他身后，其余的壮汉跟在祁兵后面，每个人都将右手搭在前面的人的肩膀上，随后迈步前行，同时一起发出浑厚的"嘿呔、嘿呔"声走出了房间。

穿过那道通往封闭剧场的门，祁兵再次进入赛场，场内此刻正放着摇滚乐曲，加上人群的尖叫声，一片喧闹。当夹在队列中的祁兵一露面，靠近走廊两侧的人群呼啦啦地都站了起来朝祁兵看来。这时，台上主持人大声报出“狂龙”的名号，台下的人群顿时也跟着喊叫起“狂龙”“狂龙”。伴着鼓噪的音乐、掌声和口哨声，祁兵走到拳台下方。

这个拳台不同于普通的拳击比赛场地，它是由一人多高外面裹着一层类似胶皮的立桩按八等分角围成的全封闭式拳台，立桩与立桩之间用带网眼的粗硬铁丝围着。

祁兵从一扇敞开的活动闸门走上拳台，拳台上的裁判上前检查了祁兵的拳套和腰身。随后，主持人又大声报出另一个名字，随着又一阵更为火爆的躁动，剧场门口走出一位身披蓝色斗篷的壮男，该男子一边朝拳台走来一边向两侧的观众用力挥动着拳头。

场内摇滚音乐的旋律更加刺激疯狂，小阮跑到靠近祁兵的方位，在拳台下面向祁兵大声喊道：“匡哥，他就是来自韩国的‘龙卷风’！”

“龙卷风”走上拳台，经裁判一番检查后，两人又在裁判的引导下，面对面、拳头对着拳头站在了一起。“狂龙”祁兵，光着上身，赤着双脚，下身着白色的运动裤；“龙卷风”比祁兵高半个头，一身跆拳道的装扮，留着板寸平头，嘴唇扁薄，双目深陷，眼神敛藏难测，一看就是个冷血阴狠的人。

中国“狂龙”对韩国“龙卷风”，规则为无限制格斗，共三回合，每回合是五分钟。裁判向全场观众宣布了赛制规则，随后用手分开两人，待二人分别站立在拳台一侧时，裁判快速走出拳台，并用一个大号铁锁将闸门锁上。这时，场内的摇滚音乐戛然而止，拳台下的观众则个个像吃了兴奋剂一样，男男女女的脸色或绯红或苍白，有些观众屏着呼吸，嘴唇不停地哆嗦着，一些女人则用非常夸张的动作狂嚼着口香糖。

随着一声铃响，“龙卷风”率先向祁兵逼近……

祁兵含胸收腹，端起手臂，左手放松置于身前，右手护住下颌，脚下依然是左脚尖虚步前点，右脚后移，摆出“丁”字步，他紧紧盯着逐渐靠近的“龙卷风”的眼睛。

“龙卷风”移动到离祁兵一米半左右的时候，站定，突然，他提起左腿朝祁兵虚点在地的左腿侧踹过来，祁兵忙收回左腿，但是，“龙卷风”这一腿并未蹬直，而是迅速撤回，腰身一拧整个身体凌空带动右腿以极快的速度向祁兵的右侧脑部用力横扫过去……

祁兵忙弯下腰，低头躲开对方这一飞腿，但是没有想到，“龙卷风”飞腿扫空后，身体就势旋转180度，以背对祁兵的姿态，在右脚刚着地的瞬间又飞起左腿直接后踢出去。“龙卷风”身手果然名不虚传，他这招旋体后摆踢，动作做得连贯漂亮！

韩国跆拳道高手很喜欢这类组合腿法，这种腿法如果直接击中对方身体，威力是很大的，若踢中对方要害，比赛就可以立马结束，但这个动作最大的缺点就是在其转体的瞬间把后背让给了对手。由此可见，“龙卷风”敢于在实战中做出这个动作，说明他在心理上明显藐视“狂龙”。

祁兵屈身低头的动作刚做出，还未稳住身形，显然很难避开“龙卷风”这一直击面门的后踢腿，于是不得不用双拳迎着对方的足底回击过去。“啪”的一声，祁兵应声倒退了一步；“龙卷风”这一脚踹得很结实，回头看去，发现祁兵依然站立着，面色一惊，他显然没有想到对方能抗住这么大力的踢腿。

观众看见这场面，又吹起了口哨，大声叫嚷喧哗开来……

“龙卷风”恼羞成怒，眯缝着的眼突然瞪起来，大叫一声，又向祁兵逼来，飞起他那长腿直奔祁兵头面踹来。

但这明显有些过分，上来就将腿撩这么高，除非对手体力不支即将丧失战斗力，才可能痛快淋漓地得手，否则，本身就身高腿长，动作相对个子矮的要慢些，在对方体力充沛、迅速反应过来时，那就太容易找到反击的空隙。就这么个外行难以察觉的嚣张失误，对祁兵来说，已经足够了！果然，祁兵在“龙卷风”长腿起空后，头一偏，侧身向前一蹿步同时飞起右腿直接朝对方支地的大腿根部发力踹去。“龙卷风”踢空后，见祁兵突然贴近身，马上意识到不妙，想收腿跳开，但是已经来不及了，只听“咔”一声，那条支撑的腿离了地，“龙卷风”失去重心，整个人前倾向祁兵身上倒来，祁兵紧跟着用右胳膊肘向“龙卷风”面部迎面击去，“啪”的一声脆响，“龙卷风”的鼻梁塌陷下去，整个人顿时凌空翻滚落地，口鼻蹿血，躺在台上一动不动了。

只用了不到30秒，比赛结束！

这个结果显然是大多数观众都没有预料到的，本来以为中国“狂龙”会被韩国的“龙卷风”秋风扫落叶般地收拾掉，可眼下却连半分钟都不到，“龙卷风”就被“狂龙”一击倒地，昏死不知。

在全场短暂的沉静之后，台下的观众立刻躁动起来，有人兴奋地拍手吹口哨，有人则懊悔地捶胸顿足。

裁判将门锁打开，进场走到“龙卷风”身边蹲下去，用手拨开他的眼皮看了看，然后起身举起双手向台下的观众左右晃了晃，表示比赛不需要再打下去了。主持人看到裁判的手势后，立即向全场观众宣告中国“狂龙”胜出，祁兵的右臂被裁判举了起来向观众示意。随后，祁兵跟随裁判向拳台闸门口走去……

就在这个时候，剧场一侧的角落突然发出剧烈的嘈杂声，有一群人在那儿一边踢着座椅一边乱声喊叫着。十几个护场的保镖见状连忙围拥过去，但当跑到跟前时，这些保镖竟都僵立原地，没有一个人敢直接上前制止。

在这群闹事的人中，有一个身穿白衬衣、戴着眼镜、看起来文质彬彬的年轻男子正跷着二郎腿面容冷漠地坐在椅子上。在护场的保镖围拥而来的时候，他却不紧不慢地掏出一根烟点上，在他抬起的手臂袖口处，绣有一个黑色的“三角形”。在他的身后两侧，各站着一个穿着黑衣黑裤面带杀气的男子，两个黑衣男子都做着同一个手势：右手拇指下压，其余四指伸平横于胸前。

原来，这伙人竟是近期令越南“南部联盟”和“北旗帮”两大黑帮组织皆闻之色变的从境外而来的新势力帮派成员，这个新帮派的根脉是来自中国香港的“三盟会”，一个被国际刑警组织评价为“美国和意大利的黑手党在它面前就如同教堂里唱诗班的孩子”的以华人为主的黑社会组织。1997 年香港回归之际，香港本地的黑帮组织陆续开始向海外转移，在世界各地重新开辟新的地界，扩张其势力范围，其中大部分去了欧洲，也有一些去了泰国、缅甸和越南。2000 年后，这支来到越南的三盟会东南亚分支恰好赶上越政府要灭本土黑社会势力的时机，三盟会在越南军界具有一定的渗透力，而新一届越南政府对军队又比较倚重。于是，三盟会在越南迅速崛起，而其深不可测的根基与更为老辣娴熟的“做事”手段则令越南本土已经开始走向没落的南北黑社会帮派胆战心惊、甘拜下风。

护场的这些保镖多数都与越南本土黑帮有着往来，对这个新帮派自然有所了解，所以尽管在自己的地头上且人多势众，但仍无人敢轻举妄动。

与此同时，祁兵这边也出现了状况：四个黑衣人将祁兵和裁判半路拦截住，不让他们离开拳场。祁兵和裁判看着这伙人无端寻事的样子，有些不知所措。

就在这个时候，面试过祁兵的赛场经理走了出来，他大声地朝手下的人喊叫着，然后阴沉着脸快速冲向聚堆的人群，当他来到那个文质彬彬的年轻人跟前，不由得原地怔住……着白衬衣的年轻人这才慢慢站起身来，用手指着他的鼻尖说了几句话，赛场经理黝黑的脸和脖子顿时泛起了红潮，样子显得有些委屈但他却丝毫没有辩解，只是不住地点着头。

年轻人说完，又坐了下来。

赛场经理转身朝祁兵和裁判这边快步走来，走到跟前，他一把抓住裁判的胳膊语速急促地说着什么。小阮凑了过去，边听边向祁兵翻译，原来刚才闹事的那伙人下了重注押“龙卷风”赢，没想到会输得这么快，他们认为刚才的比赛有诈，所以对刚才的比赛不认账，要么退钱，要么重新再打一场，否则……赛场经理没有继续说下去，但畏惧的语气已经让祁兵猜到了答案——若不按照他们的意思办，估计今晚谁也别想走出这个剧场。

赛场经理用尴尬而又期盼的眼神看着祁兵，祁兵明白过来后，虽然对这伙人的做法很是愤慨，但考虑到自己刚才并没有消耗多少体力，而且来这儿打拳的目的就是为了挣钱，所以点头表示可以再打一场。

听祁兵这么一说，赛场经理顿时喜出望外，忙回身向坐等着的年轻人奔去。两人交头接耳时，年轻人显得比较满意，他点了点头，招手让手下的人都退回座位坐好。

大约过了 10 分钟，主持人向全场又一次报出一个拳手的名号，全场的观众闻听之后，先是一阵沉默，随着一个壮实的身影从场门走进赛场，全场顿时炸开了锅！经小阮紧张地翻译，祁兵知道自己将要对决的这个拳手正是打死小阮朋友的泰拳王——“地狱屠夫”。此人目前的战绩是 46 胜 0 负，输给他的拳手中有 38 人当场毙命，而这些人多数是在第一个回合就被结果了；剩下的 8 人中，3 人因临场退缩而被护场的保镖和激愤的押赌观众打残驱逐出场，4 人终身残疾，剩下的 1 人目前已是植物人。

自从“地狱屠夫”出现并将一个个曾经称雄拳坛的高手逐一废毁后，整个河内的地下拳手皆风声鹤唳，一提到“地狱屠夫”这个名号，不少人的手脚就开始控制不住地哆嗦。后期的一些拳手，尽管面对不断提高的奖金诱惑，但也都不敢像以前那些不知死活的拳手一样与其搏命了，大家都尽力避让，一时间，竟让这“地狱屠夫”寂寞起来。所以，今天能够看到“地狱屠夫”出场，且这场比赛是临时增加的越格的比赛，观众一开始还以为是主持人报错了人名，当亲眼看见其身现赛场后，那感觉就如同穷人中了六合彩，刺激与兴奋的感觉瞬间燃爆！

“地狱屠夫”在大队保镖的簇拥下，大步走上拳台。来到拳台中央，助手上前将其身上的黑色斗篷摘下，并将缠裹在腰身的拳王金腰带取下，双手举起向台下狂热的观众左右展示一番。

助手下台后，头戴花环圣圈的“地狱屠夫”先是双手合十向观众致礼，然后又在拳台的四个方位屈膝俯身，行泰拳赛前的礼仪，以祈求拳台圣灵保佑，驱逐邪魔，成全其不败之身。

随着主持人再次唤到“狂龙”，祁兵又现身拳台。在裁判的指引下，“地狱屠夫”和“狂龙”面对面地站在了一起。

此时，台下的小阮惊叹地看着周围人在疯狂地押赌，这一场赛事，赌“狂龙”死的赔率是 1.2，赌“狂龙”赢的赔率竟然是 16。

在裁判重复比赛规则的时候，“地狱屠夫”一边活动着脖子，一边用冷漠吞噬的眼神盯着眼前的“狂龙”，祁兵迎着对方的目光没有眨一下眼睛，裸露的胸膛有力地起伏着。当两人近距离站在一起时，可以清楚地看到，他们身材相仿，只是“狂龙”下身是白裤子，而“地狱屠夫”仅着一条黑色的运动裤衩，相对棕色皮肤的“狂龙”，“地狱屠夫”的皮肤更为黑些，因极度兴奋而偾张的血管此刻竟如枝蔓般布满“地狱屠夫”坚实的胸臂皮表之上。

“狂龙”对“地狱屠夫”，同样是三个回合，每回合五分钟。

开赛铃声骤然响起，全场顿时鸦雀无声。

“地狱屠夫”从对面一角缓慢却坚定地向“狂龙”逼来。

祁兵迎着走上前，在双方距离 3 米左右时，祁兵停止前行，开始左右滑步平移。

“地狱屠夫”也停住脚步站在拳台中央，他将两拳垂放在腰腹部，眼睛跟随祁兵身体左右移动着。随后，祁兵停住脚步，架好手势，两脚依然摆出“丁”字步，两人稳住姿态对峙起来。这一刻，空气仿佛突然凝固了，台下的观众都伸长了脖子，半张着嘴，瞪大了眼睛等待着……

几乎就在同一时间，“地狱屠夫”和“狂龙”都飞起左腿向对方踢去。祁兵这一腿是虚踢，目的是看对方如何反应，然后从中寻找“一招制敌”的机会；而“地狱屠夫”则是想通过这一击让对手知道自己的实力，从精神上先瓦解对方的斗志。所以，当祁兵看到对方猛力实在的出击后迅速变换腿法，在闪身躲开对方的扫堂腿后，快速贴靠上去，再次拱起身时，立即侧拧腰部带动右拳从下至上向“地狱屠夫”的下巴勾去。“地狱屠夫”双臂收紧护住下颌，同时提起右膝向祁兵的左胸肋部猛力顶去。祁兵已经料到对方这种攻击手段，根本没有犹豫直接用左胳膊肘迎击过去，“咔”的一声，双方应声旋即跳开，又拉开一段距离，保持着待攻姿态。

经过第一回合的贴身较量，“地狱屠夫”和“狂龙”祁兵都不由得重新打量了下眼前的对手。

祁兵的肘击力量，其实是惊人的，正常情况下，如果充分发力，这一肘可以将半米高的石瓦从上至下击个粉碎；而泰拳王的冲膝，也是可以让正常人最粗壮的骨头折断。

但现在看来，“地狱屠夫”和“狂龙”都没有就此丧失战斗力，外行人也许根本觉察不到刚才这样的短兵相接会给拳手本人带来怎样的心理影响，不过，从双方眼神里都不约而同地闪出一道刀锋般的寒光，行家里手则可明显地感受到他们内心的震荡！

在经历了最初的紧张后，台下的观众开始兴奋地拍手叫喊起来，听声音有喊“狂龙”的，也有喊“地狱屠夫”的，不过，喊“地狱屠夫”的声音明显压过“狂龙”。

这时，一声尖锐的口哨声从一个角落里传到拳台上，“地狱屠夫”闻声一惊，扭头朝发出声音的角落看去，只见刚才闹事的那群人中，穿白衬衣的年轻男子正将一只手从嘴边移开，他五指并拢伸直，掌心朝下摆在自己的脖子前，然后手掌猛然一横。“地狱屠夫”见此，深点一下头，然后再次转过头来，面向“狂龙”，那双亲睹无数拳手暴死在自己面前的眼睛渐渐泛红，喷火的眼神杀气毕现！

而台下一个不为人所关注的位置，有一个年轻女郎，她涨红着脸，眼睛一直盯着“狂龙”，因为紧张，她的双手一直揪着衣服的一角……

“狂龙”祁兵在这停顿的间隙，脑海里浮现出刚入伍时执行武装平暴任务的场面：面对手持锋利马刀，刀刀朝自己要害部位猛砍的暴徒，祁兵血液里流淌着的男儿死而后生的气概终于被激起，他赤手夺过了暴徒的马刀，全力劈砍过去，暴徒的性命就这样瞬间在自己的手里结束。完成了这个心理过程的祁兵，在此后的各项特殊任务中，都稳定地发挥出了超高的水准，凡是允许击毙的目标，没有一个能逃过他的枪口。

静极生动，稳住片刻的“地狱屠夫”和“狂龙”几乎又是不约而同地突然迎着对方冲去，这回祁兵和“地狱屠夫”都是飞起右腿全力向对方扫去，祁兵的右腿是向对方的左腿膝关节而去的，“地狱屠夫”的右腿则是奔对方的腰眼处。拳台上连续发出“啪”“啪”两声如棍棒砸击身体的声音，双方的攻击都有效地打到对方的身体，在这一大力边腿的击打下，“狂龙”的身体趔趄地抖动了一下，“地狱屠夫”的左腿也打了个弯。

尽管如此，双方并没有就此罢手，“地狱屠夫”在“狂龙”身体晃动的瞬间，左臂一个直拳向“狂龙”的面部击来，同时，右臂一弯又来了个勾拳朝“狂龙”胸窝袭来。祁兵含胸低头避开对方的左直拳，同时用左手臂隔挡住对方自下而上的勾拳，身体又往前一冲顺势横起右胳膊肘向“地狱屠夫”的左胸肋部冲顶去。

“地狱屠夫”反应极快，迅速后退，同时飞起左膝向“狂龙”前倾的身体猛力冲顶。

祁兵马上撤回右肘护住胸腹，在身体向后退闪的时候，左手开拳立掌从下向上朝“地狱屠夫”的脖子剁去。此时，“地狱屠夫”的右拳也向祁兵的太阳穴挥摆而来。

随着不太明显的两声击打声，二人又立即闪身分开，再次摆好对攻架势。

刚才这连续的攻防组合招法，可谓让人眼花缭乱，全场的观众看得是目瞪口呆。在他们回过神来再仔细看拳台上的两人时，一些细心的观众发现“狂龙”的左眼角渐渐开始渗出鲜血，而“地狱屠夫”的脖子上也已皮开见红！

此时，台下的观众一个个都禁不住站立起来，有个别观众控制不住地在原地左右挥舞起拳头，仿佛自己就是拳台上的一个拳手，也有的观众不知道是因为过于紧张还是兴奋而用双手抱紧了头，睁大着眼呆滞地望着拳台……

这时有人喊了一声“狂龙”，紧接着越来越多的人跟着喊起“狂龙”“狂龙”，对比同时喊叫着的另一名号——“地狱屠夫”，“狂龙”的喊叫分贝竟渐渐压过“地狱屠夫”，很多人开始补押“狂龙”赢，显然，眼下的这种情势是绝大多数人根本意想不到的。

“地狱屠夫”用右手擦抹了下脖子，低头看见手指上竟然有殷红的血迹，再一次抬头与“狂龙”对视时，他的胸腹开始剧烈起伏，呼吸也越来越急促……随着一声闷吼，“地狱屠夫”像头被激怒的黑豹猛地前冲直奔“狂龙”而来，祁兵忍住左眼眶的不断跳痛，扫视着迅速逼近的“地狱屠夫”肩胯摆动的角度，用以判断对方的招式。在“地狱屠夫”左肩放低右胯刚一抬起的刹那，祁兵疾速地抬起右腿朝“地狱屠夫”的左膝盖蹬去，“地狱屠夫”连忙以左腿为轴将身体侧转 90 度将原本欲扫踢“狂龙”腰身的右高边腿改变出击方向——横伸甩出隔挡的同时也在反踢祁兵抬起的右腿，但祁兵的右腿突然变招——猛地曲收小腿，同时大腿提升高度再次凌空抡起朝“地狱屠夫”面门扫去。这个连环弹踢腿出击的坚决和变换攻击后依然保持的迅捷速度让“地狱屠夫”猝不及防，他本能地举起双臂护挡面部。

拳王毕竟是拳王，“狂龙”祁兵这一大力扫劈腿的威力是足可以让粗壮的木桩瞬间断折的，但“地狱屠夫”只是倒退了两步，经此急速碰击而剧烈抖动着的两只黑壮手臂仍然可以无事般地架放在胸前。

当祁兵迅速收回弹震得有些发麻的右腿时，他立即意识到眼前的这个对手抗击打能力远远超过自己以前遇到过的那些格斗高手，“地狱屠夫”看似与一般拳手无异的四肢，其内裹的筋骨却如同钢筋加筑。

就在祁兵判断眼下形势、寻找对方弱点而稍有迟疑的瞬间，“地狱屠夫”头一低腰一弯身体猛地一团缩，然后又迅速抬起头。当其再次起身的时候，竟然如同蚱蜢般地弹跳起来，右腿在空中横弯曲缩着，那粗黑坚硬鼓凸的膝盖骨像炮弹一样直奔“狂龙”祁兵的左太阳穴飞来……

这就是泰拳最为凶狠的招数——“冲颅飞膝”，如果这一招击中对方的头颅，那人的脑袋就会像个落地的西瓜一样壳裂瓤散，小阮的兄弟就死在这个必杀的招数下。

祁兵一看这夹带着飓风的招法势猛力沉、凶悍无比，不能直挡硬接，只能后退避闪，但是，场内曾经看过“地狱屠夫”格斗的人却知道“狂龙”危险了！有的人不禁惊叫起来。

虽然“狂龙”退闪的应对看起来是合理的，也算比较及时，但“地狱屠夫”这招阴狠的地方就在于它也是有变招的。果然，在祁兵后退侧闪躲过直奔太阳穴而来的膝盖的刹那，“地狱屠夫”弯曲的右腿突然凌空伸直，右脚跟以更快的速度踢出。这种连续的飞腿出击，再加上难以想象的犀利劲速，任何不熟悉这种招法的人都无法完全避让开。只听“咔嚓”一声，“狂龙”的左锁骨被踢中！

祁兵方才尽管表现出了惊人的反应能力，更要害的太阳穴和面门也没有被直接踢中，但就是刚才一个连一秒钟都不到的迟疑，却让祁兵付出了代价——左锁骨骨折。

从脚跟踢踹到“实物”所感应到的反作用力中，“地狱屠夫”知道刚才的出击得手了。此时，面目狰狞的“地狱屠夫”突然松弛的表情流露出一种猎物已然是块砧板上的肉般的轻蔑，发自心底的良好自得感觉让他决定趁热打铁，见“狂龙”经此一击有些站立不稳，“地狱屠夫”提起左腿毫不掩饰无所顾忌地向祁兵下颌全力正踹过来。

人只有在最危急的时候才能爆发出最大的潜能，祁兵正是这样一个“斗士”，在感到死亡即将来临的时候，他的身心反而彻底放松了。只见祁兵突然侧身倒下，同时伸出左右腿分别向“地狱屠夫”的脚腕和膝关节疾速剪扫去。这种地躺拳式的招法在拳台上是极少有人用到的，却是祁兵平时练习的绝招之一。

“地狱屠夫”没有想到“狂龙”会以主动倒地的“屈辱”姿态攻其下三路，当他起腿弹跳避让的时候，膝关节虽然拔高提起避开了正剪攻击，但脚腕却被反剪而至的扫踢钩到。顿时，“地狱屠夫”因为跳起且无法立即收住刚才的发力而失去平衡，后仰着摔倒在地。

借着剪腿的甩摆力道，“狂龙”祁兵一个“乌龙摆尾”旋起腰身站立起来，随即朝仰躺在台上的“地狱屠夫”蹦越扑去。在“狂龙”身体下落的时候，“地狱屠夫”正屈起双腿，这既是为了护住身体，也是准备蹬踏反击，但还没有等他完全收回双腿，祁兵已经飞身赶到，一个贴地铲腿向“地狱屠夫”的头面踹去，“地狱屠夫”猛地缩头并向外一滚身，但后背肩胛骨却已结实地挨了一脚！“地狱屠夫”黝黑的身体痛苦地挺直了一下，就势又是一滚，然后拱身想赶快站起，但是已被彻底激怒的“狂龙”不会再给他任何机会了，他飞快贴靠过去，收紧腹部绷起脚背一个二起脚又朝“地狱屠夫”还没有挺直的胸腹迅力踢去，“地狱屠夫”本能地伸出左手臂慌忙去护挡。可就在此时，“狂龙”右臂自上而下挥劈的立掌也如钢刀般嗖地落下，这可以把坚硬的椰子切开的立掌狠狠地砍剁在“地狱屠夫”左臂关节上，只听“咔嚓”一声脆响，“地狱屠夫”的左臂竟然令人惊惧地反折过来！可这并没有结束，在“地狱屠夫”痛苦地转头看着自己断裂的胳膊时，“狂龙”的立掌团缩成拳又直奔“地狱屠夫”的左耳根大力砸去，“砰”的又是一声闷响，“地狱屠夫”挪位扭曲的鼻嘴里应声喷溅出几道血线，腿脚随之瘫软，整个身体自由落体般直挺挺地摔在拳台上。

看着趴在台上一动不动的“地狱屠夫”，站立着的“狂龙”突然也有些支持不住的样子，他踉跄着退后几步，直到倚靠在拳台一边的拦网上才站稳。此时，左眼眶仍在肿胀滴血的祁兵抬起抖动着的右手轻轻按在自己的左锁骨处，微微开启的嘴角竟缓缓地涌出血沫……

拳台之下，哑然呆立着的人群似乎突然被唤醒，全场先是掌声雷动，随即始乱渐齐的“狂龙”“狂龙”的呼叫声山呼海啸般涌来，鼎沸不绝……

人群中唯一保持“肃静”的那个角落里，一名三盟会的成员悄悄地将手向别着枪的后腰摸去，但这只手马上被另一只着白衬衣的手按住。随着年轻男子起身离座，这伙人有序地悄然退场了。

4. 越德医院

祁兵忍着伤痛，从拳场值班经理室走了出来，随手把装钱的黑皮口袋交给在门外等候着的小阮。回到更衣间，祁兵把衣服换好，在小阮的陪同下，离开拳场，再次坐上接他们来的军用吉普车直奔离拳场最近的一家私人诊所。

一会儿工夫，军用吉普车在一个门面不大的诊所停了下来，祁兵和小阮从车里走出。司机对小阮说了几句越语，小阮正要开口说话，吉普车却迅速启动驶离远去……

祁兵拍拍小阮的肩膀，愣神的小阮这才转过头来和祁兵一起走向诊所，来到门口，两人直接推门进去。在两人走进去不久，一辆驶到诊所门口的摩托车突然刹车停下，一位年轻女郎快速从车上跳了下来，直接奔向诊所推门进去了。此时，在离诊所不远的一处阴暗僻静的路边，一辆黑色轿车悄然停了下来。荧光灯下，一个越南医生正在给光着上身的祁兵看伤，他用手轻轻地按了下祁兵左锁骨处乌青肿胀的皮肤，祁兵的眉头不禁皱了起来……

医生摇了摇头，跟小阮说了几句越语，小阮听后，也皱起了眉头。祁兵看着小阮问道：“医生怎么说？”

小阮回道：“医生说你骨折了，断裂的骨头刺破了静脉血管，而且离动脉血管很近，这种伤需要马上动手术，否则有危险。但是……这种手术他这里做不了。”

祁兵马上说道：“那我们就离开这里，换家大医院。”

小阮面色顿显为难，吞吞吐吐地说道：“最近越南正严打黑势力，这个时期，地下打黑拳受伤的人，大医院都不收治的……”

祁兵听后，面色也沉郁下来。静默片刻之后，祁兵站起身来，准备离去。在他们身后不远处，不知何时已悄然站着一位俏丽的女郎，她正默默地望着祁兵。这时，她突然走上前去对小阮说了些什么。女郎说完后，小阮顿时面露喜色，忙躬身对女郎重复着一句发音近似汉语“感恩”的越语（汉语“谢谢”的意思）。祁兵注意到小阮面目表情的变化，而且多半猜出这发音的意思，于是转头向年轻女郎看去……

女郎迎着祁兵的目光默默地、深情地望着……

突然，她脸颊泛起红晕，慢慢垂下眼帘，而双手却有些慌乱地从包里掏出手机，转身走出诊室，小阮跟了出去……

祁兵的目光随着那扇自动关闭的房门收了回来，他感觉自己的心似被一道温暖的电流瞬间触击而颤动了一下。抬起头来，他又从墙上一面镜子里看见了一个半边身子乌青血肿的男人，于是，紧紧地闭上了双眼。

没过一会儿，女郎和小阮从外面推门进来，小阮兴奋地对祁兵说道："匡哥，太好了！医院联系好了，一会儿会有车来接，我们就在这儿等着好了。"果然，不到 15 分钟，一辆医院的救护车来到诊所，小阮和女郎一起陪同祁兵去了河内最好的骨科医院——越德医院。祁兵在照完 X 光片后，被顺利地安置到病房休息去了。医务室里，主治医生看起来对女郎很是客气，他拿着祁兵骨折部位的 X 光片子，对女郎说道："这种锁骨骨折，现在已不是很复杂的手术，本院可以采用'克氏针内固定法'的医治方法。以往对这种骨折的处理多是采用'外固定法'，患者痛苦较大；若是采用'切开复位内固定法'，则容易带来并发症和后遗症。"

"我想知道，您说的医治方法会怎么样？"女郎急切地问道。

"不用担心。'克氏针内固定法'实际上是经皮穿针内固定治疗，这样不仅可以保证患者在术后即可进行一般活动，生活可自理，而且一个月内就可以把'内固定'取出，皮肤上不留明显疤痕。"

女郎听完医生的介绍，紧绷的神经这才放松下来，抿着的嘴角不由得微微上翘起来……

第十四章　死而后生

1. 香格里拉的传说

是谁带来远古的呼唤，
是谁留下千年的祈盼。
难道说还有无言的歌，
还是那久久不能忘怀的眷恋。
哦……我看见一座座山一座座山川，
一座座山川相连。
呀啦索……
那可是青藏高原？

一首音色质朴而又清亮高亢的曲子在一辆行进在盘山道上的豪华空调大巴里悠扬回荡，张崇斌散漫的思绪被这个仿佛能够穿透心灵的声音引了回来，定了定神，他再次将电脑打开，查收邮件。一封标题为“Lost Horizon”（消失的地平线）的未读邮件让张崇斌眼睛一亮，他连忙点击打开，只见一个橙黄色封面逐渐清晰完整地展现在眼前，封面下方有一行英文——“SHANGRI-LA”（香格里拉），这正是张崇斌期待的电子书。

“也许，这本书里藏有可以指导此次行进的‘地图’或者能够给我提供有价值的线索!”尼科最后提示的话张崇斌依旧牢记于心，于是，他迫不及待地在电脑上翻看起来……

“烟头的火光渐渐暗了下来。我们也渐渐感觉到一种幻灭般的失落：老同学又相聚在一起，发现彼此之间比原来想象的少了许多共同语言，这使得我们有一些难过……”

随着开篇引子的铺陈，张崇斌的心渐渐沉静下来，融入20世纪30年代中期，并随着一个发生在三个英国人和一个美国人（共三男一女）身上一次奇特的历险故事起伏悸动。故事中，这四个年轻人在乘飞机时，意外地被一个神秘的东方劫机者劫持到西藏地区一个名为“香格里拉蓝月山谷”的奇妙地方。这个山谷如同陶渊明笔下的“世外桃源”，那里的人们生活在宁静的惬意中，每日伴着余晖，聆听晚钟敲响，悠然望着披彩的山峦，无牵无挂。民主、和平等理念信仰似乎自然天成，基督教堂、道观和孔庙都可并存设立。更令人向往和惊奇的是，那里的人衰老得非常缓慢，80岁的人仍然可以像年轻人一样去登山，一位名叫罗珍的满洲姑娘看上去令人心醉着迷，但已有90岁了。此外，山谷里更有神圣的金字塔般的雄拔雪山和美不胜收的森林、草甸、冰川、峡谷、湖泊等天然景观。故事里的主人公——康维，是一位同时具备英俊、聪明和健全体魄的近乎完美的人，他本来有机会承接“香格里拉”喇嘛寺的衣钵，但是，他却带着满洲姑娘罗珍私奔离开了“香格里拉”。罗珍离开后迅速变老然后死去，而康维在医院里也成了一名失忆的病人。他后来记起了香格里拉，想再回到那个安然闲逸、悠远宁静、无争和谐的“世外桃源”，但是，心灵充满痛苦和惆怅的他却再也找不到了……

看完小说，张崇斌回味良久，书中描述的那个“世外桃源”令他神往陶醉，同时，他也为主人公康维看似聪明却不够智慧，在轻易得到的时候不知道去珍惜，而在永远失去后才倍感怅悔而惋惜着。其实，世间的人谁不曾有过如此的迷失惘然?

“《消失的地平线》在出版后能够迅速风靡整个西方世界，并且字典里从此也增加了一个单词‘Shangrila’，是因为那个时代，人们从一战逐渐消散的硝烟中刚刚呼吸点儿新鲜的空气，可又渐起云集的战争阴云却让人们不得不再次屏住呼吸，人们极度渴望拥有一方像‘香格里拉蓝月山谷’这样的乐园净土，可以在那里大口地呼吸到清新的空气。地球的第三极——西藏，因为当时交通和边境防线的限制，西方极少有人能有机会到那儿一睹她的真容，如此，小说用近似写实的手法描绘的‘香格里拉’就承载了人们精神上的寄托，那是一方到达不了却又相信它是真实存在的人间仙境。”想起导师尼科提示要用那个时代人们的心理状态来看这个小说时，张崇斌的心里不由得生发出这番感慨。

“那么，这跟去西藏寻找那个神秘能量会有什么关联呢？”想到这个问题，张崇斌又开始回顾小说里能够启发他的内容……

“永远年轻的香格里拉人”——“纳粹的不死军团”？“香格里拉”——“沙姆巴拉”洞穴？

“希特勒所要找的那个洞穴里的‘地球轴心’不会就是在‘香格里拉’吧?!”张崇斌瞬间冒出这个灵感，他立即上网搜索去求证自己的感觉：“香格里拉”是否有其他的名字？

很快，一条资讯被他注意到了：“香巴拉”，也可译为“香格里拉”，意为“持安乐”，是佛教所说的神话世界，也是时轮佛法的发源地。原来，“香格里拉”还真有个别名——“香巴拉”，而且也是与宗教神话相关。

“‘香巴拉’‘香巴拉’……‘沙姆巴拉’‘沙姆巴拉’……”这两个词汇的发音怎么这么相近，它们不会就是一个意思吧?!‘香巴拉’，‘沙姆巴拉’，‘沙姆巴拉’洞穴——‘香巴拉’洞穴——‘香格里拉’洞穴！难道说当年的希特勒是看了这个科幻小说，并且相信‘香格里拉’的神迹是因为在某个洞穴藏有能够控制整个世界和让时间倒流的‘地球轴心’?!”张崇斌的大脑快速转动着……

在张崇斌的记忆里，有关二战期间纳粹组织的秘密活动，一直众说纷纭，充斥其中的既有血腥暴力，也有神秘诡异，其本来面目似有层迷雾笼罩着。其中被广为流传的一起秘史是这样的：纳粹帝国首脑希特勒与他的手下纳粹党卫军头目希姆莱为了实现他们的梦想，曾于1938年，派遣了以博物学家恩斯特·塞弗尔和人类学家布鲁诺·贝尔格为首的“德国党卫军塞弗尔考察队”奔赴西藏，这支队伍的其他成员还包括植物学家、昆虫学家和地球物理学家。据说在这次考察中，他们从当地人口中得知有一个名叫“沙姆巴拉”的洞穴，洞穴里隐藏着蕴含无穷能量的“地球轴心”。到了1939年8月，这支考察队回到德国，受到希姆莱的热烈欢迎，并向塞弗尔颁发了“党卫军荣誉剑”。

如果这种传闻是真实的历史，那这意味着什么？难道，西藏地区真的有不可思议的神秘地带？纳粹考察队发现了那个洞穴，并得到了某种力量的支持？于是，纳粹德国就敢于制订出“巴巴罗萨”计划，于1941年6月向苏联发动突然袭击？希特勒，这个痴迷神秘主义且有着艺术家浪漫气质的战争狂人，能有什么事情是他做不出来的呢?!

历史上总是不乏这样鲜活生动的例子，很多看起来惊天地泣鬼神的壮举或是伟大的成就，起因往往就是因为一个看起来似乎不值得一书的事由引发而来。譬如曾耗时十年之久死伤无数并让一座富饶城池成为废墟的特洛伊战争，起因就是为了争夺一个名叫海伦的美女。而疯狂的人物制订疯狂的计划自有他疯狂的理由。当今世界那些武力强国彼此保持着看起来还算是君子动口不动手的“和平局面”，仅仅是靠谁也打不起的核战争维持着的，如果没有这种武力制衡，谁敢说第二个“希特勒”不会横空出世?伊拉克的命运不会落在那些力单势弱的国家头上?!纳粹德国在当时不仅拥有代号“V”系列的超级武器，而且还有性能甚至超越当前的飞碟，这种打破平衡的绝对优势，从人性普具的自私贪婪永无止境的欲望来说，势必要引发“弱肉强食”的进化进程，这应该就是希特勒推行其“社会达尔文主义”的物质基础。如此看来，促使纳粹德国迅速崛起所依赖的那个神秘力量对整个人类社会发展和物质文明的推动都是至关重要的，关键是要看由谁来掌握这个能量，若落在一个战争贩子的手里，那将是全人类的悲哀!

张崇斌此时感到宽慰的是，这个能量的隐藏地极可能就在中国境内；而且，他相信纳粹德国当时并没有完全掌握这个神秘能量，他们可能只掌握了一部分或者是错误理解了这个神秘能量的使用方法，否则，纳粹德国当年就不应该落得个一败涂地的下场。

庆幸之余，张崇斌的内心却依然像是有块石头压着，因为尼科认为希特勒当时可能并没有自杀，一些最为绝密的武器和制造这些武器的资料也可能被希特勒随身带走或隐匿在某个至今未被发现的“最为安全”的地方。这样的话，经过这么多年的蛰伏，不排除那些残余的纳粹势力重新积蓄力量，并且对这个神秘能量的使用又增进了认识。

“不知道自己留下的那个图形是否已被公安机关认真对待并正确破译。唉!”张崇斌暗自叹了口气，这种选择实在是迫于无奈，明明知道这样做会让自己承担更大的风险，但他却又做不到在感觉到国家可能正面临着一个巨大的潜在危机时而无动于衷，张崇斌希望自己留下的这个信息能够引起相关部门的重视，并上升到国家安全的层面做好防备工作。在这种情势下，张崇斌意识到，他的调查工作必须赶在前面，时间对他来说简直太宝贵了!

在汽车停站休息时，张崇斌对孔超和段涛说道：“我们的行程初步确定下来了，不过有所变动，等到了成都后，我们直接换车去香格里拉。”

“香格里拉？那可是旅游胜地啊！”孔超吃惊地说道。

“那地方好像不是在西藏！”段涛也有些疑惑地问道。

“离西藏地区很近，在云南西北部中甸县境内。我已经看过地图，那一带隶属迪庆藏族自治州。我们需要抓紧时间了，你们一会儿把地图也熟悉下，我们要连夜兼程地赶路。”张崇斌说道。

大约又坐了 2 个小时的车，终于在傍晚 7 点半到了终点站——成都。下了车，按照张崇斌的要求，孔超和段涛就近分头买了进藏区常备的感冒药、高原安、黄连素、风油精等药品和巧克力、牛肉干等食物。张崇斌去买了防寒衣服、手套、墨镜、雨披、小手电、火柴等物品，又顺便联系上一个跑长途客运的中巴，张崇斌出了一个让他不好意思拒绝的高价给包了下来。

在司机的建议下，张崇斌最后决定走雅安—康定—折多山垭口—雅江—理塘，由此再南下走桑堆—稻城—香格里拉这条路线。如果马上动身，路上不出意外，车子中途不停，司机估计明天上午就可以到达目的地。

一行三人乘着夜色再次上车。显然是很疲累了，尽管路途曲折，车子不时地上下颠簸着，坐在副驾驶位置的张崇斌还是很快合上了眼睛……

2. 赤土仙人洞

当张崇斌再次睁开眼睛的时候，天色已是蒙蒙亮，他看了下表，4 点半左右，回头看去，孔超和段涛正睡得香甜，段涛还打起了有节奏的小呼噜。“睡醒了？有没有什么不适的感觉？”司机叼着根烟卷，眯缝着眼睛看着张崇斌道。

张崇斌挺直了身子，晃晃脑袋，说道：“还好，我这个体格看来还能适应高原地带。对了，这边的海拔有多少？”

“3300 多米。抽不抽烟？”司机指了指挡风玻璃处的一包烟说道。

“好，抽一支。”张崇斌点上火，吸了一口，然后笑着说道，“这一晚上没有个人陪你说话，你也够受的。”

“是啊，看你们都很累的，音乐也不能听，我这一夜烟都抽了一包半，怕也睡着啊。”司机眨巴着眼睛回道。

张崇斌感觉这个司机人还是不错的，于是有了点儿聊天的兴致，问道：“师傅，看你今年应该40岁左右吧，经常开车来这边？”

“呵呵，42岁了，以前不干这个，现在孩子读书需要钱，最近两三年才跑长途的。你们是北方人吧？”

“是的，早听说香格里拉景色美啊，这次专门过来看看。师傅，香格里拉有什么神秘的地方，比如说一般人想去却又去不了的地方？”张崇斌随口问道。

“一般人去不了的地方啊，那你可问对人喽。”司机似乎来了精神，只见他狠吸了口烟，然后把烟屁股扔出窗外，接着说道，“这个地方能叫作‘香格里拉’，依我看是因为这儿有座神山，山有六七千米高，却比最高的珠穆朗玛峰还难登，目前还没有人成功登顶。登这山死了不少人，最惨的那次我记得是1991年那回，有个中日联合登山队，就快到顶了，结果遇上雪崩，全队17个人都死了。现在，国家已经明令禁止再登这山了。”

“哦，这真是一个一般人去不了的地方。师傅，你说的这山是不是梅里雪山卡瓦格博主峰？”张崇斌插话问道。

“是啊，今年这山可就热闹喽。”司机念叨一句。

“这话怎么讲？”

“你们有福气哦，今年是藏历第十七绕迥水羊年，也是卡瓦格博的本命年，转山的人会很多。今年到梅里雪山朝拜的人，可获得多于其他年份十三倍的功德加持哩。”

“嗬，真是运气不错！”说着，张崇斌从口袋里掏出包烟，取出两支，递给司机一支，并帮他点上，然后问道，“除了这山是一般人上不去的，那有没有什么是人下不去的地方，比如说洞穴什么的？”

“这个，你还别说，我还真听说有个地下溶洞，叫什么……对了，叫‘赤土仙人洞’！”司机拍了下方向盘肯定地说道。

张崇斌一听，精神为之一振，忙问道：“这洞在什么地方？怎么会下不去人？你给好好说说。”

“我没有去过，不过去年我拉过的一个乘客曾说起过，他说这个洞在香格里拉县格咱那格拉村境内，距县城有百八十公里远，那边有个深山峡谷群，这个洞就在那个峡谷中，据说这个洞很深，到底多深，目前谁也不清楚，反正里面是大洞套小洞，洞洞相连。最神奇的是，洞口有一只天然造就的脚印，大小和人的一样，听那人说连脚指头都看得一清二楚，当地人认为那是活佛的脚印。”

"'赤土仙人洞'，是叫这个名字吗？"张崇斌再次确认。

"没错，就叫这个名字。"司机非常肯定地回道。

"当地有旅游团去这个洞参观吗？"张崇斌问道。

"听说还没有正式作为旅游景点向游人开放，好像正在建设。"司机说道。

"那这样吧，师傅，你把车直接开往香格里拉峡谷方向。"

天色已渐渐放亮，中巴正行驶在一条不算宽阔的盘山道上，山回路转间，可以不时地看见山下片片葱绿的草甸，抬眼远望，薄雾缭绕的群山延绵横陈，远近山体自下而上铺绿、浸黑、披白，呈现三种色彩，雄伟高耸的雪峰在晨光的映照下反射出夺目耀眼的光芒。

"啊！真是太美了！"这时突然传来段涛的惊呼声。张崇斌回头看去，孔超和段涛都已睡醒，二人此刻正脸朝窗外看着沿途的景致……

"张总，咱们这是到哪儿了？"孔超问道。

"快到云南北部边境了。"张崇斌回道。

"那不是快到目的地了吗！"段涛有些兴奋地回道。

"呵呵，一会儿带你们去钻山洞，怎么样？"张崇斌的语气里也透着兴奋。

"找到山洞了?!"孔超又问道。

"司机师傅说这边有个挺神秘的地下洞穴，现在我们正在去的路上。师傅，还需要多长时间能到？"张崇斌问道。

"快了，过了前面的格咱乡检查站，再有一个多小时就到了，我把你们送到碧壤峡谷进口那儿，你们找个导游带你们进去吧。"司机回道。

时间过得很快，上午9时，天色完全放亮，中巴到达碧壤峡谷。

张崇斌下了车，与司机道了别。然后，他环顾四周，看到不远处有几个皮肤黝黑的藏民牵着马匹在闲遛，看样子是在等客。这些人的身后有个售票处，张崇斌走了过去，掏出钱来买门票，顺便又向售票员打听了一下去赤土仙人洞的路线。这个售票员能听懂汉话，她告诉张崇斌此洞位于峡谷的中段。

张崇斌一转身，看见几个牵马过来的藏民不断地用手拍着马背。张崇斌明白他们的意思，于是问其中一个人租一匹马多少钱，这个藏民抬起右手伸出三个指头，张崇斌点了点头，然后招呼着孔超和段涛过来。

他们二人围过来后，张崇斌说道："山谷的路不会太好走，咱们大家轻装上阵，把手里的行李绑在一起让马驮着，饿了咱们就在路上吃点儿面包、巧克力，先垫补垫补，等回头到县城，我请你们吃藏族大餐。”

于是大家换上旅游鞋，再披上一件外衣后，一行四人徒步上路。

他们沿着一条狭窄的山道下行，走不到5分钟路程，发现周围的环境已与峡谷外迥然不同，仿佛进入一个异度空间，两边的岩壁突兀高耸迎面排立，似一扇敞开一道缝隙的巨型石门，一条曲折幽深的峡谷被夹在中间。这峡谷确实够深，在谷中仰头上望，两边岩壁似要倒下来一般，天就是一条狭窄高远的蓝线。当走过一条相对宽敞的谷道，来到缝隙仅有10米左右的狭窄路段时，峡谷中的水流则由平缓而骤然变得湍急，之前潺潺流淌的声音顿时变成了奔腾下泻的巨响。

经过几个弯道，又是另一番景致：谷中水光浴身、青枝盘头、花草繁茂、鸟鸣婉转、走虫窜动，一派生机盎然的景象。张崇斌忍不住停下脚步，用手捧着清澈的流水喝了一口，感觉甘甜润渴。更令他惊奇的是，路边还出现了成片的只在热带和亚热带才能看见的棕榈树林，能在雪山峡谷中发现这种树木，简直就是奇迹。

段涛一点儿也没有闲着，他用手里的相机不断地东摆西拍着。

孔超显得安静很多，他一手拿着瓶矿泉水，一手不时地按着腹部。

“孔超，感觉不舒服吗？”张崇斌问道。

“啊，没有。”孔超笑了笑回道。

在经过几道桥后，两边陡峭的岩壁仿佛突然消失了，四周都是参天大树，已然是个原始森林。

一直走在前面的藏民这时停住脚步，用手指着斜前方。顺着他指示的方向，远方隐现一座寺庙，看来目的地就在前方。于是众人加快脚步，快速穿过一道丛林带，来到了这座矗立在半山腰的庙宇前。从近处观望，寺庙看上去并不雄伟，不过后面却有一方绵长的石碓，张崇斌来时在车上看书知道这就是当地有名的玛尼堆，这玛尼堆是由大小各异的石片堆砌起来的，石片上面刻着“唵嘛呢叭咪吽”六字真言和一些咒语。此时，一阵阵焚香烟气正从庙宇内向外飘散……

正当张崇斌四处张望寻找洞穴的时候，身边牵着引马绳的藏民突然放开手向寺庙一旁的山腰快速跑去，跑了几十米后突然站住，然后面朝着山腰双手合十举过头顶，嘴里不断地念念有词，随后藏民向前迈出一步双手保持合十落在胸前，突然间双膝跪地，身子往前一扑整个身体伏在地上。

张崇斌等三人见此也连忙赶了过去，待藏民站起身时，张崇斌已来到他身边。顺着藏民面对的方向看去，他赫然发现，眼前陡峭的岩壁凹处，竟然有一个巨大的洞口。

迎着洞口外渗的侵身寒气，张崇斌走近仔细看去，洞口的一侧确实有个不似人工雕琢的类似人脚印的印记，“脚印”周围刻满了藏文，再抬头上看，还有“仙人洞”三个不太工整的汉字横刻在洞口外壁。

“没错，这正是司机说的那个‘赤土仙人洞’!”张崇斌转过身来朝带路的藏民笑了笑，然后按照事先的约定付了钱。黑皮肤藏民接过钱，憨厚地笑着说了句藏语：“突及其。”（藏语：谢谢的意思）张崇斌也学着他的发音回了句“突及其”，然后，他让段涛跟藏民去把马背上的行李拿过来。段涛走开后，张崇斌走到孔超身边，看着他的眼睛说道：“我看你脸色不是很好，是不是身体不太舒服?”

“张总，我没事。”孔超勉强笑了笑道。

“如果难受，就告诉我，别硬扛着。”张崇斌严肃地说道。

“应该没有大碍，我，我只是有点儿腹胀和头晕。”孔超有些不好意思地回道。

“你这不是高原反应吗?不知道啊，怎么不早说?赶快吃点儿药。”说完，张崇斌朝正往回赶的段涛大声喊着让他快点儿跑过来。段涛一过来，张崇斌就让他从常备药袋里找出高原安，让孔超马上服下。段涛听后很吃惊，一边找药一边关切地问着孔超……

这当口，张崇斌转过身来，再度打量起眼前的这个洞穴。

“这是不是有些过于顺利了?刚才那个藏民虔诚的朝拜，还有旁边的寺庙，以及洞口的刻字，说明这个洞穴应早已为当地人所知。再看这一带的地势和景物，倒是感觉确实和小说《消失的地平线》中提到的峡谷、半山上的寺庙这些场景颇为相似，难道，这就是纳粹集团曾梦寐渴求、几度长途寻觅、翻山越岭誓要找到的‘沙姆巴拉’洞穴?!”张崇斌突然有种强烈质疑的感觉，但一时又说不出具体的理由。不过，无论如何，既然已经来到这里，那就一定要入洞看看!

3. 地穴探测

虽然这次过来没有对探索洞穴的工具进行充分准备，但张崇斌考虑到时间紧，而且他以前练习过攀岩，对自己的体力和身手依然相当自信。所以，张崇斌决定在现有的基础上，先来一次试探性的探索，如果在这次探索中能够发现有价值的线索，那么就再做充分的准备，好好来个深度探索。

想到此，张崇斌回过身来，看着孔超再次问道："感觉好点儿了吗？"

"放心吧，张总，我现在真的没事儿了。"孔超急切地说道，看起来他又恢复了原有的灵气。

于是，张崇斌拍拍孔超和段涛的肩膀说道："我们一路连续调查，到目前为止都还比较顺利。现在咱们来到一个完全陌生的地方，一会儿，我想去探探这个洞穴，听说这个洞穴里面结构比较复杂，有很多岔洞，而且洞穴很深，目前还没有人知道它的尽头在哪儿。对我们不利的是，我们这次没有充分准备好相应的探索工具，所以大家不要过于放松精神，时刻要有风险意识。"

"这洞里……洞里会不会有蟒蛇之类的动物？"孔超突然问道。

"不会的。比这大的张家界黄龙洞我都去过，洞里根本没有什么大型动物。这个洞穴早就有人进去过，没看见这洞叫'仙人洞'吗，运气好的话遇见个神仙倒有可能。"张崇斌以轻松的口吻说道。

段涛和孔超听了这话，忍不住笑了起来。

"不过，你们一定要记住这几点：一是我们的行动要一致，大家精神头足点儿，千万不要走散了，要是在这个如迷宫一样的地下走丢了，打着灯都没法找！二是要注意自己的脚下和头顶，地洞里会有暗河、地缝，头上也会有很多垂挂的钟乳石什么的，所以，我打头，用手电照着前方，孔超你用手电照地上，段涛断后，用手电照头顶，备用电池都给我随身带着。三是如果发现有什么值得勘察的迹象，大家要相互配合好，尽快把事情做利索。还有……"

说到这里，张崇斌停顿下来。

"还有什么要求？"孔超问道。

张崇斌想了想，严肃地说道："记住，无论出现什么意想不到的事情，大家一定要彼此信任！"

孔超和段涛听到这句话，先是愣了一下，随后两人不约而同地深点了下头。

"现在把各自行李包打开，大家把手电拿好，衣服扣子都扣上，看看鞋带，系紧着别松了。段涛，一会儿把整理好的行李包分成两份，你和我各拿一份。"张崇斌一边吩咐道，一边从行李包底层掏出一把带套的潜水刀。这把99式潜水刀是祁兵曾推荐过并委托一个朋友给张崇斌买来的，此刀的刀身采用特种合金钢制造，高强度，耐腐蚀，刀背有尖锐的锯齿，刀尖刀刃锋利无比，中国的蛙人部队就用它作为装备之一，现在它是张崇斌最爱的贴身武器。张崇斌把它捆绑在自己的右小腿外侧。

很快，大家都已准备妥当。张崇斌看着孔超和段涛绷紧面孔充满自信的神情，点了下头转身带头朝洞穴走去……

走进洞口，张崇斌要求大家暂时都不要开手电，先用眼睛去适应黑暗。过了一会儿，先前黑咕隆咚的一片漆黑渐渐显影化像，一个幽深空阔的“地下世界”出现在大家眼前，只见洞内岩壁耸立，洞顶交错垂悬着各形各色的钟乳石，而在一侧的绝壁之上，居然还有一个犹如一头猛兽张着大嘴的黑洞，脚下的地面，也是石笋峥嵘、乳花朵朵……

“领教了，实在是美啊！”面对如此盛景，段涛忍不住赞叹道。

“洞里面会更漂亮！跟我来。”张崇斌说道，同时将手电打开。

沿着地上一条已被人踏平的弯曲石道，三个人开始朝着洞穴最黑暗的方向走去。这条被人蹚过的路并不难走，一路上，三个人用手电朝着四处照射着，在光影的晃闪下，洞穴里的那些似精工细雕而成的奇石怪景不时地引起孔超和段涛的即兴“点评”，一会儿是孔超突然用手电照着一块石头让大家看是不是像匹白马，一会儿是更为兴奋的段涛照着头顶说有个莲花灯倒吊着，然后又说前方那一片洁白如玉的石挂像是瀑布……大自然的这般鬼斧神工确实令人震撼叹服！

走在前面的张崇斌一直保持着沉默，他以前游玩过地下溶洞，并没有让这些奇异景象分神，他也能理解孔超和段涛的心情，所以独自认真仔细地观察着前方未知的形势。在通过一条狭窄上行的路径时，张崇斌缓慢地停住脚步，他用手电朝左右照了照，然后回头对孔超和段涛说道：“你们观察一下这周围的景观，看看与刚才的洞景有什么不同。”

“这里的石头更白了，像是透明的。”孔超用手电照了下四周说道。

“哎呀！看，这儿有道大裂缝！”段涛用手电照在离自己不远的地上突然大声地喊道。

张崇斌顺着那道光亮慢慢地靠近那道裂缝，原来，这是一条约 5 米宽深不见底的地缝裂谷。张崇斌蹲在地上，转过头来对他们两人说道：“好了，美景该看的也看过了，没看够的话以后还有的是机会。现在，我要求你们把心收回来，因为，我们已经进入洞穴的另一层空间，大家也看到了，我们的脚下有地缝裂谷，如果不小心掉下去，会是什么后果就不用我多说了。”

孔超和段涛慢慢地走近地缝，用手电朝下径直照去……

“我的天，这得有多深啊?!”段涛看过后显得颇为吃惊。

“你们注意到没有，我们一直走的这条路虽然上上下下的，但总的趋势是向上行进的。”张崇斌站起身来又用手电朝刚上来的路口照去。孔超和段涛一起侧头看去……

“张总，您的意思是我们应该向下走?”孔超收回目光侧头问道。

“是的，走别人走过的路我不相信会有什么意外发现，大家别忘了我们来这里的目的是什么。”张崇斌边说边将刚才从地上捡拾起的一块石头朝那道裂缝抛去，过了好一会儿才听到一个微弱的回响，但这个回响并不脆生，似乎被什么东西吞了。

孔超靠近张崇斌，说道：“张总，你不会是想从这道裂缝下去吧?！咱们可没带绳索，这一旦要是脱手掉下去……”

“呵呵，当然。”张崇斌笑着回道。

“啊?!”孔超听后大吃一惊。

“当然不会！我不会拿你们和我自己的生命开玩笑的。”张崇斌这才把话说完。

“张总，您可别……千万别开这种玩笑，段涛还没有娶媳妇呢。”孔超吐出一口气说道。

“这跟娶不娶媳妇有什么关系，只要是张总敢去的，我就敢跟着。”段涛很不服气地说道。

“好了，不开玩笑了。你们刚才注意到没有，刚才那块石头落底的回响声，能发出那种声音说明这个洞穴很深，不仅横向很深，纵向也很深，我们的脚下说不定还会有更大的溶洞。如果，这个洞穴里面真的有未被世人所知的秘密或者是特殊的能量，我们就必须下去实地勘察，才有可能发现。”张崇斌说道。

“我们怎么下去?”孔超问道。

“如果判断准确的话，一定会有其他通道是通向这个洞穴的，我们现在需要留心周围，看是否有其他的岔洞。现在，咱们继续走吧。”交代完毕，张崇斌带头又继续向前走去……

这回大家都不言语了，步伐也谨慎很多，这骤然肃穆的气氛似乎让这看不到尽头的洞穴也变得愈发阴冷黑暗起来。不过，在张崇斌看来，此时保持这样一种感觉不见得是件坏事。

又走出百八十米远，在转过一个狭窄的弯道又进入一个稍微空阔的洞穴后，张崇斌突然发现远处几根石笋样石柱后面似有一道狭长的缝隙，于是朝那边走去。走近一看，原来是道岩壁缝隙，张崇斌用手电顺着缝隙向里面照去，无尽的黑暗中，一条未被人踩踏过的坡道下行延伸着……

“段涛，拿个本子来。”张崇斌回头说道。

段涛连忙从包里抽出一个记事本递过去，张崇斌拿过来翻开本子从中撕下两页，然后迅速折成两个一端是尖角的长纸条来，他把其中一个纸条摆放在脚下，让纸条的尖头对着面前的缝隙，尾端朝向他们来时的路径。

“段涛，找个石头压住它。”说完，张崇斌一缩身从面前的缝隙穿了过去，转身将另一个纸条的尖头也对着缝隙摆放在地上，然后找块石头压住。

孔超和段涛也先后穿过这道缝隙，张崇斌把本子给了段涛，交代他每隔一段距离，尤其是出现拐弯和岔路口的时候，就学他那样用纸条做好标记。

这条下行坡道显然难走很多，不仅崎岖不平，而且湿滑，头顶倒垂着的钟乳石紧挨着头皮，如果只注意脚下的路，脑袋就很容易被头顶的石尖碰痛。这段路让大伙走得很谨慎很辛苦，下行的途中不断出现新的岔洞和石缝，脚下不时地还会出现宽窄不一的地缝，大家是走走停停。就这样走了好长一段距离，张崇斌反倒感觉不像开始那样冷了，也许是身子出汗的缘故，同时，还听到下面有涌动的水声。

“快到底了，下面好像有地下河，大家要小心啊。”张崇斌叮嘱着身后大口喘着气的孔超和段涛。

“张总，你慢点儿走啊，我可是不会水啊。”孔超声音有些颤抖。

“咱们经过了四个岔洞，拐了七个弯了。”段涛报了下路标状况。

在又绕过一面陡峭的岩壁时，张崇斌忽然感觉眼前一片空阔，涌动的水声也一下子变得清晰起来……

“到了！我们到底了！”张崇斌大声地说道。

“到底了？到了，总算到底了！”紧跟着下来的孔超和段涛兴奋地大声叫道。

三个人走到一处开阔地带，一起用手电向四周照去，这才发现，下面的洞穴竟然比刚才的那个洞穴还要开阔，里面的钟乳石更为洁白垂长，有的直接与地面相连，由于水汽较大，还能看见交错排列的冰凌似的钟乳石尖上正悬着垂垂欲落的水滴……

“手电只开一个吧，省点儿用。孔超，咱们抓紧时间，勘察一下地磁情况。”尽管地下的美景令人目不暇接，但张崇斌却无法提起兴致好好欣赏，他甚至还有种失落感，因为这地儿怎么看也不像是纳粹考察队来过的地方，但费了半天功夫又冒着风险来此一趟也不容易，他不想就这么轻易地放弃。

孔超和段涛把手电关了，只留下张崇斌的手电兀自亮着……

孔超这会儿看起来有点儿反常，平时很快就可以装配好的设备，这回在段涛的帮助下，颠三倒四忙乎了半天才搞好，然后手脚慌乱地把设备摆放在一个相对水平的地面上开始测试起来。过了一会儿，孔超又搬动设备换了个地方继续测试。张崇斌一直用手电照着仪表盘，果然，几处测试数据显示，这地带并不存在都溪林场那样的地磁特异现象。

“看来，这个洞穴不是‘沙姆巴拉’洞穴，那么‘沙姆巴拉’洞穴到底在哪里呢?”正当张崇斌陷入思考的时候，突然，身后一声尖叫声，让他骤然心惊，张崇斌猛地回头看去，只见眼前一个意想不到的事情发生了……

4. 濒死体验

张崇斌猛一回头，才发现刚才还站在身后的孔超不见了！与此同时，水中传来“扑通”的一声，随即那个令人不寒而栗的叫声被迅速吞没了。

“张总，孔超掉水里了!”段涛用变了腔调的声音叫喊道。

“不好！孔超他不会水!”张崇斌的脑袋“嗡”的一声，他转身大步向前跨去，急忙用手电朝发出声响的地方照去。只见一道涌动的暗河就在自己脚下，水面距离岸沿有近1米的落差，而他的前脚刚好踩在岸沿上，如果刚才步子再大点儿，可能自己也会直接掉下去的。张崇斌忙蹲下身将手电放低尽量与水面保持水平向四处照去，很快，他发现不远处的水面有紊乱波动的迹象，而且水下还在不断地冒着气泡……

“孔超一定就在那下面!”张崇斌立即做出判断，他转身对段涛说道：“段涛，你站着别乱动!”说着，张崇斌放下手电，站起身来，衣服也不脱纵身向水面一跃，“扑通”一声跳进了水里。

顿时，冰冷的河水从头到脚将张崇斌包围……

自小在海边长大有着20多年泳龄的张崇斌在水中很快找到感觉，他屏住一口气迅速朝孔超落水的方位潜游过去。漆黑的水下，什么都看不见，凭着耳膜对水波的感应，张崇斌很快抓住了一只正在水中狂乱舞动的手臂，然后迅速踩水上浮……

"噗……"张崇斌的脑袋露出了水面。

"啊噗……"孔超也冒出头来，并把水面划拉得水花四溅、噼啪乱响。

张崇斌绕到孔超背后，托着他的腰身和屁股向岸沿游去，很快到了岸沿立壁，段涛早已蹲在岸上尽力伸长胳臂等候着……

"段涛，抓紧了！"看见段涛抓住孔超的手后，张崇斌也猛力地踩着水托着孔超的屁股在下面使着劲。

可是，就在这个时候，不知从何处传出阵阵隆隆的响声，这声响似由远而近、由下而上……突然，张崇斌感觉自己脚下的水流有了奇怪的变化，他的脚踩不住水了！更要命的是，水下似乎有股吸力在拽着他的身体……

"不会吧？地下暗河下面难道还有暗流漩涡?!"张崇斌一激灵，脑海中闪出这个不祥的念头。

常在大海里游泳的人都知道，水性再好的人，也怕遇到"海流子"。那是一种暗流，有时候会因为上下或前后两股海流水温、流向和流速的差异，造成海水浮力下降和游者腿脚突然抽筋，很多游泳高手就是因为这个原因溺水而亡，而一旦在距离海岸较远的海上遇见"海流子"，如果游水的人身上没戴救生护具，那是很可怕的，别人看着明明是平静的海面，可游在其中的人却无论如何拼力也只能是离海岸越来越远，最后耗尽体力消失在汪洋大海中……

湿漉漉的衣服缠裹在身，张崇斌感觉手脚笨重很多，而且身体越发感觉到沉重，眼看着水位不断上升没过了自己的脖子……

此时，他抬头看到段涛已经将孔超拉上了岸，又将手伸过来欲拉他上去，张崇斌抬出右手，尽力上伸，但试了两次，却都碰不到段涛的手，而此时水下的吸力越来越大，张崇斌将身体尽量贴靠在岸壁上，不敢再伸手去抓段涛的手，只是抬头直直地看着段涛，手指在胸前死死地抠住上面隐约凸起的石棱，拼命地坚持着……

看到张总突然不再说话，而且张总的姿势和神情也变得极度异常，段涛已转悲为喜的心情陡然又被惊恐占据了……段涛带着哭腔大声地喊着："张总，快上来呀，你……你怎么了?！你快点儿上来啊！"说着，他站起身来也要往水里跳……

"段涛，不许跳！这水下有问题，你赶快和孔超离开洞穴，不用管我！我会有办法出去的！"张崇斌急迫地大声喊道。

这时，张崇斌身上的衣服兜着的水越来越重，水中的那股力量也越来越强，他整个身体开始不由自主地后仰……在他感觉到手指快要抠不住石棱的时候，突然心一横，胸膛猛然扩张，大口吸进一口气，最后看了段涛和孔超一眼，然后松开手指……

河水顿时淹没了张崇斌的身影。

冰冷的水下，张崇斌四肢蜷缩着不做任何挣扎，任由这股潜流带他而去，但他的头脑还是非常清醒的，在身体不断滚动潜行的过程中，他甚至还回想起自己十来岁那年一次被数米高的海浪劈头盖脸压在水下的情景：那年有场台风快要在渤海口岸登陆，平时温和的大海那天开始变得波涛汹涌、浪花激溅，这样的海况在北方港口是难得一见的，而张崇斌那时刚好对游泳运动最为上瘾，且认为自己的泳技相当不错，为了体验一下，他只带着一个平时从不用的军用救生圈闯入那片波涛汹涌的海区。进去没有超过半分钟，他就后悔万分，因为那一阵阵滚动盖压过来的浪头不仅让他换气困难，而且还压着他的脑袋不断地向手中的救生圈撞去，要命的是这军用救生圈的填充物不是空气而是硬质的材料，张崇斌知道如果不扔掉那个救生圈，自己也许不会被淹死，但肯定会被撞死，于是他抛掉救生圈，拼命向岸边游去……眼看着就要到岸边了，就在他试着站起身看是否可以踩在沙地上的时候，猛然感觉到整个身体被一股巨大的力量向水底拽扯去，他忍不住回头看去，一个令他终生难忘的恐怖情景顿时出现在眼前：一道比他身体高出数倍的水墙从上而下朝着他的头顶狠狠地砸了下来！张崇斌本能地屏住一口气，四肢蜷缩起来把头埋在身下。那一刻，他似乎已做好“牺牲”的准备，决定拱手将自己的命运交给发狂狰狞的大海了……

“相似的情形今天又降临身上，而这回还会有上次的好运吗?!”那一回，张崇斌感觉自己在水下就像是一个任人踩踢的皮球，滚过了几个礁石带，最后被一个大浪稀里糊涂地打上了沙滩。在海水还没有大力回抽的时候，他迅速爬起来没命地向高处跑去，待确认自己处于安全地带后才站住。直到心神平静下来，才感觉到身体的伤痛——身上多处皮肤被礁石划破流血不止。历经此事，张崇斌在庆幸自己大难不死的同时，也深切体会到一个道理：大自然的力量深不可测！在它面前，人不能过分自信和要强，如果生命不可避免地陷入大自然的狂暴力量中，要先顺应其势，不能硬抗，保持好体力和清醒的头脑，等待逃生的时机……

也许，经历生死的考验是人生中最值得学习的功课。在冰冷、黑暗的水下，张崇斌依然没有想过放弃，他不相信自己的生命会被这次意外淹没在一个无人知晓的地下水世界里……

在感觉到水下抽吸的力量减弱后，张崇斌开始伸展手脚四下摸索，试图找到可以帮助自己浮出水面的依靠，但是，每当他摸到石壁时，身体就会下沉并继续向前漂移，丝毫没有可以露头的机会，而此时，憋在胸口的气愈发紧闷，几近极限，他知道这个时候千万不能惊慌失措，否则马上就会憋不住气，那后果……张崇斌不愿意想这些，于是，顺着暗流的方向拼力划动手脚，想借着水势加速穿行过去……在感觉到必须换气的时候，张崇斌猛力地蹬踏踩水向上浮去……

"砰"，他的头撞上了石壁，此时胸口的气再也憋不住了，张崇斌张开嘴猛地吐出含在胸腔的闷气，但再次灌进口中的却是满口的冷水。原来，张崇斌淹没在了一个水道里！

伴随着极度的沮丧和惊惧，张崇斌的心剧烈地跳动着，仿佛要穿透胸膛，身体开始不受控制地痉挛，似乎为了呼吸到一丝空气，张崇斌开始拼命地喝起水来……渐渐地，他仿佛感觉不到冷，也没有了缺氧的痛苦感觉，甚至连恐惧的意识也不存在了。这时，张崇斌突然有种想笑出来的感觉，觉得自己不是在水中，而是飘浮在空中，甚至眼前也不再是漆黑无光，他不用呼吸也能自由自在，人也在逐渐变小如同胎儿，他感到了一种从未有过的惬意舒服。在黑色无边的隧道里，他隐约看见前方有一个发散着柔和温暖光芒的白色光环，那道光环似有着让人渴望已久的诱惑力，让人看见它时顿时满心欢喜，于是张崇斌的身体开始不由自主地向那道光芒飘去。在进入光芒可以映照到的区间时，他像是进入一个三维立体影院，伴随着迷惑而又欣慰的感觉，张崇斌竟然发现自己从成年到幼儿阶段的人生经历就像电影倒放一样一幕幕映入眼帘，这些经历在那道越来越耀眼的光芒中不作停留地连续播放着。剧情里的悲喜哀乐依然让他感到熟悉，而此时的他更像是一个无人打扰默默无语的观众，他又看到了曾经的辛苦和收获，而那些爱与怨依然牵绊着他，让他不能释怀……

恍惚中，张崇斌发现那道光环渐渐暗淡远去，"飘浮在空中"的身体也开始下坠，猛然"落地"后，耳边又传来越来越嘈杂的噪声。同时，他感觉胸腔憋闷，嗓子干痒，忍不住一阵剧烈的咳嗽，咳嗽带出来的水从口中和鼻腔里喷溅涌出，难受极了，张崇斌猛地睁开眼睛……

一道柔和的光亮映入眼帘，张崇斌眨了眨眼睛，这才看清离头顶不远的岩壁上方，有一道瀑布般的水流正不断地从一个黝黑的洞口往池中倾泻，而自己却仰躺在一方水池中，敞开着的衣服领口边角被池壁上的一个凸物牵挂住。

"这是在做梦，还是……"张崇斌一时想不起自己这是怎么回事，更不清楚这地方是哪儿。此时，不断溅落在脸上的冰凉水珠让他激灵一下，他想起了和孔超、段涛他们曾一起进入一个地下溶洞……孔超在水里挣扎……他跳进水里……

“想起来了！自己是被地下暗河的水流给吞没带走了……难道，我已经死了吗？眼前的这个并不算黑暗的世界就是死后的世界吗？”张崇斌有些不确定，于是使劲咬了下嘴唇。

“疼！死后还有疼的感觉吗?!”张崇斌反应过来，自己竟然没有死！

与此同时，张崇斌也意识到自己还在这个地下洞穴里，而且是孤身一个人……真不知道这该算幸运还是种折磨，短暂的心灰意冷闪过后，他又想到“大难不死，必有后福”，既然阎王爷不收，且让自己在这黑暗中可以看到光亮，那就一定可以重见天日！

“对了，这明明是个地下洞穴，怎么会有亮光？难道说自己经过刚才的死里逃生，无意中打通了任督二脉，修炼出什么‘特异功能’了?!”张崇斌有些迟钝的大脑又开始闪现活跃的灵光。

那股水流依然不断地从他头顶幽黑的洞口泻出，骤然溅起的水花，让张崇斌的身体不禁一震，这使他更清醒地意识到，现在需要做的不是胡思乱想而是赶快脱身。扯动衣服的时候，张崇斌发现如果不是因为衣服被挂住，之前处于昏迷状态的自己，就会顺着池中涌动的水流继续漂向身后那看不见尽头的黑洞。于是，他心生感触，轻轻地将衣服扯下来，这才看清楚挂住衣服的是一根插入石壁缝隙的手指粗细的圆柱形铁器，这个铁器显然不是大自然的产物，因为这个铁器的表面隐约刻有人面图案，看起来就像是一把尖刀的手柄。

“看来，这个地方曾有人来过！”张崇斌心中一喜，因为这意味着这个地方是可以通向外界的。没想到，今日大难不死，是因为这个小小物件救了自己，于是，他使劲将它从缝隙中拔了出来，发现这个物件的前端是三棱刮刀式的铁尖。

张崇斌抬头四处端望，看到这个水池的水面距离岸沿并不算远，于是他用嘴叼住这个物件向上面攀爬而去……

5. 圆寂的高僧

爬到岸上时，张崇斌发现这个洞穴的亮光来自前方一面岩壁上高挂着的一盏正在燃烧着的油灯，于是明白了自己并没有修炼出什么特异功能来。

不过，看见了火苗，张崇斌浸湿的身子愈发感觉到冷，双臂不禁交叉紧抱胸前，同时心中又生起新的疑惑，“这个地方确实有人来过，那在这儿点燃油灯干什么?”那盏油灯的火苗并不抖动，想必那儿是避风之地，于是张崇斌挪动着不住颤抖的身子向油灯处攀行而去……

走着走着，他突然站住了，只见油灯下面的平地上竟然有个肩头斜缠暗红色袈裟、面向岩壁盘腿而坐的僧人!

张崇斌不知道自己刚才的活动是否惊扰了这个面壁修炼的僧人，但他的心情却激动兴奋起来，心想能在这里修炼的人一定是位与世无争德行高深的大德，而自己也就无须担心走不出这个不知深浅的地穴了。

可是，在张崇斌耐着性子哆嗦地站了足有5分钟后，他开始意识到有什么地方不太对劲，那人怎么就像蜡像似的竟然一动不动，连基本的呼吸都看不出来……

“难道真是座人像雕塑?不对，不会是个肉身不腐已经圆寂的僧人吧?!”张崇斌不由得一惊。

终于，张崇斌按捺不住缓缓地走近那个僧人的背后，轻轻地用手碰了碰僧人裸露在外的一侧肩膀，冰冷且无弹性，果然是位圆寂的僧人!

“不知道这位孤独的高僧在这儿面壁多久了。”这时，张崇斌想起了曾在嵩山少林寺面壁九年的达摩祖师，因为面壁时间太久，以至于对面的岩壁都有了一具“人像”，如同印刻的壁画。想到这儿，张崇斌慢慢俯下身来，仔细地向高僧面前的岩壁看去……

那岩壁之上似也有着模糊的“人像”，但张崇斌不确定这个“人像”是不是一种光影，或者是自己先入为主的主观意识所产生的一种幻觉。不过，张崇斌敢肯定的是，那岩壁上确实有着某种图案。

张崇斌慢慢抬起身来，伸出一只手臂，将岩壁上的古旧油灯轻取下来，借着这点光亮，他再次俯身向那岩壁看去，原来岩壁上面的图案是一些大小不一的正方形和圆圈相互包围着的组合图形，最外面是个大圆圈包围了这幅组合图形。此外，张崇斌这回也看清楚了，岩壁上确有个模糊的人影。

“看来，这个僧人圆寂的时间已是很久了，可这盏油灯竟然一直亮着，难道是有人定期来这里填充燃料?或者，这就是传说中的可以千年不灭以人鱼膏为燃料的‘长明灯’?!”张崇斌仔细地看了看这盏陶瓷材质的古旧油灯，想起了《史记》中对秦始皇墓地的一段记载：“穿三泉，下铜而致椁……以人鱼膏为烛，度不灭者久之。”

转过头来，张崇斌又仔细地看了看岩壁，“这上面的图案，也许是藏教的一种图腾符号吧？而那个救了自己一命的铁器应该就是这僧人留下的。”张崇斌这般猜测着，静静地抬起身来，生怕惊扰了眼前的高僧。

伫立在僧人背后，张崇斌闭上眼睛心里默念道：“不知尊名的高僧大德，谢谢您！您我虽然阴阳阻隔却在此结下善缘，期盼有来世，定报救命之恩，救命之物我今带走，留做今世往生永久纪念。”不知不觉间，两行泪水从张崇斌微闭的眼睛里缓缓流淌出来……

当他睁开眼睛时，透过模糊的泪眼看见自己站在高僧身后提着一盏油灯，如此情景，张崇斌突然又有了似曾相识的感觉，“也许，这一切都是注定的，这盏不灭的油灯也是为了今天的我而一直燃亮着的！将远行，死后生……”这一刻，张崇斌想起了自己的使命。

转过身去，张崇斌从高处再一次看了看这个洞穴，最后看了眼那个流水飞溅的黝黑洞口，然后提起油灯，开始摸索上路了。虽然张崇斌不知道面前的路到底通向何方，但他仿佛听到一个声音在心里，也似在地穴中回荡：只要往高处走，就一定会出去的！

6. 重见天日

虽然上行的路比下行好走些，但张崇斌却总也走不快，因为担心油灯的火苗被走动时夹带起来的风吹灭。保持匀速行进的途中，张崇斌翻遍了所有的口袋，除了一块已经消融软化剩下不到一半的巧克力，没有其他任何可以充饥的干粮；口袋里的手机处于关机状态，试着启动却无任何反应；手腕上的表也不见了，完全没有了时间的概念，只是又冷又饿的感觉让张崇斌意识到自己在这个洞穴里待的时间不短了。

张崇斌朝上行方向走了很长一段距离，也说不清楚到底走了多长时间，唯一的干粮早已落肚，有一阵他恨不得将上衣口袋里半盒浸透的烟卷当点心吃下去！饿的滋味，确实是抓心挠肝地难受，但这些他可以忍受，让他最不能忍受的是，走了这么久，还是看不到一丝希望。此时，张崇斌早已不奢望自己是走在捷径上，只要最终能到达地面就足矣，张崇斌默默地为自己祈祷着……

这个地下洞穴形成的年代极为久远，内在结构非常复杂，可谓地缝隐着暗流，大洞套着小洞，几乎每隔一段距离，甚至有时候一个转弯，就会遇见通往不同方向的岔洞，深入其中的张崇斌每每这时，就必须做出选择，选择究竟走哪个岔洞，这简直就像是在抽或生或死的决命签，绝对是种折磨！有时候，他甚至出现了幻觉，感觉自己正在一个迷宫里，不断地绕圈，重复着走过的路，因为眼前的景物总感觉是刚才出现过的……

“照这样走下去，说不定没等走出去，人就冻死饿死了。可是这样死去，有什么价值?！顶多会在当地某报纸的一个不显眼处作为一条报道出现，这样的报道两行字足矣：日前有一外地游客在我县 ×× 溶洞游玩时失踪，在此提醒广大游客注意安全，不要私自闯入 ×× 溶洞。”身陷无尽的黑暗中，又冷、又累、又饿的感觉和迷茫恐惧的情绪越来越强烈，这使得张崇斌不由得胡思乱想起来……

想归想，但求生的本能依然促使张崇斌如同一个电量不足且生锈的机器人继续迈动麻木的腿脚机械地向上向前走着，这时，他感觉地上有了些变化——似有层软泥，湿滑粘脚，还散发出令人作呕的恶心异味，正纳闷时，突然，张崇斌听到头顶传来一种怪异的声响，同时油灯的火苗也出现了剧烈的摆动……

张崇斌心一惊，连忙举起油灯，“我的天！”只见洞顶上密密麻麻地倒悬着一只只个头肥大浑身黝黑的“老鼠”——不，是蝙蝠！因为距离过近，正上方的几只蝙蝠看见油灯抬起时，开始“扑啦、扑啦”地扇动起宽大的黑翅膀。突然，一只大蝙蝠张开两翼带头朝张崇斌的面门俯冲过来，张崇斌本能地一低头，感觉到手臂和头皮被一个有力的东西携风撞到，“啪啦”，手中的油灯掉到地上熄灭了，张崇斌眼前顿时一片漆黑，什么也看不见了，只听到周围到处都是扇动翅膀的风声和杂乱刺耳的尖锐叫声，张崇斌连忙蹲下身子，向绑在腿上的潜水刀摸去……

蝙蝠，其模样看起来虽然比较骇人，但这个动物的大多数品种是无毒的（国外如巴西的一些地方有吸血带毒的蝙蝠，国内一般没有这个品种），所以张崇斌并未对身陷蝙蝠窝感觉太过恐惧。可是，唯一能带给他光明的油灯熄灭了，这几乎就等于要了他的命！本来就够倒霉了，又碰上了这样的事，张崇斌彻底愤怒了！他猛地抽出刀，狠狠地朝身边发出声响的方位挥刺去。

顿时，整个洞穴像开了锅的沸水，一片翻腾……张崇斌一手护住面部，一手上下左右地狂乱挥刀，他的手上和身上不断地喷溅上腥热的液体。这一通暴风骤雨般地发泄，很快让张崇斌感觉体力不支，于是他停住了手，面贴洞壁蹲下，埋着头大口喘气，任由纷乱刺耳的声响在身边回响，凌乱的利爪在后背隔衣撕抓……

过了好一会儿，嘈杂声渐渐平息，张崇斌的体力也逐渐恢复，但他的心境已濒临绝望，他感觉自己就像个盲人，什么都看不见，就连眼前是否有岩石或陷阱都不知道！张崇斌慢慢举起手中的刀，一边向周围探触着，一边侧耳聆听周围的声音。突然，他脑中闪出一个念头：“这里离洞穴的出口也许不远了！刚才那些狂飞的蝙蝠这会儿好像都不见了，它们一定是受惊后飞出洞穴了！那么，刚才它们飞出的方向是……”

想到这些，张崇斌心跳开始加速，他迅速判断着蝙蝠大致的飞行方向，于是，一手用刀指向齐眉高度的前方（防止撞头），一手扶着一侧的洞壁，慢慢地向前挪动着脚步。

虽然极度缓慢，但张崇斌仍坚定地向前走着……眼前渐渐有了光感，张崇斌的呼吸也随之愈来愈急促，在走过一段上行弯道后，他的眼前豁然亮堂起来，可以看见身边物体的轮廓了！同时有一道久违的、熟悉的、无比亲切的白光从前方的一道缝隙衍射进来。

迎着这道白光，张崇斌仿佛又有了无穷的力气，他想甩开大步奔跑过去，但腿脚却不听使唤了，于是他扶着岩壁踉踉跄跄地走到缝隙处，用力拨开那遮挡在上面的藤叶枝蔓，顿时一道刺眼的强光迎面射来，张崇斌忙用手遮住眼睛……当他再慢慢将手移开，缓缓睁开眼睛向外看时，远处披着银光的雪峰、天空中火焰般的云彩、对面葱茏翠绿的山林立即映入眼帘……“这是外面的世界，回来了！终于回到地面上了！”这一刻张崇斌双腿一软，身子跪倒在洞壁边上，眼前顿时模糊了……

擦去不断涌出的泪水，张崇斌重新站起身来，一步一步从这个隐蔽洞口穿行出去。在异常小心地攀下一段峭立的岩壁后，张崇斌走到一个较为开阔的坡段上，他站定下来，放眼向四处看去……这个地带应该还是在香格里拉大峡谷中，但周围的景观却是完全陌生的，隔着峡谷河道，对面一个地势缓平的地带像是有座寺庙建筑，但从那建筑灰暗破败的外观上看，似乎已经废弃很久了。转过身来，他再次向走出的洞口方向望去，竟然看不到洞口了，那道陡峭的岩壁被一层密不透风的植被完全覆盖着，这个洞口实在是太隐蔽了！

借着黄昏时分的余晖，张崇斌辗转来到峡谷深处，用谷中清澈的流水洗掉手臂和脸上的泥斑血渍，然后上岸找到一条看起来被人走过的路，顺着峡谷的水道，凭着感觉，朝印象当中的赤土仙人洞的方向走去。

“天马上就要黑了，也许，孔超和段涛正在那边焦急地等着自己。”这样想着，张崇斌便放弃了极度渴望歇息一下的念头，抬着如同灌铅的腿坚持在路上挪移着……

不知道又过了多久，昏暗的光线下，张崇斌恍恍惚惚地听到前方有些嘈杂声，隐约看见有几个人向他这边跑来……

迅速跑到张崇斌身边的这些人都很兴奋，两眼通红的段涛夹杂在其中，他挤到张崇斌身边大声地叫着张总。张崇斌眼睛直直地看着段涛，只是不断地点着头却已说不出话来，突然，张崇斌身体一软向段涛的身上倒去……

第十五章　远古文明

1. 救命法器

当张崇斌再次睁开眼时，他发现自己躺在一张病床上，手臂上还挂着一只葡萄糖吊瓶。孔超和段涛坐在床边，正笑望着自己……

“张总，您总算醒了，知道您睡了多长时间吗?”段涛开口说道，声音有些沙哑。

“多长时间?”

“36个小时。”段涛回道。

“这么长时间?!”张崇斌颇感吃惊。

这时，同样身穿病号服的孔超开了口：“这不算长，知道您在洞里失踪多长时间吗?”

“多长?”

“将近80个小时，三天多啊！我们还以为再也看不见你了。”孔超心有余悸地说道。

“呵呵，有那么夸张吗?”张崇斌笑了笑，接着说道，“我说话从来都算数的，你们应该记得我说过我一定会出去的，不是吗?”说完，张崇斌看了看孔超，问道：“哎，孔超，你怎么也住院了?”

“嗨，从洞里出来后，我和段涛都快崩溃了，我可能是有些高原反应，再加上让冷水一激……”孔超含含糊糊地说着。没等他说完，段涛插嘴道：“别提了，张总啊，这几天，我受老大刺激了！那天，孔部长从洞里一出来，就有些喘不上气了，可他还非要和我一起再进洞去找你。他自己不知道，他当时那样子，说句难听的话，孔部长您别介意啊，他的脸白得就跟个活死人一样！”

“还说我呢，你那个鬼样子也没好到哪里去！”孔超马上反讥道。

“反正我一看，再这样下去还不知道会出什么事，就做了一回主，强制将孔部长送到这家医院治疗，顺便把我们遇险的情况跟医院说了，这不，惊动了不少人都帮着找您去了。”段涛解释道。

“关键时候能够冷静处事，段涛，这回你做得很对！”张崇斌冲段涛说道。

他又问孔超：“现在你感觉如何？”

“好多了！张总，这次……连累了您……”孔超有些愧疚地说道。

“不要说这种话，我应当对这次意外事件负主要责任。这次意外也很好地提醒了我们，做实地调查工作要万分谨慎，不到万不得已尽量不打无准备之仗。”张崇斌说道。

“啥都不说了，实在是万幸，这回真是神佛保佑啊！”段涛感慨地说道。

听段涛这么一说，张崇斌想起了那个救他一命的物件，忙问道：“我衣服口袋里有个铁杵物件，你们看见没有？”

段涛一听，忙从背包里取出一个三棱尖头圆柱铁柄的物件来，拿到张崇斌眼前问道：“是它吗？”

“对！就是它。”张崇斌伸手拿来，仔细地观看起来。这回，他才看清楚这个物件的真容全貌：整个物件看起来竟是个精致的利器，它的长度有十五六厘米，分三段：最前段是锋利的三棱尖刃；中段是圆柱细柄，上面有构制精巧的图案花纹；尾段是个环箍，上面雕镂着三幅人像，三幅面像表情各异，分别是龇牙怒像、瞪目骂像和翘嘴笑像。

正当张崇斌出神看着的时候，病房的门被推开，一位50多岁医生模样的男人走了进来。段涛和孔超连忙站起身来，笑着打起招呼：“向主任，您来了。”

向主任走到张崇斌床前，笑了笑说道：“醒过来了，现在身体感觉怎么样？”

“向主任，谢谢您。”张崇斌说着连忙欠身想坐起来。

“先别动。”向主任忙摆了下手说道，突然，他收敛起笑容，表情呈现出愕然的样子……

顺着他的目光，张崇斌的眼神又落在了自己手中的铁质物件上。

“能让我看看吗？”向主任认真地对张崇斌说道。

张崇斌伸手将铁质物件递了出去……

向主任小心翼翼地接过这个铁质物件拿到眼前专注地看了看，然后又用手指轻轻地擦拭着物身，再将物件靠近鼻尖嗅了嗅……

这样观察了一会儿，向主任又仔细地打量起张崇斌来，突然，他问道：“能告诉我这个东西您是从哪里得到的吗？”

“它是我的救命之物，就在我迷失的地下洞穴深处发现的。”张崇斌回道。

向主任听后，微微点了点头，然后双手捧着它轻轻放回张崇斌的手中，随后直起身来，嘱咐张崇斌安心好好休息。交代完毕，向主任转身离开了病房。

望着向主任离去的身影，张崇斌有种异样感觉，看起来向主任对自己手中的这个物件比对他的病情更为关注，“那么这个东西有什么殊异之处呢？”张崇斌再一次仔细打量起这个物件……

孔超和段涛也俯下身来仔细地瞧着铁质物件……

段涛开口问道：“张总，您说它救了您的命，这又是怎么回事？”

张崇斌笑了笑，说道：“说来话长，以后再慢慢告诉你。”

这个时候，张崇斌心里琢磨着：“铁质物件一定不是凡物，向主任一定是知道这个物件的特殊含义或用途，说不定由此就可以知道那个面壁高僧的来历，等找个机会向他询问一下。”

2. 伏藏之谜

吊瓶输完，张崇斌又吃了两份八宝粥，感觉自己已完全恢复过来了。这期间，他让段涛出去给自己买个价格便宜待机时间长的手机回来。孔超此时已在病床上睡去。于是，张崇斌怀揣着那物件下了地，轻轻推开房门走了出去……

问过走廊里的护士，张崇斌便朝向主任的办公室走去。来到门口，他敲了敲房门，听到一声“请进”，便推门进去了。此时，正伏在桌子上看书的向主任抬起头来，当他看见张崇斌走进来，连忙站起身走过去想要搀扶一把，张崇斌笑着摆摆手，说道：“向主任，如果不打扰您的话，我想向您请教点儿问题。”

“不敢当，我猜您会过来的。来，请这里坐吧。”向主任很是客气地说道。

“是吗？”张崇斌有些意外，当他走近桌子旁的沙发时，看见桌上那本满页都是藏文的书，问道，“向主任，您看的这书是……？”

“《莲花生大师本生传》。”向主任认真地回道。

“哦，是西藏密宗开山祖师的经典。看来向主任不仅精通医术，而且对藏教也深有研究啊。”张崇斌虽然对藏教了解得十分有限，但莲花生大师的盛名还是早有耳闻。

“不敢妄谈研究，藏教也讲一个‘缘’字，我因学医而与一位觉囊派（注：该派是藏传佛教中一支独特且历史悠久的小教派）藏教上师结缘，作为一生的信仰，我需要不断学习精进。”向主任谦恭地说道。

“是啊，藏教博大精深，有时间我也希望自己能够好好学习体悟。”张崇斌慨言道。

“您的两位同事称您张总，我称您崇斌好吗？”向主任笑着说道。

“当然，这样听起来更亲切自然。”张崇斌笑着回道。

“也许，我更应该称您‘德冬’。”向主任眼神里似乎透着一丝神往的色彩。

“‘德冬’？”张崇斌不解其意地念叨着。

“这是句藏语。因为，您不是一位普通人。”向主任郑重地说道。

张崇斌听后一愣，沉静了片刻，开口道：“难道我有什么与众不同之处吗？”

“崇斌，您可知道，那个救您一命的器物是什么吗？”

“是什么?!”张崇斌正想弄明白。

“那是藏教宁玛派普巴金刚密乘的法器——普巴杵，也叫‘金刚降魔杵’。”向主任认真地解释道。

“金刚降魔杵?!”张崇斌从怀中又掏出了那个通体暗黑却光泽细润的物件定睛看去。

“普通的普巴杵在藏区并不少见，但您的这个法器的确非同一般。崇斌，您看它的材质，那不是铜质也不是银质，更不是合金的，我看了就知道，那是最为珍贵的‘天铁’材料。”

“天铁？”藏教里的神秘词汇一时让张崇斌茫然。

“天铁，藏语称‘拖甲’，也有人称其为‘雷石’，这是一种在藏传佛教中被视作护身符和法器的材料，以重量深沉、抚之润泽、表面黝黑而泛蓝光、微具甘味、擦之有奇香者为上品。该材料有驱邪魔、镇惊狂的功能，也能入药。”向主任开口解释道，看得出来，他深谙此物之性质。

“听这名字，似乎与天空有关，那么这种材料的来源究竟在何处？”张崇斌的兴致也来了。

“确实如此，天铁，顾名思义即是‘来自天上的铁’，依我的上师授意，它的来源主要有三种：一是陨铁；二是雷击石，也就是闪雷打中高原外露的金属矿而生成；三是伏藏掘出的数世前埋藏的矿石。在《藏汉大辞典》和一些经部中的解释是：空中落雷所降陨石中出现的铁，或从地下掘出的长期埋藏却不锈的金刚杵等金属器物。藏区喇嘛高僧将天铁通称为‘暴雷铁’或‘霹雳铁’，并认为它蕴藏着无与伦比的能量，为邪魔所惧避。”

“原来此物可降魔辟邪！”闻听这番解释，张崇斌不由得握紧了手中的法器。

“崇斌，与其说是法器救您一命，不如说是您具缘慧至，受命掘藏。您手中的法器，除了材料稀有珍贵，更是殊胜的伏藏法宝。”向主任双手合十说道。

“具缘慧至，受命掘藏！”张崇斌听到这些，身心一震，想起智慧老人留下的那首诗中的最后两句话“凭空解缘由，天意承受命”。他暗自思量，自认识智慧老人之后，他就愈发感觉到自己如同一只蚂蚁，正走在可能被某个“顽童”事先在前方放置了“糖果”的路上。在走的过程中，虽然有自己的思考判断、决策主张，但每走到一个阶段，回头看时都会恍然惊觉，其实自己丝毫没有跨越那条画好的路线一步，似乎一切都是被事先安排好的，冥冥之中有只看不见的“手”在牵引着自己。

“如果自己追寻的那个未知能量就是‘糖果’的话，那么这只看不见的‘手’是什么？那个在特定场合能够影响祁兵心智行为的神秘能量已经让自己骇然吃惊，而现在一只似乎能够跨越时空控制人的选择甚至未来命运的看不见的‘手’又出现了，而从这只‘手’的潜在‘动作’和隐现的目的来看，似乎它也是一种智能的体现。那么，那个神秘的能量和这只看不见的‘手’之间究竟有什么关联？它们在某种程度上都体现出了超越人类智慧的智能特性，这意味着什么？难道说这‘手’就是‘糖果’本身？抑或，两者之间是种有着层级高低区分的同源能量，而这只‘手’的能量层级在‘糖果’能量之上？也不排除这种可能——这两种能量是两种属性不同甚至是如同敌我般彼此排斥对立的能量。希特勒的纳粹集团已掌握了部分‘糖果’层级的能量，而这只看不见的‘手’的能量是可以控制人类甚至整个世界的能量，那么又是谁在背后操控这只‘手’呢？难道人们自以为熟悉的这个世界背后真的有一个比人类这只‘蚂蚁’更加强大和智慧的‘顽童’吗?!”此时，张崇斌感觉自己又陷入了一个思维的迷宫。

在想这些问题的时候，张崇斌的心情是非常复杂的。“具缘慧至，受命掘藏”，难道自己真的不是一个普通人吗？可是，面对这些错综复杂的谜团，怎么感觉自己就像是个任人摆布的盲人，走的每一步路，都被某“人”算计到了……

想到这些，张崇斌淡然地笑了下，说道：“向主任，我认为每个人来到这个世上，都有他（她）特定的意义，或者说具有某种使命，只不过大多数人没有意识到，而有的人心智聪慧且精诚求索，机缘乃至则有所通悟。但是，有意与无意的背后，结果若已经注定、无法摆脱，我就不认为自己与别人在生命的本体上有什么殊异，我就是普通众生的一员。”

向主任听后，也笑了笑说道：“虽说释迦牟尼佛祖留下一句‘人人皆可成佛’的偈语，体现了一种众生平等的概念，但这是佛的慈悲心怀，赐予众生的是平等的觉悟机会，而不是平等的结果。若人人都能自然成佛，那地藏菩萨也就不会祈愿下地狱了。事实上，末法时期，众生离佛渐远矣。”

“是的，现今的人多数讲求现实，奢靡贪婪，漠视内在心性的修养，甚至抛弃信仰。真正开启智慧的道理，闻之并勤而行之者，甚少；多数人是若存若亡，更有些是‘不笑不足以为道’的无知无畏之徒。”张崇斌对向主任所言也深有感触。

“崇斌，那你可知道藏语‘德冬’的含义吗？”向主任笑着问道。

“不清楚，是什么含义？”张崇斌诚恳地问道。

“藏语‘德冬’是‘发现法宝之人’的意思。在藏区，人们尊称这种人为‘伏藏师’。藏密大法能够兴盛至今，正是因为有伏藏师具缘掘藏，这是藏传佛教独具特色的一种传承方式。”向主任解释道。

“原来是这样的。不过，关于伏藏师，我曾听说那些说唱《格萨尔王传》的藏族艺人不少都是没有读过书且不识字的平民，他们只是因为小时候做过奇怪的梦，醒来后就突然可以大段大段地说唱这部恢宏的长篇史诗，据说像他们这样的人才是伏藏师。”张崇斌略有疑惑地求证道。

“您说得不错，《格萨尔王传》是讲述藏族古老社会的百科全书，是高原神圣文化的代表，这部巨制可谓卷帙浩繁，所以，能够通篇流畅说唱它的艺人被誉为雪域奇才。您方才说的那种艺人是五类掘藏艺人中的‘神授艺人’，他们用这种方式说唱的史诗叫作‘巴仲’，意思是‘从天而降的故事’，这也是种伏藏，是藏在宇宙和灵魂中的伏藏，只有这种神授艺人才可以发掘出来。不过，伏藏的种类和埋藏处绝不是这么单一，伏藏之物不仅是史诗经典等心意藏，还包括法器、财宝、真言咒语、数学医理等类型，而每一类型的伏藏又可分为十八种，每一种伏藏都有五种圆满；埋藏地点有一百三十个岩窟及秘密地无数；方位上，莲花生大师依循大悲的因缘，在东、西、南、北与中藏地区，共埋藏了一百零八座伏藏……”向主任一边轻抚着桌面上的那本书，一边娓娓道来。

“这么说，‘赤土仙人洞’也就是一处伏藏之地。”张崇斌有所感悟道。

“现在看来确实如此。要知道，关于‘赤土仙人洞’的来历，民间一直有个传说，说是古时候的一位噶玛巴活佛周游康南藏区传教，到格咱赤土山时，听到山间似有鼓锣之声，于是坐下求卜，得知此处有未开门的仙人洞，洞内藏有奇珍异宝，听到鼓乐声的人就是有缘之人。噶玛巴活佛于是想方设法要开启洞门，他以抛哈达择开门之处，几次抛出皆不如意，就让他的徒弟喜洛桑波来抛，徒弟抛掷哈达至悬崖中间，令活佛十分满意，于是就教授他开仙门的佛法并封他为洞主。喜洛桑波在洞外岩下念了三年三月三天的经，烧了千次香，便开始凿石开洞门，历经三个月，洞门仍不开，他最后按捺不住，使猛力推开了洞门，洞内的珍宝因还没到缘定的日子，提前三天被开了门，便纷纷往外飞散。信佛的人们闻讯赶来，在洞前跳起锅庄舞，留住了一些珍宝和菩萨。我以前一直以为，这只是个美丽的传说，因为现实中并没有人从这洞里发现珍宝，但是，崇斌，今天，是您让我改变了看法。”向主任感叹道。

张崇斌一时无语，突然想起了那个面壁圆寂的高僧，于是说道：“我只是意外地捡拾到别人留下的法器而已，而且，我发现早有人到过那个洞穴的地下深层。”

“哦，您这么说的意思是……？”向主任显得有些出乎意料。

“因为，我在洞穴下面发现一直燃亮的油灯，而且……而且还在一面岩壁上看见有人刻画的图案。”张崇斌想了下，没有把看见的实情详尽说出，潜意识中他不希望有人打扰那个圆寂高僧。

“图案，什么样的图案？”向主任眼睛一亮忙问道。

“那是个正方形和圆圈相互包围着的组合图形，看着十分规则精美……”张崇斌将那个图案描述了一番。

向主任听后，转身从书架上抽出一本书翻开，指着一个颜色绚丽、纷繁复杂、整体结构和谐对称的图给张崇斌看，并问道：“您看这个图形的轮廓，是不是与那个岩壁图形一致？”

张崇斌将书拿过来，仔细看去，没错！书上这个彩图的外圈是个红色圆圈，里面套着个白色正方形，正方形里面又套着一层层各色圆圈，这个彩图的组合框架与岩壁上的组合图形完全一致。再仔细看去，这个彩图的下面有一行藏文，于是张崇斌问道："这个图是什么图?"

"此图是时轮金刚曼陀罗。"向主任回道。

"时轮金刚，曼陀罗?"张崇斌不解地问道，他发现自己对藏教了解得太少。

"哦，'曼陀罗'是句梵语，意指'坛城'，在密宗修法时，它是不可缺少的法器之一。'时轮金刚'是指一部密宗圣法，而此图正是来源于时轮金刚法，此法是世尊释迦牟尼佛所传的密续之王，是最高也最为复杂的密续佛法。我的上师说它是由神秘王国香巴拉王朝的一位国王所撰写，此密续对宇宙学、计时法、天文学都有精深的阐释，这些禅机构成静坐修行之基础。其中计时法里有一套非常复杂的计算时间方法——时轮，意即'时间之轮'，西藏历法始于1027年，也是时轮密法由香巴拉传到西藏后才有的。"

"香巴拉，香巴拉王朝?!"听到向主任刚才两次提到这个特殊的词汇，张崇斌不由得惊问道，"难道自己苦苦寻找的那个力量之源——'香巴拉'之谜的答案就在眼前?"

"崇斌，您对香巴拉……有什么特殊的感觉吗?"向主任也惊觉地问道。显然，张崇斌刚才有些失常的语气让向主任察觉到了。

张崇斌看到向主任有些疑惑更似有着期待的表情，一时不知道该说什么好。本来，刚才听到向主任对伏藏和时轮金刚法的解释，张崇斌突然又感觉到这"赤土仙人洞"极有可能就是"沙姆巴拉"洞穴，因为他手中的伏藏法器金刚杵和洞穴里看到的图案都与"香巴拉"有着密切的关联，可是，为什么自己却没有在洞穴深处发现"地球轴心"那个神秘能量的迹象呢？这个疑惑张崇斌是无法跟向主任直说的，为难之际，他只好开口说道："特殊的感受，当然有了，跟死神打了个照面招了下手，只是没有拥抱上而已。"

看着向主任依然期待的眼神，张崇斌于是接着说道："依我看，香巴拉王朝一定有着悠久辉煌的历史文化，所以才会传承下如此玄密精深且影响深远的知识和密续佛法，我想它一定也曾有过强大的科技力量和物质文明。我是第一次来此圣地，虽已有诸多感受，但是，我还是想亲眼看看香巴拉王朝遗留至今的圣迹，不知道向主任能否推荐一下这样的去处?"

听张崇斌这么一说，向主任的眼神中闪过一丝失望的神色，他从张崇斌手中拿回那本书，轻轻地放回书架，转过头来说道："崇斌，你是不是认为迪庆的'香格里拉'就是'香巴拉'?"

张崇斌听了一愣，他敏感地察觉到了向主任语气和表情的变化，但他没有马上接话，而是迅速回想自己刚才是否无意中说了什么不得体的话……

"我知道，很多人慕名前来此地，是因为迪庆这边的地形和人文风貌很接近一本外国小说中描述的那个世外桃源'香格里拉'。不过，我可以明确地告诉你，迪庆的'香格里拉'根本不是莲花生大师和他的众多弟子去过的'香巴拉'圣地。"向主任平静地说道。

张崇斌听后又是一惊，忙问道："'香格里拉'和'香巴拉'不是可以通译吗?"

向主任无奈地笑了笑，说道："那是一种牵强附会的解释。其实迪庆的'香格里拉'按官方的解读，是藏语'心中的日月'之意；而'香巴拉'在藏语中的本意为'北方极乐世界'。说起来，《消失的地平线》一书的作者希尔顿从来就没有来过中国，他写这部小说是参考了多位西方探险家在西藏地区活动的相关记录，当然，还有他丰富的想象力。政府在1997年向世界宣布迪庆就是'香格里拉'，曾轰动世界，这应该感谢一个叫孙炯的年轻人，这个年轻人是云南一家旅游公司的职员，是他最先发现迪庆比较符合小说中所描绘的那个'香格里拉'的样子。不过，宣称找到'香格里拉'这样的事件此前早有先例，1957年，印度国家旅游局宣布位于印度克什米尔喜马拉雅山下的巴尔蒂斯镇就是希尔顿笔下的'香格里拉'；而在1992年，尼泊尔旅游部门也宣布它的一个边陲小镇木斯塘就是'香格里拉'。这些'香格里拉'的争先公布，对促进当地旅游经济很有益处，但这些'香格里拉'与佛陀圣境'香巴拉'相去甚远。"

"那么，您认为'香巴拉'到底在什么地方?"向主任的这番解说，让张崇斌颇为吃惊和失望，没想到，自己的调查工作竟然会出现如此重大的失误，于是忙又追问道。

3. 香巴拉王朝

向主任摇了摇头，叹了口气道："'香巴拉'到底在哪里，对世人而言，仍是一个谜。从古到今，无数人问过这个问题，也有无数的人毕生都在寻找这个圣境，我也正在努力寻找它的踪迹。”

“怎么？这个编撰了密续佛法并据此确定了西藏历法的具名王朝，难道竟是个虚无的幻境不成？”张崇斌问道。

“对于大多数人而言，它就是个如同神话王国般的虚无幻境；但是对于那些修持《时轮金刚法》、参透了‘时轮金刚’这个符号所包含的物质与精神世界的智者来说，‘香巴拉’即是现实的存在。”

向主任的这个解释听起来很有些玄妙，不过，张崇斌对他将“时轮金刚”以“符号”代称的这个说法却有着奇妙的感觉。因为，在张崇斌看来，这个宇宙肉眼可见的万事万物都可以变相地理解为一种符号，或者是文字，万事万物的各种关联组合变化就是一行行一段段的语句，对这个世界理解的深与浅就如同有的人也许只看明白了其中某个词组或者某行某段语句的意思，具备大智慧的人还可以参透由行段语句构成的章节，甚至是整本书。当然，这个世界也存在很多肉眼看不见的物质，这种无形的编码构成的是“无字天书”，张崇斌始终认为，只要正确理解了有形符号组合的意义，就一定可以窥看到背后“无字天书”的本意！尽管向主任刚才的描述有些模棱两可，但张崇斌的眼前却猛地一亮，他对找到真正的“香巴拉”似乎有了信心，一切皆因“符号”这把钥匙……

此外，有个小小的障碍，张崇斌认为需要马上解决掉，因为他同时也察觉到向主任对自己的态度已由失望转向轻慢，在他的眼里，自己只不过是个在听神话故事的庸俗之辈。

于是，张崇斌笑着说道：“我对藏教，尤其是藏密了解甚少，实为遗憾。不过，以前闲暇时我曾略览黄老之术及《山海经》《易经》等古籍，偶有心得。以我目前的粗浅认识，我以为物质与精神不是完全割裂的，时间和空间也是可以相互渗透转换的相对统一的变量，认识这个世界应外察内观相结合，故修持悟道本无须拘泥于刻意形式。众所周知，佛法自印度传入中土之前，道教一直是中原本土的传统宗教，自汉代起，佛、道二教同融异争、兴衰交替。若非偏独执异，以包容大同之心来看，佛家有讲‘真空妙有’，道家也说‘有无相生’；佛语曰‘人身难得，佛法难闻’，道法云‘人身难得，正法难遇’；佛有八万四千法门而归于禅定，道有三千六百法门而归于玄关一窍，正所谓‘万法归宗’，所以说，对同一事物或境界的理解，可以从不同的角度出发。有个成语叫‘南辕北辙’，其实，地球是圆的，那个看似背道而驰走错路的愚夫最终也能到达目的地，不是吗？”

向主任闻听此言，顿时又用那种端量的眼神注视着张崇斌……

定神片刻，他微笑着点了点头，然后开口说道：“崇斌，你果然不是普通人，我愿意与你分享我目前的心得感悟，希望你能用智慧给我一些启示。”

“不必客气，向主任，您说说看，我们一起来参悟。”张崇斌平静地回道。

“崇斌，您知道吗，关于‘香巴拉’的传闻，我很早就听说过，但真正引发我寻找‘香巴拉’的缘起是在五年前，我在西藏大学医学院进修的时候。那时，因为我岁数偏大被选为班长，在这个班上，有一个来自日喀则地区名叫边巴顿珠的同学，边巴顿珠的家境比较困难，我有时候想帮助他，但他并不习惯，他人很聪明也很乐观，我们处得很愉快。有一天，他对我说他要退学，我当时听了很吃惊，因为我认为完成这份学业对改变他的生活困境会很有帮助，所以就想阻止他。但是，他却对我说学医并不是他此生最应该去做的事情，他认为医术再高医治再多的病人，也无法从根本上改变这个正在沦陷堕落的世界。”

张崇斌很有感触地插话道：“是啊，肉体上的痛苦通过医治容易见效，但精神上的空虚、痛苦，人性的堕落，这些疾病的医治确实很难依赖于医术的高超。”

向主任点了点头，接着说道：“不过，边巴顿珠做出这种选择的最深层的原因，让我更为吃惊，他说他找到了自己的使命。我很好奇，就问他如何找到的，他的使命究竟是什么。边巴顿珠说他在连续几天的梦中知道了自己的未来是一名香巴拉王朝的勇士，他已接受了命运的召唤，现在需要为这个使命去做准备。而他的这个预言式的梦以前就曾被他的家乡的一位修炼时轮金刚法的上师预示过，上师曾对边巴顿珠说过，如果他有一天感应到自己是个勇猛的战士，就回来接受上师的时轮金刚灌顶。边巴顿珠说这是非常殊胜的机缘，被灌顶的人往生的去处就是香巴拉净土。”

“香巴拉是人死后才能到达的圣地吗？”张崇斌问道。

“不是的，活着的人也可以到达，这是后来我的上师告诉我的。崇斌，您知道吗，边巴顿珠提到的那位上师，现在也正是我的上师，上师专修时轮金刚法，而且医术高超，是觉囊派中受人尊崇的一位高僧。认识边巴顿珠，与上师结缘，我认为这都是命中注定的，也许，我现在寻找香巴拉也是命运对我的召唤。”向主任意味深长地说道。

“您刚才提到边巴顿珠认为自己是香巴拉王朝的勇士，而上师也预言了他是个勇猛的战士，听起来香巴拉王朝似乎还有武装力量，传说中的香巴拉王国不是佛家净土极乐世界吗?”张崇斌觉得向主任对“香巴拉”的描述前后矛盾,于是提示性地问道。

“崇斌,你很敏锐!香巴拉王朝确实有武装力量,而且非常强大。依照上师所言,香巴拉王朝的军队正在积蓄着各方面的力量,他们无时无刻不在监视着我们这个物质世界的每一步发展,包括人类的精神信仰和世界军事强国的武力发展,这一切都是在为未来的一场‘最终战争’做着准备。”向主任严肃地说道。

“什么?这些‘神人’难道要和我们人类开战?!”张崇斌感到这个说法如同在开玩笑,而且开得有些过了。

向主任似乎看透了张崇斌的心思,他连忙解释道:“这个说法听起来确实有些匪夷所思,但是,这一切都是被佛预言了,是不可避免要发生的。释迦牟尼佛曾说过,人类自二十一世纪以后,将进入以科技物质和享受欲望为主的时代,未来的世界将会被一个科技及经济主导的强权所统治。可是,人类的精神文明却与之背道而驰,人性之光逐渐暗淡,末法时期,人类感受更多的是愈发强烈的憎恨嫉妒、仇恨报复、欲望和感情冲击,众生忽视甚至鄙夷积善累德的修为。对照佛陀的预言,现实不正是这样的吗?崇斌你看,当前人类几乎每天都在为掠夺资源而发动战争,为了经济发展而肆意污染自然环境,有些异常的征兆已经出现,像气候反常、各种奇怪不治病毒,如艾滋病病毒,四处传播泛滥,凡此种种恶业的感召,使地球上的生命已在‘减劫’之中。我查看过资料,最近一百年来,整个自然界生物灭绝的速度已经达到平均每小时 3 个物种灭绝,这一速度比生物自然灭绝的速度快 1000 倍,比物种形成的速度快 100 万倍。我不知道,如果整个生物链断了后,人类将如何独存于世。我作为医生很清楚地看到,科技的发展确实可以帮助人类依靠药物获得长寿或者是减轻痛苦,但是,更多的人在精神上却陷入更大更长久的苦痛。”

张崇斌听后沉默片刻,又问道:“这就是香巴拉王朝发动战争的理由,是吗?”

其实,向主任说的这些危机现象,张崇斌都清楚。当年在英国留学的时候,他在准备一篇关于危机管理的论文时,在检索资料信息时,就一直为现今看似越来越“聪明”的人类如此不明智的行为感到着急无奈。不过,自从这回开展调查工作,他被智慧老人点化从而更深刻地理解了“天地不仁,以万物为刍狗”的道理后,他的心态平和了很多。因为,他明白了这个世界更大尺度更深层次的规律若以人类通常的视角和感觉去观察总归是有局限性的,人类思维总是习惯认同和接受表面即时的现象,并以此作为判断行为善恶和结果利弊的依据。其实,衡量事物的变化除了要注意到短期内量变积累的过程，更要以长远的目光透视未来的突变和质变。

向主任想了想，说道：“不能完全这么说，应该说是未来的人类凭借极先进尖端的科技和武器，在好强掠夺凶残的原始本性驱使下，主动发动战争，以武力侵略香巴拉王朝。”

“哦？竟然是人类主动发动的对‘神’的战争！”这让张崇斌来了兴趣，在他看来，哪怕这是个神话故事，也实在是新颖，于是又问道：“那么，这场战争将会在未来何时发生？结局又是怎样的？”

“这场未来的终极战争，根据第六代班禅撰写的《香巴拉王国指南》记载，将会在香巴拉王朝第二十五位国王 Rudra Chakrin（意为：愤怒的转轮者）登位后发动。”

“哦？以后真的会发生这样的未来战争?!”张崇斌眉头紧皱。

向主任看着张崇斌认真地回道：“预言这个战争必将发生，是有依据的，说起来，这还跟佛陀的一个嘱托直接相关。根据佛经所载，世尊释迦牟尼佛在香巴拉王国传法时，曾将最完整的教义及修法藏于此地，并托付香巴拉王朝于佛入灭三千多年后，人类最需要佛法之时，将最完整的佛法普传于世间，拯救心灵黑暗和以物欲为中心的我们这个世界的人类及其他众生。莲花生大师也曾预言过，在人类开始大量使用铁器、铜器的时代，且飞行工具普及、物质科技到达最顶点之时，将是密宗开始兴盛之日，他所埋藏的伏藏将被发掘并普传到全世界每一个角落，全世界的人类将会普信佛教。而对于这场战争，香巴拉王朝按照佛的预示，几千年前就已开始准备，以抵御外族的侵略，当浩劫来临的时候，香巴拉王朝无敌的勇士将在这位国王的领导下，用他们威力无比的武力系统毁灭所有‘佛教的敌人’，在地球上建立佛教统治的黄金时代！”

向主任的这个解释让张崇斌不由得想到了《圣经·启示录》对末日审判的描写：“耶稣基督于世界末日再次降临，七个天使分别吹响号角，所有活着的和死去的人都将复活接受上帝的审判，善人将上天堂，恶人则下地狱……”

可是，在张崇斌以往的认识里，他一直认为佛教是讲六道轮回的，佛更是以慈悲心广度有缘人，不做强求的，因为作恶的人自有他该去的地方，可这未来的战争却是靠武力来征服世界，这着实令人迷惑，于是张崇斌问道：“香巴拉王朝威力无比的武力系统是指什么？”

“《香巴拉王国指南》是这样记载的：百万雄兵兮彩色缤纷，四十万大象兮愤怒狂奔，黄金战车载满战士武器，齐赴大战场兮英勇莫敌。他们共有七种威力无比的武器，它们都是轮形，其中三种转轮形武器的作用就是将敌人的脑袋大批大批地削掉……”

向主任正说着的时候，张崇斌突然打断道：“等等，您刚才说这武器是轮形，并可以将人的脑袋大批大批地削掉?!”此时，张崇斌的眼前竟浮现出都溪林场大片大片拦腰折断的马尾松树，难道说，香巴拉王朝威力无比的武器就是飞碟?!

“是的，书中就是这样记载的。”向主任肯定地回道。

听了向主任的这个解释，张崇斌突然有了一种难以形容的感觉，并对传说中的“香巴拉净土”产生了疑惑。因为历史上，曾发生过一起耗时长久对异教徒进行大规模屠杀清洗的“十字军东征”事件。据张崇斌所知，这场发生在近 1000 年前(公元 1096—1291 年)，由西欧封建主和罗马天主教会奉“主的旨意”，对东部地中海沿岸各国进行的持续近 200 年的远征战争曾给这些国家的人民生命财产造成无法估量的损失，最终，这些“上帝”派来的勇士并没有从“异教徒”手中夺回“圣地”耶路撒冷，反倒使伊斯兰教和基督教之间的仇恨持续加深。

以灭绝异己的方式主动发动和被动迎接战争是一种人类社会惯用的征服和自卫手段，纵观历史，人类数千年的文明史其实也是一部刀光剑影、硝烟弥漫、血流成河、生灵涂炭的战争史，即便在所谓的和平时期也是如此。张崇斌曾在查阅资料时看到过这样一个统计数据：第二次世界大战后的“冷战”时期，世界上真正没有战争的时间加在一起总共不超过几十个星期。所谓“冤冤相报何时了”，这种你来我往始终不见消停也不解决根本问题的战争，似乎就是人类这个物种生存与发展过程中解不开的结，开打的双方是人对人，可这“人对神”或者“神对人”的战争算是哪般？神之所以为“神”，正是因为其具有人类无法匹敌的智慧和能量，如此，人与神的开战就如同两个完全不在同一级别的拳手对阵，甚至，在这个比喻里把人比作最轻量级拳手都是高抬太多。所以，人和神之间不应该存在武力战争，否则，这神就太不讲究了，因为这太欺负人了，根本不符合战争的游戏规则。这就是张崇斌迷惑之处。

再往深处想，如果说真的有一天，需要一个比人类强大得多的神来制约人类的非理性发展，甚至有必要以一种严厉的惩罚让人类长记性的话，张崇斌反倒认为这并非不可能。“天地不仁”“圣人不仁”，人类如果一直这么妄自尊大，一切活动都以满足自私贪婪欲望为中心，对各种危机视而不见，漠视其他万物生灵的生死，对生态环境仍不及时采取措施加以保护的话，自然会受到大自然的惩罚，就像世界各民族几乎都有流传的洪水天灾毁灭堕落人类的古老神话传说——这才是神的惩罚方式。

而在听向主任描述这个未来战争时，张崇斌还隐约感觉到香巴拉的“神兵天将”似乎在等待人类犯错误，然后借机“出师有名”地亲自惩罚人类，而且采用的方式是很具人类战争特点的，目的是从精神上统治整个地球人类。此外，这个神秘王国的边境，听起来也是人类在物质文明高度发展后能够突破的，因为预言提到是人类先发动了对香巴拉王国的侵略战争，这岂不是意味着人类在那个时期已经找到了这个神秘王国？

“难道说，香巴拉王朝是一个比我们人类社会物质文明更为发达的另一个‘人类社会’或者是‘外星文明’，他们不时地乘着UFO来观察人类的进步与发展。或者，这个预言本身不是真实的，它仅仅是佛家提示人类莫走向堕落的警示隐喻？”

在向主任把未来这场战争描绘得越发形象生动时，张崇斌的这个迷惑也越发加重了，但这并不影响他对香巴拉王国进一步了解的兴趣，因为，他感觉这种预言中人性化的东西越多，反倒越有利于开展调查工作，至少目前他感觉这一切都还在自己可以理解和想象的范围内，于是张崇斌又开口问道：“既然那本《香巴拉王国指南》描述未来战争如此绘声绘色，想必也对现实存在的香巴拉王国的方位和面貌有同样精彩细致的描述吧？”

“是的，《香巴拉王国指南》中确有这样的描述，在藏区的一些宗教文献中，也能找到相关的记载。也许是我的修为浅薄机缘未至，这几年，虽然我一直搜集着资料，也请教过上师，但迄今为止仍是无法完全破解‘香巴拉之谜’。唉！”向主任叹了口气。

听到这里，张崇斌没做任何表示，只是看着向主任的眼睛……

向主任似乎突然想起了什么，又说道：“今年是六十年一遇的藏历水羊年，崇斌，您又是从埋有伏藏的仙人洞穴里死里逃生掘藏而归，在这个殊胜吉日我们有缘相识，也许，我一直等待的……一定是的，崇斌，今天您一定会帮上我的。”向主任有些激动，说话有些语无伦次。他起身来到房屋一角的铁柜前，用钥匙打开柜门，从中捧出一个紫黑色的檀木箱。

向主任捧着木箱走过来，将它放在桌子上，然后双手合十眼睛微闭静默了一会儿，又从内衣的口袋里掏出一把小钥匙，对准箱子外的挂锁锁眼捅进去。“咔吧”

一声，挂锁开启，拿下锁头，掀开箱盖，向主任从里面轻轻取出一本封面印有“西藏大学医学院”字样的笔记本。他抬头看着张崇斌说道：“崇斌，这里面是我这几年来对‘香巴拉圣境’研修的记录和心得，请您看看。”

张崇斌双手接过，轻轻翻开。

第一页有首四行七言诗：

不变大乐大手印，
不变之中诞生身。
敬顶时轮金刚尊，
遍知一切智慧身。

张崇斌轻轻吟诵的时候，向主任在一旁解释道：“这偈语是上师赐予我的，他希望我能早日开悟找到这片圣境。”

张崇斌翻开第二页，看见一幅由各种几何图形组合的图画，图下有两行分别用汉藏文标示的图注，汉语标示的图注张崇斌看得明白：“香巴拉圣境地理方位图”。这个图的中间有个大圆圈，圆圈内有“须弥山”字样；在大圆圈周围，环绕着七个小圆圈，小圆圈内都标注了一个“金”字；在这些小圆圈外围东、南、西、北四个方位上，又画有四个形状各异的图形，其中北边是正方形，南边是三角形，西边是椭圆形，东边是半圆形；在南边的三角形中，又分别在东、南、西、北、中五个方位画有图形，其中北边是个用彩笔绘成的圆形。

以张崇斌对佛教经典的了解，他知道这些图形是构成佛教所言的三千大千世界中的一小世界里欲界部分的基本单元。“须弥山”是这个小世界中心最高的一座山，那七个“金”字圆圈则是各具名字的七小金山，其外围的四个形状各异的图形是指都有智慧生命存在的四大部洲，地球人类是在南赡部洲，对应地看，就是图上那个南边的三角形。看清楚这个基本的图示后，张崇斌用手一指那个彩笔描绘的圆形问道：“这就是‘香巴拉’的位置，是吗?”

“是的，这个方位是我根据各种文献还有上师口谕确定下来的。”向主任点头回道。

“这样看来，‘香巴拉’是在地球上。”张崇斌暗自想着。

那么三角形（南赡部洲）里面其他方位上的图形又是什么意思呢？难道它们也

是一些净土圣地？于是，张崇斌又问道：“那周边的这些图形代表什么？”

“根据上师所言，在我们这个世界，一共有五大圣地。您看，这位于中央的圣地是指释迦牟尼佛成道的菩提场，东方是文殊师利菩萨的净土，南方是观世音菩萨的净土，西方是莲花生大师的净土，也叫邬金刹土，香巴拉就是北方法胤圣王的净土。”向主任耐心解释道。

“向主任，香巴拉净土在北方，这是根据什么来确定的？还有，其他的净土，像观世音菩萨的净土南海普陀落迦山，应该就是位于浙江省东北部舟山群岛的那个普陀山吧，这个地方人们旅游就可以过去的，而‘香巴拉净土’同样是在地球上，而且还有高僧留下的寻找指南，为什么人们会找不到呢？”张崇斌又问道。

“确切地说，前三处都是当今世人找得到的地方，人们一直找不到的是西方邬金刹土和这香巴拉净土。”

“哦？这是何因？”张崇斌诧异道。

“是这样的，单说世人找不到香巴拉净土的原因，目前民间主要有这么几种说法：第一种说法是香巴拉净土在现实世界中本不存在，它只是人们精神上幻想祈望的一个理想王国；第二种说法是香巴拉净土隐匿在一个人迹罕至的冰雪世界里，即便有人意外找到了它，但无法再走出来，所以也会不为外界所知；第三种说法是香巴拉净土被神秘的咒语保护着，处于隐形的状态，未经修炼的人肉眼是看不见它的。”向主任解释道。

“这我还是第一次听说，那向主任，您认为哪种说法最为可信呢？”张崇斌颇有兴致地问道。

“我目前倾向第三种说法，因为上师曾对我说莲花生大师曾在香巴拉净土住过两百年，他的弟子有不少往生过去了，而根据《香巴拉王国指南》的记载，人们即便是按照指示的路线走对了路找到了正确的位置，但如果身心未经修炼，不能坚持吟诵本尊咒语的话，依然是进不了香巴拉净土的。香巴拉净土在北方，确切地说是在西藏北方，这也是依据《香巴拉王国指南》的记载推断出来的。崇斌，你再翻到后面看看。”向主任指着张崇斌手中的笔记本说道。

张崇斌翻开看去，只见这一页的标题是“入境步骤与路线标示图”，下面是具体内容，其中入境步骤分为四个阶段：一、获得启示：在本尊神殿中吟诵本尊咒语，然后分析梦境，直到获得允许上路的时间启示；二、念咒依皈：念诵《圣文殊心要》和怖畏金刚咒万遍，并依皈从事；三、发愿起程；四、雪林入境。在第三阶段和第四阶段，都有繁杂却又明确的路线标示图，标示图是以箭头（→）将海洋、雪山、荒漠、平原、森林等连接起来，中间还夹杂着一些说明和解释。

这个图张崇斌看起来竟感觉有点儿晕，因为图上标示的各种名称他此前几乎闻所未闻，不过，可以看出来的是，路标方向是一直朝北方的。此外，这条路不光地况复杂，竟然还充满着凶险，说明中提示荒谷、冰桥甚至猛兽和巨蛇都将不断地出现在路上。

张崇斌看完此页内容后，又往后翻了一页，这页的标题是“香巴拉圣地人文景观”，这部分内容显示：香巴拉圣地浑圆辽阔，其四周被双层雪山环绕，西南面和东面均有可行走的道路，整个香巴拉圣地分成八个区，形状犹如八叶莲花瓣，每瓣上有一亿两千万户人家，城里有太阳神殿和月亮神殿，还有很多建筑优美、规划整齐的公园城堡……香巴拉国王居住在中央的噶拉巴宫殿，这座壮丽的宫殿由各种珍宝构成，宫殿的光芒可照射近一个由旬（注：由旬，古印度计量单位，一由旬的长度有八十里、六十里、四十里三种说法）的范围，此光芒与周围雪山峰顶之光交相辉映，即使在深夜，也如阳光明媚的白昼。宫殿中的卧室用各种水晶造成，天窗表面有一块水晶圆轮，从中可看到日月星辰，还有诸天、花园、行星、十二宫，宫殿南面是玛拉雅大花园，花园中有月贤国王建造的具祥时轮立体坛城……”

看到这里，张崇斌猛地一惊！他的手竟然不由自主地抖动起来，情不自禁地向下一页翻去……“香巴拉的居民寿命约二百岁，过着衣食无忧、祥和快乐的日子，所用的语言为梵语，头缠白布身着白衣，各自遵循智慧而生活，他们中有的人通过修炼时轮金刚法已成就‘彩虹之身’，即非物质的生命，如彩虹一般轻如薄雾且发光……”

这时，张崇斌突然将本子合上，抬起头来眼睛直直地望着向主任，但目光却穿越了眼前的一切……

“崇斌，您这是……您看出什么来了?!”向主任用夹杂着疑惑的期待口吻问道。

4. 追溯亚特兰蒂斯文明

张崇斌收回心神，眼睛放亮看着向主任，拍拍手中的本子说道：“向主任，这些记录让我有种特别的感觉。不过，我还有几个问题想搞清楚，记得您说过，未来的那场终极战争将会在香巴拉王朝第二十五位国王登基时爆发，我想知道，香巴拉王朝的第一位国王是谁？他在位的王朝距今已有多少年？香巴拉王朝第二十五位国王登基又是在哪一年？”

向主任听后，马上回道：“这些问题，我可以回答。在密教的传说中，香巴拉王朝的第一位国王是苏禅德喇，他也是第一位在佛陀住世晚年时接受密法传承的国王，由此开启了‘香巴拉净土’时轮金刚法脉的一大因缘。若说他在位的王朝距今有多久，根据佛陀住世时代推算的话，香巴拉苏禅德喇一世王朝距今应该有2500年以上的历史了。崇斌，您要知道，香巴拉王朝总共有六轮王朝，每一轮王朝有二十五位国王登基，现今属于第一轮王朝中的第二十一世国王，国王是不灭，而勇武轮王将是王朝的第二十五位国王，他将于2327年登位。”

“这么看来，香巴拉王朝并不算是一个历史悠久的王朝。”想到这儿，张崇斌紧接着又问道：“那么，在苏禅德喇当上国王以前，这个王朝具有什么文明特征？或者说，香巴拉王朝的前身是什么王朝？”

向主任想了想，摇了摇头回道：“这我还真的不清楚，印象里没有看见过这方面的文献记载。”

闻听此言，张崇斌轻轻点了点头，然后站起身来走到向主任身旁，把手中的本子轻轻地放在桌面上……

向主任一直盯着张崇斌的神情在看，他也慢慢地站起身来，压低嗓音问道：“崇斌，告诉我，您是不是发现了进入‘香巴拉净土’的秘密通道?!”

张崇斌摇了摇头说道：“向主任，‘香巴拉’的秘密通道不会这么简单就被找到，不过，我也许找到了一把打开这个秘密通道的‘钥匙’。”

“钥匙?!”向主任眼睛顿时一亮。

“我不是很确定，只是，看了您的研究笔录，还有您刚才的解答，我突然想起了一个传说中的古老帝国。”

“传说中的古老帝国?”向主任不解地问道。

“亚特兰蒂斯帝国，也叫大西洲。”张崇斌回道。

“亚特兰蒂斯帝国?!”向主任显得颇为吃惊。

“是的，亚特兰蒂斯也被世人称为‘大西洲’，这个地方在古希腊哲学家柏拉图晚年所写的《克里特阿斯》和《提迈奥斯》两本对话录中均有提到，说它是离直布罗陀海峡不远，大西洋之上的一个面积辽阔的岛屿，后来这片大陆在一夜之间沉没海底。一直以来，人们把这个据说是一万多年前而且物质文明比我们当前更为发达的帝国当成一个美丽的神话传说，因为这个传说违背了当前人们认可的人类文明发展的规律。”张崇斌解释道。

“是啊，人类最古老的文明距今也不过才六七千年，再往前，那不是原始社会吗?”向主任质疑道。

张崇斌笑了笑，接着说道：“我最早听说亚特兰蒂斯的时候，也是把它当作神话传说。可是，向主任，您知道吗？我最近一段时间遇到了些特别的事情，让我对一些传统观念有了点儿新的认识，这方面不多说了，因为说来话长。向主任，我感觉得到，您在佛学方面有着精深的造诣，香巴拉净土对于您而言，那绝不是什么神话传说，虽然您从未亲眼见到，但它一定是真实存在的，不是吗?”

“我从不怀疑这方净土的存在，因为《香巴拉王国指南》是六世班禅大师罗桑华丹益希根据《大藏经》所撰写的，佛门中人从不打诳语。”向主任说道。

张崇斌点了点头，说道：“现在，我也有了类似您的感受，在我看来，亚特兰蒂斯文明很可能也是真实存在的。您可知道，柏拉图在公元前350年撰写的这个‘亚特兰蒂斯’的故事，其实是来源于古希腊七圣人中最睿智的诗人索伦的记录。根据史料记载，索伦素以诚实著称，在他的记录里提到，他所知道的关于亚特兰蒂斯的故事是一位埃及的老祭司告诉他的。对于这个故事，柏拉图的老师苏格拉底也曾说过：好就好在它是事实，这要比虚构的故事强得多!”

“哦，原来是这样，不过崇斌，这与您说的那个‘钥匙’又有什么关系?”向主任追问道。

看到向主任依旧不解的样子，张崇斌接着说道：“世间万物遵循普遍联系的规律一般人都清楚，佛家讲生死轮回，道家讲阴阳平衡，科学讲事物演化的周期性和信息的对称性等，但万物之间究竟有着怎样的微妙关联常人往往很难看透，我说的‘钥匙’，其实也就是一种灵感，它也许是种错觉……也许，它是个有意义的启示。”

“崇斌，您说的这些……我还是理解不透，能说得具体些吗?”向主任有些不好意思地说道。

张崇斌没有马上回答，他沉静了片刻，突然转过头来严肃地问向主任：“向主任，您以前是否看过柏拉图所著的《克里特阿斯》和《提迈奥斯》，并从中引述过什么内容写在这个笔记本里?”

“没有，崇斌，我对欧洲的那些古典神话完全不了解。”向主任回道。

“既然如此，那我现在就告诉您，香巴拉王朝的前身很可能与亚特兰蒂斯有着密切的联系！”张崇斌说道。

向主任一听，立即瞪大了眼睛。

张崇斌迎着向主任的目光，平静地说道：“向主任，我们先来设想这样一种情况：一个拥有着高度物质文明的国家，就拿当前的美国为例，假如有一天，一场破坏力极大的天灾不可避免地要降落在美国的领土上，美国总统首先要做的事情是什么呢？我想这个问题的解答并不复杂，美国的很多科幻影片都是此类题材，答案就是总统首先会在天灾来临之前，安抚疏散民众并组织所有力量来抵御天灾。这个组织调动的准备时间应该是有的，因为任何天灾，尤其是威力巨大的天灾在发生之前，总会有一些异常征兆被人类用眼睛或者用科技手段捕捉到，这就好比地震之前会出现地光、地鸣、动物躁动不安，海啸来临前会出现潮汐规律紊乱、海平面突然下降或上升这些异兆。如果通过观察和评估，总统发现采取任何手段都无法与这场天灾抗衡的话，接下来要做的又是什么呢？”

“将国民向安全地带迁移，躲避灾难。”向主任回答道。

“没错！”张崇斌点头道。

“崇斌，您的意思是亚特兰蒂斯的国王在那场灾难中将他的臣民迁移到了其他地方，大西洲的臣民没有全部死亡？”

“通常情况应该如此，他们不仅仅是迁移了人口，更是迁移了文化。”张崇斌回道。

“我明白了，您的意思是香巴拉净土虽然不是那个消失的‘大西洲’，但香巴拉王朝的文明源自于亚特兰蒂斯文明，这种构想，确实很大胆也很有创意！不过……这毕竟是想象，说它们二者之间有密切联系，您有什么其他依据吗？”向主任依然有些怀疑。

张崇斌微微一笑道：“向主任，您一直虔诚地研习佛学，我很钦佩。这样吧，我就把自己以前了解到的一些东西说一说，希望能对您今后的研究有些许帮助。其实，刚才看过您的记录，我发现香巴拉净土和亚特兰蒂斯王国竟然有着诸多相似的文明特征，我现在一个个地说与您听：第一，两个王朝的城市建设风格相似。您记载的香巴拉圣地浑圆辽阔，整个境地分成八个区，形状犹如八叶莲花瓣，在莲花中心是国王的巨大宫殿。而且，国王在花园中还建造了时轮立体坛城，而这坛城您曾说过就是曼陀罗是吧，我记得它的构造包含着一组大小不同的同心圆；柏拉图笔下的亚特兰蒂斯同样是座很大的城市，而这个城市恰恰是由同心圆形的水道和陆地构成，中心处是国家最重要的大本营。这里，我们可以看出两座城市都是围绕一个中心点分区建制规划。此外，我还要提示一句，作为一种宗教符号的曼陀罗，历来广受佛门弟子祭拜，而人类文明自诞生以来一直都有祭拜祖先、祭拜神明的情结或者说传统，有些传统传播范围大且影响深远，久而久之乃至上升为宗教。那么，回过头来看，‘时轮立体曼荼罗’或者说‘时轮立体坛城’是否就是后人对先祖曾建造过的辉煌雄伟的城邦的一种追忆祭拜呢？

“第二，都供奉两座神殿。香巴拉城里有一个太阳神殿和一个月亮神殿；亚特兰蒂斯城有供奉海神波塞冬的‘银殿’和供奉波塞冬及其恋人克莉托的‘金殿’。第三，都重视水晶的作用。香巴拉宫殿中用各种宝石和水晶装饰，从而闪闪发光乃至分不出昼夜来，其天窗表面还有一块水晶圆轮，从中可看到日月星辰、十二宫等；亚特兰蒂斯也有一块巨大的水晶，据说它的作用是为城市供应能量。第四，两个王朝民众的穿戴、寿命和能量形态几乎都一样。我注意到，您记载的香巴拉王国的居民是头缠白布身着白衣，而有意思的是亚特兰蒂斯的百姓也喜欢穿戴白色衣帽；他们也都是能活 200 岁左右；他们的肉体都能得到进化，似乎都能以一种无形能量的方式体现，香巴拉是有的人通过修炼‘时轮金刚法’已成就‘彩虹之身’，身体轻如薄雾且发光，而亚特兰蒂斯人的身体也同样非常轻盈，可以在空中飘浮，肉体只占生命的一小部分，大部分生命则是一团能量。第五，虽然生活富足，但都有准备战争的意图和强大武装力量。这两个王朝都是科技高度发达、物质极大丰富，人们平日里都过着衣食无忧、祥和快乐的日子。即便如此，香巴拉王朝不是早已开始为未来的那场终极战争做准备了吗？而根据柏拉图的记述，亚特兰蒂斯帝国的军事组织也极为严密，国土被分为 9 万个军事区域，每个区域设一名指挥官，负责调度 12 名战士、两匹战马、一辆战车以及所需要的一切供给。因为国家富强，欲望膨胀，亚特兰蒂斯帝国遂发动征服世界的战争，在它对雅典开战的时候，突然遭遇了灭顶天灾。第六，都有转轮形飞行器，而且都有大象这种动物。香巴拉的转轮形飞行器是种威力强大的武器，可以成片地削去敌人的头颅如拦腰伐树般，大象也是这个王朝的武装力量之一；同样，柏拉图也在对话录中提到亚特兰蒂斯帝国有轮形飞行器，那片土地上也是有大象存在的。

“向主任，我此前问您的那几个问题，其实是想验证自己的这种推断是否存在时空上的冲突，而您的回答排除了这个问题。此外，我目前也没有从其他渠道听说过藏教和古希腊文学曾经存在着什么密切的关联。那么，向主任，您说这两个时代相隔甚远却同样神秘的帝国有着如此众多的相似之处，这究竟意味着什么?!”

随着张崇斌最后的发问，向主任脸色涨红起来，眼神飘忽迷离，嘴里不停地念叨着：“亚特兰蒂斯、大西洲……”

“向主任，我虽然不是皈依佛门的教徒，但不在‘山’中去看‘山’又是另一番风景。佛学博大精深，世人多难得其精髓，不过，其宣讲业障累积生死轮回和诠释修身得道、涅槃重生可往西方极乐世界的道理乃为众生普知。恕我冒昧，在我看来，这种轮回与涅槃的概念若从更深更广的层面理解，极可能还与亚特兰蒂斯和香巴拉这两个传奇王朝的盛衰更替有关!”张崇斌突然又冒出一句。

向主任听后，不禁瞠目结舌，呆立无语……

张崇斌伏身将桌子上的笔记本再次拿到手里，对向主任说道，“我注意到您的笔记在‘入境步骤与路线标示图’这一章节中，在第三步骤‘发愿起程’的路线上写道：‘为成就此事而真心发愿后，渡过西部的海洋→斯高达那岛和宝库岛→重新渡回此南赡部洲→又从此地往东北方向的森德→热玛城……’这段文字的表述，有些耐人寻味，您是否注意到呢?”说完，张崇斌将本子交到向主任手上。

“哦? 这段文字有什么特别隐意吗?”向主任忙问道。

“据我所知，南赡部洲就是佛典所言我们人类所在的一大部洲。而按照您的记录，香巴拉净土就在南赡部洲北方，正常情况下，人们要去这个‘净土’完全可以直接奔北方而去，可为什么路线图却要先渡过西部的一个海洋，再经过两个岛，然后重新回到南赡部洲呢? 这不是多此一举吗?”张崇斌提示道。

向主任翻开手中的本子，仔细地看着那些记录，等他再次抬起头来迷惑地看着张崇斌时，张崇斌又接着说道：“这沉没的亚特兰蒂斯帝国原先究竟在何地，世人一直都在寻找，目前仍然是个未解之谜。但从它又叫‘大西洲’这个名字，还有柏拉图说它曾是离直布罗陀海峡不远的大西洋之上的一个面积辽阔的岛屿来看，亚特兰蒂斯大致方位相对西藏和印度而言，算是西方；若再从这个帝国曾经拥有过辉煌灿烂的文明，又在一夜之间沦陷沉没的命运看，也可以算是从人间极乐天堂到地狱的一个轮回!”

“我悟到了，我悟到了……”向主任嘴唇微微抖动着，手中的本子滑落在桌子上……此刻，张崇斌闭口不语，只是含笑看着向主任……向主任深吸了一口气，然后眼睛微闭，双手合十，嘴里念念有词着。待其缓缓睁开眼睛时，他看着张崇斌说道："崇斌，您有着大智慧！谢谢您给我这些启示。"

"言重了，其实，我今天跟您学到了很多，要说谢谢的是我。"张崇斌回道。

"崇斌，您若是佛门中人，日后一定会有成就的！"向主任使劲点了点头，又接着说道，"您可知道，在《莲师七句祈请文》中，'西'的字义就蕴涵着'轮回'之意，而在藏文中，'西'这个字除有'西方'的意思之外，还有'沉没、沉溺'之意；而'北'除有'北方'的意思外，也有'清净''涅槃'之意；另外，佛经也提到释迦牟尼佛在蓝毗尼降生时，一生下来就向西方走七步，意思是'断三界轮回'，之后又朝北走七步即'实证大菩提'。我以前一直无法理解这些释意的缘由，今天，我开悟了！"

正在这时，房间的门被人敲响……

向主任浑身一震，随后大声说道："请进。"房门开启，孔超和段涛站在门外，孔超上前一步探身说道："张总，您在这里啊，外面有个报社记者想采访您，已经来了一会儿了，您看……""我知道了。"张崇斌说着，给了孔超一个眼色让他先回避下。

孔超会意地点了下头，退了出去。向主任看了下时间，说道："哦，说了这么多话，时间不早了。崇斌，我跟您算是一见如故相见恨晚啊，这样吧，有事您就先忙着，回头我再向您请教。"

张崇斌笑了笑，主动伸出手臂握着向主任的手道："我也是这样认为的，希望今后有机会能多向您求教。"说完，张崇斌在向主任的相送下走出了房间。

来到门外，张崇斌对孔超和段涛说道："我现在不想接受什么采访，你们跟记者简单说说情况，记住，就说我们是来游玩的游客意外出险，最后表达一下对救援人员和相关单位的感激之意，完事后就来找我，我在外面院子里等你们。"

孔超和段涛点点头，段涛将新买来的手机递给张崇斌。

5. 西行进藏

医院的后院，一处专供病人休憩的小花园。

张崇斌来到花园内，用手机给公司打了个电话，了解到特卫队代队长杨光义已经与一家野外拓展培训公司合作开展了业务，唐凯也与公司正式签约而且还来公司坐了两天，整整上了两天的网。挂了电话，张崇斌就在花园里随意走着，同时开始思索下一步的调查工作如何进行。

张崇斌来回走了几圈，但眉头却一直没有舒展开，这次进藏实地调查的第一步就出现路线上的偏差，而且还差点儿命送地穴，实属出师不利。下午与向主任的一番深谈，虽然有不少意外的收获，但具体到如何指导部署下一步的调查工作，自己却依然茫然。

“万年前沉没消失的亚特兰蒂斯帝国——准备着未来终极战争的香巴拉净土——纳粹考察队的进藏考察——‘沙姆巴拉’洞穴……‘鬼屋’诈尸——控制人心智的神秘能量——都溪林场‘空中怪车’事件——预言进藏的谶言诗——神秘的锦包谜图——与纳粹有关的隐秘组织……”张崇斌发现自己这么左想右想的，都绕不开这个“纳粹”，于是开始再次琢磨起有关“纳粹”的那些传闻……

“纳粹德国能在一战失败后迅速崛起，并能研制出一系列神秘的‘UFO’，确实令人不可思议。但是，如果纳粹集团背后有着亚特兰蒂斯帝国或香巴拉王国强大的军事技术支持，那就不足为奇了。倘若如此，那么纳粹德国之所以最后落败，想必是与这些‘神兵天将’的合作出现了问题，也许是纳粹的冒进打乱了他们的计划或者天道力量不允许由一个战争狂人来称霸人类世界，所谓‘上帝欲使其灭亡，必先使其疯狂’，哪怕你强大到如亚特兰蒂斯帝国那般。

“此外，希特勒一直认为金发碧眼皮肤白皙的德国日耳曼人的祖先就是雅利安人，而据说雅利安人种又是神族的后裔，也就是亚特兰蒂斯人的后裔，而希特勒曾分别于1938年和1943年两次派人进藏，据说第一次正是寻找他们优秀的祖先后裔，那么他们第一次进藏的深层原因难道是为找到如此优秀人种的源脉从而‘出师有名’地去完成伟大祖先未竟的事业?！纳粹的第二次进藏，据说是为了挽回败局来藏区找‘沙姆巴拉’洞穴里具有神秘能量的‘地球轴心’，这是不是他们根据一些历史传说或者研究，也认为亚特兰蒂斯人的后裔为躲避灾难，迁移到了这个海水淹没不了的地球上海拔最高的地方——西藏?

“‘沙姆巴拉’——香巴拉，传说中的香巴拉净土是在群峰围绕的北方，而北欧古老传说中最神圣的地方也叫‘极北之地’，同时，这‘极北之地’之名也被遒力会所用，这遒力会可是一个与纳粹集团有着秘密关联的隐秘社团……难道说自己要寻找的证据——那个可以控制人心智的神秘能量就是希特勒当年要找的‘地球轴心’？而它竟是在那凡人无法看到和到达的净土圣地?”

想到这些，张崇斌不由得看向远方，眉头却皱得更紧了……“香巴拉圣地究竟会在哪里呢？那是自己能够找到的地方吗？”对于这个问题，张崇斌感到一阵迷茫。

这个时候，孔超和段涛也来到了花园，他们俩走到张崇斌身边，孔超说道：“张总，记者走了，他们挺遗憾没见到你本人。”

“向主任挺有意思的，他对记者说你根本就没有遇险，还对记者说以后不要再来医院了，也不用拿这事对医院做任何报道，把记者都给搞蒙了。”段涛补充道。

张崇斌面无表情，只是语气有些沉重地说道：“今天已经19号了，算起来，祁兵出事都半个月了，而我们的调查工作还没有取得实质性的进展。”

听张崇斌这么一说，孔超和段涛原本轻松的面容也渐渐变得黯淡，三人一时都无语了。过了一会儿，孔超率先开口道：“张总，上次那个隐世高人给您留下的那个图，我和段涛前两天曾一起琢磨过，可怎么也看不明白，那图案也太隐晦了，不知道您是否看出了什么门道，我猜测，那个图一定对我们的调查行动有帮助！”

“是啊，张总，您说那会不会是个什么地图标记啊？”段涛也开口道。

“那个图案，极可能与二战期间纳粹德国的秘密活动有关。”张崇斌在说出这话的时候，不禁灵机一动，段涛刚才说的话让他突然想到，如果对那个“三角形黑太阳”图案以曼陀罗立体透视观想的方式加以内心想象的话，是不是会有这样的隐意：“黑色的太阳”代表纳粹要寻找的特殊能量，很可能那也正是自己所要寻找的证据；而这个特殊能量是隐藏在一个三角形物体里面的，那么这个“三角形”就不会是一个平面图形那么简单，它极有可能是某个物体的平面投影，能够形成这种投影效果的物体会是什么呢？显然，答案就是“金字塔”，或者是一座金字塔形的“山”！想到这里，张崇斌浑身又是一震：“难道会是冈仁波齐神山?!”

冈仁波齐神山，坐落在藏西北阿里地区，海拔6656米，其峰形就是一座天然的“金字塔”，当地藏民形容其像“石磨的把手”。此山之所以被世人称为神山，是因其具备诸般神奇殊胜之处。张崇斌凭借来时一路上对西藏地区名胜古迹的了解，及对冈仁波齐神山的深刻印象，在大脑中快速地将“神山作为调查方向”这一行动方案进行了一番综合分析评估，最后他做出一个判断，隐世老者给自己留下的图如果作为方位指示图的话，那一定就是暗指“神山”。换句话说，去“神山”进行调查，就是老人家暗助自己的一个重要线索！

于是，张崇斌再度振奋起来，他看着孔超和段涛说道：“现在，我说说下一步的安排。段涛，一会儿回去把东西准备好，我们明天就出发，去西藏阿里。”

“好的！”段涛回道。

“明天什么时候动身？”孔超问道。

“孔超，你继续留在这边把身体彻底养好，然后回公司。”张崇斌回道。

“什么？张总，您可别开玩笑啊……”孔超瞪大眼睛满脸愕然的样子。

“孔超，这不是玩笑。你要知道，阿里地区的平均海拔在4500米以上，比这边要高出1000多米，号称‘屋脊上的屋脊’！而且那边是整个藏区基础设施最落后、路况也是最糟糕的地区。”张崇斌严肃地说道。

“这有什么呀？我不在乎，再说，我感觉自己已经完全恢复了……”孔超急着辩解道。

“好了，不要多说了。孔超兄弟，我理解你的心情，但我更清楚你的身体状况，记住，做事情仅凭意气用事而不能冷静面对客观现实，是这个行当的大忌！”张崇斌不打算给他任何幻想机会。

“可是……可是，张总，那些调查设备，一直都是……只有我才用得明白啊，我一切都听您的，不乱走动还不行吗？”孔超脸色涨得通红，仍在努力着。

“唉！”张崇斌叹了口气，一把揽过孔超的肩膀，说道，“好兄弟，我确实很舍不得……但是，你这回必须服从安排。回到公司，把你的团队抓好的同时，我再交给你一个任务——你负责帮我把唐凯带好，别让他总是玩电脑游戏，把他的天赋和我们的工作结合起来。也许，这次的调查工作，日后还需要他去完成别人难以完成的事情。所以，你不要以为回去没有事儿可做，这些工作都很重要，做不好可别说我从此小瞧你啊。”

孔超神色黯然地垂下头来，段涛站在一旁，也不知该说什么……

“好了，都给我精神起来，别像抽了大烟断了顿似的。走，跟我回去换好衣服，咱们到县城吃大餐去。”张崇斌拍拍他们的肩膀转身朝病房走。

傍晚时分，县城一家藏族饭店内。张崇斌、孔超、段涛三人围在一张餐桌前团坐无话，大家都愣神看着店家为食客准备的牛角琴伴奏的弦子舞，三人对饭桌上摆放着的烤肉、糌粑、奶酪、酥油茶等食物似乎视而不见。

张崇斌又要了壶青稞酒，倒满三个杯子，自己端起一杯，让孔超和段涛也端起来，然后说道：“我异地创业，有幸得到两位兄弟的相助，怎奈时间短促未有建树……现在，又让你们跟我受苦受累担风险，在此，我敬你们一杯！”说完张崇斌一饮而尽。

段涛说道：“认识张哥，是我的幸运，再苦再累也心甘情愿！”说完也一口喝下。孔超什么也没有说，仰头一口干掉，放下杯子，抬起两手按放在额头上遮住了面容，肩膀却微微抖动起来……段涛用胳膊碰碰孔超轻声说道："孔哥，喝口酥油茶，解酒。"孔超放下手来，眼眶已饱含泪水，他抓住段涛的手说道："你跟张哥一起远行，路上一定要多加小心，少说话多观察，一切都要听张哥的安排……要保护好……一定要保护好张哥……"说着说着，已是哽咽难语了。

段涛眼圈渐渐泛红，紧紧握住孔超的手说道："孔哥，放心吧！"张崇斌这会儿又斟满一杯酒，独自一干而尽……

6月20日清晨，天空飘落着如丝的细雨。孔超和段涛很早就起来帮张崇斌把行李物品清点好装包，一切都准备妥当后，张崇斌去了向主任的房间。

向主任看见张崇斌过来，很是高兴，但当他知道张崇斌这次来是与他道别时，倍感突然，他极力挽留张崇斌，提出再多住一两天，他要给张崇斌做个全面检查后再让他出院。

张崇斌向向主任表达了诚挚的谢意，但对自己已经做出的决定，执意不改。

向主任见留不住张崇斌，眼神里顿时流露出一份失落，他开口说道："这一别，不知道我们什么时候还能再见面。崇斌，您这是回家乡还是……"

"不是回家，我想坐车先到拉萨，然后从那儿再去藏西北阿里地区的冈仁波齐峰。"张崇斌回道。

"哦，是去'神山'，这个时节，那边会有很多转山朝拜的佛门子弟和香客，是个值得一去的地方。不过，从这儿去那边路途遥远，而且道路难行啊。"向主任提醒道。

"向主任，您不是说人是因缘分和使命而不断做出人生的选择吗？去'神山'就是我的一个选择。如果我真的缘慧俱足，寻找香巴拉净土也会是我这一程的使命。"张崇斌一边说，一边从怀里掏出那根救他一命的金刚杵，放在手里紧紧地握了握，又道："向主任，认识您是我的幸运，这些日子得到您悉心关照，并且跟您学到很多，我很开心也很感激！你我算是忘年之交，今日做别，这法器请您收下，留作纪念。"

向主任将金刚杵轻轻地捧在手里，静默无语地看着，不知不觉间，眼泪竟然簌簌不止地落了下来……

此时，已是一把年纪的向主任看起来就像是一个得到丢失已久的心爱礼物的孩子，委屈而又欣慰着，他微微地点了点头，然后从口袋里掏出手绢拭了拭眼角，抬头看着张崇斌慨然说道：“崇斌，谢谢您，您深具慧根，我期盼着您能找到这方圣地，实现您的、也是我的愿望！”说着，向主任抓起张崇斌的手又将金刚杵放在他手中，说道：“崇斌，您的心意我心领意受了，这个法器还是随身带着吧，您才是它的主人，就让它在远行的路上为您护身辟邪。”

向主任的这番话又让张崇斌想起了自己躺在那片冰冷的地下水塘，身上的衣服被这法器坚定地扯住，还有那面壁圆寂的高僧……

张崇斌也点了点头，一切已在不言中，最后他紧紧握住向主任的手再次道声珍重，然后转身朝门外走去。

“崇斌，请等一下！”向主任突然喊道。

张崇斌回身看去，见向主任拿起桌上的电话，拨了号打出去，然后对着电话说着些张崇斌听不懂的方言。打完电话，向主任告诉张崇斌刚才他联系了一个经常开车去拉萨的朋友，这个朋友可以送张崇斌到拉萨，一会儿车就会来医院。

然后，向主任来到铁柜前，又将紫黑檀木箱捧出来，打开箱子，取出那个封面印有“西藏大学医学院”的笔记本，走到张崇斌面前说道：“崇斌，这个本子我送给您，也许它能帮您更快地找到香巴拉净土……如果，有朝一日，您找到了这方圣地，别忘了回来告诉我一声啊。”

此时，张崇斌的双眼已是一片模糊……

起程拉萨。

张崇斌和段涛坐上了帕杰罗越野吉普车，随着车子的启动，孔超和向主任的身影在蒙蒙细雨中渐渐模糊远去……

至此，张崇斌和段涛踏上了新的征程。

路上，张崇斌从司机口中了解到，从迪庆到拉萨，日夜兼程大约需要三天时间，从拉萨西行再到冈仁波齐峰大约还要一周。也有四天就可到达的桑桑（地名）南线捷径，但是那条路非常危险，不光道路难走，运气不好的话，遇到那人形多毛当地人称为“人熊”的凶残怪兽，如果没有火力武器防身，恐怕难以活命。所以，司机建议张崇斌不要图快，最好绕道行进。

张崇斌不知道接下来到底还会遇到什么意想不到的情况，西藏对他来说，完全就是一片陌生的土地。想到这里，张崇斌的心脏开始加速跳动起来，他恨不得长上一对翅膀，立即飞到那“神山”！

第十六章　绝境杀机

1. 黑道风云

越南6月20日《新河内报》一则特别悬赏新闻报道：6月19日晚10时左右，停靠在下龙湾的“茗花公主”号国际五星级豪华邮轮上发生一起凶杀案，应邀前来越南参观考察的日本著名××株式会社桥本龙男社长在豪华包房内不幸遇刺身亡。另外，警方当晚在下龙湾水域发现一具亚裔男性不明尸体，据警方初步分析，该名男子的死亡与这起凶杀案可能有关联。望有知情者与警方联系，若经查实将予以重赏。

河内修越会馆。一位50多岁、身着藏黑色唐装、面沉如水的微胖男人正在躺椅上看着一份香港总部发来的经解密的加密电传，上面写着：“四三八（二路堂主）亲阅：日前，总部确认越南警方在下龙湾水域发现的不明尸体系总部派遣执行K任务（窃取一份绝密文件）的四二六（红棍，帮内职业杀手）。根据尸体发现地点和内线提供的消息分析，四二六执行的K任务已完成，总部需要之‘物’藏匿在其上颌三颗义齿之中，此‘物’事关重大，越南堂口前期接应失误造成被动局面，现责成你堂口不惜一切代价务必将此‘物’在一周内取回，由四三八亲送总部。”

看完这份措辞严厉的电传，男人眉头紧锁，浑身已是冷汗淋漓！男人站起身来，在宽敞的房间内来回踱步思索着……

“总部的这个紧急任务实在是太过棘手，因为这起事件非同一般，日本政府此际正在对越南政府施加压力，要求越南当局尽快查清此案凶手的作案动机和背景。现在，疑凶尸体已经被转移到由国安便衣和警察24小时轮流看护之地。这种情形下如何才能做到既不暴露身份又能将那‘物’窃取到手呢？可时间又是如此紧迫，这根本就是完不成的任务嘛，这可如何是好?！但是，一错再错，违令不遵，别说堂主位置不保，恐怕自己最后怎么死的都不知道……

“也许，鬼点子多多的‘白纸扇’能想出个法子来。”想到这里，男人疾步走到座位处，伸手按下桌子下面的按钮……

一个黑色着装的保镖推门进来问道：“袁爷，有什么吩咐?”

“去，把老三叫来。”

“是。”保镖转身离去。

片刻工夫，房门又被推开，走进一位身着白色衬衣、戴着金丝边眼镜的年轻男子，男子走到堂主身边，轻声问道：“大哥，有什么事情?”

袁爷拉着白纸扇的手坐了下来，憋了半天，最后还是忍不住把这档闹心事一股脑地倒了出来。最后，他心思凝重地说道：“老三啊，你大哥我岁数大了，我这个位子早晚都是你的。我出来混了这么久，江湖人能尊称我一声‘袁爷’，是因我做人义气而且能为兄弟们做成点儿事，我这把老骨头不想因为这件事情弄得晚节不保，也不想让这路堂口声誉受损，被道上的旁门弟兄耻笑。”

在听袁爷这番长吁短叹的话时，白纸扇面无表情，仅是微微皱了皱眉头，他沉思片刻，然后靠近袁爷耳边小声嘀咕了几句……

只见袁爷的表情从阴沉到松弛，最后面泛红光，他使劲点了下头，说道：“好小子，真有你的，我没有看走眼，这事就由你来操办，需要什么你尽管开口。”

越德医院住院部。祁兵站在单人病房的阳台上时急时缓地伸展着腰身，近午时分的耀眼阳光正照在他那张桀骜不驯的面孔和健硕的躯体上……突然，他的眼睛被一双自背后伸出的纤手捂住……

“秀婷，你又来了！”祁兵马上反应道。

“嘻嘻，猜猜看，我今天给你做的什么好吃的?”身后的女郎俏皮地问道。

祁兵笑着把女郎这几天带来的菜肴挨个猜一遍，女郎笑着不松手，让祁兵继续猜……

女郎有个好听的名字——范秀婷。祁兵能恢复得这么快，与这个美丽开朗的女孩子悉心的照顾分不开。在祁兵住院的10天里，秀婷每天中午都从家里带来做好的可口饭菜和营养煲汤过来看望祁兵。祁兵一开始不太适应，也不好意思，后来渐渐地被这个秀外慧中且温柔体贴的女孩儿感动，如果秀婷哪天比往日来得稍微迟了些，祁兵的内心就会有种难以名状的牵挂。这毫不奇怪，男人，无论他有着多么强悍的外表和宁折不弯的性格，只要他珍惜生命、热爱生活，那他的内心一定会有一个留存浪漫和温柔的空间，尤其面对秀婷这样优秀的女孩子，依旧单身且流落他乡的祁兵根本无法抗拒，沐浴在悸动新奇的感觉中，他似乎重新找到了人生的目标。

秀婷含笑地看着正在津津有味吃着饭的祁兵……

“干吗总盯着我看?”祁兵抬起头边吃边问道。

“以后，我去中国游玩，我要你像我现在陪你这样来陪着我，有你在身边我去哪里都不怕。”秀婷笑着说道。

听了这句话，祁兵似乎想起了什么，愣神片刻，然后语气坚定地说道：“回国，是的，我是要回到中国！秀婷，你放心，以后我一定会陪你走遍中国最美的地方!”

下午2时，秀婷离开病房，祁兵正躺在床上休息。突然，病房的门被推开，走进三个面无表情的男人……

这个异响使祁兵警觉地睁开眼睛，当看见为首的那个穿着白衬衣、样子比较文气的男人正是拳赛那天训斥赛场经理的那伙闹事人群的头儿时，祁兵慢慢地坐起身来……

为首的男子正是白纸扇，他走到祁兵床前，抬起右手将小指和无名指弯下，其余三指伸直，同时开口道：“你说我流不是流，三合河水万年流。”

祁兵一看这架势，心里知道这是在东南亚一带势力很大的华裔黑帮组织在试探自己是不是同门兄弟，于是佯装不明白地回道：“什么流不流的，你们进错门了吧?”

白纸扇一听，将手放下，微微一笑道：“匡军，中国狂龙，果然身手不凡！我很欣赏你。”说着，他坐在了身后两个一袭黑衣的保镖摆放好的椅子上，然后，又不紧不慢地从口袋里掏出一个金属香烟盒，从中抽出一根烟，在烟盒上敲点着……旁边的一个保镖连忙帮着点上火。

“你我素不相识，不知几位今日到此有何贵干?”祁兵下了床，一边推开窗户一边问道。

“匡军老弟，看样子身体恢复得挺快哦。今天兄弟过来，就是想看看你，顺便和你谈谈合作的事。”

白纸扇悠然地吐了口烟，慢条斯理地说道。

“那谢谢关心了。我是过来旅游的，所以我想我们之间没有什么合作的可能，你们还是请回吧。”祁兵干脆利落地回道。

话音刚落，白纸扇身后那两个腰圆臂粗的保镖顿时面皮绷紧、怒目圆睁，其中一个龇着牙撇着嘴狠狠地说道：“小子，招子给我放亮一点儿，在三哥面前说话要懂得客气！”

祁兵转过头，瞟了那个放话的保镖一眼，嘴上什么也没说。

白纸扇朝后一摆手，面色一沉，黑话白话混着说道：“老弟，出来混，靠点挂子单挑（黑话：单打独斗出来混的意思）是玩不转的。我看你是个难得的人才，刚好，我这边有单生意需要个帮手，这是定金。”说着，他打了个响指。

另一个保镖闻声从怀里掏出一个厚厚的牛皮纸袋，眼睛凶狠地盯着祁兵，然后把手中的钱袋用力拍放在祁兵的床头上。

“具体是什么生意，你等我知会，这件事情办妥后，还会有重赏。”说着，白纸扇站起身抬腿准备走人。

“等等，这钱请你们拿回去，我这伤还未养好，爱莫能助。”祁兵抓起钱袋走前两步，将拿钱袋的左手臂向前平伸出去说道。

白纸扇一听，停住了脚步，慢慢转过身来，镜片后面，那双不大的眼睛阴冷地直视着祁兵，同时，将叼在嘴角上的烟头吐在地上，用脚狠狠地踱着……

“好你个不识相的‘空子’（黑话：外路人）！”方才放过狠话的黑壮保镖回身直奔祁兵而去，只见他一把抓过祁兵手中的钱袋，另一只手握成拳头狠狠地向祁兵身上仍缠着纱布的左锁骨处砸去，嘴里一边叫着：“我倒要看看你这伤到底……”

祁兵身子并未动，只是用右手迎上抓住这来势凶猛的拳头，然后五根指头暗自发力……

“哎呀！”黑壮保镖刚才那句话还没说完却突然痛叫起来。

另一保镖见状一大步冲了过去，二话不说抬起腿朝祁兵一侧腰眼狠劲踹去。

祁兵见状身子迅速一闪，同时右臂一拧劲，刚才那个被抓住拳头的保镖身子不由得弯曲伏下，但刚好被踢来的一腿踹了个实惠！祁兵这时猛一松手，退后一步，说道：“这里是医院，你们不要在这里无理取闹！赶快给我出……”

祁兵的话还没说完，那个挨了踹的黑衣保镖抡起白纸扇坐过的椅子“啊”的一声冲祁兵迎头砸去。说时迟那时快，祁兵蹦起一个飞腿向头顶的椅子踢去，只听“咔嚓”一声，木制椅子在半空中散了架，双手举在半空手中只剩下两截椅子腿的保镖登时愕然呆愣住……

祁兵两脚落地后就势下蹲紧接着又来了个扫堂腿，手持椅子腿的保镖顿时像个断了绳的沙包重重地摔倒在地！

祁兵迅速起身后，两手用力一甩，一抖身躯突然又向侧后方飞起一腿，身后另一个身子前倾正欲动手的保镖一个急刹车呆立在原地。他只感觉到一股骤风迎面袭来却还没有看清楚是怎么回事，当他稳住神定睛一看，脸色“唰”地由红变紫成了茄子色，原来离他的鼻尖不到一寸的地方竟是一个覆盖着厚厚皮茧黑硬如铁锤般的脚后跟！

仅仅几秒钟的比画，胜负截然已分，祁兵显然是留有余地点到为止的；那两个刚才还凶神恶煞目中无人的保镖此时脸色惨白额头冒汗，眼神闪躲着祁兵锐利的目光，这真是不交手不知道，眼前的这个身着病号服面容冷峻的男人哪里是个虚弱的病人！别说对付他们两个，就是再来几个一起上，恐怕也不够打的。

这边这个知趣地后退了几步，倒在地上的那位也龇牙咧嘴地晃晃荡荡地一边站起一边后退着……

祁兵这才缓缓地收回侧伸出去的腿，摆正身子，两手交叉于胸前站立在屋子中间，一言不发，眼睛直视着白纸扇……

白纸扇本来就小的眼睛此时眯缝成一道缝隙，脸色红一阵白一阵。

这个时候，门外走廊传来阵阵由远及近的杂乱脚步声，白纸扇的耳朵微微抖动一下，然后似笑非笑地朝着祁兵点了点头，一转身带着两个保镖迅速撤离病房。

病房的门被猛然推开，小阮和几个医护人员走进屋来，给祁兵接骨治疗的主治医生看见病房凌乱的样子，面色顿时一沉……

祁兵说道：“对不起，打扰到你们了，造成的损失我来负责，明天我就办理出院手续。”

2. 绑架人质

6月21日下午1时，病房内，换上干净运动服的祁兵，不时地看着墙上的挂钟，显得有些心神不宁——往常这个时候，秀婷早就应该过来了，可今天为什么到现在还没有来呢?

祁兵早已准备好一切，他在等着秀婷过来一起把出院手续办了。

这个时候，出去买饭的小阮从外面走进病房，他走到祁兵身边，把一个封口的纸袋递给祁兵说道：“刚才在下面买饭的时候，有个人把这个纸袋给了我，让我转交给你，你打开看看，挺重的，不知道里面装的是什么。”

“这人是谁?”祁兵问道。

“不认识，好像不是医院的人。”小阮摇了摇头道。

祁兵警觉地看着纸袋的外形轮廓，然后又轻轻托起放在耳边仔细听了一会儿，感觉没有什么异常，于是迅速拆开封口，将纸袋里的东西全部倒在床上……

一张明信片、一把钥匙、一部手机散落出来。

小阮顿时愣住……祁兵似乎意识到什么，连忙拿起那张明信片，只见上面写有一行字：“如果找人，就去金莲花酒店309房间。”

“不好，秀婷可能被人绑架了!”想到这里，祁兵一指上面的地址，对小阮说道，“我们现在马上去这个地方，你给我带路。”说着，祁兵带上物品推门而出……

祁兵和小阮很快赶到指定酒店。上楼之前，祁兵让小阮在楼下大厅等着他，并交代如果10分钟不见他下来，就通知酒店的保安去309房间，如果发现有异常情况，就赶快报警。

小阮显然没有经历过这种事，有些惊慌无措，不知道该说什么，只是不住地点头。

祁兵一个人来到309房间，在外面站定一会儿，然后用那把钥匙轻轻启开房门，迅速地闪身进屋，眼睛一扫，房间内竟然空无一人！祁兵又快速查看了卫生间、衣橱、床下、窗帘后和窗户外侧墙壁这些所有可能隐身的地方，依然没有人影。

“奇怪！怎么会没有人呢?”祁兵回过身来再次打量房间的格局和物品摆设。这时，电视机上面摆放着的一个数码摄像机引起了他的注意，祁兵上前将摄像机拿到手上，找到播放按键，按下……

荧屏画面开始是一片空白，几秒钟后，突然跳出清晰的画面：只见一个女郎似乎被迷药迷倒在床上，周围几个一袭黑衣戴着面罩的大汉围站在床边。其中一个俯下身子，拿着匕首正用刀尖挑起女郎上衣胸前的一颗扣子……

“唰”，画面一闪，又是一片空白。

此时的祁兵已是两眼喷火，握紧的拳头不时地发出“咯吱、咯吱”的声音，他看得很清楚，床上那个人事不省、任人摆布的女郎正是秀婷！

突然一阵响铃声，是从纸袋里发出的，祁兵忙打开袋子，从里面掏出那个正在不断鸣响着的手机，按下接听键，里面先是传来一阵得意的阴阳怪笑声，接着是一个男人沙哑的声音：“AV（成人电影）好看吗？兄弟，艳福不浅啊，嘿嘿，青豆儿真是撮啃哩。”（黑话：女孩长得真漂亮的意思。）

“那女孩现在在哪儿？你们把她怎么样了?!”祁兵大声问道。

“别这么性急嘛，心疼了？哈哈，放心，三哥也心疼着呢，不过，我们这帮弟兄最近火都大，已经憋了好久都没有泄火了……”男子满口淫亵的腔调。

“你给我听好了，有任何事情，你们就冲我来！捎个话给你三哥，那个生意我接了。但是，如果你们敢碰那女孩一下，我就让你们吃不了兜着走！”祁兵打断对方，声音低沉却透着杀气。

“嘿嘿，大家都是吃搁念的（黑话：道上的人），只要识相，彼此都会有面子的。你现在就去修越会馆，带上那个AV机，三哥已经泡了上等好茶恭候着了。”说完，对方挂断电话。

经小阮带路，祁兵辗转来到修越会馆。

下了车，祁兵顺着小阮手指的方向看去，但见路口一侧有个红瓦蓝檐、翼角上翘酷似中国古代祠堂的建筑，正中间是一道不算宽阔的门，门楣上挂着一块刻有“修越会馆”四个大字的牌匾。

回过头来，祁兵交代小阮，让小阮在门外等着，他去谈点儿事，一会儿就出来。说完，祁兵直奔正门而去……

一进门，两个保镖装束的男子就走上前来，其中一个开口道：“你是匡军?”

“正是。”

两个保镖就上前上下左右、里里外外地仔细搜了祁兵的身。见没有可以伤人的明暗器，刚才问话的那位又说道：“跟我来吧。”说着，转身朝庭院内的一条纵向通道走去，另一个人则取走祁兵手中的摄像机，紧跟着走在最后。穿过这条通道，来到一处供奉香台的屋子，前面带路的这位让祁兵暂且留步候着，他一个人又朝前面一条更为狭窄的通道快步走去……

祁兵利用这个空隙，举目朝前方的供奉台看去：供奉台上，正中间立有一尊“关公夜读春秋像”，两侧各挂着一个牌匾，左边写着“亭无终日好，花有半朝香”，右边则是“彪鬼寿鬼合鬼和鬼图鬼，龙鬼虎鬼龟鬼蛇鬼会鬼”。

“这伙人果然是有来头的。”此时，祁兵更加清楚了对手的实力，不由得深吸一口气，握紧了拳头。这时，刚才进去的那个保镖从里面走了出来，说道：“三哥已恭候多时。”说完，他手一挥，摆出一个请的姿势，祁兵见此，起身走去……

3. 无法完成的任务

隐秘的内室里，端坐在精美茶桌主位的白纸扇看见出现在门口的祁兵，慢慢地站起身来，微微笑道：“兄弟，想不到我们这么快就又见面了，哈哈。”

“那女孩现在何处？”祁兵冷冷地问道。

“放心，兄弟的女人，我会照顾得很好。”说着，他拿起一个遥控器，朝墙上的一个液晶屏一按，液晶屏立即显影，画面里出现了一个装修豪华的房间，头发有些蓬松的秀婷独自一人正呆坐在一张大床上……

“唰”，画面突然消失。

“她现在很安全，什么也不缺，只是寂寞了点儿，唉……”白纸扇似乎有些怜香惜玉的样子。

“既然把我当兄弟，那你现在就把她放了，我留下来。说吧，你需要我打几场拳？”

“哈哈，开什么玩笑，让你打拳，那不是太屈才了吗？来吧，我们兄弟坐下来慢慢谈。”说着，白纸扇朝祁兵摆摆手。

“不是打拳？那你想让我做什么？”祁兵不解地问道，隔着茶桌与白纸扇面对面坐了下来。

白纸扇朝站立在身后和门口的保镖一摆手，示意他们退出房间。然后，他端起茶壶，倒上两杯温茶，自己先喝下一口，咂巴咂巴嘴，说道：“好茶!”接着用手势请祁兵品尝一下。

“到底想让我做什么，你就直说吧，痛快点儿!”祁兵不为所动，单刀直入地追问道。

“好，我就喜欢爽快人!”说着，白纸扇从口袋里拿出一张照片，晃了晃说道：“我只要你从这个人身上，拿到一样东西。”祁兵接过照片，看了看这个亚裔男子的样子，问道：“拿什么东西？”

“他上颌的三颗义齿。”

“义齿？那他人在哪里？”

“在警察局的停尸房。”

听到这里，祁兵感觉到这件事绝非寻常的江湖事，于是问道：“这个人是怎么死的？”

“兄弟，该让你知道的我会告诉你的；不该知道的，你也不必多问。我只给你三天的时间，我不管你用什么办法，你必须将那义齿拿到手。”

“我要是拿不到呢？”祁兵挑眉问道。

白纸扇一听，先是冷笑一声，然后阴沉下脸说道：“义齿和女人，一得俱得，一失皆失，你自己掂量着办。”

祁兵攥紧了拳头，恨不得一拳挥过去，将对面的刀削脸砸瘪。但是，此刻唯有忍耐才不会乱了大谋。于是，祁兵又问道：“警察局的停尸房在什么地方？”

“哈哈……”白纸扇得意地笑了，他又从口袋里掏出个纸条，放在祁兵面前的茶桌上，说道，“这是地址。不过，你要记住，做这件事完全是你个人的事，如果有任何人知道了我们今天的谈话内容，别说我罩不住你的女人，兄弟，恐怕最后连你也是自身难保！”

“我怎么知道，在我拿到义齿后，你就会放了那女孩？”祁兵很清楚，对于这伙人，正常的“交易”信誉根本无法保障。

“这就是我为什么不让你知道太多的理由，你应该清楚，有时候知道的事情越少反而越安全。现在，你没有和我讨价还价的资本，信得过还是信不过，你只有赌一赌看喽。不过，我可以告诉你，至少目前，你和你的女人对我并没有构成什么威胁。”

白纸扇很有把握地说道，看得出来他确实深晓人性，这番话已让祁兵没有再多理论的余地。

“好，三天就三天，到时如果你胆敢食言，可别怪我不客气！”祁兵说着站起身来。

“哈哈，我等着你，等你的好消息！送客。”白纸扇看着祁兵的背影，眼睛又眯缝起来……

小阮坐在出租车里，看见祁兵从会馆出来，就让司机直接将车开过去。

祁兵上了车，把手机关掉，电池卸了下来，然后告诉小阮先去医院，把出院手续办了，再找个宾馆住下。小阮说不需要住宾馆，他的一个正在外市带旅游团的同行朋友有个房子在这边，平时没有人住，他有这房子的钥匙。于是，他们到了医院，在结算费用时，才发现秀婷早已预付了超额的押金，不仅没有支出费用，反倒还拿到一笔结余款。

来到住处，祁兵和小阮很快收拾好房间。

这会儿，祁兵一个人静静地站立在窗前，两眼出神地望向窗外……

小阮靠过去，轻声问道："匡哥，究竟是怎么回事？"

祁兵转过头来看着小阮，语重心长地说道："阮兄弟，今天的事你不要跟任何人提起，这伙人……是有来头的。"

"这我也早有听说，我们这边道上的人现在都惧怕他们这伙人，据说他们是从香港那边过来的黑道人物。"小阮说道。

"阮兄弟，我不管他们是黑道还是白道，我都不怕。不过，这段时间，你要多留心身边的人，发现有可疑的人跟踪，要想办法摆脱掉，不要让他们知道这个住处。"祁兵提醒道。

"放心吧，匡哥。以前我那个好兄弟黎团生也这么说过，他曾得罪过道上的人，你们有的地方真是很像！可惜他……"小阮似乎有些触景生情，看得出来，小阮也是个讲义气重感情的人。

"其实，我不姓匡，我姓祁，叫祁兵。阮兄弟，你是一个真正的朋友！"祁兵笑了下，拍拍小阮的肩膀。

"祁兵？"小阮愣住了。

"等这件事办完后，我再跟你解释。你先告诉我，这个地址怎么走？"说着，祁兵将白纸扇留下的那张纸条掏了出来。

祁兵和小阮搞清楚要去的地址后，小阮提出他先去租个摩托车，因为河内虽然是首都，但街面的道路并不十分宽敞，而且交通经常拥堵，摩托车比较方便实用。祁兵痛快地接受了小阮的这个建议。

临近傍晚时，小阮将摩托车租来，由他驾车载着祁兵直奔警察局法医鉴定中心而去……

到了目标地，隔着条马路，小阮将车子停靠在一个隐蔽之处。祁兵下了车，以一副漫不经心似乎在等人的姿态一边在路边溜达，一边上下左右扫望着对面这栋古旧的法式三层小楼。这栋建筑的前院，停靠着数量不少的高级轿车，靠马路的一边是铁栅栏围成的防护墙，正中央有扇电控的铁栅门，门口有检查证件的执勤警卫，靠警卫一侧的门墩上好像贴着张告示。在铁栅门后面，是条铺着红砖的人行小道，小道直通向这栋建筑的正门，这扇木制的门偶尔被进出的人开启着。通过观察车辆的款式和车牌号以及进出人员的举止装束，凭着以往给首长做贴身护卫时积累的经验，祁兵很快判断出他们大致的身份——这些人员中有当地的警察和便衣，还有些是身份不明的日本人。

“看来，这个人的死极可能牵涉到复杂的涉外刑事案件，这些人大多数应该是参与该案调查的特别行动人员。此地戒备如此森严，怎样才能接近尸体呢？”祁兵这样想着。

由于门口好像贴有告示，祁兵就决定先过去看看再说，于是对小阮说道：“阮兄弟，那门口好像有告示，我们权当路过，你和我去看看上面写着什么。”

小阮点点头，跟着祁兵穿过马路来到那门口，走近一看，原来是用越、英、中、日四种文字写就的关于“认尸悬赏”的通告。祁兵看完后侧头问道：“阮兄弟，我来时的旅游团中国籍的男性游客你有印象的还有谁？”

小阮想了想，说道：“有一个姓张的，记得叫张永强，是个教师，三十三岁。”

“好的，记住了，如果有人问起，你就说张永强是我匡军的朋友，我现在和他联系不上了，问别的你就说不清楚。你在外面等着我，我进去看看就回来。”祁兵嘱咐道。

说完，祁兵走向门卫，小阮向警卫翻译说有人想进去辨认尸体。警卫一听，立即拿起电话进行了通报。很快，院内小楼的木门被推开，从里面走出四个人，来到门口处，其中一个人用流利的汉语问道：“是谁要进去识别尸体？”

“是我。”祁兵拍了下胸脯回道。来的这几个人眼睛一亮，开始不露声色地上下打量起祁兵。这时，会说汉语的那位说道：“跟我来吧。”说着，他转身前头带路，其余三人则跟在祁兵后面向楼内走去。进了楼内，祁兵按照他们的要求做了登记，然后跟随这伙人向楼上走去。上了二楼，向右拐，走到走廊的尽头，来到一扇黑色的木门跟前，门口的两个警卫将房门打开，大家走进阴冷的房间。其中一个警卫来到一个冰柜前，转动外面的一个把手，随着丝丝雾状寒气的弥散，一具全裸的男尸呈现在祁兵面前。祁兵慢慢地走上前去，看了会儿，然后摇了摇头，身子退后朝那个会说中文的男子说道：“这个人我不认识，他不是我要找的那个人。”“你要找的人是谁？”男子马上问道。

“和我一起来这边旅游的张永强，他是中国人。”祁兵回道。

“张永强？他什么时候失踪的？”男子又问道。

“具体什么时间我不是很清楚，我因为身体原因在这边住了医院，后来打手机一直联系不上他，所以我担心他是不是在这边出什么意外了。”祁兵回答道。

“门口那个和你一起来的人是谁？”

“哦，是旅游团的导游。”

“既然是导游，那他就应该知道张永强什么时候失踪的，不是吗？”男子眼神里闪过一道寒光。

“他不带那个旅游团了，他是单独陪我来这边办理住院手续的，所以他也不清楚。”祁兵冷静地回道。

“你什么时候住的医院？住在哪家医院？得了什么病？”男子追问道。

“十天前就住了医院，是越德医院，你们可以去医院查档案，至于什么病，那是我个人隐私。我可以走了吗？”祁兵不想和他继续纠缠下去。

男子看了看祁兵的表情，又转身对身边的几个人摇了摇头，那些人很有些失望的样子。然后，男子回身说道：“匡先生，你可以走了。”

走出这栋小楼，祁兵的心情却变得沉重起来，因为他在进去出来的当口，用眼睛的余光扫描了楼内各个角落的安防设施。他注意到，整个楼内，从门口到走廊再到房间，都布设了电子监控装置，楼内还有 24 小时流动巡查的警卫和这些特别行动人员。而且，停尸房的窗户外面竟也用了带电的铁丝网封闭了起来，整个防护系统可谓滴水不漏、戒备森严。这种情况下，即便是凭借前期的突然行动硬闯进去将东西拿到手，却也没有可能全身而退！

4. 身陷绝境

回到住处，吃过晚饭，小阮在客厅房间看着电视。

祁兵一个人和衣仰躺在床上，两眼望着天棚，正苦思冥想着。“一边是心爱的秀婷被一伙杀人不眨眼的黑帮分子绑架，秀婷完全是无辜的，如果不是因为帮助自己，她哪会遇上这种凶险之事；另一边是背景复杂的涉外凶杀重案，如果硬插手进去，无异于自投罗网！自己的安危算不得什么，关键是这样做不仅救不了秀婷，而且还很可能因为警方误解使国家的声誉受损。既然没有万全之策，老子就跟他们拼了!”祁兵权衡了一番，觉得既然怎么做都是一种冒险，还不如干脆杀个回马枪，来个直捣黄龙，说不定还能把秀婷直接救出来。

正在这个时候，小阮突然从客厅神色紧张地跑到祁兵跟前，一边拉起祁兵的手，一边有些结巴地说道:“匡……匡哥，快……快来看……看电视……”

祁兵一骨碌站起身来，几大步来到客厅往电视屏幕一看，身子不由一震，只见电视画面上出现了一个男子的正面标准照片的特写，这照片正是祁兵住院时留下的身份证复印件上的照片!在电视屏幕下方，有重复滚动的越文，一个播音员正面色严峻地说着什么。

“小阮，快告诉我，这到底是怎么回事?”

“匡哥，这上面说你……说你涉嫌绑架了一名越南高级官员的子女，现在正在全国通缉你。”小阮紧张地说道。

祁兵一听，脑袋“嗡”的一声，他明白，自己又陷入了一个更为可怕的黑色旋涡!

与此同时，河内市区的各主要交通道口已被一辆辆军车把守，任何进出市区的车辆都必须停下接受三名持枪军人的严格检查，那些正在营业的各大宾馆酒店、娱乐场所也在这个时间突然被一队队全副武装的军人和警察突击检查，莫名其妙的人们一个个都失语呆立在原地，因为他们从这些军人严峻的表情和警察慌乱失措的神态中，感觉到又出事了，而且这回绝不是件小事!

修越会馆，袁爷正神情紧张地打着电话。

电话的另一端是白纸扇，只见他的额头已渗出一层细密的汗珠……“老三，那个‘空子’用不得了，我们再想别的法子吧。不过，这期间，你一定要看好手下的人，千万不要牵扯到这起绑架事件中，军方的内线让我们帮助查找，你就安排下面的弟兄做做样子就好了。这回，军区的范司令可火大了，市长和警察局长都差点儿让他给崩了，现在是限期让他们找到人，也不晓得是哪路‘吃搁念的’(黑话:道上的人)吃了豹子胆，竟然敢动范中将的孙女……”

挂了电话，白纸扇擦了擦额头上的汗，他意识到自己的这次绑架行动极可能是无意间惹下了捅破天的大祸!他很清楚，依靠军方的势力是堂口这几年迅速在越南得以立足的根基，根据总部的指示，今后还要加强与军方的合作。可是现在，这起绑架事件一旦暴露出去，自己在帮会的地位不保不说，还将被执行最严厉的“家法”而死无葬身之地!所以，他刚才不得不对袁爷撒谎称不知此事。

看明白这件事情的利害关系后，白纸扇的脑海里顿时冒出一个可怕的想法："杀人灭口！所有知情的人都必须死，包括范司令的孙女！不过，此际需要立即着手做的，是先灭了外围活动着的知情人——匡军。"

想到这里，白纸扇立即电话通知了几条线上最可靠的"四二六"。连夜接到这道紧急"密杀令"的"四二六"们个个是摩拳擦掌，因为这是一次难得的展现能力的机会，更何况是不管采用什么手段，只要能杀死一个叫"匡军"的中国人就算完成指令，从而获得根本无法抗拒的诱人重奖。

房间里，祁兵冷静下来后，意识到他和秀婷的处境陡然变得严峻险恶！白纸扇为了不走漏风声，很可能会先除掉自己，然后再让秀婷"人间蒸发"，施以"借刀杀人"之计。与其坐以待毙，还不如先下手为强，以攻为守，拼死一搏！想到这儿，祁兵迅速整理好身上的装束，并跟小阮要了摩托车钥匙准备出门。

小阮开口道："祁哥，都10点多了，外面的风声又紧，不要出去了吧，太冒险了！"

祁兵听了这话，突然想起了什么，对小阮说道："把你的手机给我用下。"

接过手机，祁兵拨了张崇斌的那个133号码，然而此号竟然不通。祁兵想了想，又拨打了另一个号码……

漆黑的夜里，一辆帕杰罗越野吉普车开着锃亮的大灯，在曲折陡峭的山路上行进着。车内，昏昏欲睡的段涛突然被手机的振铃惊醒。他看了看屏幕显示，那一串陌生的数字让他搞不清楚这是谁打来的电话，于是，他按下暂不接听的按键。可是，没消停几秒钟，手机又响了起来，段涛这才拿起接听……

"啊！是队长！祁队长，您……您还好吗？您现在何处？"

"张总在不在？我找他有急事。"祁兵回道。

段涛刚才那变调的声音让张崇斌一惊，一听是祁兵来的电话，他连忙接过手机惊喜地问道："祁兵，是我，你现在是什么情况？"

电话那头，先是片刻的沉默，然后传来了祁兵沉重的声音："我在越南。崇斌，我的这个案子，你不要再费心去调查了。"

听着祁兵这莫名其妙的话，张崇斌马上说道："你胡说什么？怎么，以后想做越南公民了？别跟我说这种没出息的话，告诉你，这边的调查已经有了进展，我还等着和你一起……"

张崇斌的话还没说完，祁兵的声音又传来了："崇斌，我……我怕是以后没有机会再见你了……”

“什么？你说什么？你到底怎么回事？快告诉我！”张崇斌一听顿时急了。

“我要去救一个女孩，她现在很危险！”祁兵回道。

“唉，你能不能别老充英雄好汉行不行?！救人，救人，你先考虑考虑怎么救你自己吧！”张崇斌又急又气！

“你不明白！她是因为我才遭绑架的，这事我不管，那还叫人吗?！”祁兵也急了。

“好好，咱们都冷静一下，你给我说说，这到底是怎么回事？”张崇斌缓和了下语气说道。

于是，祁兵将他在越南这十余天的经历很快跟张崇斌说了一遍。以张崇斌对祁兵的了解，明白了他刚才为什么会说出那番话来，同时也清楚地意识到祁兵目前的处境万分危急。张崇斌认为此事过于复杂，单靠祁兵一个人，是极难摆脱困境的，于是说道：“祁兵，你现在不要轻举妄动，我马上去越南，你等着我。”

“怕是来不及了，他们让我做的事原来还有个三天的期限，现在，他们不会再按照这个期限等待了。”祁兵说道。

“没错，这事儿已经与那个期限没有多大关系了。但是，你听我说，祁兵，只要你是安全的，他们就不敢轻易地动那女孩。所以，你现在一定要保持冷静，不要急躁！记住我曾说过的话‘只有想不到的，没有做不到的’，相信我，我会有办法帮你处理好这件事的。”张崇斌有力地说道。

其实，张崇斌当时并没有想出什么特别的办法，因为化解这个局面是需要时间去仔细分析和判断的。但此时，他必须先稳住祁兵，不能让他冒这个几乎等同送死的风险。

“唉！崇斌，那你告诉我，你想到了什么好办法?！”祁兵依然心绪不平。

“等我们见了面，你就知道了，放心吧，我们一起一定能化解这个危机。到了越南，我怎么找你?”张崇斌转移了话题。

“我会安排一个朋友去接你。但是，你知道，这伙人是有着很强背景势力的黑帮组织，我不希望你也扯进这……”

“好了，祁兵，别再说了，到了以后我会打这个电话给你的。”说完，张崇斌把手机关了，转过头来，对司机说道，“师傅，麻烦您原路快速返回，去迪庆机场。”

第十七章　赌命合作

1. 紧急营救

祁兵握着突然被挂断的手机，眉头紧锁地站立着。

小阮走过来，无语地看着祁兵。

祁兵将手机还给了小阮，说道："阮兄弟，你还是另找个住处，不要和我走得太近。这一两天会有个姓张的中国人来越南，到时候麻烦你去接他一下。"说完，祁兵到了屋里，从装钱的袋子里掏出一些钱来，剩下大部分交给小阮，让他马上离开房间。小阮似乎有些犹豫，但祁兵的态度很坚决，只是让小阮把摩托车留下。

小阮离开后不到半小时，房子外面突然响起了急促的敲门声，同时有人用越语大声叫嚷着，警觉的祁兵立即起身来到窗户一侧，探头外望：只见外面街口处停着军车和警车，一些军警正在挨家挨户地搜查……

此时，外面有人开始用脚"哐哐"地踹门，祁兵来不及多想，快速启开窗户，在房门被踹开的一瞬间"嗖"地纵身从二层楼高的窗户跳了下去。

祁兵的脚刚着地，几道耀眼的手电光同时朝他这边射来，晃动的光影下，几个身手敏捷的身影迅速将祁兵围住。就在其中一人要抓祁兵肩膀的时候，祁兵迅速后退一步同时抓住对方的手腕，然后猛地一抬一抖劲，只听"嘎巴"一声，对方的肩膀脱臼了，随着一声惨叫，另外几个影子不仅没有避闪，反而向祁兵齐扑而来……

祁兵不得不同时对付这几个"影子"，但对方明显也是训练有素，他们反应灵敏，而且具备相当的抗击打能力。祁兵知道这是碰上了越南军队特工，他看准其中一个影子，贴身过去，一招擒拿手将其关节别住，正准备摸索其身上武器的时候，一道更强烈的光射来，祁兵的眼睛顿时什么也看不见了，只听见身旁传来一阵阵枪械保险打开的声音……

越南某军区审讯室，戴着脚镣的祁兵两臂被平展拉开，两手分别铐在两侧的铁架子上，整个人被固定在屋子的中央。一个肩部缠绕绷带的越南军人瞪着血红的眼睛，对着祁兵的腹部使劲地踹了一脚，祁兵痛苦地弓起了腰身……

旁边的两个越南军人正交头接耳地说着什么……

一个越南军人边听边点着头，然后突然用中国话大声问道："快说，你把那女子藏在了何处?!"

"你们还要我说几遍，秀婷是我最好的朋友，我也在找她！"祁兵忍痛回道。

此时，祁兵的内心交织着复杂的感受，其中有担心、矛盾和期待。他担心如果自己说出实情，这些鲁莽的军人会打草惊蛇，迫使黑帮对秀婷下黑手；他感到矛盾的是，如果不说，现在谁又能将秀婷解救出来？崇斌也许很快就要赶来，他真的有办法化解这一切吗？不过，当他想到崇斌以前漂亮地完成那些在旁人看来几乎不可能完成的任务时，祁兵告诉自己，先忍耐，一定要扛住这几天，也许，崇斌真的能够再度施展妙计化险为夷。

此刻，心情同样复杂的还有另外一个人，他就是白纸扇。

密室里，白纸扇端坐在座椅上，一支接一支地抽着烟……

上午，在他得知匡军突然无影无踪的消息后，再加上袁爷对那件事的催促，他是心烦意乱；而在下午，军方内线传来匡军昨夜已被缉捕归案的消息则让他一度惊慌失措、坐立不安！但是，当他冷静下来，从军方直到目前并没有对帮会采取任何行动这个事态上，他察觉到了什么。"军方内线敢对帮会放出这个消息，说明他们还没有怀疑到自己的头上，难道是匡军因受伤不能说话或者已经死亡？还是他知道只要不说出这个秘密就可以保住那女子和他自己的性命？"

在这种情形下，白纸扇也陷入了进退维谷之中：原先他认为立即杀了那女子才是最安全的，但是现在，在他还无法看清楚事态变化之前，他已不敢把事儿过早地做绝了，他现在急想打听到匡军的死活和表现如何。

回返的路程似乎漫长很多，但时间上还是缩短了。张崇斌很感谢司机师傅，当这位师傅知道张崇斌急迫的心情后，他的驾驶技术似乎迅速提高，很多来时温柔缓行的路段，这次他都粗暴地开了过去。这使得张崇斌和段涛在23日早上7点就回到了云南迪庆，张崇斌将无法携带上机的调查设备装在一个包内，让司机捎给向主任暂为保存。

在迪庆机场，张崇斌和段涛登上最早起程的航班，经昆明转机到河口，又从河口入境越南老街，终于在中午的时候见到来接他们的小阮。

张崇斌他们买了些面包和矿泉水，然后马不停蹄地又坐上小阮事先联系好的车直接奔赴越南首都——河内。

在知道张崇斌和段涛都是祁兵最好的兄弟后，小阮便在车上将祁兵到这边打地下黑拳、在秀婷的帮助下住上医院、修越会馆的黑帮找祁兵麻烦、他和祁兵去警察局法医鉴定中心认尸，以及后来突然被通缉这一系列事件向张崇斌叙述了一番。

张崇斌默默地听着，内心却翻腾起伏着，他已感觉到这个危机事件的性质比祁兵描述的更为严峻复杂。

段涛从接到祁兵的电话后，就一直处在极度亢奋中，他那睡眠不足而泛红的双眼直直地盯着前方的路。

开了近四个小时，车子在一栋楼前的道口停住了。小阮下车在前面带路，张崇斌和段涛紧随其后，进了一个门洞，沿着楼梯又向楼上走去……突然，走在前面的小阮“啊”的一声喊叫，只见他愣愣地站在一间房门大开的屋子门口，用手指着屋里一时说不出话来……

张崇斌和段涛迅速冲过去，闯进房间内，屋内空荡无人。

“这是怎么回事?!”张崇斌回身向小阮问道。

“我不知道，祁哥他……就在这里的，可……这门怎么被踢开了?!”小阮惊慌地说道。

“不好，我们来迟一步，祁兵出事了!”反应过来后，张崇斌急忙抓住小阮的肩膀，说道，“你赶快向周围的邻居打听下，问问这屋里到底发生了什么事。”

小阮听后，转身跑了出去。

这时，段涛突然飞起一脚将地上的一个木凳踢出老远，嘴里叫道：“怎么会这样!”

张崇斌在原地站着，开始四处打量房间并迅速做着判断：虽然房间的门被暴力踹开，但屋内并没有明显的搏斗痕迹。

“祁兵一定是在开门之前就走掉了!”想到这儿，张崇斌快速向一扇敞开的窗户走去……

来到窗户前，张崇斌俯身仔细观察，发现窗台上有踩踏的痕迹，而另外一扇没有开启的窗台上面，却没有踩踏的痕迹。于是，张崇斌转身朝楼下跑去，来到正对着那扇敞开窗户的地面，他弯下身子，又仔细地察看起来。突然，他发现墙根处有一枚深褐色的纽扣，于是将它捡起。

跟随而来的段涛问道："张总，这扣子是队长的吧？那队长是不是跑掉了？"

张崇斌仔细辨认着这枚扣子，没有立即表态。这时，小阮跑了过来，说道："祁哥前天夜里被抓走了。"

"被谁抓走了？"段涛问道。

"说不清楚，听邻居说前天夜里来了很多军人和警察，不知道是被哪一边带走的。"小阮摇着头说道。

"这枚扣子是军装上的还是警服上的？"张崇斌把手里的扣子拿给小阮看。

"这……这应该是军装上衣的扣子！"小阮仔细看后，肯定地回道。

张崇斌将扣子放进口袋，说道："回房间，我有安排。"进了屋子，小阮和段涛靠在墙边无言地望着张崇斌。张崇斌站在敞开的窗口处，看了下手表：4 点 30 分，然后他点上一根烟，深吸一口又缓缓吐出……

此刻，张崇斌静下心来，开始对这起危机事件的来龙去脉和关键节点结织脉络，然后一一抽丝解缕，他要在做出决定前再去验证一下业已形成的一个判断是否还存在什么漏洞：目前看来，扯进这个事件的主体主要有六个，其中三个是自然人，他们分别是祁兵、范秀婷和停尸间的尸体；另外三个是团体组织，分别是黑帮组织、军方、警方。

当前最敏感的节点集中在范秀婷身上，只要把这个女子安全救出来，祁兵的安危就可以立即化解。虽然祁兵被抓走了，但他现在应该还是安全的，因为刚才在几处可能抓捕祁兵的现场并没有发现血迹，而且祁兵在他们眼里是最重要的突破口，军方在没有真正救出人质的情况下，绝不会愚蠢到自断线索。不过，从祁兵被抓后到现在，已经过了 40 多个小时，眼下只有两种可能：第一，祁兵没有向军方说出范秀婷的下落，他应该是更相信自己会来帮他，也相信自己会有办法化解危机，他在等待着；第二，祁兵说出了范秀婷的下落，但军方采取行动后没有找到女子或者发现女子已死，如果是这种可能，那祁兵不仅害了人质，而且也毁了他自己！祁兵会选择这个结果吗？应该不会！

至于另一个对祁兵威胁最大的主体——修越会馆的黑帮社团，他们当初的目的就是想得到一个死人身上的东西，现在意外招惹上绑架事件的麻烦应该不在他们原定的计划内。祁兵被军方抓住，他们最担心的就是祁兵“招供”说出他们的秘密，这样的话，他们很有可能会采取杀人灭口毁灭罪证的手段来摆脱这个麻烦。不过，这个女子很可能不是平俗人家的女子，从军方对事件的介入看，她极可能是某个级别甚高的高官家庭的子女，真要是杀掉这样一个人质，那可就没有任何退路了！非到万不得已他们不应该这样去赌，更何况，人质本身并不知道他们那些见不得光的“秘密”。由此看来，不排除黑帮会有所顾忌而继续扣押人质，这个人质可谓既是个引以杀身的祸水，但也是个可能挽回局面的底牌砝码，尤其是在祁兵什么都没有说的情况下，他们不会在这个阶段把事情做绝了！

想到这里，张崇斌突然转过身来开口问道：“小阮，这两天河内这边是否有官方和军方打击黑社会势力的新闻报道或其他类似的传闻?”

小阮想了想，摇着头回道：“没有，就连前天播放的通缉祁兵的新闻都没有下文了。”

张崇斌听后，内心有种深深的宽慰：“太好了，祁兵有救！人质也有救!”在他看来，这个最棘手的节点已经可以解开了，因为祁兵真正在乎的是秀婷，而秀婷恰恰也在乎着祁兵。现在，只需要一个身份合适且能够巧妙地点明问题要害的“说客”。显然，张崇斌认为自己就是这个再合适不过的“说客”了。

“可是，作为一个深入虎穴的说客，在他们二人都脱离险境后，自己的人身安全又将如何得到保障呢?”张崇斌缓步离开窗户，在屋子里来回踱步思考着……又点上一支烟，张崇斌再次来到窗前，他随意地向外望去：只见一只灰色的鸽子从窗前展翅掠过。

张崇斌不由得怔住了，待回过神来，他控制住自己激动的情绪，连忙招呼段涛和小阮过来，说道：“我有办法了，如果不出意外，最迟明天，也可能就在今晚，祁兵就可以和我们团聚了!”

“啊? 那太好了！张总，您快说，有什么好办法?”段涛激动地嚷着。

小阮也兴奋地睁大眼睛期待着……

“不过，要想达到这个目的，你们必须和我配合好，不能有一点儿差错！否则，不仅祁兵救不出来，连我，恐怕也会有麻烦。”张崇斌看着他们的眼睛认真地说道。

“明白!”段涛回道。

“小阮，我需要你现在就去做两件事。”张崇斌看着小阮道。

“您说吧，要我做什么都行。”小阮神情坚定地说。

“你先去买四个不同号段的手机卡，然后马上去找个养鸽子的人家，这个人家的方位一定要远离警察局停尸房，越偏僻越好。你想办法，或买或租搞到一只飞行能力正常的鸽子来，多少费用都无所谓。然后用一个可以放鸽子的箱子把鸽子装起来，这个箱子要不透明的，只留两个通气孔就可以了。回来的时候，就提着装着鸽子的箱子，别让其他人看见鸽子，越快越好，我在这儿等着你。”

“这个没有问题，越南这边养鸽子的人家不少，我很快就能办好。”说着，小阮转身朝外走去。“记住，这一切都要保密，你的身份也不要对别人说。”望着性急的小阮，张崇斌又叮嘱了一句。回过头来，张崇斌对段涛说道：“现在我们对下手表，我的表是4点45分，以此为准。”段涛调整好时间后，问道：“张总，需要我做什么?”

“等小阮回来，我就去修越会馆，你在外面做好接应。”

“你一个人去？这不行，太危险了，我跟你一起去!”段涛瞪大着眼睛，有些沉不住气。

“这件事，两个人去反倒危险，我一个人进去，需要外面有人配合，你说我不找你找谁啊?”张崇斌看着段涛的眼睛道。

段涛眨了眨眼睛，不再言语了。

张崇斌接着又说道：“段涛，你记住，小阮买回电话卡后，我给你三个。当我进去以后，你看着表，分别隔五分钟和十分钟就给我的手机打电话，每次打电话都用不同的卡。至于说话的内容，一是你要找到人多势众的感觉，二是要看我的语气灵活应变。”

“明白!”段涛似有所悟地回道。

“还有，打完电话后，用过的那两个电话卡就马上取出来不要再用，你把最后的卡装机后就和小阮马上回到鸽子主人家附近，在那儿等我的下一个行动指示。”张崇斌进一步交代道。

段涛听完，这才明白自己在外面的作用，他深深地点了点头。又过了一个小时左右，小阮手里拎着个硬纸箱满头大汗地从外面走进屋来。张崇斌见状说道：“阮兄弟，你辛苦了!”

段涛上前接过箱子，他从箱子开启的缝隙看去，只见一只灰色的鸽子正在里面

“咕咕”地叫着。小阮又从兜里掏出四枚手机 SIM 卡，张崇斌让段涛马上试卡，看是否都可以通话。段涛试过，都是好用的。于是，张崇斌从中随意挑出两枚卡，一枚安在自己的手机上，另一枚将其号码看了两遍，默记于心，然后把它交给段涛，让他单独放好，留着最后使用。然后，张崇斌去厨房找到一个装醋的瓶子，在饭碟里倒了一些醋。之后，他从包内拿出个本子，又在饭桌上找了根牙签，用牙签蘸着醋在一张白纸上写了两行字，写完后等了一会儿，直到纸面上的醋液渐渐消散无痕，整张白纸看起来依然是空白一片。张崇斌拿起本子左右抖动几下，最后又用指甲在这页纸的下端一角轻轻划了一下，然后将本子合上装进包内。

忙完这一切，张崇斌说道：“你们俩人都记住，现在只有一个叫匡军的人，没有祁兵。”

段涛和小阮点点头。

“小阮，麻烦你给带个路，我现在就去修越会馆。”说完，张崇斌让段涛提着纸箱子，他自己拿着随身携带的包走出了房间。

2. 单刀赴会

到了修越会馆附近，张崇斌下了车，他回头嘱咐段涛和小阮先找个地方吃饭，同时，让段涛从看不见他的时候，开始计算时间，按约定的方式打电话给他；小阮则听段涛的安排，吃完饭后，带段涛去鸽子主人家那边等待消息。

交代清楚之后，张崇斌一个人一手拎包一手拎着纸箱子朝会馆走去。一进门，站在门内两侧的两个黑衣汉子伸手拦住张崇斌，一个人用越语问起话来。

张崇斌听不懂越语，便用中文说道：“对不起，我听不懂你们说什么，我想找你们老板谈谈关于匡军的事情。”这两人一听张崇斌提到“匡军”，顿时用警觉的眼神上下打量起张崇斌，其中一个人对另一个用越语嘀咕了几句就迅速朝院内快步走去。

剩下的这位走到张崇斌跟前，指着箱子，用半生不熟的汉语问道：“里面，是什么?”

“一只鸟，给你们老板的礼物。”

“我看看。”说着，他伸手要拿箱子。

“小心，别让它飞跑了，否则你老板绝饶不了你。”张崇斌没有松手，只是把箱子上的通气口朝他面前晃了晃。

正在这时，院子里面一间冒着轻袅烟气的房屋内突然窜出五六个同样装束的大汉，他们跑着来到门前将张崇斌团团围住。透过这圈人墙，一个身穿白衬衣的男子在那间房屋的门口朝这边观望着……

围在身边的这群人不由分说，将张崇斌手中的纸箱子和皮包夺了去，同时，又上来两个人对张崇斌进行搜身……正忙乎着，远处传来一声口哨声，众人回头看去，只见那着白衬衣的男子朝这边招了下手，然后转身又朝旁边的一条纵深通道走去。

这群黑衣人立即闪开一条道，“想必那‘白衬衣’就是祁兵所说的‘三哥’。既来之，则安之。”张崇斌这样想着，于是迈开步子朝院里走去……

穿过一条狭窄阴暗的通道，张崇斌来到一间幽暗且隐蔽的内室。室内，白纸扇正端坐在一张木椅之上，嘴里叼着根香烟。看见张崇斌后，他并没有起身也没有说什么，只是镜片后面那眯缝着的双眼暴露出他的内心并不像他的外表那般平静。

张崇斌来到男子跟前，说道：“如果没有猜错，您就是三哥，是吧？”

白纸扇没有正面回答，而是反问道：“兄弟，你和匡军是什么关系？来此地有何贵干？”张崇斌笑了笑，回道：“不瞒你说，兄弟我和匡军是从小拜把子的结义兄弟。所谓‘无事不登三宝殿’，我今天过来一是帮我的兄弟，二是来帮你解围脱困的。”

“哈哈哈……”白纸扇脑袋向后一仰，大笑起来。突然，他收住笑声，眼睛一眯神情阴冷地说道：“就凭你？信不信我让你再也走不出这个屋子！”

“呵呵，我本将心向明月，奈何明月照沟渠。三哥，兄弟我有些失望。不过，我既然敢一个人来，我就没有怕过什么，你现在动我很简单，不过，你要为此失去更多！”

“别跟我来这一套，我见得多了。”白纸扇小眼一瞪。

张崇斌环顾了下四周，看见自己身后站着黑衣人，于是说道：“三哥，时间宝贵，我没有心情跟你斗嘴。最近我一个兄弟的三颗义齿没装好，上火就痛，我准备亲自帮他拔掉，不知道有没有人喜欢收藏这义齿？”

白纸扇闻听此言，先是一愣，沉静了片刻，他站起身来，朝黑衣人一挥手，说道：“你们都给我出去。”

“等等，把我的包和那个箱子留下来。”张崇斌冲黑衣人说道。

“箱子里是什么？”白纸扇问道。

“三哥，是一只鸟。”一个黑衣人回道。

“这是一份特殊的礼物，专门送给三哥你的。”张崇斌说道。

“那把东西留下，你们都出去吧。”白纸扇吩咐道。

这些黑衣人退了出去后，白纸扇来到箱子跟前仔细地观看了一番。然后，他用手在外面敲了敲，里面传出“咕咕”的鸽子叫声。白纸扇眼睛一眯缝，他似乎想到了什么，脸上露出一丝轻蔑的浮笑……

张崇斌站在一旁一言不发，他在默默地等着段涛的来电。可是，他的手机却一直没有反应。“五分钟应该过了，段涛那边怎么回事？”这样想着，张崇斌从口袋里掏出手机，发现手机屏幕上竟然没有网络信号！

“呵呵，兄弟，我这个房间，任何移动电子设备都接受不到外界的信号。”白纸扇得意地说道。

原来，这个密室安装了电磁波屏蔽装置，这出乎了张崇斌的意料，但嘴上却说道：“三哥做事如此谨慎，那我就更放心了。只是，我外面的弟兄如果一直联系不上我，不知道他们会不会产生误会。”

“你外面还有兄弟？为什么不一起进来？”白纸扇马上问道。

“用不着来这么多人吧？这又不是赴喜宴吃大餐。明人不说暗话，你们想要的东西，还有绑架人质的事，我都清楚，你们现在的难处我也明了。”张崇斌不紧不慢地说道，“不过，在我看来，这些事儿都不算什么，如果你愿意接受我的建议的话，目前的这个困局反倒会转变成对你们有利的事儿。但是，话又说回来，如果我在这儿有个什么闪失，那后果恐怕……”

白纸扇脸色微红了一下，但马上又恢复正常，他微微一笑道：“兄弟，怎么称呼？”

“姓张。”

“张兄，你敢一个人过来跟我说这事，我佩服你的胆气。可惜，你玩的这花枪……哼！未免过时了！”说着，白纸扇紧盯着张崇斌的眼睛。

迎着这挑衅而又充满狐疑的目光，张崇斌丝毫不见慌乱，他轻描淡写地继续说道：“谨慎归谨慎，但过之则犹不及。三哥，这样吧，为避免不必要的误会，你找个手下把我这手机拿出去，如果有人打来电话找我，就替我报声平安好了。另外，为了表明我的诚意，我就先将那惹兄弟上火的‘假牙’拔掉，你看如何？”

听张崇斌这么一说，白纸扇走了过来将张崇斌的手机拿在手上反复看了看，然后他“啪啪”地使劲拍了两下，室门顿时打开，两个黑衣人手上持着短枪闯了进来，当看见白纸扇和张崇斌二人平静地站在一起时，顿时茫然不知所措……

“他妈的，掏喷子干什么？去，把它拿出去，帮这位张兄接听下电话，注意说话要文明点儿。”说着，白纸扇将手机抛了过去。黑衣人接了手机连忙退出。这时，张崇斌掏出根香烟点着，悠然地吸上一口……

白纸扇回过头来，看看张崇斌的脸色，正要开口，突然室门被敲响，进来的黑衣人拿着张崇斌的手机对白纸扇说道：“电话！说是让他的大哥听。”

白纸扇接了过来，走出门外问道：“你是哪位？”候了几秒钟，白纸扇又说道：“你等着。”说完，他让张崇斌出来接电话。

接过手机，张崇斌听到段涛用一种浑厚霸气的嗓音大声问着是否满意对方的招待。张崇斌回道：“我很好，这边的信号不太好，你转告手下的弟兄们，我在和朋友谈重要的事，没什么事不要再打电话来。”说完，张崇斌把电话挂了。

二人再次回到房间，白纸扇阴沉着脸色说道：“张兄，看来你也是出来混的。不过，有句丑话我可要说在前头，我不管你蹚的是哪条路喝的是哪江水，在这个地头上，如果你想耍我，那就别怪我……”

“三哥，伤和气的话最好别说，山不转水转，出来混讲究个广交朋友、和气生财，咱们还是说说正事吧。”

“好，既然你说要帮自己的兄弟，那我就告诉你，匡军兄弟曾答应我三天内拿到‘货’，现在只剩下一天的时间了，我倒是要看看你怎么拔这老虎嘴里的牙！”说着，白纸扇自顾自地一屁股坐在木椅上，同时又点上一支烟等待张崇斌的回答。

张崇斌看着白纸扇道：“你我都清楚，这天底下没有掉馅饼的好事。自己的兄弟有难，我自不会袖手旁观、坐视不管，但这些东西是你们需要的，我这么做首先是在帮你们，而且我有把握今晚就把它拔掉，根本不用等到明天。此外，我保证此事过后，警方和军方都不会找贵馆的麻烦。不过，要想做到这一点，我也有句话先说在前头：想成事，你们就要配合我，而且必须严格按照我说的去做。不知道三哥可否愿意？”

白纸扇眼珠子转了几转，说道：“张兄，那你就说说你的行动方案吧。”

“好的。”张崇斌一边说一边将装鸽子的箱子拿到白纸扇眼前的茶几上，说道，“这里面是只鸽子。”

“这我知道，你不会是要告诉我，准备用这个鸟来帮你拔牙吧！”白纸扇一副轻蔑的样子。

“没错！我就准备用它代劳完成这桩小事。”张崇斌看起来也很无所谓的样子。

白纸扇听后，猛地一拍茶几，恼怒地嚷道：“兄弟，你当我是什么?！你以为那些警察都是白痴吗？告诉你，那牙齿是在一个死人的嘴里，那个死人涉嫌一起严重的刑事案件，这可是政府派了专员督办的大案！现在那边，就是一只苍蝇进去都会被电子眼监控到，而且周围遍布便衣警察，你告诉我，这牙你他妈的到底怎么拔?!”

“那好，我来问你！请问，越南这边，现在谁是老大？”张崇斌盯着白纸扇的眼睛大声问道。

白纸扇一时怔住没有回答。

张崇斌轻蔑地笑了一下，继续说道：“三哥，我想你不会不知道，这世道，谁掌握着军权谁就是老大。我此前可是听我的兄弟说过，他的女朋友可是这边军方高干家庭的子女。哼！督办这个案件的政府专员，包括那些警察局长，他们跟手握枪杆子的实权人物相比，又算得了什么呢？”

这时，白纸扇的面孔突然红了起来……

也就在这个时候，室门又被敲响，原来又是找张崇斌的电话。张崇斌走出去接听，听见段涛换了种声调问候自己的情况，于是，张崇斌故意大声发着脾气嚷道：“妈的，你们的耳朵聋了吗？老子说过的话没听懂怎么的，我在和朋友谈重要的事，没有特别的急事别再打来了！哦，对了，老七到了没有？什么？还要一个小时左右，真他妈的磨蹭，等他到了，你让他在原定的地方等我，我完事后就过去。”

张崇斌挂了电话，返回房间，说道：“不好意思，手下有几个弟兄初来乍到，没见过什么世面不太懂规矩，回去我再好好调教调教。”

“张兄，看来你知道的还真不少，来，请这边坐下，把你的计划详细说说，我愿闻其详。”张崇斌也不客气，坐在了白纸扇对面的正座上，把他事先定好的方案步骤娓娓道来。

白纸扇一边听着一边不住地点着头，听到最后，白纸扇用一种惊诧的眼神重新打量起坐在面前的张崇斌。

“怎么？三哥是舍不得下手吗？”张崇斌笑问道。

“张兄，想不到道上竟有你这样的人才！哈哈，干我们这行的有什么舍不得的，不过很有意思，你我竟然如此相似，哈哈哈……”压抑已久的郁闷愁绪突然释放后，白纸扇禁不住忘形大笑。

“是吗？哈哈……”张崇斌也开心地笑了起来。

3. 虎口拔牙

接下来，张崇斌和白纸扇谈得很投机，在张崇斌进一步提示匡军现在很可能已被军方控制，随时都可能把他知道的秘密泄露出去后，白纸扇有些按捺不住了，他将张崇斌安置在一个无人打扰的“安全”密室后，就回到自己的办公间，开始打电话迅速联络相关人员。张崇斌的整套“营救”方案，就这样由白纸扇亲自坐镇部署，实施开来。

当初所有参与绑架秀婷的黑帮成员此时全部换了行头，他们头上罩着只露出眼睛和嘴的黑面罩，大步走向关押秀婷的房间……

惊恐万分的秀婷像只受惊的兔子，在进行了一番毫无意义的挣扎后，就被这伙人拖到一间重新布置过的房间按跪在地上。一个人用一条红布带系在秀婷的头上将其眼睛遮住，之后，另一个人握着一把雪亮的砍刀横在秀婷白皙的脖子前，站在此人身边的一个蒙面人则一手握着只灰色鸽子，一手拿着张尺寸不大的 X 光片子。

秀婷的对面，是一个戴着手套拿微型摄像机的蒙面人，这个人把摄像机电源打开，然后打了个响指。于是，对面那个一手揪着秀婷头发一手拿着砍刀的蒙面人开始用越语大声说道：“看到这个视频的人给我听着，限你们在收到这个视频的两个小时之内，把本月 19 日晚在下龙湾发现的那具尸体上颌的三颗义齿，一个不少地装进这个鸽子脚上系着的口袋里，然后把鸽子放了。”说着，他抬起砍刀，用刀尖指了指旁边那位手上的鸽子，然后又说道：“我们有这些义齿的透视图片，如果发现义齿被调包，那你们就等着收尸吧！”

旁边那位又将手中的 X 光片子举起展示了一下，光影晃过的瞬间，他的左手臂前端隐隐约约露出半个“黑蝎子”文身（越南黑帮组织“南部联盟”的标志）。最后，这个蒙面人说道：“如果我们在指定的时间内收到‘货’，并且检查鸽子身上没有 GPS（全球定位系统）电子跟踪器，我们就放了人质，绝不食言！”

摄像到此结束，一个手里拿着摄像机和鸽子箱子的蒙面人走出了房间，在一个无人的角落里，把面罩摘了下来——原来是白纸扇，他掂掂手里的机子，嘴角轻翘一下，然后朝密室方向走去。

蒙住眼睛的秀婷也被这些蒙面人带出房间，拖到停在后院内的一辆窗户不透光的面包车里。这伙人回到房间换上南方地区平民的衣服后，也挤上了这辆面包车，人都到齐后车门关闭，面包车从院子的后门开了出去。

张崇斌看完这刚拍的视频后，笑着对白纸扇道："这些人不做演员，真是有些可惜啊。"

"哈哈，张兄，你够幽默啊，我喜欢！既然是演戏，那我们就把这戏演到位！"白纸扇眯缝的眼里闪现一道寒光，他伸手拿走张崇斌手中的微型摄像机，然后小心翼翼地用一块黑布包裹了起来，连同鸽子一起放进另外一个不透明的箱子里。

"张兄，哦，应该叫你张导才对，走吧，让我们一起送送这些弟兄吧。"白纸扇说着，把手套脱下来揣在口袋里，然后拍了拍手。

两个黑衣人和一个身着当地特快专递员装束的人应声走了进来，说道："三哥，都准备好了，还有什么吩咐？"

"老四，按照我说的办法，你把这个箱子现在就给警察局送去。"那个特快专递员装束的人一点头，抱起箱子就走了出去。

"你们俩把这包东西带着，跟我走。"白纸扇一指不知何时摆放在门外地上的一个长条旅行袋说道。然后，白纸扇拍了拍身边的张崇斌的肩膀，头一甩，转身走出屋子。张崇斌拎着自己的包跟着来到后院，上了一辆大型号的本田越野吉普。白纸扇亲自开车，张崇斌坐在后面的座位上，他的左右两边各坐着一个黑衣人。

随着发动机轰鸣响起，越野吉普便"轰"的一声蹿了出去。

市警察局门口，一个骑着伪造牌号摩托车的特快专递员停住车子，将一个箱子交给门卫，随即迅速发动车子疾驰离去。

警察局会议室里，包括局长在内，已经连续几天没敢回家的一帮越南警察在看过视频后，个个是目瞪口呆。

"局长，通知范将军吧，我们找到线索了。"静默了一段时间后，有人突然提了一嘴。

"放屁！"局长立即大声训斥道，"这伙绑匪制造的这起绑架勒索案，还有他们想从那个死人身上要的东西，这些都归我们警察总署管辖，现在人质还在那些暴徒手里，你们就想把这件丢人的事通知范将军，这不是叫上级难堪、让军方笑话我们无能吗？我看你们这些蠢货是活得不耐烦了！"

这一通臭骂，让这些最近受到多方指责，尤其是被市长和上级厅长责骂的警察更加唯唯诺诺，谁都不敢再开口说话了。

局长端起杯子，狂喝了一大口茶水，然后将茶杯使劲向桌面一砸，说道：“你们都给我听着，在人质确保安全回来之前，谁都不可以走漏半点儿风声。陈督察，你现在就带几个手下去鉴定中心，把那几颗义齿给我带回来，速去速回!”

陈督察满面愁容，脸上油汗不断渗淌，他小声地询问一句：“局长，那边还有日本方面的特派员啊，我们就这么去……能行吗?”

“你是怎么混上督察的，没长脑袋吗？这也要我来教?！你给我听好了，你先去医院找个尸体运过去，就说是重大案件，马上要进行尸检，然后将停尸房严密警戒，外人都给我清出去。你们都给我记住，此事关系到各位的前途，管他什么日本人，别忘了这是在咱们的地头上!”

“局长英明。”陈督察顿时精神抖擞，挺起身来大声说道。

夜色慢慢降临，一辆面包车停靠在一侧是悬崖峭壁的狭窄盘山道边。

秀婷手脚都被捆绑着，眼睛也被布条蒙着。此时，她一个人在车里，无边的恐惧不断地啃噬着她的心，她完全不知道自己被这群绑匪拉到了何处，等待自己的又将会是什么。这个连日来反复遭受折磨的弱女子已不再奋力挣扎，只是无助地默默抽噎着。

离车子不远，一伙人在一个供临时休憩的简易草亭下面抽着烟，像是在等待着什么……与此同时，段涛和小阮已经来到养鸽子的主人家，段涛不时地看着手机屏幕。白纸扇将本田越野吉普车停靠在路边，正用一个军用望远镜向远处望着：前方有几个人正站在简易草亭下。过了一会儿，他放下望远镜，悠闲地点起一支烟来。

这个时候，张崇斌用手机拨了一个他默记于心的号码，很快，对方接通，张崇斌当着白纸扇的面说道：“大涛，接老七的兄弟到位了吗？……好的，我这边的事还没有办完，让弟兄们都别着急，一会儿鸽子回巢后，马上给我来电话。”

警察局局长的桌面上，一张白纸上面放着三颗义齿。陈督察擦了把额头上的汗水，说道：“局长，就是这三颗义齿，请您过目。”局长挨个捏起这些义齿，拿到眼前仔细看了看，撇着嘴说道：“真够聪明的，这里面竟然能藏东西！陈督察，你去，就按照他们说的，装好了系紧，别让它掉出来，然后就把鸽子放了。”

陈督察回道：“是，局长。不过……”

“不过什么……你又怎么了？快说，别哼哼唧唧跟便秘似的!”局长看到陈督察有些犹豫的表情很是不爽。

“局长，我担心……咱们把这东西给了他们，他们……他们还是不放人怎么办?”陈督察谨小慎微地说道。

“哼！你以为本局是吃素的，告诉你，我已经安排人守候在他们的老巢了。好你个‘南部联盟’，老子总算是抓住把柄了，哈哈哈……”想到这是个立功赎罪的大好机会，局长好不得意。

看见飞回来的鸽子，早已等候多时的段涛和小阮连忙上前捉住，然后迅速取下系在鸽子腿上的小布袋，段涛小心地将布袋里的东西朝手心倒去，三颗义齿骨碌碌地滚落出来。

张崇斌接起突然震响的手机，听到段涛兴奋的声音，于是大声说道：“好的，大涛，你现在把这些义齿用手机拍下来，然后给我手机发来图片。”

“到手了?”白纸扇问道。

“当然！你马上就可以看到照片。”显然，这个结果并没有让张崇斌感到意外。

张崇斌的手机很快接收到了一张照片，他拿给白纸扇看，白纸扇忙用手上的那张X光照片仔细比对起来。待放下X光照片后，白纸扇兴奋地说道：“太好了！张兄，你果然有一套。那个大涛兄弟在哪里？我们现在就过去拿货。”

“等等，我们不是事先说好了吗?”张崇斌提醒道。

“哦？啊，哈哈，信不过我啊，好的，就按你说的，咱们先放人。”说完，白纸扇启动越野吉普，朝前方灯光渐稀的地方开去……

在一处黑暗的地段，白纸扇将车停住，张崇斌和那两个黑衣人换乘了另一辆事先停泊在路边的轿车。这车里也有一个长条旅行袋和两套外衣。两个黑衣人迅速换上衣服，然后其中一个人开车，张崇斌坐在副驾驶位上，后面坐着另一个人。而白纸扇单独驾驶着本田越野吉普跟在轿车的后面。夜色下，两辆车开始沿着前方的一条盘山道驶去……

车在一个简易草亭处停了下来。张崇斌先从轿车上下来，大步走向草亭，向草亭里面的几个人问道：“人质在哪里?”

那几个人斜眼瞅着张崇斌，并没有回答，其中有两个人的右手正悄悄地插进衣服里，慢慢向张崇斌靠近。这时，不远处突然传来“叭”的一声清脆响指，众人侧头看去，只见白纸扇从后面的吉普车车窗处探出头并伸出一只胳膊。随后，白纸扇朝这伙人招了招手。

见此，这伙人马上走上前去，白纸扇拍了拍车上的那个长条旅行袋小声说道：“赎金的一半在这儿，你们现在带那个人去看看人质，验明人质没有问题后，你们就跟他要另一半赎金。”

这几个人听明白后，转身朝张崇斌一挥手，张崇斌跟着他们一起来到面包车尾部，后车盖被掀起，只见一个被捆绑着的蒙着眼睛的女孩正躺在后座位上，张崇斌忙走上前去轻声唤道：“秀婷。”女孩的身体顿时一抖。

“秀婷，你不要害怕，我是匡军最好的朋友，我现在是来救你的，你很快就可以和家人团聚了。”说着，张崇斌将女孩眼前的布条慢慢解开，一对美丽却充满惊恐的眼睛露了出来。女孩看清楚面前人的样子后，顿时大颗大颗的眼泪顺着她苍白俏丽的脸庞滚落下来，她用沙哑的声音哭喊道：“快救我出去，我要回家，我要见爸爸妈妈啊……”

这时，身边的几个壮汉过来又将秀婷的眼睛用布条蒙住，对张崇斌说道：“看过了，没有问题吧，那赶快把剩下的钱给我们。”

“没有问题，钱就在我车上。不过，要按规矩办事，一手交人一手交钱。”张崇斌说道。

白纸扇不知何时已下了车，站在张崇斌的身后。他戴着手套，一手夹着烟卷，一手竟然持着支 AK47 军用冲锋枪，他朝那伙人使了个眼色。于是，两个人上前就将秀婷从车里拖了出来。张崇斌返回轿车处，从车里拎出一个长条旅行袋，轿车上的两个人则手持短枪对着押解秀婷的那两个人。张崇斌拎着旅行袋朝白纸扇慢慢走去……

蒙着眼的秀婷被松开脚绳，按照那伙人的提示，自己慢慢地向轿车方向走去。当她一靠近轿车时，就被车上的那两人快速拖进车里。张崇斌来到白纸扇身边，将旅行袋交给了他。白纸扇将嘴里的烟头“噗”地吐在地上，伸出一只手接过旅行袋，然后甩手将旅行袋扔给那伙人。就在这个时候，轿车突然发动，“轰”的一声，载着人质向山上快速驶去。

这个变故的发生，使在场的人一时全都愣住……

缓过劲来，白纸扇大声喊道：“快打开袋子看看！”“妈的！三哥啊，我们被人耍了，这里面全他妈的是废纸！”打开袋子的那个人，手里抓出一沓冥币，急切地朝白纸扇叫嚷道。“那他妈的还不快去给我追！”说着，气急败坏的白纸扇抬起冲锋枪，“哗啦”一声拉开了枪栓，将乌黑的枪口对准了张崇斌……

随着一阵风起，散落于地的冥币顿时纷纷扬起在夜空中漫天飞舞，绑架秀婷的这伙人身上卷带着飘落下来的冥币蜂拥冲上面包车。车门一关，面包车急速朝山上驶去……

“嗒嗒嗒……”枪声骤然响起，划破了寂静的山夜。

正在飞驰着的面包车轮胎突然爆裂，车子顿时剧烈抖动起来，完全乱了方向，与此同时，车内传来一阵阵惊慌杂乱的喊叫声。在撞断路边的一个防护栏柱后，面包车的尾部一翘，随着又一阵撕心裂肺的喊叫声，转瞬之间整个车子消失不见了。过了一会儿，只听见远方幽深之处传来重物不断滚落的“轰隆，轰隆”之声。

白纸扇小心翼翼地站在深不见底的悬崖路边，伸长脖子向下面看了看，又回过头来，冲张崇斌一笑，说道：“张导，我这个一号主角不赖吧？嘿嘿，干什么都要有天分才行！哈哈哈……”

“不错，三哥就是三哥，果然有魄力！不过，这出戏还有个结尾，我们要善始善终才好。”张崇斌“由衷”地赞许道。

说话这会儿，一辆轿车从山上开了下来，停在张崇斌和白纸扇身边。张崇斌连忙打开车门，钻进车内将秀婷眼睛上的布条摘下，解开捆绑在身上的绳子，然后将她慢慢地拉起身走出车外……

白纸扇把枪放回车内，立即赶来站在秀婷的面前热情关切地说道：“秀婷，真是太好了，总算把你给救了出来，刚才真是好险，不过，你现在可以放心了，我马上就送你回家。”

“谢谢你。”秀婷小声地回道。

“秀婷，我们都是匡军的朋友。不过，我们现在需要你来帮我们一个忙。”张崇斌说道。

“需要我为你们做什么？”秀婷问道。

“秀婷，匡军被军方的人抓走了。”张崇斌说道。

“匡军……为什么要抓他？他现在怎么样了？”秀婷十分不解地问道。“因为你的失踪，军方怀疑匡军绑架了你。匡军是冤枉的，你应该很了解他，他现在的情况很危急，只有你才能救他。”张崇斌解释道。

“他怎么会绑架我？快告诉我，我应该怎么去救他？”秀婷一听，顿时焦急万分。

“秀婷，你现在马上给家里人打电话，告诉他们你一切都好，让他们赶快通知军方不要为难匡军。”张崇斌道。“好的。”秀婷连忙点头。

张崇斌把手机递给秀婷，又说道：“记住，你就说自己这几天是和朋友出去游玩走失了，千万不要提到被绑架这件事！”

“为什么？”秀婷更为不解地问道。

“因为，在这伙绑匪的手里，还有我们的一个朋友，如果这个时候说出去，就会打草惊蛇，那样我们就无法解救他了。所以，我们现在都当没有这回事，暂时不要惊动官方和军方。”

“哦，我知道了。”秀婷回道，随即，她拿起手机给家里打去……

张崇斌回到车上，当着白纸扇的面将自己随身携带的包拉开，取出一个本子来。

白纸扇警觉地问道：“拿它干什么？”

张崇斌回道：“我担心匡军得知秀婷安全之后，在不清楚我们合作的情况下，把他知道的秘密说出来。”说着，张崇斌将本子打开，拿出笔在一页空白的纸面上写道：

匡军：

秀婷很好，得到这边朋友很好的照看。

另外，咱们俩国内的那单生意正红火，

你别再惹事，该说什么话要动脑思考。

我和朋友谈完事，再去找你，放心！

张洛书

6月23日

写好后，张崇斌把这页纸扯了下来，正要折叠起来，白纸扇突然一伸手将纸片夺了过去，拿到眼前，仔细地看着上面的内容。张崇斌显得无可奈何，点上一支烟吸了起来。

“嘿嘿……”白纸扇突然笑了一声，接着一只手猛地拍在张崇斌的肩头上，张崇斌回过头看去……

“洛书，名字不错。”白纸扇笑着把这张纸还给了张崇斌。

“洛阳纸贵，洛书更是金贵啊。”张崇斌随口一句，同时将这张纸叠成条状，又来到秀婷身边。

秀婷已经打完电话，看上去很兴奋，她把手机还给了张崇斌，含着泪说道："我家里的人在××路口等着我，太感谢你们了！哦，家人说了，他们马上就通知军方，放心吧，匡军也一定没有事的。"

张崇斌笑着回道："那就好。秀婷，我为你高兴，你很优秀，匡军也很优秀。只是，我还是有些担心，匡军被抓走40多个小时了，不知道这么长的时间里他是怎么过来的……秀婷，我只有一个请求，你回去马上去看看匡军，越快越好，看看他到底怎么样了，顺便把这个纸条给他看看，它很重要，这关系到那个朋友的生死。"

秀婷使劲点了点头。

"那上车吧。"张崇斌扶着秀婷，一起上了白纸扇的车。白纸扇让那两个手下开着轿车跟在后面。

随着越野吉普的再次启动，张崇斌心上的一块重石终于落了下来，但是，另一种不祥的预感却又袭身逼来……

4. 风云突变

在接近××路口的时候，白纸扇将车子停了下来。秀婷下了车，朝远处翘首以盼的家人跑去。

张崇斌看了下表，此时已是21点过5分，于是说道："三哥，你送我去个地方，到那儿，我让人把'货'给你。"

白纸扇眼珠一转，笑着说道："张兄，你已经提前完成任务，我就不着急了，还是先回会馆，咱们兄弟俩坐下来喝杯茶，好好聊聊，让你的兄弟把货送来就好了。"说着，白纸扇发动车子朝修越会馆驶去。

白纸扇来这一手，倒是没有出乎张崇斌的意料。但是，这整盘计划里唯一的一个变数就在自己身上，尤其是在他看到白纸扇杀人灭口时的冷酷绝情和他在秀婷面前的善变表演，张崇斌更加清楚地意识到这个人为了自己的利益不择手段，做事更不会按常理出牌，而现在的自己就是他最想拔掉的眼中钉！

"和这样的对手周旋，自己又处于劣势，这样的胜算机会有多大？50%？可能都不到。如果真的出现最坏的情况，怎么办？也许，也只有此种手段才能化解！看来，只有赌一把了，非到万不得已，不能出此下策!”想到这里，张崇斌拿起手机打给段涛。

电话接通后，张崇斌说道：“大涛，我这边的事还没有谈完，暂时还过不去，你先把老七他们安顿好，然后赶快到我这里来，把‘货’带上。”

段涛那边一时不明白张崇斌这样说的真实意图，于是问道：“大哥，老七还没接到……你想把老七安顿在什么地方?”

“老七看不见我，他会给你电话的，他知道地方，办完后立即给我来电话。”说完，张崇斌马上挂了电话，心说不好，因为他意识到，自己刚才犯了一个严重的低级错误！他现在担心白纸扇可能已经从刚才的通话内容中听出破绽了。于是，张崇斌用眼睛的余光观察着白纸扇的反应……

白纸扇依旧一声不吭地继续开着车，只是，他的头似乎不经意地微微点了两下。

越南某军区审讯室，秀婷和祁兵紧紧地拥抱在一起。两人身体分开时，泪流满面的秀婷心疼地看着眼前这个遍体鳞伤的男人，轻轻地用手抚摸着对方脸上和身上的伤痕。

“秀婷，难为你了，这都怪我……你没有事就好，我一直相信，我大哥一定会救出我们的!”祁兵喜极而泣地说道。

“你大哥？他的个子，是不是很高大的?”秀婷忙问道。

“是的。你见过他了？他现在哪里?”祁兵问道。

“嗯，见过了，他和几个朋友在一起。哦，你大哥让我把这个给你看，他说很重要的。”说着，秀婷将一个纸条交给了祁兵。

祁兵连忙展开纸条仔细看去，看完后，祁兵的眉头顿时紧锁，通过“张洛书”的落款，他看出来，这纸条上写给他的内容既有明意，也有隐意：明着的意思，他判断出和崇斌一起的所谓“朋友”恐怕不地道，他们很可能就是白纸扇那一伙人；而隐藏的意思，就在这四行字的字尾“看、火、考”，因为“张洛书”不是张总的真名，而且“洛书”就是他曾用过的“九宫图”，此图中的各行数字之和是数字15，而这纸条上的前三行字每行也刚好是15个字……

“你怎么了?”秀婷看着祁兵的样子不解地问道。

“秀婷，赶快帮我找个打火机来。”祁兵说道。

秀婷听后忙跑出去跟屋外的一个军人要到打火机，马上回来交给祁兵。祁兵将火机打着，将纸条慢慢地靠近火苗……纸条在火焰的映照下，竟然慢慢起了变化，只见两行棕色的字迹由浅淡到暗深，渐渐从一处原本空白的纸面上浮现出来。仔细看去，内容是："祁兵，你速与段涛联系，让秀婷找家医院，用核磁共振设备和X光仪器强度照射三颗义齿！紧急！0918××××××。"

祁兵明白了，他马上从秀婷手中拿过手机，按照纸条上面的手机号码拨打出去。

段涛接起震动着的手机，当他听到祁兵的声音时，顿时激动万分。但很快，他冷静下来，从祁兵急迫的语气中，段涛终于明白了张总让自己安顿老七的地方——越德医院。

在得知小阮和段涛在一起后，为了抓紧时间，祁兵告诉段涛让小阮带路，大家马上出发，在越德医院碰头。

再次回到密室，心情格外愉快的白纸扇亲自泡了壶茶，他一边沏着茶一边对张崇斌说道："张兄，你确实是个难得的人才，不知道在大陆那边靠的是哪座山喝的是哪江水啊？"

张崇斌端起茶杯，喝了一口后回道："三哥抬举了，大陆那边不比这里，兄弟我在那边做点儿小生意而已，不足为道。"

"哈哈，以张兄的能力，不做点儿大买卖，实属屈才。我是真希望本会能有你这样的人才。可这人都是'宁做鸡头，不为凤尾'。你现在也算是个大哥，所以，我不做奢望，更不会做让张兄为难之事。不过，兄弟我倒是有个想法，我这边呢，可做的生意很多，不如我们以后合作干番大的事业如何？"白纸扇笑眯眯地说道。

"承蒙夸奖，实不敢当。不过，三哥你说到合作，兄弟我倒是有些兴趣，不知道贵会常做什么生意？"此时，张崇斌不得不小心地迎合着他的口味。

"哈哈，张兄果然是个识相俊杰，既然张兄愿意合作，那我们以后就是自家弟兄了。不急，不急，等货到后，我再跟你好好谈谈合作的事宜。茶不错吧？这可是这边的极品'红印'普洱茶，慢慢品，别有滋味的哦……"白纸扇饶有兴致地扯着闲话。

越德医院里，通过秀婷的关系，医院放射科的主任亲自来到X光室和核磁共振室，用高强度的射线和电磁脉冲对三颗义齿进行了一番特殊处理。

一旁观看着的秀婷问身边的祁兵："为什么要这样做？"

祁兵小声说道："如果这些义齿里面藏有微型胶片或电子元件的话，现在就都报废了。”说完，祁兵向段涛要过来手机，准备打给张总，突然，他想起了什么，又将手机递给段涛，让段涛按照事先的约定马上向张总汇报，并听取下一步的指示。

修越会馆密室里，白纸扇看了下表，说道：“张兄，你那边的兄弟这时应该安顿好了吧？这货是不是也应该送过来了?!”

张崇斌也看了下表，说道：“他们都是第一次来这边，不太熟悉环境，还望三哥见谅，我现在就催问下。”正说着，门外的黑衣人敲门进来，说有电话找张崇斌。

“呵呵，三哥，这可是说曹操，曹操就到了。”张崇斌走出去，接听起电话。在他听到段涛已安顿好老七的汇报后，说道：“大涛，你一个人带着货过来就可以了，老七一路疲乏，就让他好好休息吧。我在老地方，到了后你再打电话给我。”

挂了电话，张崇斌回到室内。白纸扇这时站了起来，说道：“张兄就在这儿安坐片刻，我有点儿事情，去去就回。”说完，他大步走出屋去。

段涛放下电话。一旁的祁兵忙问道：“张总有什么安排?”

段涛回道：“队长，张总让我一个人现在就过去。”

祁兵想了想，说道：“你一个人过去？那恐怕不安全，我们一起去。”

段涛犹豫着说道：“队长，您这才……您身体还有伤呢，咱们这回还是听张总的安排吧，张总事先早就策划好这一切。目前，整套行动的每一步都是按照预定方案进行的，没有出一点儿差错，您就放心吧！”

秀婷似乎意识到了什么，也对祁兵劝说道：“你还是不要去了吧。”

祁兵看着段涛说道：“我必须去！只是……我不进去，我在外面等着你和张总。”说完，祁兵转头又对秀婷说道：“秀婷，你知道吗？救你的那些人中，除了我大哥，其余的人……唉！以后再和你说，你就待在这医院，打电话让你的家人接你回去。”

祁兵又看了看一旁的小阮，抬手轻拍着他的肩膀说道：“阮兄弟，你对这边的道路熟悉，还得麻烦你一次，你也跟我去吧，帮着指个路。”

这样，祁兵、段涛和小阮一行三人走出医院，祁兵开着来医院时从军方借来的吉普车直奔修越会馆而去……

来到修越会馆附近的一条偏僻土路，祁兵将车子靠在路边停了下来。远远看去，会馆周围一个人也没有，静得出奇。段涛开始给张总拨打手机，但是电话一直没人接听。

段涛有些茫然地看着祁兵……

“这里有些不对劲!”祁兵透过车窗，看着外面的环境，小声地嘀咕着。话音刚落，只见道路前后两头突然开来几辆吉普车把道路封堵住，所有车的前灯同时打开一齐向祁兵的车照射过来……一群手持长短枪的黑衣人也从刚才看似无人的各个角落、门后和墙头窜了出来，他们迅速冲奔过来将祁兵的车团团围住。

张崇斌一个人待在屋子里，感觉心里越来越不安。

就在这个时候，室门突然打开，白纸扇和门口那两个黑衣人走了进来，白纸扇手里捏着个黑色的小布袋。他嘿嘿一笑道：“张兄，哦，还是应该称你张导才对，你导的这出戏，确实精彩，实在是令兄弟佩服！只可惜，这最后剪辑制作的火候，还是差了那么一点点。”

张崇斌一看白纸扇手里的黑布袋，心不由得一沉，明白段涛出事了。白纸扇果然察觉出破绽，他最担心的事到底发生了。“看来，这回必须赌一把事关生死的命局了!”想到这里，张崇斌努力保持着镇静开口道：“三哥，你这么说是什么意思?我还等着听你谈合作的事呢。”

“哼！张兄，我看，这出戏该收场了!”白纸扇脸色突变，身边的两个黑衣人同时抬起胳膊，将手里的短枪对准了张崇斌。

“三哥，想不到你竟是个不讲信用的卑鄙小人！不错，今天的这场大戏，你和我算是共同出演，到此为止，我们配合得天衣无缝，做到了所有想做的事，你也得到了想得到的东西，本以为你会酬谢兄弟我，想不到你竟会如此待我！哼，别说兄弟我没有提醒过你，你难道就没有考虑过，你这样做，会有什么严重的后果?”张崇斌盯着白纸扇的眼睛说道。

“哈哈哈，张兄，你现在还敢在我面前耍花枪。好，算你有种！念你也是个人才，而且也帮了我的大忙，兄弟我今天就让你死得明白，到了下面，也不至于是个糊涂冤屈的鬼!”白纸扇凶相毕露地说道。同时，他从口袋里掏出一个遥控器，对着墙上的液晶屏按去，画面一闪，原先关押过秀婷的那个房间里竟然出现了祁兵、段涛和小阮三个人。

“怎么会是这样!”张崇斌不禁大吃一惊，这个意外的局面完全超出了他曾估算的最坏预想。

“张兄，他们当中，哪个是老七啊?呵呵!”白纸扇讥笑着指着画面道。

张崇斌知道，白纸扇这是在炫耀他的聪明与成功。此时此刻，他的内心充满内疚和痛苦，一定是返回的路上在回答段涛那个疑问时，自己仓促中说错了话，让白纸扇识破了自己唱的这出“空城计”。

“张兄，还有什么话要说？如果你认为需要的话，我现在就把电话给你，你让你外面的兄弟们……”

“三哥，你不用说了！”张崇斌打断了白纸扇的话，“江湖险恶，正所谓‘兵不厌诈，上兵伐谋’，我做这些本无可厚非，你也说过，咱们是一路人，所以，在我看来，你也用不着‘五十步笑百步’。”

听张崇斌说完，白纸扇脸一沉，一挥手，他身边的那两个黑衣人迅即向张崇斌走来……

“且慢，三哥，兄弟我道行太浅，今天栽了跟头我认了，但请容兄弟我再多说两句，说完后，任你处置。”张崇斌用手挡住面前的黑衣人说道。

“好，我就再给你个机会，看你还能玩出什么花样来，我也好长长见识！”白纸扇头一歪嘴一撇说道。

“三哥，你我本无冤无仇，兄弟我这次若不是出于义气解救自家兄弟，本可以在内地发笔惹眼的横财，现在看来，我无福消受了。不过，我也认了，我这辈子，人生该享受的也差不多都享受过了。另外，我还想提醒三哥最后一句，今晚匡军若是突然销声匿迹了，你认为秀婷会不会找上门来跟你要人呢？不知道到时候，你将如何交代？”张崇斌看着白纸扇，仔细地观察着他的反应。

显然，张崇斌的这番话多少起了点儿作用，白纸扇的眼睛又眯缝起来……

“张兄，你替我考虑得可够周全的。不过，我认为你多虑了，别忘了，我现在可是秀婷眼里的救命恩人！而且，她也不知道本人是修越会馆的，就算是找上门来，我让她连你们的影子都看不到！”白纸扇似乎给自己打着气说道。

“话可别说得太满，这可不符合你一贯谨慎的风格。如果，我没有猜错的话，匡军来的时候，一定会告诉秀婷他的去向，而且会让秀婷安排军方做接应的。你可知道，匡军以前在大陆是做什么的吗？”张崇斌进一步攻击白纸扇的虚处。

“他是做什么的？”白纸扇忙问道。

“他是中国的特种兵，军人中的精英！他做事的特点我很清楚，他能把我这么多的兄弟一起叫来，让你们这么轻松抓住，且不做任何抵抗，这要不是因为留了一手，那可就太糟蹋‘特种兵’这个名号了。”张崇斌继续说道。

这个时候，白纸扇想到匡军他们是开着军车来的，眼珠子开始滴溜溜地转起来，没有马上回张崇斌的话。

于是，张崇斌又说道：“其实，退一步海阔天空！三哥，你好好想想，你在越南，我们在中国，本来就是井水不犯河水。江湖的规矩大家都清楚，大家既然已经各有所得，我们根本就没有必要把你们的秘密捅出去而伤了和气。更何况，这次的‘拔牙’还是我亲自策划的，我们的人也参与了，这要是说出去，对我们又有什么好处呢？

“此外，在军方这边，我们也不会说出绑架的事，因为我们跟他们没有互利结交的基础和必要，匡军虽然和秀婷是不错的朋友，但他们根本就不会有什么将来。‘冤家宜解不宜结’，就算匡军对这次绑架事件愤愤不平，但他也应该考虑到，说出这事儿后，对秀婷本人没有任何好处，只能埋下祸根！

“三哥，咱们这是初次见面，彼此都不太了解，所以，你对我们有此防范之心，是完全可以理解的。不是还有句老话吗？‘不打不相识’，我是个讲义气的人，喜欢广交朋友，和兄弟们一起发大财就是我的人生追求。”

“张兄，你说的可不比唱的差啊，既然‘空城计’你都唱得出来，那你凭什么让我相信你说的这些？在国内发横财？哼！你以为我不了解内地？你究竟是做什么生意的？是倒卖军火呢还是倒卖白粉？内地做这些买卖的几条线里，我以前怎么从来都没有听说过你这条线？”白纸扇咄咄逼问道。

“三哥，军火和白粉，确实挺赚钱。但是，若说起内地的发财机会，如果只停留在这两个门道上，那眼界未免太过狭窄。说句大言不惭的话，这些买卖跟兄弟我要做的生意比起来，实在是太低级了！”

“哈哈，张兄，想不到你大难临头，还能这么幽默，我看你是不见棺材不落泪啊！”白纸扇一脸的不屑。

“三哥，且问一句，香港最富有的李氏家族是靠倒卖军火还是倒卖白粉发的家？还有，当前世界首富比尔·盖茨又是靠什么发的家？你们干的这些买卖，哪一样不是整天把脑袋别在裤腰带上，作孽不说，更容易惹祸上身，靠这个赚了些风险钱又有什么值得夸耀的呢？当今时代，赚大钱已经不完全是靠谁的手段黑路子野，关键是要能够听见钱袋响的声音和看准赚钱的方向，然后把握时机，顺势而为。三哥，兄弟我只问你一句，如果有一单生意，风险远比倒卖军火和白粉小，且可名利双收，这‘名’嘛，我们可以先忽略不计，而这‘利’，多得恐怕几辈子都花不完！请问，这样的买卖，放在你身上，你想不想干？”

“哦？内地还有这样的‘好’买卖？”白纸扇半信半疑道。

“既然三哥有兴趣，那兄弟我就跟你多说几句。”说完，张崇斌看了看身边的两个黑衣人，欲言又止，白纸扇见状，一挥手，让两个黑衣人退出密室。

5. 希特勒最想得到的宝藏

张崇斌走到白纸扇身边，压低声音问道：“三哥，不知道你对二战时期纳粹集团的秘密知道多少？”

“略知一二。”白纸扇微微点着头道。

“那就好，那你是否知道纳粹曾先后两次派考察队去西藏寻找一样东西？”张崇斌再问道。

“寻找什么？”

“寻找什么？呵呵，如果按流传世间的说法，他们是去寻找一个可以控制整个世界的‘地球轴心’。”张崇斌说道。

“哼，这个荒唐的传言，我早就听说过。”

“是的，说寻找‘地球轴心’，这听起来确实荒唐可笑。可是，有谁又从这个荒唐的传言中发现了并不荒唐的秘密呢？纳粹德国分别在它武力强大和国势危急的时候两次派人去西藏地区，世界如此辽阔，他们为什么偏偏选择去西藏这个山高偏远之地，而且去了一次不够还要再去呢？”说到这里，张崇斌停顿下来。

“继续说下去。”白纸扇似乎有了点兴趣。

于是，张崇斌继续说道：“显然，那些德国人不是傻子。其实，他们是在寻找一条秘密通道，那是一条可以找到无数珍宝的通道！”

“照你这么说，西藏那边有个巨大的宝藏了？哈哈，张兄，好在我读过书了解点儿历史，否则又要被你耍了！”白纸扇眼睛眯缝着冷笑道。

“三哥，你认为我是在和你开玩笑吗？如果不信，而且你真的了解历史，那你就给我说说你不信的理由。”

“张兄，你知不知道，你刚才说的这个故事有一个明显的破绽。OK（好），就算西藏地区有宝藏，你认为一个行将覆灭的帝国、一个最后自杀的人还会有心情再去寻找宝藏吗？我所知道的历史是纳粹帝国在后期把几十车皮从其他国家抢到手的宝藏在一些隐秘地带掩藏起来，但那些隐秘地带不在西藏。”

“原来如此。”张崇斌点了点头，“但请恕我直言，三哥，你对纳粹的理解过于肤浅了，这可不太像你应有的思维深度。在我看来，分析纳粹考察队去西藏的动机和目的，至少要注意这么两点：一是当年强烈主张成立西藏考察队的一个纳粹分子，二是西藏的地理环境与人文历史。

“先说第一点。据我所知，纳粹分别是在1938年和1943年两次组队进藏的，而其幕后策划人正是纳粹集团的三号人物——纳粹党卫队头子、盖世太保总管海因里希·希姆莱。此人在纳粹德国即将覆灭的后期，曾密通英美盟军向其示好欲留后路，而且他还拉拢纳粹集团的其他高级官员准备抢夺希特勒的军政大权。不过，他最后死于自杀而没有成功。说这段历史，目的是提示一下，分析纳粹组织的各种活动不能总是站在希特勒个人和整个纳粹集团的立场上，还要留意其中的一些变数才更全面。

“再说第二点。西藏，这片雪域高原一直以来都充满着神秘色彩，在内地人的心中，也是如此。藏民信教，藏传佛教可谓博大精深，其中密宗部更是深奥玄妙，依莲花生大士所言，他已在藏区各处遍埋伏藏。一说到宝藏，多数人想到的就是金银财宝美元英镑什么的，其实，这都是未经世面缺乏品位之见，西藏圣地拥有的宝藏可是要比这些财宝钞票珍贵得多。真正的宝贝，哪怕很小，也是无价之宝！”

“哦？”白纸扇眼睛一亮道。

“这样的宝物很多，我可以举一个例子。三哥，你可知道，修行得道之人往往在圆寂后会有‘舍利子’出现。当年佛祖释迦牟尼圆寂后，遗留下牙齿、指骨、头发舍利和八万四千颗珠状真身舍利子，这些舍利子被世界各国历朝历代视为国宝而你争我夺，但因战乱和时代久远等因素，这些圣物大都散落遗失了。不过，佛指舍利却于1987年在内地法门寺地宫再度现世，一时令世界信奉佛教的国家都无比惊叹和仰慕。1994年11月，中国政府曾应泰国国王和僧王的请求，将佛指舍利暂借泰国瞻礼供奉。当时，这枚由专机承送的佛指舍利一到达泰国的领空，泰国皇家空军立即用八架战斗机升空迎接护送，泰国的总理、副总理还有空军司令等官员和各界代表万余人皆到场参加迎请仪式。后来，这枚佛指舍利到中国台湾时，更有十万民众组成恭迎团到机场迎请。”

“舍利子！张兄，你的意思是西藏有佛祖的舍利子？”白纸扇瞪大眼睛问道。

“当然！而且，我所要寻找的宝藏要比这舍利子更为珍贵！”张崇斌一本正经地说道。

“比佛祖舍利子更为珍贵？那是什么宝贝?!”白纸扇又是一惊。

“确切地说，我要寻找的是一个在世修行之人都想去的地方，那个地方，世间的奇珍异宝应有尽有，而且，如果喜欢生活在那里，还能够延年益寿，青春常驻!”张崇斌仰头用一种神往的语气说道。

“世间有这种地方？张兄，你不是在异想天开对我讲神话故事吧？”白纸扇的眼睛瞬间又眯成一条缝……

“这世间，其实有很多真实的历史被一些自以为是的‘聪明人’看作神话传说，人们总以为自己看不见做不到的也是别人看不见做不到的。三哥，就说这舍利子，你认为那是每个人火化后都能烧出来的东西吗？有人说，那是人身上的结石，呵呵，如果真是这样的话，那佛祖岂不是个浑身硬化的石头人了？兄弟我为了寻宝，曾研读佛学，今天我可以告诉你为什么舍利子会如此稀罕殊胜，因为它是介于俗界和法界的特殊物质，佛学的‘色不异空，空不异色’的释意就蕴含其中，慧智修行达到高深层次之人涅槃焚火可见各色舍利，若是坐化留形，则可得不腐肉身。这些‘神迹’，世界各地皆有昭显，三哥不会不知吧?”

“呵呵，张兄真不愧是腹中藏货见过世面的人，领教了。不过现在，科技如此发达，天上有飞机，更高处还有探测卫星，拥有这些先进设备的政府都没有找到，你凭什么敢说西藏有这么个地方？就算是有，你又凭什么敢说自己能够找到它?”白纸扇依然对这个极具诱惑力的宝藏地心存怀疑。

“美国的魔术师大卫·科波菲尔可以将公众眼前矗立着的巨大的自由女神像瞬间变为乌有，难道你就认为自由女神像真的被搬走或融化在空气里了？显然那是不可能的。其实，隐形技术的原理就可以揭开这个魔术底牌。如果当初纳粹考察队第一次进藏什么都没有发现的话，他们还会组织第二次考察吗？他们的第一次考察，不到一年就结束了，回国后还受到希姆莱的热烈欢迎；而第二次考察，竟一去数年，其中还有 3 名考察队员神秘失踪了，最后回到奥地利的一个名叫海因里希·哈勒的人，他是第二次进藏考察队的领队，他把自己在西藏的这段经历写了本书，据说好莱坞根据此书还拍了电影，但是书中却丝毫没有提及考察这档事。想想看，他这样做又在试图隐藏什么呢？当今的人正是因为过于依赖和信任没有思维的仪器而看不透隐藏在背后的更深的秘密。我相信自己可以找到它，就如同我相信自己可以用一只鸽子帮你将死人嘴里的牙齿搞到手一样，很多在别人看来是不可能做到的事情，在我看来，可能就不完全一样。”张崇斌胸有成竹地说出这番话。白纸扇咬了一下嘴唇，深藏在镜片后面的小眼睛一刻不停地转动着……

“三哥，也许，你还会有这样的疑问，这个秘密本不应该轻易示人，我为什么会告诉你？现在，兄弟我可以坦率地说，一是让你知道我的价值；二嘛，你还记得，此前你跟我谈到合作的事。其实一开始，我就挺感兴趣，不过，那不是对你们的生意感兴趣，我是觉得寻找这个宝藏地也许需要借助你这边的力量。据我这些年来的潜心研究，这个宝地的财富之多，根本就不是一两个人可以独占私吞的，所以，这个秘密多一个‘志同道合’的朋友知道，我不在乎。”张崇斌微微地笑道。

“哦，原来张兄也想着和我合作，那好啊，你说说看，我想听听我们的合作方式，还有行动方案。”白纸扇说道。

“这没有问题。不过，我有个条件。”张崇斌回道。

“什么条件?”

“你先把我的人放了，我担心秀婷长时间联系不上匡军，军方会来找麻烦。”白纸扇犹豫着。

“三哥，你放心好了！这‘货’，你已经拿到手了，我仍留下来，把寻宝计划说给你听，如果你认为其中有诈或合作计划不能让你满意，你再处置我也不迟。”

“我可以让匡军先出去。如果你的行动方案我觉得可行，那就再放剩下的两人。”白纸扇讨价还价道。

“好！就这么说定了。三哥，时间急迫，你现在就把匡军放了为好。”张崇斌看了下表说道。白纸扇拍了拍手，两个黑衣保镖推门进来，白纸扇吩咐他们先放匡军一人。

随后，张崇斌表示一会儿他要给匡军去个电话，以确认他是否安全走脱。在等待期间，张崇斌点燃一支烟，当半支烟燃尽后，他打了电话与祁兵顺利联系上，确认了他已脱离困境，于是张崇斌嘱咐祁兵先稳住秀婷，不要惊动军方，他自己也不要在外惹是生非，这样大家都会平安无事。

挂了电话，张崇斌这才将随身带的皮包拉链拉开，从中取出一本封面印有“西藏大学医学院”字样的本子，然后对白纸扇说道：“这次我来这边，一方面是为救我的兄弟，但同时，我还帮你把‘货’拿到手。三哥，你也回想一下，如果当时我并不保证帮你拿回‘货’，单纯就是提出个方案帮你解除来自军方的威胁，你难道不会认真考虑吗？话说回来，我之所以这么做，是因为我一直都在物色一个合作伙伴。匡军这回在这边出了点儿事，他跟我一说事情的来龙去脉，我就判断出贵会是个有实力的组织，此番你我又合作演了一出精彩大戏，包括后来你能看出我的破绽，呵呵，这都证明我当初的判断没有错。三哥，你再看看这是什么?”说着，张崇斌将本子递给了白纸扇。

6. 冈仁波齐峰

白纸扇接过本子，连忙翻看起来。虽然，他一时无法看明白这本子里各种文字和图案的含义，但是，这本透着焚香味道、一看就是经多年精心编制虔诚手抄而成的手本显然不是赝品，因此，白纸扇在看时显得尤为专注。

“三哥，这就是我多年来对宝藏地的研究心得，兄弟的诚意天地可鉴！如果我们一起合作，那可谓强强联手、势不可当啊!”

“张兄，看来你是真下了一番功夫！那么你能给我说说这宝藏地究竟在何处吗?”白纸扇认真地问道。

“在藏西北一带，那边有座海拔六千多米的雪山——冈仁波齐峰，那是我准备去的方向。”张崇斌说道。

白纸扇走到桌子边的一个落地大地球仪前，转动了下地球仪，然后盯住一处……

“怎么知道会在这山上?”他又问道。

“三哥，还记得我方才跟你提到的一个人物吗?”

“谁?”

“海因里希·哈勒，纳粹第二次进藏考察队的领队，你知道他的最大特长是什么吗?”

“什么?”

“他曾是一名职业登山运动员，因为在一次瑞士举行的登山比赛中夺冠，还受到希特勒的亲自接见并一起合影留念。我还要说明的一点是，纳粹第一次进藏的考察队队长是一个年仅26岁名叫恩斯特·塞弗尔的小伙子，而他的职业是博物学家。从这两个队长人选中，你看出什么道道没有?”张崇斌将最近这段时间感悟到的东西有意识地透露出来。

白纸扇听后，想了一想，说道：“看来，经过第一次的考察，这帮德国人找到了方向。不过，藏区有如此多的雪山，为何你会选择去这个冈仁波齐峰呢?”

“呵呵，因为这冈仁波齐峰，它根本就不是一座普通的山！”张崇斌道。

“哦？它有何与众不同之处？”白纸扇忙问道。

“它的神秘性，都在我的心里。不过，三哥，我说了这么多，你是否也该让兄弟我看到你的诚意呢？”张崇斌点到即止。

白纸扇明白过来，又拍拍手，推门进来的两个保镖已经让他搞懈怠了，这回没有再掏着枪进来，只是听候吩咐。白纸扇手一挥，让他们即刻将剩下的两人放走。张崇斌过后再次打了段涛的电话，确认他和小阮都已自由后，叮嘱他们和祁兵会合后就先找个宾馆休息，自己这边完事后会有人送回去的，让他们尽管放心。

直到这个时候，张崇斌的心才彻底放了下来。此时，危急的形势已基本得到扭转，白纸扇也上了套，接下来的局面，张崇斌已经有把握控制了。于是，他精神振奋地说道：“三哥，冈仁波齐峰不是座普通的山并不是我个人的观点，这从它的名字就可看出端倪。自古以来，此山就被称为‘神灵之山’。‘冈仁波齐’，这个名字在梵语中是‘湿婆的天堂’的意思，而‘湿婆’是印度神的名字。换句话说，这座山的名字中有‘神的天堂’之义。所以，它同时被藏传佛教、印度教、西藏原生宗教本教等多个教派认定为是‘世界的中心’。退一步说，即便我们不迷信宗教之说，但只要仔细地从它的地理位置和形状来看，仍可以看出它非同一般绝而不群的神性来。”

白纸扇听后，激动得两手直搓，“张兄，你先等一等，我让下面的人调出冈仁波齐峰的图片来，对照图片，你再好好说说，我想仔细看看这宝贝神山的真实面目！”

很快，一张彩色放大的冈仁波齐峰图片送到白纸扇手里。

白纸扇将图片放在茶几之上，专注地看着……

“张兄，你来看看，是不是这座山？”张崇斌走近看去，只见图片上一座雄伟的金字塔形的洁白雪山，在深蓝色天空的映衬下，显得格外威凛挺拔！图片下面，有几行文字注解，标明此山位于东经 81.3°，北纬 31°，高度为海拔 6656 米。

“没错，这正是神山。”张崇斌点点头，又道：“三哥，你别看这座山没有珠穆朗玛峰高，但它却是一座形状极为殊胜的山。你来看，这山峰像什么？”张崇斌指着图片问道。

“依我看，它像个金字塔。”白纸扇道。

“对！此山是藏区诸多雪山中形状最接近金字塔的雪山。有人曾专门测量过，发现这座山峰与周围的山峰迥然不同，除了山峰的四壁犹如金字塔般峭削对称，更为奇特的是，山峰的南面，竟然还有个由峰顶垂直而下的巨大冰槽与一横向岩层构成的佛教‘卍’字格。”

顺着张崇斌指的位置，白纸扇俯身仔细看去。待再起身时，他点着头道了一句：“果然不同一般!”

“所以，在佛教尚未传入藏区的象雄本教时期，藏人又称其为‘九重万字山’。此外，此神山所在地理位置，也很特殊，它是横亘在昆仑山脉与喜马拉雅山脉中间的冈底斯山脉的主峰，坐落在地球上最神奇的纬度线——北纬30°附近，在这条纬度线上，至少还有五座‘金字塔’与这神山‘金字塔’遥相呼应。”张崇斌话锋一转，又抛出一个新鲜的观点。

张崇斌走上前将地球仪转动近1/4圈，指着百慕大三角靠近巴哈马一带的海域说道：“在这片海域的下面，美国、英国和法国的海军及海洋科考专家们分别于1977年、1979年和1992年发现了四座比埃及最大的胡夫金字塔还大的海底金字塔。今天，我们先不深究这些金字塔到底是谁建的，又是怎么建造起来的。单说这陆地上的埃及金字塔，有关它的诸多神奇传说我想三哥一定有所耳闻，金字塔的工程规模、建筑结构，以及它所蕴含的寓意和能量，人类至今仍未完全破解，如果让当今的人类照葫芦画瓢再去建造一个出来，恐怕也将是个无法完成的任务。所以说，这座‘神山’能出现‘金字塔’这种象形结构，本身就具有极为特殊的意义!”

“嗬，此山竟然如此神奇!”白纸扇不禁握紧了拳头。

“还有，三哥，你可知道，这‘神山’在印度人的心目中，又是什么吗?”

“张兄，请快说来听听。”白纸扇此时已是兴奋异常。

“印度人认为它就是佛教所说的须弥山。现在，我再透露一个秘密，”说着，张崇斌又转动起地球仪，在转动180°时停住，指着一个位置问道：“三哥，你再看看这是什么地方?”

白纸扇凑过来看了看，道：“是复活节岛，怎么，这岛跟‘神山’也有关系吗?”

“有没有关系，听我说完你再来判断。要知道，这复活节岛距离南美大陆的智利约3000公里，你看，它前不着村后不着店地浮在南太平洋之上，就像一叶孤舟，长久以来，人类的历史文献中根本就没有关于它的任何记载，就这么个若有若无毫不起眼的小岛，上面竟然有很多迎海眺望的巨石人像，数量多达几百个，这些重达数十吨的石像究竟是谁？又是怎么搞出来的？为什么要那么摆放？这些问题至今都没有一个确切的答案。关于这个谜，我们先放下不说。我要说的是，当地居民给这个小岛起了个很有意思的名字，叫作‘地球的肚脐’。好了，三哥，现在请你再仔细看看西藏的‘神山’与这个复活节岛的地理位置有什么特别之处？”说着，张崇斌用左手食指指着“神山”，右手食指则指着复活节岛，两个手指一上一下隔球相对着……

白纸扇上下左右地打量了一番，突然说道：“哦，这个‘世界的中心’和这个‘地球的肚脐’，它们原来是相通的！”

“是的，它们完全可以作为一个将地球均衡切分的‘地球轴心’的两个极点。三哥，你还记得纳粹一直要找的那个东西叫什么吗？”张崇斌将两手收回，不急不躁地问道。

“啊哈！我明白了，纳粹要找的‘地球轴心’，原来就在这‘神山’上！”

从白纸扇近乎忘形的肢体语言中，张崇斌知道锁定在“神山”的“宝藏地”已让这个自私贪婪、阴狠手辣的家伙迫不及待、蠢蠢欲动。现在，是需要自己拿出一个令他满意的合作方案的时候了。于是，张崇斌说道：“三哥，兄弟我将多年潜心研究窥探到的秘密宝藏地毫无保留地告诉了你，不为别的，只希望能尽快促成我们的合作。”

“张兄，你有勇有谋，我们一起合作一定能干番大事业！现在，你就说说这次的合作计划吧。”白纸扇说着，从酒橱中取出一瓶人头马 XO（上乘的白兰地）和两只高脚杯。

“呵呵，承蒙三哥瞧得起，我相信，只要配合默契，我们的合作就一定会是双赢的结果。不过，有句话我要说在前头，要知道，这世界上但凡公开探明的藏宝之地皆会引来要财不要命之徒，尤其是这座数千年来被各国尊崇的‘神山’，它里面的宝藏更会因这层神圣的色彩而备受世人瞩目，当年的纳粹集团极可能发现了这个秘密，但他们却以各种方式来掩盖这个发现。所以，我们这次合作的事宜和寻宝活动都必须严加保密，参与探寻的人在精而不在多。我目前是这么计划的：你我共同组成一个寻宝小组，对外以旅游或地质考察的名义进行探寻活动，你这边出三个人，我这边也是三个人，我为队长，你为副队长，这是名义上的，到时候大小事情都由我和你共同商定。你们的人主要负责特别装备的供应和安全保障，我这边侧重行进路线的确定和选点掘藏。如果发现宝藏，我们双方就将能够带走的宝藏五五平分。”

“张兄，你说的‘特别装备’是指什么？”

“当然不会是普通的登山设备，因为前往‘神山’要经过荒无人烟的阿里地区，那个地方目前还没有可直达的飞机，据说那一带地势险恶且有攻击人的怪异猛兽，而我们既然是去寻宝，就不可避免要徒步行走展开搜索，去一些别人难以到达的地带。此外，时至今日，不排除有其他的秘密组织也已注意到这个宝藏地，出于安全方面的考虑，我希望三哥这边想想办法搞到些轻巧的但杀伤力大的防身家伙。”

“这没有问题。我看，你的这个计划还算不错。不过，你那个手抄本我先留下，万一我去不了，则会安排其他的人过去，到时候，这个手抄本就作为接头时确认身份的凭证。”白纸扇说道。

“好，那就这么说定了！”张崇斌应允道。

“张兄爽快！来，我们碰一杯。”白纸扇举起手中的酒杯。

张崇斌微微一笑，头一仰，一口喝下杯中酒。

白纸扇跟着喝完，然后端着空酒杯，眼睛眯缝地看着张崇斌。他很清楚，眼前这个来自中国内地的青年一旦摆脱了自己的控制，哪怕是作为利益同盟，也将是一个令他最为头疼的对手！不过，他愿意赌一把，凭着多年来的江湖经验和深厚的黑道势力，白纸扇相信自己会是笑到最后的人。

张崇斌放下空酒杯，徐徐地吐出一口气。在他看来，这回祁兵、段涛能够和他自己安全回到中国，任务即告完成。至于他对白纸扇说出了诸多的“秘密”，甚至“引狼入室”主动引诱白纸扇加盟，虽然将会给今后的调查工作带来巨大的风险隐患，但祸福相依，如果能够有效地借助对方的力量，同样也会有利于调查工作的完成。通过与白纸扇面对面的接触较量，张崇斌相信，即便留下了进入香巴拉圣地的手抄本，白纸扇也读不出“芝麻开门”的“咒语”。倘若他想独自寻宝，那只能是“竹篮打水一场空”，要是他胆敢在中国境内胡作非为，图谋暗算，那定叫他有去无回！

“神山”就像“石磨的把手”。

此时，张崇斌又想起进山的“咒语”，正是这句当地藏民形容“神山”的话语，让他对揭开当年纳粹寻找的“地球轴心”和那个能够证明祁兵无罪却困惑他良久的神秘能量之谜充满了信心。同时，他也在默默祈祷，祈愿在即将开赴的探索征途中，能够找到那把开启“香巴拉圣地”大门的“钥匙”！

也许，一切都是注定的。现在，弓已张开，箭在弦上，随时待发……